ALICE PETERSON

# Es ist nie zu spät für die Liebe



GOLDMANN

Lesen erleben

*Buch*

Die junge Rebecca Harte führt in London ein scheinbar perfektes Leben: Die 30-Jährige arbeitet in einer der angesagtesten Kunstgalerien des Landes und ist glücklich mit dem angehenden Schriftsteller Olly verheiratet. Doch dann zerbricht ihr Glück auf tragische Weise, als ihr Mann bei einem Verkehrsunfall ums Leben kommt. Rebecca ist am Boden zerstört – und stellt kurz darauf fest, dass sie ein Baby von Olly erwartet. Heillos überfordert mit der Situation nimmt sie kurz entschlossen eine Auszeit und zieht wieder zurück zu ihren Eltern ins ländliche Winchester. Aber auch dort findet Becca nicht die erhoffte Ruhe zum Nachdenken. Ständig kreisen ihre Gedanken um Olly, sie vermisst seine Unbekümmertheit, sein Lachen, seine Stimme. Und dann trifft Becca durch Zufall ausgerechnet auf Joe – den attraktiven Joe, der nach einer gemeinsamen Nacht vor zehn Jahren einfach aus ihrem Leben verschwand. Auch er ist in die Kleinstadt zurückgekehrt und führt nun ein florierendes Weinlokal. Mit der unverhofften Begegnung leben in Rebecca und Joe bittersüße Erinnerungen und vergessen geglaubte Gefühle wieder auf. Hat ihre Liebe jetzt eine zweite Chance?

»Ein wunderschön geschriebenes Buch. Absolut empfehlenswert!«
*Bookbag*

*Autorin*

Alice Peterson, Jahrgang 1974, entdeckte das Schreiben für sich, nachdem sie ihre Karriere als Tennisspielerin aufgrund einer schweren Krankheit aufgeben musste. Mittlerweile hat sie mehrere Romane und Sachbücher veröffentlicht. Auch in ihren Erzählungen greift Peterson schwierige Lebenssituationen auf und schildert das Schicksal ihrer Heldinnen in humorvoller und berührender Weise. Mit ihrem zuletzt erschienenen Roman »Kein Mann für jeden Tag« feierte sie große Erfolge. Alice Peterson lebt in London.

Alice Peterson

# Es ist nie zu spät für die Liebe

Roman

Aus dem Englischen
von Sigrun Zühlke

GOLDMANN

Die Originalausgabe erschien 2012
unter dem Titel »Ten Years On«
bei Quercus, London.

Dieses Buch ist auch als E-Book erhältlich.

MIX
Papier aus verantwortungsvollen Quellen
FSC® C014496

Verlagsgruppe Random House FSC® N001967
Das FSC®-zertifizierte Papier *Holmen Book Cream* für dieses Buch
liefert Holmen Paper, Hallstavik, Schweden.

1. Auflage
Deutsche Erstveröffentlichung April 2014

Umschlaggestaltung: UNO Werbeagentur, München
Umschlagmotiv: Copyright © Kristiane Vey/plainpicture/Jump
Redaktion: Martina Klüver
KS · Herstellung: Str.
Satz: DTP Service Apel, Hannover
Druck und Bindung: GGP Media GmbH, Pößneck
Printed in Germany
ISBN: 978-3-442-48010-4
www.goldmann-verlag.de

Besuchen Sie den Goldmann Verlag im Netz:

*Für Robert Cross*

(1925–2011)

Seine Stimme schenkt mir Zuversicht
und ermutigt mich immer wieder
weiterzuschreiben.

# PROLOG

*Silvester, Winchester*

»Zehn, neun, acht …«, rufen wir alle in Kittys überfülltem Wohnzimmer. Kitty ist meine älteste Schulfreundin.

»Drei, zwei, EINS …«

Im Fernsehen im Hintergrund höre ich Big Ben läuten. »Ich liebe dich, Becca«, sagt Olly, nimmt mich in die Arme und hebt mich hoch.

Ich lache vor lauter Glück. »Ich liebe dich auch.«

Schon bald wird der Fernseher ausgeschaltet und durch Musik ersetzt. Wir tanzen betrunken im Wohnzimmer, alle singen. Ich höre Feuerwerk.

Auf der gegenüberliegenden Seite des Zimmers sehe ich Joe, wie er mich und Olly beim Tanzen beobachtet. Ich winke ihn zu uns herüber. Er lächelt, bevor er von einer seiner vielen Bewunderinnen weggezogen wird.

Es ist drei Uhr morgens, als Olly, Joe und ich zurück zum Haus meiner Eltern torkeln. Wir nehmen die Abkürzung durch die Water Meadows, der Fluss glitzert in der Nacht. Ich singe »Happy New Year«. Olly legt mir eine Hand auf den Mund und meint, wir würden noch alle verhaftet werden, wenn ich nicht damit aufhöre.

»Das könnte doch lustig werden«, antworte ich und schiebe ihn weg. »Wer war das Mädchen, mit dem du den ganzen Abend zusammen warst, Joe?«

Olly fängt meinen Arm ein, lenkt mich vom Flussufer weg.

»Ja, ich hab dich auch gesehen«, sagt er. »Die war niedlich, Lawson.«

»Wie heißt sie? Oder kannst du dich schon nicht mehr daran erinnern?« Ich hickse.

»Julia.«

Olly dreht sich zu Joe um. »Du hättest bleiben sollen, Romeo.« Kitty hatte uns gedrängt, bei ihr zu übernachten, aber Olly und ich wollten lieber zu mir nach Hause. Meine Eltern sind verreist, und meine Schwester Pippa ist auch nicht da, also haben wir sturmfreie Bude.

»*Oh Romeo, oh Romeo …*« Ich tue so, als hielte ich von meinem Balkon aus Ausschau nach Joe.

»Mir war nicht danach.« Er zuckt die Schultern. »Immerhin hab ich ihre Nummer.«

»*Oh Romeo, Romeo. Warum bist du …*«

»Halt den Mund, Becca.«

»*… nur Romeo*?«, beende ich den Satz, während ich um den nächsten Laternenpfahl herumwirbele.

»Meine Güte, sie ist echt peinlich«, lacht Olly.

»Lass uns einfach so tun, als würden wir sie nicht kennen«, schlägt Joe vor.

Als wir bei mir zu Hause eintreffen, beschließen wir, dass wir noch einen Drink und eine Zigarette brauchen, bevor wir uns schlafen legen. Also gehen wir wieder nach draußen, mit einer Packung Schokoladenkekse. Wir setzen uns auf die Steinbank im Garten und kauern uns aneinander. Ich bin in der Mitte. Wir stoßen an. »Auf uns«, sagt Olly.

»Auf uns«, wiederholen Joe und ich.

Olly, Joe und ich teilen uns eine Wohnung in Clifton, Bristol. Wir sind schon das zweite Jahr auf der Uni. Joe macht Medizin, Olly und ich studieren Englisch. Olly und ich sind seit fast einem Jahr zusammen. Im zweiten Semester ist er mir aufgefallen, als er mit seiner Band »Stanley« in der Bar der Studentenvertretung spielte. Olly saß am Klavier. Er war groß, schlank, trug ausgebeulte Jeans und hatte es irgendwie geschafft, eine marineblaue Strickjacke cool aussehen zu lassen. Sein Haar war hellbraun und fiel ihm locker in die Stirn. Er drehte sich immer wieder zu der Leadsängerin um, einer flammend Rothaarigen, die das denkbar kürzeste schwarze Kleid mit Netzstrümpfen darunter trug, und lächelte sie schelmisch an. Plötzlich wollte ich an ihrer Stelle sein und war fest entschlossen, seine Aufmerksamkeit auf mich zu lenken. Vor unserem nächsten Englischseminar wusch und stylte ich mein langes, dickes Haar, legte Make-up, Rouge, Mascara und dick Lipgloss auf … trug meinen Wildleder-Minirock, Wonderbra, ein tief ausgeschnittenes Top und Cowboystiefel. Ich liebe diese Stiefel – sie funktionieren jedes Mal. Natürlich kam ich nach all dem Aufbretzeln zu spät. Ich hetzte zusammen mit einem anderen Zuspätkommer in den überfüllten Vorlesungssaal, sah einen freien Platz, und, oh mein Gott, er war genau neben Olly. Ein Wink des Schicksals! Ich flog auf den Tisch zu, knallte meine Bücher auf die Platte, ließ mich auf den Sitz fallen …

»Bald geht's zurück nach Bristol …«, sagt Joe missmutig.

»Lass uns jetzt noch nicht daran denken«, sage ich. »Urgs. Arbeit.« Ich trinke einen Schluck Wasser.

»Du arbeitest gar nicht, Becca«, wendet Joe in seiner ruhigen, beherrschten Art ein. Sogar wenn er getrunken hat, merkt man es ihm selten an.

»Tu ich wohl.«

»Na ja, aber nicht besonders hart«, springt Olly Joe bei.

Ich ignoriere, dass sie über mich lachen. »Was ist das Beste, was dir letztes Jahr passiert ist?« Ich pieke Olly mit dem Zeigefinger in die Schulter. »Du zuerst.«

»Ein paar Gigs, und dass ich dich kennengelernt habe.«

»Ah«, seufze ich und küsse ihn. »Bei mir auch.«

»Oh Gott.« Joe drückt seine Zigarette aus, obwohl sie noch nicht aufgeraucht ist. »Ich glaube, ich bin dann mal weg.« Er wohnt ebenfalls in Winchester, allerdings waren weder Olly noch ich über die Ferien bei ihm zu Hause. Er behauptet, bei seinen Eltern sei es so gemütlich wie beim Zahnarzt.

»Tut mir leid, Joe, ab jetzt keine weiteren öffentlichen Zuneigungsbekundungen mehr«, verspricht Olly ihm und drückt ihn dabei zurück auf die Bank. »Bleib noch hier.«

»Was ist mit dir, Joe? Das Tollste, was passiert ist?«, frage ich.

Er fährt sich mit der Hand durch sein dickes schwarzes Haar. »Dass ich Olly getroffen hab.«

Olly lächelt. »Das war ein toller Abend.«

Olly hatte Joe zu Beginn unseres zweiten Jahres kennengelernt. »Dass ich bei euch eingezogen bin«, fährt Joe fort. Er hatte ein Zimmer gesucht, wir hatten eines frei … »Als mir klar geworden ist, dass ich einen super Typen getroffen hab.«

»Soll ich euch zwei allein lassen?«, frage ich, weil ich mich auf einmal wie der Anstandswauwau fühle.

Joe dreht sich zu mir um. »Und ein super Mädchen.«

»Gruppenumarmung«, schlage ich vor und werfe meine Arme um beide. So sitzen wir eine Weile einfach nur da, glücklich, und blicken zu den Sternen hinauf.

»Was, glaubt ihr, machen wir in zehn Jahren?«, frage ich und breche damit schließlich das Schweigen.

»In zehn Jahren?«, wiederholt Olly, als wäre es unmöglich, so weit vorauszudenken.

»Das kommt schneller, als du denkst, wette ich.« Ich verschränke die Arme. »Und bevor du dichs versiehst, bist du fünfzig«, rufe ich aus, als wäre fünfzig schon knapp vor künstlichem Gebiss und Altersschwachheit.

Joe schüttelt den Kopf. »Kann mir nicht vorstellen, fünfzig zu sein.«

»Zehn Jahre …«, denkt Olly laut nach. »Okay, ich werde in einer Bude in London leben mit Blick aufs Wasser, ich werde ein berühmter Schriftsteller sein oder vielleicht auch der nächste Mick Jagger oder Bob Dylan …«

»Nimmst Drogen und zertrümmerst Hotelzimmer«, sagt Joe.

»Ich werde weit weg von hier sein«, sage ich voraus und denke daran, wie ich als pummeliges kleines Mädchen, das lange Haar in Zöpfen, im Obergeschoss meines Elternhauses die ganzen Schulferien lang Tag für Tag gemalt habe. »Ich will die ganze Welt bereisen, nach Indien fahren, nach China, Mexiko …«

»Oh-oh, jetzt hebt sie ab.« Olly verdreht die Augen.

»Ich werde in Florenz leben oder Venedig … *Italiano* sprechen«, sage ich mit übertriebenem Akzent. »Ich werde jede Menge Sprachen lernen, und ich werde definitiv malen. Meine Werke werden für Millionen verkauft werden! Und du, Joe?« Ich puffe seinen Arm.

Olly und ich warten. Joe könnte alles machen, was er wollte. Wie meine Schwester ist er ein talentierter Sportler, ein ausgezeichneter Rugbyspieler und hat Muskeln, die sich sehen lassen können. Auf eine etwas raue Art und Weise sieht er gut aus: dunkles Haar, Bartschatten, melancholische graue Augen. Er treibt Frauen in den Wahnsinn, weil man bei ihm nie weiß, woran man ist. Erst tut er so, als sei man der einzige Mensch auf der ganzen Welt, der ihm etwas bedeutet, und im nächsten Augenblick schon ist man Luft für ihn. Mein Gott, wie schrecklich es wäre, in ihn verliebt zu sein! Ich würde keinen Bissen mehr hinunterbringen, denke ich, während ich mir noch einen Keks nehme. In der kurzen Zeit, in der wir ihn kennen, hat er schon diverse Herzen gebrochen.

Dieses Mädchen von heute Abend zum Beispiel. Julia. Morgen sitzt sie den ganzen Tag neben dem Telefon und wartet darauf, dass er anruft. »In zehn Jahren, Joe. Was wirst du da machen, was meinst du?«

»Die Welt regieren.« Er zündet sich noch eine Zigarette an. »Ich mag das nicht, Becca.«

»Spielverderber.«

Am Ende schlägt sich Olly auf Joes Seite. »Ehrlich gesagt wissen wir doch nicht mal, was morgen passiert. Ganz zu schweigen davon, was in zehn Jahren sein wird.«

# 1

*Zehn Jahre später*

In unserer Erinnerung wird er weiterleben«, sagt Kitty unter Tränen. Nachdem sie ihre Rede gehalten hat, kehrt sie an ihren Platz zurück.

Ollys Mutter, Carolyn, sitzt neben mir, mein Vater auf der anderen Seite. Ich starre geradeaus. Das passiert nicht in echt. Das kann einfach nicht sein. Ich will aufstehen und schreien, meiner Familie und meinen Freunden sagen, dass sie nach Hause gehen sollen. Dass das alles ein schrecklicher Irrtum ist.

»Mrs Sullivan?« Ich sehe den Polizisten noch vor mir stehen, an jenem Abend vor unserer Haustür. Es war spät, etwa acht, und ich wusste nicht, wo Olly blieb, weil er versprochen hatte, um halb sieben zu Hause zu sein. »Ich bring noch eine Flasche Wein mit«, hatte er auf den Anrufbeantworter gesprochen.

»Darf ich hereinkommen?«, fragte der Polizist.

Er wollte keine Tasse Tee.

»Es tut mir sehr leid, aber ich fürchte, ich bringe schlechte Nachrichten«, sagte er. »Ihr Mann ist heute Nachmittag in einen Autounfall verwickelt worden.«

Carolyn berührt meinen Arm, fordert mich auf, für das nächste Lied aufzustehen. »*Dear Lord and Father of Mankind*«. Sie sieht zerbrechlich aus, ihr feines braunes Haar ist streng zurückgekämmt, Tränen stehen in ihren blassblauen

Augen. Ihre Haut ist aschfahl. Nach der Hälfte des Liedes nimmt sie meine Hand, als müssten wir das hier zusammen durchstehen. Aber ich werde jeden Augenblick aus meinem Traum aufwachen, und dann werden das Einzige, was ich spüre, Ollys Arme sein. Ich werde ihm erzählen, wie lebendig mir alles erschienen ist; dass die Kirche bis zum letzten Platz mit Freunden und Verwandten voll war. Wie traurig Ollys Vater Victor in seinem Anzug und mit der Brille aussah, und dass ich in seinen Augen tiefes Bedauern gesehen habe. Es war zu spät, mehr Zeit mit seinem Sohn zu verbringen. Das war der Preis dafür, dass er seinen Job immer über die Familie gestellt hat.

»So, wie du das erzählst, hört sich das gruselig echt an«, wird Olly sagen.

Wir werden lachen und uns im Arm halten, küssen, uns lieben und noch mindestens eine Stunde länger im Bett bleiben. Dann werden wir einen Spaziergang machen, ein gemütliches Mittagessen genießen, und ich werde nie wieder irgendetwas als selbstverständlich betrachten.

Als ich Schritte höre, die auf dem Steinfußboden hallen, werde ich zurück in die Realität gerissen. Simon, Ollys älterer Bruder, geht nach vorn, seine Notizen fest umklammernd. Er ist kräftiger gebaut als Olly, hat dunkleres Haar. Vor einem Jahr hat er bei der Polizei gekündigt und ist mit seiner Frau und den beiden Kindern nach Northumberland gezogen, um näher bei seinen Eltern zu leben. »Er war immer der Umtriebigere von uns beiden, und auch der Bestimmer«, hat Olly mir immer erzählt.

Ich mag ihn. Er ist ganz schön tapfer. Ich könnte heute nicht da vorne stehen.

»Olly war der Musikalische in unserer Familie«, fängt er an. »Er hat angefangen, Klavier zu spielen, als er sechs Jahre alt war. Während ich draußen im Garten war, Soldat gespielt und Höhlen gebaut habe, hat Olly Chopin gespielt und in seinem Kopf Musik komponiert. Seine andere Leidenschaft war das Schreiben.«

Ich schließe die Augen und versuche zuzuhören, aber die Bilder von dem Morgen, bevor er gestorben ist, kehren immer wieder zu mir zurück.

»Überraschung!«, rief ich.

Olly nahm sich ein Croissant und sagte: »Was für ein Luxus.« Wir haben nur selten vor der Arbeit zusammen gefrühstückt; meistens war ich zu sehr in Eile. »Übrigens, dieses komische Gestell von dem Duschvorhang ist zusammengekracht, ich reparier das nachher«, sagte er.

»Ach ja? Na, so was«, sagte ich und schenkte mir Kaffee ein.

»Becca? Hast du das verbrochen? Oder hast du ein schlechtes Gewissen, weil du eine Affäre mit Glitz hast?«

Patrick van Glitzen, oder Glitz wie ich ihn nenne, ist mein fünfundsechzigjähriger Boss. Mit Ende fünfzig hat er eine Galerie für moderne britische Kunst in der New Bond Street eröffnet. Inzwischen ist sie eine der erfolgreichsten Galerien des Landes.

»Oh, Mist, ist das so offensichtlich?« Ich beugte mich über den Tisch, um ihn zu küssen. »Ich hab aufregende Neuigkeiten.«

»Wir müssen dieses Wochenende nicht zu deinen Eltern?«

»Blödmann. Kennst du Norman Graham?«

»Der Typ, der bunte Klötze malt.«

»Die für Tausende verkauft werden. Gestern hab ich eine Serie von sechs Gemälden verkauft. Sechs, Olly!«

»Großartig. Dafür musst du ja eine wirklich gute Provision bekommen haben.«

»Ja, aber es kommt noch besser, Ol. Glitz will vielleicht noch etwas auf mein Gehalt drauflegen, *und* ich soll am Ende des Sommers noch einen kleinen Bonus kriegen.«

Olly lächelte. »Das ist ja unglaublich.«

»Also hab ich mir gedacht …«

»Oh, oh, das hört sich gefährlich an.« Olly goss sich noch einen Becher Kaffee ein.

»Ich hab gedacht, es ist an der Zeit, dass wir hier ausziehen …«

»Nicht das schon wieder.«

»Olly! Das ist nicht fair.«

»Es ist ja nur, dass du immer wieder davon anfängst.«

»Na ja, weil wir in einem Schuhkarton wohnen und ich das allmählich leid bin.«

»Ich weiß«, sagte er, verletzten Stolz in der Stimme. Olly sprach nicht gern über Geld. Er hatte das Gefühl, dass er eigentlich derjenige sein sollte, der mehr verdiente, aber als Musiklehrer und Schriftsteller, der immer darauf hoffte, eines Tages veröffentlicht zu werden, würde er es niemals so weit bringen, dass wir uns etwas Eigenes kaufen könnten. Also hatte ich meine freiberufliche Tätigkeit als Illustratorin aufgegeben und angefangen, für Glitz zu arbeiten. Olly hatte ein schlechtes Gewissen, weil ich diejenige war, die ihren Traum nicht ausleben konnte. Von Kindheit an hatte ich leidenschaftlich gern gemalt und später in Florenz Kunst studiert. Er versprach immer wieder, dass er das eines Tages wiedergutmachen würde. Er würde sein Manuskript zu Ende schreiben und bei einem Verlag angenommen werden.

»Es gibt einige Zeugen«, hatte der Polizist gesagt. »Ihr Mann hat vor einer Kurve überholt …«

»Nein«, stammelte ich. »Das sieht ihm gar nicht ähnlich! Er war immer vorsichtig, er hat versprochen aufzupassen …«

Er nickte respektvoll, sprach aber dennoch weiter. »Er hat das entgegenkommende Fahrzeug erst gesehen, als es schon zu spät war. Der Fahrer konnte nichts mehr tun.«

»Olly hat die Menschen für sich eingenommen«, fährt Simon fort, seine Stimme kippt jetzt, »mit seinem ansteckenden Enthusiasmus und seinem Charme.«

Ich berühre das Foto auf der Rückseite der Trauerkarte. Olly lächelt; in seinen Augen liegt Wärme. Das Bild stammt von dem Abend, als wir in unsere Einzimmerwohnung eingezogen sind. Vor vier Jahren kam uns das alles so groß und erwachsen vor. Wir haben etwas vom Lieferservice gegessen und am Kamin billigen Champagner getrunken.

»Es ist nicht schwer zu verstehen, warum heute so viele seiner Freunde hierhergekommen sind.« Simon zeigt mit einer ausladenden Geste auf die dicht gedrängte Gemeinde.

Aber ich kenne einen Menschen, der nicht in der Kirche ist. Joe Lawson. Joe sollte hier sein. Er war Ollys bester Freund. Wir drei waren immer zusammen.

Bis ich alles habe kaputt gemacht habe.

»Oliver war nett«, sagt der zehnjährige Barnaby gerade zu mir, während er die Hand seiner Mutter ganz fest hält. Olly hat ihm Klavierstunden gegeben, und Barnaby war einer seiner Starschüler.

Meine beste Freundin Kitty dankt ihm stellvertretend für mich, sagt ihm, dass er sein Chopin-Stück wundervoll gespielt hat und dass Olly sehr stolz auf ihn gewesen wäre.

Ich bewege mich durch den vollen Gemeindesaal, dränge mich an Leuten vorbei, die Tee trinken und Kuchen essen. Mum fängt mich ab, sie trägt ein schlichtes graues Kostüm. »Liebes, da bist du ja.« Pippa gesellt sich zu uns, einen ihrer Zwillinge an der Hand, Oscar. Oscar ist drei Jahre alt. Sein Mund ist mit Schokolade verschmiert. Pippa weiß nicht, was sie sagen soll. Mum auch nicht. Niemand weiß es. Wie soll man auch? Ich zwinge mich zu einem Lächeln. »Ich brauche frische Luft. Ich bin gleich wieder zurück.«

Ich kann spüren, wie sie mir hilflos hinterherblicken.

Draußen lehne ich mich an die Mauer und hole tief Luft. Wieder sehe ich den Polizisten vor mir, wie er vor unserem Kamin steht. »Er hat das entgegenkommende Fahrzeug nicht gesehen … es war zu spät.« Warum war er so leichtsinnig? Was hat er sich dabei nur gedacht? Ich bin wütend, und wenn ich nicht wütend bin, dann bin ich so traurig, dass ich das Gefühl habe, daran zu zerbrechen, in tausend winzige Stücke zu zerspringen. Mit jeder Faser meines Herzens wünsche ich mir, dass ich die Zeit zurückdrehen könnte, zurück zu jenem Tag. Wenn ich bis abends gewartet hätte, um mit ihm über die neue Wohnung zu sprechen, wäre er vielleicht noch am Leben.

»Wir könnten etwas mieten, das zentraler liegt«, hatte ich gesagt und ihm die beiden Anzeigen gezeigt, die ich am Vorabend in der Immobilienbeilage eingekringelt hatte, als Olly mit seinen Freunden zum Pokerspielen war. »Mit dem, was wir beide verdienen, und wenn wir unsere Ersparnisse noch dazuschießen, könnten wir uns das hier leisten, schätze ich.«

Olly warf einen Blick auf die Wohnungen, sagte aber nichts. Ich sah zu, wie er seine Jacke anzog. »Was meinst du?«, drängte ich und versuchte gleichzeitig, meine Frustration zu verbergen. »Beide Wohnungen sind nah am Fluss und nah an deiner Arbeit.« Olly arbeitete als Musiklehrer an einer Schule in Chiswick.

»Wir könnten jeden Morgen eine halbe Stunde länger schlafen«, war mein letzter Versuch, irgendetwas Positives aus ihm herauszubekommen.

»Lass uns später darüber reden.«

»Ist alles in Ordnung?«

»Alles prima. Hör mal, ich muss los.« Er schnappte sich den Motorradhelm vom Sofa. Als er meine Enttäuschung bemerkte, kam er zu mir zurück und legte seine Stirn an meine. »Ich bin müde. Verkatert. Alles selbst verschuldet«, setzte er hinzu.

Ich streichelte seinen Nacken. »Du willst doch umziehen, oder?«

»Mehr als alles andere.« Er strich mir einen fettigen Krümel aus dem Mundwinkel, küsste mich. »Ich bin so stolz auf dich.«

Ich wische mir mit dem Jackenärmel über die Augen.

»Ich hab dich gesucht«, sagt Kitty.

»Er hat mir irgendwas verschwiegen.«

Olly hatte später an jenem Morgen eine Nachricht hinterlassen. »Hör mal, wir müssen reden«, hatte er gesagt.

»Becca, tu das nicht«, sagt sie und lehnt sich neben mir an die Wand.

»Was nicht?«

»Denk nicht immer wieder und wieder darüber nach. Das hilft niemandem, am wenigsten dir.«

»Aber er hat gesagt, wir müssten reden.«

»Das heißt nicht, dass er irgendetwas verschwiegen hat.«

»Er war abgelenkt, irgendetwas hat ihm Sorgen gemacht.« Ich knabbere an meinem Fingernagel.

»Becca, nicht heute, nicht jetzt.« Sie legt einen Arm um meine Schultern. »Komm wieder rein. Dein Vater möchte ein paar Worte sagen.«

»Vielleicht sollte ich mit seiner Mutter reden, hören, ob er ihr irgendwas gesagt hat?«

»Nein! Hör auf, dir das anzutun. Lass los«, bettelt sie.

»Ich kann nicht!«

Sie schüttelt mich an den Schultern, blickt mir in die Augen. »Olly hat dich so sehr geliebt, er hätte dir *niemals* irgendwas verschwiegen, das weißt du ganz genau.«

Tränen steigen mir in die Augen. »Weiß ich das? Ich weiß überhaupt nichts mehr.«

»Es ist ganz schnell passiert«, höre ich den Polizisten sagen, in dem Versuch, mich zu trösten. »Er war sofort tot.«

Ich will schreien. Ich will sterben.

Kitty hat die Arme um mich geschlungen. Ich klammere mich an sie. »Ich kann nicht ohne ihn leben, ich kann's einfach nicht«, schluchze ich. »Oh Kitty, was soll ich nur machen?«

»Schschsch. Ich bin ja hier. Ich bin hier. Wir stehen das zusammen durch, Becca, das versprech ich dir. Wir stehen das zusammen durch.«

# 2

So, das war's. Alles vorbereitet für morgen.« Ich schaue mich in der Galerie um. Paul Lamonts abstrakte Gemälde von Londoner Landschaften hängen an den Wänden, die Preise, auf weiße Kärtchen gedruckt, warten nur auf diese kleinen roten Klebepunkte in der Ecke, die »verkauft« bedeuten.

Ich sehe, wie Glitz seine Krawatte lockert, die Schuhe abstreift und die Beine unterm Tisch ausstreckt. Erschöpft setze ich mich auf den Stuhl ihm gegenüber. Glitz sieht gut aus, auf eine unkonventionelle Art und Weise. Er hat silbergraues Haar, ein langes Gesicht, eine große Nase und scharfe blaue Augen, die eine Nadel im Heuhaufen entdecken könnten. Wenn er nicht mit moderner Kunst arbeiten würde, würde er einen exzellenten Detektiv abgeben. Ich kann ihn mir gut in einem gediegenen Trenchcoat und mit einem Fernglas vor den Augen vorstellen.

»Du hast exzellente Arbeit geleistet, Rebecca«, sagt er. »Die Rahmen passen gut.«

»Und du hast ein Loch in der Socke.« Ich grinse in Richtung seines hervorlugenden großen Zehs.

Er schielt auf seine Füße. »Stimmt.«

Ich spiele mit meinem Stift. »Ich hätte dich nicht als einen Loch-in-der-Socke-Mann eingeschätzt.«

Er schweigt kurz, bevor er sagt: »Das Leben ist voller Überraschungen.« Dann sieht er mich einen Moment zu lange an, und ich wende mich ab, weil ich weiß, dass er mir jetzt die gefürchtete Frage stellen wird.

»Wie geht's dir?«

»Mir geht's gut.« Bin das nur ich, oder ist es wirklich heiß hier drin?

»Pfadfinder-Ehrenwort-gut, oder kreuzt du heimlich unterm Tisch die Finger?«

Ich zeige ihm meine Hände, die Finger nicht gekreuzt. Nach Ollys Beerdigung vor sechs Wochen hatte Glitz vorgeschlagen, ich solle mir ein paar Tage freinehmen, aber die Vorstellung, den ganzen Tag lang allein in unserer Wohnung zu sein, war unerträglich. Ich habe das Gestell für den Duschvorhang immer noch nicht repariert. »Siehst du, alles gut«, lüge ich.

»Wenn das so ist, was hältst du davon, wenn wir noch was trinken gehen?« In den letzten drei Jahren sind Glitz und ich gute Freunde geworden, und hin und wieder gehen wir nach der Arbeit noch in eine Bar oder essen eine Kleinigkeit.

»Oh mein Gott!« Ich schnappe kurz nach Luft, als ich die hingekritzelte Nachricht lese, die ich vergessen habe, ihm vorhin auszurichten. »Marty hat angerufen! Du musst heute Abend zu einer Party. Tom …« Ich versuche meine Schrift zu entziffern. »Tom Bailey?«

»Mist.«

Marty ist Glitz' amerikanische Ehefrau. Sie ist mollig und niedlich und trägt blassgelbe Pullover mit Goldschmuck. Sie hat mich vorhin angerufen und gefragt: »Sind Ihre Majestät guter Stimmung?« Als ich mit Ja antwortete, hat sie mir sofort von der Einladung heute Abend erzählt und extra betont, dass keine Chance für ihn bestünde, sich dem zu entziehen.

Dennoch bleibt er jetzt fest auf seinem Stuhl sitzen. »Ich kann auf diesen Partys kein Wort verstehen.«

»Na ja, vielleicht ist es an der Zeit, dass du in ein Hörgerät investierst.«

»Oh, fang du jetzt nicht auch noch damit an. Ich brauche nicht noch eine Frau.«

»Mein Vater hat eins, Glitz.« Ich verrate nicht, dass er es nie trägt.

»Was?« Glitz lächelt trocken. Er sieht mir zu, wie ich meine Jacke von der Stuhllehne nehme. Für eine Sekunde verliere ich das Gleichgewicht.

»Ruf sofort Marty an und sag ihr, ich bin überfallen worden.«

»Nein. Du rufst sie an und sagst ihr, du wärst überfallen worden.«

»Kann ich nicht. Die Mistkerle haben mein Telefon gestohlen.«

Ich lache.

»Ich gebe dir einen Lamont deiner Wahl«, fängt er an zu verhandeln.

»Ah, jetzt wird's interessant.« Ich setze mich wieder hin, weil mir etwas schwindelig ist.

»Rebecca? Bist du sicher, dass alles in Ordnung ist?«

»Nein.« Ich reibe mir die Augen. »Ich glaube, ich muss nach Hause, mich hinlegen.«

»Ich rufe ein Taxi.«

Ich stehe auf, verliere das Gleichgewicht, halte mich an der Ecke des Tischs fest.

»Rebecca!«

Vor meinen Augen schwimmen schwarze Punkte wie Kaulquappen.

»Setz dich hin! Und zwar sofort!«

»Mir ist komisch, Glitz, ich bin so schlapp.«

Er eilt zu mir und legt eine Hand auf meine Stirn. Ich schwitze. Das Nächste, was ich mitbekomme, ist, wie er meinen Kopf zwischen meine Knie drückt.

Ich stöhne, mir ist schlecht.

»Funktioniert es nicht?« Jetzt packt er mich unter den Achseln und zieht mich auf den Fußboden.

»Was machst du denn da?«, protestiere ich, während ich auf dem Boden zusammenbreche.

»Schocklagerung. Beine hoch!«

Als meine Beine hochgelagert sind, springt Glitz auf, um ein Glas Wasser zu holen. »Ich fühle mich schrecklich«, murmele ich, während alles vor meinen Augen verschwimmt.

»Halt durch«, drängt er.

Ich erinnere mich nicht daran, dass er zurückgekommen ist.

Ich bin im Krankenhaus. Eine junge dunkelhaarige Ärztin, die halb so alt wie ich aussieht, misst meinen Blutdruck. Um uns herum ist ein gelber Vorhang mit Blümchenmuster zugezogen, um ein bisschen Privatsphäre zu haben.

Glitz sitzt verlegen auf einem Plastikstuhl an meinem Bett, neben sich einen blauen Papierhandtuchspender. Im Taxi auf dem Weg zum Krankenhaus hat er mir erzählt, dass ich mindestens eine Minute lang ohnmächtig gewesen wäre und dass ich sofort zum Arzt müsse. Ich kam mir wie eine Drama-Queen vor, aber er wollte kein Nein akzeptieren, nicht einmal, als ich anfing, mich wieder ganz normal zu fühlen. »Ich habe Marty versprochen, mich um dich zu kümmern. Sie hat gesagt, du hättest nicht schon so früh wieder zur Arbeit kommen dürfen.«

Ich zog eine Augenbraue hoch. »Und das ist nicht nur ein Trick, um aus dieser Party-Kiste rauszukommen?«

»Ein kleiner Lichtschein am Horizont.«

»Blutdruck normal«, murmelt die Ärztin, während sie auf einem Blatt Papier Notizen macht, das an einem grauen Klemmbrett befestigt ist.

»Also kann ich nach Hause?«

Sie nickt. »Wir haben alle Tests gemacht, die wir machen mussten.«

»Prima. Danke.«

»Ihnen und dem Baby geht es gut.«

»Wunderbar. Großartig. Entschuldigung, dem *was*?«

Glitz stößt sich die Schulter an dem Papierhandtuchspender.

»Dem Baby geht es gut«, wiederholt sie, während sie neugierig zu Glitz blickt, der in der Ecke sitzt und fluchend vor sich hin murmelt.

Ich starre sie an. »Ich bin schwanger?« Sie weiß nichts von Olly. Das kann nicht ihr Ernst sein. Sie versteht das nicht! Ich kann jetzt nicht schwanger sein.

Sie nickt.

»Tut mir leid, aber da muss ein Irrtum vorliegen.« Das ist doch ein Witz, mit Sicherheit.

Die Ärztin schüttelt den Kopf.

Sie wartet auf eine vernünftige Reaktion von Glitz, aber der ist erstarrt, als wäre er aus Pappe.

»Herzlichen Glückwunsch, äh, Ihnen beiden«, sagt sie.

# 3

Drei Wochen später laden Kitty und ich Koffer und Kartons in den gemieteten Umzugslaster.

Die Ärztin hat geschätzt, dass ich in der neunten Woche sei. »Du musst raus aus London, Rebecca«, hatte Glitz an jenem Abend in meiner Küche gesagt. Er hatte auf die Unordnung gezeigt, auf die Stapel ungeöffneter Post, die Überreste des Abendessens von gestern auf dem Küchentisch …

Er hatte recht. Es war zu schmerzlich, hier zu leben. Ollys Schatten verfolgte mich überallhin, und jetzt hatte ich noch ein ungeborenes Kind, an das ich denken musste. Aber wo sollte ich hin? »Das kann nicht wahr sein«, sagte ich immer wieder.

»Es ist wahr, Rebecca. Du brauchst deine Familie. Nimm dir alle Zeit, die du brauchst.«

Ich schüttelte den Kopf. »Alles, was ich jetzt brauche, ist eine Tasse Tee.«

Er zog einen Stecker aus der Steckdose, drehte sich um und sah mich finster an. Ich hatte heute Morgen mein Kleid gebügelt, bevor ich zur Arbeit gegangen war, aber ich hatte doch mit Sicherheit das Bügeleisen ausgeschaltet, oder?

Wir fahren am Dairy-Crest-Gebäude an der A316 vorbei. »Guck mal, die ganzen kleinen Kühe auf dem Dach.« Ich erinnere mich, wie Olly sie mir mal gezeigt hat.

Heute kann ich nicht hinsehen. Ich werfe einen Blick zu Kitty, die grimmig hinter dem Lenkrad sitzt, ihr feuerrotes

Haar zu einem Pferdeschwanz zusammengebunden. Schon damals, als ich sie zum ersten Mal vor dem Schultor gesehen hatte, war ich von ihren bernsteinfarbenen Augen fasziniert gewesen. Ich hatte noch nie solche Augen gesehen. Genau wie ich war Kitty in Winchester aufgewachsen, auch wenn ihre Eltern vor vielen Jahren nach Kent gezogen waren, um näher an ihrem Bruder und den Enkelkindern zu wohnen.

Ich starre zum Fenster hinaus – und vermisse sie schon jetzt.

»Du wirst mir fehlen«, sagt Kitty, als könne sie meine Gedanken lesen. »Wen soll ich denn sonst nach einem desaströsen Date anrufen?«

»Anrufen kannst du mich ja immer noch.«

»Das ist nicht dasselbe. Ach Mensch, ich will nicht, dass du wegziehst.«

»Ich auch nicht«, antworte ich und denke daran, wie ich die Freitagabende für selbstverständlich genommen habe, an denen wir uns nach der Arbeit trafen. Wir sind ins Kino gegangen, haben uns danach noch etwas zu essen geholt und dabei über irgendetwas Lustiges gelacht, das uns im Lauf des Tages passiert war. Hin und wieder sind wir auch mit Olly und ein paar von seinen Freunden durch die Clubs gezogen, gefolgt von einem späten gemütlichen Frühstück am Samstagmorgen. Oft hatte ich an den Wochenenden Olly dazu überredet, zu einer Kunstausstellung mitzukommen, und er hatte mich dafür abends auf ein Konzert mitgenommen. Sonntagmorgens hatten wir im Bett herumgealbert, bevor wir uns zu einem langen Spaziergang aufrafften, gefolgt von einem Treffen mit Freunden zum Mittagessen in einem Pub. Olly liebte Sonntagsbraten.

Das Leben war einfach damals.

»Wenn's dir zu viel wird, Becca, dann kaufe ich eine Luftmatratze, und du kannst bei mir einziehen. Abgemacht?«

»Abgemacht.«

Ich werde alle meine Freunde vermissen, ganz besonders Kitty und meine alten Mitbewohner von der Uni, Sylvie und Jamie. Sylvie arbeitet in einer Kreativmarketingfirma und spielt gerade mit dem Feuer, indem sie eine Affäre mit ihrem Chef hat. Jamie hat seine eigene Videofilmfirma gegründet, filmt Taufen und Hochzeiten. Er ist ein warmherziger Mensch; wenn ich ihn sehe, geht die Sonne auf.

Sylvie, Jamie und Kitty haben mir geholfen, die Wohnung auszuräumen. Ich hatte es vermieden, Ollys Sachen anzurühren. Der Papierkram, der auf seinem Tisch ausgebreitet lag, sein unvollendetes Manuskript, das gerahmte Foto von uns an einem Strand in Cornwall … alles war noch genau so, wie er es hinterlassen hatte.

Kitty hatte sich um alles gekümmert. Sie arbeitet für einen Schullaufbahn- und Berufsberater in Piccadilly, der auf schwierige Teenager spezialisiert ist, aber das Besondere an ihr ist ihr Organisationstalent. Olly und ich haben immer darüber gelacht, wie sie sich im Supermarkt verhielt. Bevor wir auch nur angekommen waren, war sie schon im Kopf alle Regale durchgegangen. »Ich kümmere mich um Eier, Brot, Milch. Du erledigst Obst, Gemüse, Käse …«

»Ich rechne jeden Moment damit, dass sie Stoppuhr und Trillerpfeife rausholt«, sagte Olly.

In unserer Wohnung traf sie klare Entscheidungen, war aber gleichzeitig einfühlsam und drängte mich zu nichts, besonders, als wir an Ollys Seite des Kleiderschranks kamen.

Jedes Mal, wenn ich eine Schublade oder einen Schrank öffnete, suchten mich Erinnerungen heim. Alles, was ich berührte, hatte eine Geschichte. Ich konnte die Freude in Ollys Augen sehen, als ich ihm letztes Jahr den altmodischen Plattenspieler geschenkt hatte. Wir hatten ihn auf einer Antiquitätenmesse in Brighton gesehen, und als Olly sich umgedreht hatte, hatte ich mir die Visitenkarte des Verkäufers geben lassen. Olly hörte Schallplatten, während er schrieb. Bob Dylans »Make You Feel My Love« war eines seiner Lieblingslieder. Er hatte es bei unserer Hochzeit auf dem Klavier gespielt. Seine alten, treuen Tennisschuhe erinnerten mich an unseren Urlaub in Spanien. Direkt vor unserer Ferienwohnung waren zwei Tennisplätze, aber Olly hatte vergessen, seine Sportschuhe einzupacken, also hatten wir uns – fest entschlossen, den anderen Urlaubern unsere (nicht existierenden) Tenniskünste zu beweisen – zu einer kleinen Expedition aufgemacht, um vor Ort ein Sportgeschäft zu suchen und welche zu kaufen.

Bei dem Rasierschaum im Badezimmer musste ich daran denken, wie ich ihn immer aufgezogen habe: »Meinst du nicht, es wär an der Zeit, im einundzwanzigsten Jahrhundert anzukommen?«

Sein Tisch am Fenster erinnerte mich daran, wie ich spät von der Arbeit heimkam und ihn schreibend vorfand, während die schmutzigen Müslischalen und Kaffeebecher vom Frühstück noch auf dem Küchentresen standen.

Wenn ich schlecht drauf war, hatte ich sie laut scheppernd ins Waschbecken gestellt und ihn angemotzt: »Wann hast du dieses Buch denn endlich mal fertig?«

Bei guter Laune hatte ich ihm einen Kuss auf die Wange gegeben und versucht, ihn zu überreden, mich eine kleine Passage lesen zu lassen. Er hatte versprochen, dass ich das dürfte, wenn es fertig wäre, und ich hatte mir auf die Zunge gebissen, um nicht zu fragen, wann das denn sein würde.

In der unteren Schublade seines Schreibtischs schockierte mich der Fund von Passfotos von ihm und Joe, auf denen sie in der Fotokabine Grimassen schnitten. Dabei lag auch ein altes Foto von uns dreien bei Kittys Silvesterparty vor ungefähr zehn Jahren. Ich war in der Mitte, einen Arm um jeden von ihnen gelegt. Hatte Olly die Fotos aufgehoben in der Hoffnung, dass er und Joe eines Tages wieder Freunde würden?

Später am Abend hatten Kitty, Sylvie, Jamie und ich darüber diskutiert, was wir mit seinem Klavier machen sollten, aber zu dem Zeitpunkt konnte ich schon nicht mehr klar denken. Ich hatte meine Tränen den ganzen Tag zurückgehalten, doch jetzt, wo alles eingepackt war und die Wohnung so leer aussah, holte mich die Wirklichkeit ein.

Am Ende beschlossen wir, es dem Gemeindezentrum zu spenden. Ich wusste, dass das Olly gefallen hätte.

Jetzt frage ich mich, was er wohl von meiner Aktion hier halten würde. Er hat immer gesagt, dass er Weihnachten mit seiner eigenen Familie nur überstehen konnte, wenn er sich mit einer Flasche Whisky in seinem Zimmer verkroch und sich betrank.

Seine Eltern habe ich das letzte Mal auf der Beerdigung gesehen. Ich erinnere mich, wie still Victor war, wie langsam er aus der Kirche gegangen ist. Ich erinnere mich, wie ich Carolyn umarmt habe, bevor sie nach Northumberland zurückgekehrt sind. Es war, als ob wir beide uns an einen Teil von Olly klammerten, den keine von uns beiden loslassen wollte. Als ich sie anrief, um ihr zu sagen, dass ich schwanger bin, war sie so still, dass ich schon dachte, die Leitung wäre unterbrochen. »Du und Olly«, sagte sie schließlich, »ihr werdet ein Kind bekommen?«

Es fühlte sich an, als hätte man uns beiden eine Rettungsleine zugeworfen, einen Ast, an den man sich während des Sturms klammern konnte. »Ich kann es ja selbst kaum glauben, Carolyn, aber es stimmt. Wir bekommen ein Baby.«

Ein Straßenschild heißt uns in Hampshire willkommen. Ich habe nicht mehr zu Hause gewohnt, seit ich achtzehn geworden bin. Wie soll ich das hinkriegen, wieder mit Mum und Dad unter einem Dach zu leben? Was zum Teufel soll ich denn nur machen?

Ich kann nicht in unserer alten Wohnung bleiben, aber ich will auch nicht nach Hause zurückgeschickt werden. Ich muss verrückt gewesen sein! Wir sollten besser umdrehen. Das ist das Haus meiner Eltern, das ist ihr Revier, ich gehöre da nicht mehr hin …

»Halt an.«

»Was?«

»Fahr raus.«

»Kann ich nicht!«

»Fahr da raus!«, kreische ich jetzt, als ich ein Tankstellenschild sehe.

Kitty lenkt den Umzugswagen vom Motorway, nimmt die Spur zum Parkplatz und fährt in die erste freie Haltebucht. Ich klicke den Sicherheitsgurt auf, drehe das Fenster herunter und fühle mich krank, weil ich mir mein altes Leben entgleiten lasse.

Ich bin krank.

»Heftige Nacht gehabt gestern, Mädels?«, fragt ein Mann, der gerade vorbeischlendert.

Wir parken vor einer langweiligen Grasfläche. Es nieselt, und wir beobachten schweigend, wie ein Mann mit einer Bulldogge aussteigt. Er raucht. Als der Hund am Mülleimer sein kurzes Bein hebt, tritt der Mann die Zigarette im Gras aus und geht weiter. »Alles okay?«, fragt Kitty und gibt mir noch eine Flasche Wasser.

Ich starre geradeaus. »Ich bin schwanger, Kitty, obdachlos, Olly ist fort. Wie soll ich damit zurechtkommen?«

Sie sieht weg. Sie hat keine Antwort.

»Ich steck bis zum Hals in der Scheiße.« Das war einer von Ollys Lieblingssätzen.

Schließlich dreht sie sich zu mir um und lächelt hilflos. »Sieh's mal so, ab jetzt kann's nur noch aufwärtsgehen.«

Und zum ersten Mal seit vielen Wochen lachen wir.

Kitty folgt dem Ausfahrtschild nach Winchester. Meine Eltern sind nach St. Cross gezogen, als ich ein Jahr alt war. Damals war meine Mutter mit Pippa schwanger, die heute mit ihrem Mann und den Zwillingen zwanzig Minuten von Mum und Dad entfernt wohnt. St. Cross liegt am Rand von Winchester, in der Nähe der berühmten Water Meadows, den Flussauen am Itchen, in denen Keats spazieren ging und die »Ode an den Herbst« erschuf. Jane Austen liegt in der Winchester Cathedral begraben. Die Stadt ist mit Geschichte getränkt.

Kitty und ich sind in St. Cross auf dieselbe Schule gegangen. Wir schwelgen in Erinnerungen daran, wie wir nach der Schule zusammen mit Annie, einer unserer alten Schulfreundinnen, Bertie, den Mops der Schulleiterin, in den Wiesen ausgeführt haben. Wir lachen, als wir daran denken, wie wir alle drei für den blonden und blauäugigen Nick Parker geschwärmt hatten. Er hatte in unserem Schultheaterstück den Robin Hood gespielt, und ich war eifersüchtig gewesen, weil Annie die Rolle der Maid Marian bekommen hatte und ihn küssen durfte. Ich gab den dicken Bruder Tuck. Kitty war unsere Regisseurin und kommandierte uns von hinter der Bühne herum.

Als wir in die Auffahrt meiner Eltern einbiegen, bekomme ich wieder Nervenflattern.

»Denk daran, dass es nicht für immer ist«, sagt Kitty.

Mum kommt vom hinteren Gartentor ums Haus, sie sieht irgendwie schick aus in den beigefarbenen Gartenhosen, einer Sommerbluse und erdverkrusteten Handschuhen, das dunkelblonde Haar mit einem blau gepunkteten Schal aus der Stirn gebunden. Audrey, ihr winziger Rauhaardackel, bellt wütend, bis er erkennt, dass ich kein Eindringling bin. »Hallo, Audrey Hepburn.« Ich lächle und streichle den Hund, der an mir hochspringt.

»Kommt rein, kommt rein.« Mum ruft nach Dad. »Wir packen später aus. Ich hab dir dein altes Zimmer gegeben, Rebecca. Ist das in Ordnung?«

Ich nicke.

»Und Kitty kann in Pippas schlafen. Gut gemacht. Wie war die Fahrt?« Sie umarmt mich, hält mich dabei aber auf Abstand, wahrscheinlich, weil sie meine Kleidung nicht mit Erde beschmutzen will.

Kitty erzählt ihr, dass alles gut gelaufen sei, dass die M3 wie ausgestorben gewesen wäre. Auf dem Tisch im Flur steht ein Anrufbeantworter, an dem ein rotes Licht blinkt. »Liebling, kannst du mal nachsehen, wer angerufen hat?«, fragt Mum, als mein Vater aus dem Wohnzimmer erscheint.

Dad – feines, dünnes graues Haar, in Leinenhosen mit einer gewagten pinkfarbenen Strickjacke – nimmt mich liebevoll in den Arm, bevor er zum Telefon geht und dabei murmelt, dass er es in letzter Zeit nie klingeln hört.

»Weil du dein Hörgerät nie trägst!«, ruft Mum, was mich an Glitz denken lässt.

»Sie haben eine neue Nachricht«, teilt uns der Apparat mit, als Kitty und ich hinter Mum zur Küche gehen. Auf dem Weg beschwert sie sich, dass mein Vater stur wie ein alter Esel sei.

»Hi, Mum, ich bin's«, sagt eine Stimme.

Es ist Pippa.

»Ich hab deine Nachricht bekommen. *Natürlich* komme ich später noch vorbei. Es überrascht mich nicht, dass du nervös bist. Ist ja eine *gewaltige* Zumutung, sich einfach so wieder bei euch einzuquartieren.«

Ich erstarre.

Mum dreht sich um und stiert das Gerät an, als wolle sie Pippa zwingen, es dabei zu belassen.

Doch Pippa spricht weiter. »Mir graut auch davor, aber ich werde da sein, um dir und Dad zu helfen. Wir stehen das gemeinsam durch. Bis nachher. Ich liebe euch.«

»Nun gut!« Mum zieht schwungvoll die Gartenhandschuhe aus, sie ist ganz rot im Gesicht. »Wie wäre es mit einer schönen Tasse Tee?«

Beim Abendessen habe ich bisher kaum etwas gesagt. Ich bringe den Lachs fast nicht hinunter. Ständig muss ich an Pippas Nachricht denken. Pippa und ich, wir stehen uns nicht besonders nah. Als wir klein waren, habe ich meine Schwester nie so richtig kennengelernt, weil sie, seit sie zehn Jahre alt war, Tennis als Leistungssport spielte. Von da an reisten Mum und sie an jedem Wochenende und während der Sommerferien überall im Land herum, um an Turnieren teilzunehmen.

»Ich bin nur so schlank, weil ich ständig auf den Beinen bin«, erklärt Pippa Kitty, als wir uns an den Tisch setzen. »Oscar und Theo sind irre anstrengend!«

Ob Dad es genauso geht? Graut ihm auch davor, dass ich jetzt wieder hier bei ihnen wohne?

»Ich liebe euch«, hatte sie am Ende der Nachricht gesagt, so beiläufig, wie man sonst »tschüss« sagt. Ich kann mich nicht erinnern, wann ich zum letzten Mal »Ich liebe dich« zu meinen Eltern gesagt habe. Als Kind habe ich das oft gesagt, ganz besonders, wenn ich einen Nachschlag vom Angel Delight haben wollte, aber irgendwann hatte ich damit aufgehört. Warum? Olly fand immer, dass es leicht zu erklären war. Mum hatte viel mehr Zeit in Pippa investiert, und wir waren uns fremd geworden.

»Noch etwas Wein?«, fragt mein Vater Kitty.

»Der schmeckt köstlich.«

»Chilenisch.«

»Fütter sie nicht vom Tisch, Rebecca.« Mum scheucht Audrey zurück in ihren Korb.

Pippa legt die Hand über ihr Glas. »Apropos Wein, Becca, stell dir mal vor, wer zurück in Winchester ist. Joe Lawson.«

Ich lege das Messer hin. »Wer?«

»Joe Lawson.«

»Entschuldigung, was ist denn mit ihm?« Ich spiele mit meinem Serviettenring herum. Es ist derselbe, den ich als Kind benutzt habe, meine Initialen sind darauf eingraviert.

»Er hat diese neue Weinbar aufgemacht am Square, na ja, so neu ist sie nun gar nicht mehr.«

Mein Serviettenring kreiselt jetzt über den Tisch.

»Todd hat letztens Kunden mit dorthin genommen und war ziemlich beeindruckt.«

Kitty fängt den Ring auf, bevor er herunterfällt.

»Wer ist denn Joe Lawson?«, fragt Mum, während sie meinen fast unberührten Teller abräumt. Ich sehe sie vor zwanzig Jahren vor mir, wie sie drohend über mir aufragt und sagt: »Wenn du die Erbsen nicht aufisst, gibt's kein Eis zum Nachtisch!«

Dad fragt, ob irgendwer Kaffee möchte.

»Du solltest nach dem Mittag kein Koffein mehr trinken«, mahnt Pippa, und eine Sekunde lang sieht sie genau aus wie Mum, nur ohne die grauen Strähnchen im blonden Haar.

»Pah!«, murmelt er. »War Joe nicht einer von deinen alten Freunden von der Uni, Rebecca?«

»Hm.« Ich knabbere an einem Fingernagel.

»Anscheinend kann man bei Maison Joe sogar den Weinkeller mieten«, schwärmt Pippa. »Todd meint, wir sollten unseren Hochzeitstag da feiern.«

Schweigen senkt sich auf den Tisch herab.

»Entschuldigt mich.« Ich schiebe meinen Stuhl lautstark zurück und verlasse das Zimmer.

»Sehr schlau«, höre ich Kitty bissig zu Pippa sagen.

Kitty sitzt in einem gestreiften Schlafanzug am Fußende meines Bettes. »Du hast Olly das von Joe nie erzählt, oder?«

Ich schüttle den Kopf, und plötzlich wird mir ganz flau im Magen.

»Willst du bei ihm vorbeischauen?«

»Ich weiß nicht. Sollte ich wohl.« Ich bin nicht sicher, warum wir flüstern, da Mum und Dad nicht mal im selben Stockwerk sind. Ihr Zimmer ist unten. »Ich frage mich, warum er zurückgekommen ist.«

»Hat seine Familie nicht irgendwo hier gelebt?«

»Ja, aber er hat sich mit seinem Vater überhaupt nicht verstanden.«

»Du wirst ihm das von Olly sagen müssen«, meint sie.

Schuldgefühle überkommen mich. Sie hat recht. Der einzige klare Gedanke, den ich während der Beerdigung fassen konnte, war, dass Joe hätte dabei sein müssen bei Ollys Freunden.

Kitty zieht die Beine an und legt die Arme um die Knie. »Dieser ganze Kram, der da passiert ist. Das ist doch schon lange her.«

»Stimmt.« Ich nicke vage.

»Versuch, dir keine Sorgen zu machen, Becca.« Sie steht auf, sagt, es sei Zeit, schlafen zu gehen, aber bevor sie hinausgeht, fragt sie noch: »Was hast du für ein Gefühl wegen morgen?«

»Morgen?«

»Der Ultraschall.«

»Dieses Baby fühlt sich nicht wirklich an«, gestehe ich, beschämt, weil ich es vergessen habe. Nichts fühlt sich mehr wirklich an. Ich will immer noch glauben, dass ich aufwache und Olly neben mir liegen sehe. Ich werde seine Arme um meine Taille spüren, er wird mich küssen, lachen und sagen, dass ich die ganze Nacht im Schlaf geredet habe, dass ich einen schrecklichen Traum gehabt haben muss.

Ich wälze mich hin und her, haue mir fast den Kopf an der Wand an und falle beinahe aus dem schmalen Bett.

Von allen Leuten muss ich ausgerechnet Joe hier wieder über den Weg laufen. Warum bloß? Wie soll ich es ihm sagen? Oh Gott, Olly, ich bin so wütend auf dich! Wie soll ich es Joe sagen? Du warst derjenige, der immer die richtigen Worte gefunden hat. Tränen strömen über mein Gesicht. Ich bin so traurig. Du fehlst mir so. Mein Gott, wie du mir fehlst.

»Ich bin um halb sieben zu Hause«, hatte er in seiner letzten Nachricht an mich gesagt. »Ich bring noch Wein mit. Hör mal, wir müssen reden.« Mussten wir über die Wohnungen reden, oder plagte ihn etwas anderes? Ich weiß, ich habe Kitty versprochen, damit aufzuhören, aber je länger ich darüber nachdenke, wie seine Stimme geklungen hat, desto mehr bin ich davon überzeugt, dass etwas nicht stimmte.

Ich hole tief Luft.

Vielleicht sollte ich Maison Joe in den nächsten sechs Monaten einfach ganz meiden? Ich darf im Moment sowieso keinen Wein trinken, also habe ich die perfekte Entschuldigung, um nicht hinzugehen. Joe würde nichts merken. Wir haben jetzt Mitte Juni. Könnte ich nicht einfach untertauchen, bis ich Weihnachten das Baby bekomme?

Ich stehe auf und gehe zum Badezimmer am Ende des Flurs, wo ich mir kaltes Wasser ins Gesicht spritze.

Joe Lawson. Ich habe ihn seit mehr als zehn Jahren nicht mehr gesehen.

Es ist hoffnungslos. Wie soll ich jemals wieder schlafen?

# 4

*Bristol University, vor elf Jahren*

Ich lasse meine Bibliotheksbücher auf mein Bett fallen und streife meine Schuhe ab. Von unten höre ich Musik. Hört sich an wie Oasis. Wer ist in der Dusche? Ich werfe einen Blick auf den Wecker auf dem Nachttisch. Es ist vier Uhr nachmittags. Ich wette, es ist Jamie, der faule Hund.

Ich lege mich hin, nach letzter Nacht bin ich ganz schön müde. Olly und ich sind erst etwas essen gegangen und schließlich in der Lizard Lounge gelandet, wo wir bis drei Uhr früh getanzt haben.

Wir sind jetzt schon fast ein Dreivierteljahr zusammen. Ich denke zurück an den Tag, an dem ich neben ihm im Seminar saß. Ich in Minirock und Cowboystiefeln, die Haare frisch gewaschen und glänzend. Es war Winter, zu Beginn unseres zweiten Semesters.

»Ich hab dich gestern Abend spielen gehört«, habe ich gesagt, noch ganz außer Atem, weil ich mich so schnell auf den Stuhl neben ihm geworfen hatte. Ich sammelte mich ein wenig, bevor ich weitersprach: »Du erinnerst mich an die Rolling Stones, nur besser.«

»Rebecca, gibt es da ein Problem, das du gern mit uns teilen würdest?«, fragte unser Tutor Mr Simpson.

»Nein, 'tschuldigung«, murmelte ich und wollte am liebsten im Boden versinken.

Aber dann bemerkte ich, wie Olly auf meine Beine schielte. Mit dem Minirock hatte ich eindeutig die richtige Entscheidung getroffen, auch wenn ich mir darin den Hintern abfror. Er zog eine Augenbraue hoch, bevor er etwas auf einen Zettel kritzelte. »Ist dir nicht kalt? PS: Lust auf einen Drink heute Abend?«

Mein Herz schlug einen Purzelbaum. Ich war kurz davor, dieses Stückchen Papier zu rahmen und für immer aufzubewahren.

Während unseres ersten Treffens erzählte Olly mir, dass er Journalist werden wolle, Popstar, Jazz- oder klassischer Pianist oder vielleicht Romanautor. Oder vielleicht auch eine Mischung aus allem, hatte er gelacht. Ich erzählte ihm, dass ich keine Ahnung hätte, was ich mit meinem Abschluss anfangen wollte. Ich hoffte, dass sich das noch ergab, während ich studierte.

Ich reibe meine wunden Füße aneinander, voller Blasen vom Tanzen gestern Nacht, und denke daran, wie Olly mich damals nach Hause begleitet hat. Ich fühlte mich wohl in seiner Gesellschaft, als würden wir uns schon seit Jahren kennen. Wir redeten darüber, wie es war, zum ersten Mal von zu Hause weg zu sein. Ich gestand ihm, dass ich froh darüber gewesen wäre, dass ich es genieße, frei und unabhängig zu sein. Ich war mir in meiner Familie immer ein bisschen wie ein Außenseiter vorgekommen, da meine Mutter und meine Schwester Pippa beides Sportskanonen waren, während ich eher künstlerisch veranlagt war. Ich schilderte, wie Mum mir zum achten Geburtstag einen Slazenger-Schläger geschenkt hatte, in der Hoffnung, dass ich für die schwindelnden Höhen Wimbledons ausersehen war.

»Sie hat mich für eine Stunde mit dem Trainer des Tennisclubs angemeldet, Kenny. Du hättest mich sehen sollen, Olly. Ich bin vor dem Ball *davon*gelaufen, nicht darauf zu.«

Er lächelte. »Mein Vater ist ein Käfer-Mann.«

»Ein was?«

»Ein Käfer-Mann. Entomologe. Ist schon in Ordnung, du darfst lachen.«

»Sorry, ich wusste nicht, was du meintest.«

»Schäm dich! Mein Dad studiert Insekten und verdient damit sein Geld. Wusstest du etwa nicht, dass es 1,3 Millionen beschriebene Arten gibt und dass Insekten mehr als zwei Drittel aller bekannten Organismen ausmachen …«

»Wusste ich nicht, tut mir leid.« Ich klatschte mir auf den Oberschenkel. »Was hab ich nur mein ganzes Leben lang gemacht?«

»Und es gibt sie schon seit etwa vierhundert Milllionen Jahren.«

»Wow.«

Olly sah mich an. »Er ist Akademiker, mein Dad, nicht gut im Smalltalk, lebt in seiner eigenen kleinen Blase. Er interessiert sich nicht für meine Musik oder dafür, was ich in Bristol mache, er findet nichts spannend außer dem Habitat der Rüsselkäfer. Ja«, sagte er als würde ihm das erst jetzt klar, »er hat nicht die geringste Ahnung davon, wer ich überhaupt bin!«

Olly lachte, aber ich konnte sehen, dass es ihm naheging, und das war der Augenblick, in dem ich wusste, dass zwischen uns etwas passieren würde. »Ich fand's sehr schön«, sagte er gegen Ende unseres Dates und brachte sein Gesicht ganz nah an meins. »Warum haben wir das nicht längst mal gemacht?«

»Was hast *du* nur dein ganzes Leben lang gemacht?«, sagte ich und brachte ihn zum Lachen.

Wir küssten uns noch an dem Abend, vor dem Studentenwohnheim. Es war ein Kuss, der mehr versprach, und bevor ich zu Bett ging, rief ich Kitty an und erzählte ihr, dass ich den Mann meiner Träume kennengelernt hatte.

Olly und ich beschlossen in unserem zweiten Jahr, dass wir zusammenleben wollten, also zogen wir zusammen mit drei weiteren Mitbewohnern, Sylvie, Jamie und Dan in ein Reihenhaus am Victoria Square in Clifton, mit hohen Decken, billigen Kronleuchtern, fadenscheinigen Teppichen und einem sehr feuchten Badezimmer. Als es an die Verteilung der Zimmer ging, zogen wir fünf Lose aus einem Hut. Sylvie schnappte sich das größte. Sie studiert Betriebswirtschaft. Dabei ist sie mehr der Punk-Rock-Typ: Batik-T-Shirts, enge Jeans, färbt sich die langen Haare mit Henna, trägt dicken schwarzen Eyeliner und schwere schwarze Stiefel. Angeregt durch sie habe ich mir auch einmal die Haare schwarz gefärbt, es aber sofort wieder ausgewaschen, nachdem Olly mich gefragt hat, was ich mir da angetan hätte. Mein Haar ist kastanienbraun, lang und dick, mit einer Naturwelle darin. »Das war das Erste, was mir an dir aufgefallen ist, Becca. Na ja, das und deine Beine.« Ich nahm das Zimmer mit Blick über einen dicht belaubten Park. Jamie wohnt mir gegenüber; er studiert Geschichte. Dan wohnt nicht mehr hier. Er ist letzte Woche verduftet, ohne uns seinen Anteil an der Miete zu zahlen, deshalb suchen wir jetzt Ersatz.

Irgendjemand duscht da wirklich lange, denke ich, und stehe auf, um nachzusehen. Als ich gerade anklopfen will, um wem auch immer zu sagen, dass er sich beeilen soll, geht die Tür auf, und ein großer Mann mit dunklem schwarzen Haar erscheint, mit nacktem Oberkörper und einem flauschigen pinkfarbenen Handtuch um die schlanke Hüfte. »Hallo«, sagt er, die Spur eines Lächelns in den grauen Augen. »Ich bin Joe. Joe Lawson. Wie geht's? Olly hat mir die Schlüssel gegeben.«

Hallo? Wer bist du denn? »Du hast mein Handtuch«, erkläre ich, während ich versuche, nicht mit offenem Mund auf seinen Brustkorb zu starren.

»Oh, tut mir leid.« Er nimmt es ab und reicht es mir. »Ich hab noch nicht ausgepackt.«

Mit offenem Mund, mein Handtuch in der Hand, sehe ich ihm nach, während er davongeht. Toller Körper, denke ich, bevor ich mich zusammenreiße und rufe: »Sorry, wer bist du denn eigentlich?«

»Olly hätte uns vorwarnen müssen«, sage ich, als wir an jenem Abend ein WG-Treffen in einem Pub machen.

Er verschränkt die Arme vor der Brust. »Ach, komm schon, Becca, was ist denn schon dabei?«

»Was dabei ist? Dass *wir*« – ich zeige auf Sylvie und Jamie – »ihn überhaupt nicht kennen! Vielleicht hättest du dir die Mühe machen sollen, uns vorher zu fragen.«

»Wir brauchten doch dringend jemanden«, verteidigt Olly sich.

»Das weiß ich, aber ich denke, wir sollten da alle mitzureden haben.« Ich warte darauf, dass Sylvie mich unterstützt, doch erstaunlicherweise gibt sie kein Wort von sich.

»Joe hat sich in seiner Bude nicht wohlgefühlt«, fährt Olly fort, »da dachte ich, ich würde *uns allen* einen Gefallen tun, wenn ich ihn frage.«

»Hör mal«, mischt sich Jamie ein. »Ich habe vorhin mit Joe gesprochen, Becca, und er scheint okay zu sein.«

»Wusstest du, dass er mein Handtuch genommen hat?«

»Nein! Was du nicht sagst! Aber mir scheint er auch nett zu sein«, setzt Sylvie hinzu, bevor sie meint, wir könnten alle wohl noch was zu trinken brauchen, und zur Bar geht. »Abgesehen davon ist er *echt* heiß«, ruft sie über die Schulter zurück.

»Genau. Sylvie ist damit einverstanden«, argumentiert Olly. »Du auch, Jamie?«

»Es ist zu spät, ihn jetzt zu fragen!« Dieser Streit hat nichts mehr mit Joe zu tun. Es geht mehr darum, dass Olly nicht versteht, warum ich manchmal sauer werde.

»Er wird reihenweise hübsche Mädchen anziehen«, versucht Jamie die Stimmung aufzuhellen. Jamie trägt eine Brille und hat ein Gesicht so rund wie eine Billardkugel und einen Bauch wie eine Hüpfburg. Dünn zu sein würde nicht zu ihm passen. Er hat Hunderte von Freunden, aber die Mädchen sehen in ihm eher ein knuddeliges Spielzeug, keinen Joe Lawson.

Olly stimmt zu. »Früher hat er Rugby gespielt.«

»Jedenfalls sieht er durchtrainiert aus.« Sylvie kommt lächelnd mit den Getränken zurück. Ich schnappe mir mein Bier, immer noch verärgert, dass die anderen so leicht nachgegeben haben. »Komm schon, Becca, wir brauchen die Miete, und ich bin sicher, dass der Typ ganz okay ist«, versucht Sylvie mich zum Einlenken zu bringen, während sie in die hintere Tasche ihrer Jeans greift und ein zerdrücktes Päckchen Marlboro lights herausholt.

»Du willst ja nur mit ihm ins Bett hüpfen! Das wird vielleicht ein Spaß! Tolle Atmosphäre im Haus.«

»Du und Olly, ihr seid doch auch zusammen«, erwidert sie achselzuckend. »Und ich beschwer mich nicht.«

Verdammt! Da hat sie recht. Ich lehne mich zurück, weil ich merke, dass es keinen Sinn mehr hat. Abgesehen davon ist er ja schon eingezogen, weshalb ich, abgesehen davon, seinen Koffer zum Fenster rauszuwerfen und die Schlösser auszutauschen, nichts mehr dagegen tun kann. Außerdem sollte ich ihm vielleicht einfach eine Chance geben.

Allein gehen Olly und ich über den Berkeley Square nach Hause.

»Er war splitterfasernackt, Ol.«

»Lass gut sein, Becca, wirf das Handtuch.«

Ich lache. »Joe hat das gemacht. Du hättest mal seine Muskeln sehen sollen.«

Olly winkelt die Arme an. »Ich hab Muskeln.«

Ich kneife die Augen zusammen. »Du versteckst sie gut.« Ich gehe vor ihm her. »Nimm dich lieber mal in Acht, Olly, du kriegst Konkurrenz!«

Er holt mich ein, packt mich am Arm und wirbelt mich zu sich herum. »Becca, du hast ja recht. Ich hätte vorher fragen sollen.«

»Tja, ich habe wohl auch ein wenig überreagiert«, gestehe ich ein. »Ich weiß, dass ich manchmal schnell in die Luft gehe.«

»Ach ja?« Er lacht und zieht mich an sich. »Wie kann ich das bei dir wiedergutmachen?«

»Ah«, überlege ich, »lass mich nachdenken. Eine Fußmassage wäre schön, Crème brûlée im Bett …«

»Wir wär's, wenn wir früh zu Bett gehen.«

Wir küssen uns. »Hört sich gut an. Ich muss noch ein bisschen Schlaf nachholen.«

Olly zieht eine Augenbraue hoch. »Wer hat denn was von schlafen gesagt?«

»Was studiert Joe noch mal?«, frage ich, als Olly die Haustür aufschließt.

»Medizin«, antwortet Joe für ihn. Er trägt Jeans und ein weißes T-Shirt. »Das Zimmer ist toll. Danke, dass ich hier wohnen darf, Olly.«

»Kein Problem. Alles in Ordnung.«

»Rebecca?« Joe lehnt sich mit einer Hand an den Türrahmen. Dieser Mann strahlt immer eine gewisse Überheblichkeit aus, für die ich ihm jedes Mal am liebsten eine reinhauen würde.

Ich ziehe meine Jacke aus. »Ja?«

»Bist du einverstanden damit, dass ich hier bin?«

Ich schenke ihm ein breites Lächeln. »Klar.«

»Großartig.«

»Hast du schon was Nettes vor?«, fragt Olly wie ein besorgter Vater.

»Nur mal ein bisschen raus«, kommt die ausweichende Antwort. »Ich treff mich mit ein paar Freunden. Wir sehen uns dann morgen … es sei denn, ihr wollt mitkommen?«

»Nein danke«, sage ich, bevor ich das Zögern in Ollys Blick sehe.

»Wo ist Olly?«, fragt Sylvie, als sie in die Küche kommt und mich allein dasitzen sieht. Ich frage mich, was aus unserem Früh-ins-Bett-Gehen und meiner Fußmassage geworden ist.

»Weg. Mit unserem neuen Mitbewohner.«

Sie macht ein überraschtes Gesicht. »Bist du jetzt damit einverstanden, dass Joe hier einzieht?«

»Ja, ist schon in Ordnung.« Ich strecke die Arme aus. »Gut, Bettzeit.«

»Becca? Was ist los?«

»Nichts.«

»Becca?«

»Es ist wegen Olly.«

»Was ist mit ihm?«

»Ist dir schon mal aufgefallen, dass er so ziemlich immer nur das macht, was er gerade will?«

»Ja!« Sie lacht. »Dir etwa nicht? Schätze mal, das ist, weil er hübsch ist und lustig und in einer Band spielt, deshalb denkt er, er hätte irgendein göttliches Recht darauf oder so was.« Sie zieht einen der Schränke über dem Spülbecken auf und holt einen Laib geschnittenes Weißbrot heraus. »Toast?«

Ich schüttle den Kopf.

»Olly macht manchmal Sachen, ohne vorher darüber

nachzudenken, das ist alles. Die meisten Kerle sind so – na ja, zumindest die, mit denen ich zusammen war. Es tut mir leid, dass ich vorhin nichts gesagt habe, du weißt schon, wegen Joe. Wenn er irgendein pickeliger Wissenschaftslangweiler oder Mathematik-Nerd mit dicken Brillengläsern gewesen wäre …«

»Dann hättest du mich unterstützt. Er sieht schon toll aus«, gestehe ich lächelnd ein.

Sylvie zieht sich einen Stuhl heran. »Genau. Kommt schließlich nicht jeden Tag vor, dass ein Adonis unsere Leben beehrt. Dan war nicht gerade ein Bild von einem Mann, und außerdem hat er immer mein Knäckebrot geklaut.«

Ich lache, sage, dass er sich auch immer an meinen Snickers bedient hat.

»Olly liebt dich, weißt du.«

»Vielleicht.«

»Da gibt's kein Vielleicht.«

»Danke, Sylvie.« Ich gebe ihr einen Gutenachtkuss und gehe nach oben, an Dans altem Zimmer vorbei, dessen Tür geschlossen ist. Einen Augenblick lang bin ich versucht, sie aufzumachen, um zu gucken, wie das Zimmer jetzt aussieht. Warum nur beschleicht mich die Vorahnung, dass Joes Ankunft alles in diesem Haus verändern wird?

# 5

Die Sonne scheint. Es ist ein schöner, warmer Sommertag, aber Kitty fehlt mir jetzt schon.

»Mit London ist es ja so, Becca, dass sich nichts wirklich ändert«, hatte sie versprochen, als wir uns unter Tränen heute Morgen verabschiedet haben. »Wenn du zurückkommst, werde ich immer noch in Earls Court wohnen und mit gestörten Teenagern darüber sprechen, was sie mit ihrem Leben anfangen sollen, obwohl ich keinen blassen Schimmer habe, was ich mit meinem tun soll. Jamie wird immer noch mit der grässlichen Amanda zusammen sein, und Sylvie wird *immer noch* mit ihrem Boss schlafen oder vielleicht auch nicht mehr … Sie ist im Grunde die Einzige, deren Verhalten nicht ganz so vorhersagbar ist, aber du kannst ganz sicher sein, dass ich *immer noch* beschissene Dates haben werde.« Kitty hatte mir von ihrem letzten Versuch erzählt, Richard – kurz Dickie –, der so gut wie keine Haare mehr auf dem Kopf hatte. Aber der Tropfen, der das Fass zum Überlaufen gebracht hatte, war, als er sagte, sein *absoluter* Lieblingsfilm sei *Sister Act*.

»Du schaffst das schon, ganz bestimmt«, hatte Kitty mich bestärkt, während sie mich umarmte.

»Danke«, hatte ich gesagt und sie fest gedrückt, »tausend Dank für alles.«

Mum hat für mich für zwölf Uhr einen Termin in der gynäkologischen Abteilung unseres örtlichen Krankenhauses vereinbart. Bis jetzt konnte ich nicht mal die Energie aufbringen, überhaupt mit dem Auspacken anzufangen. Ich starre auf all die Koffer und Kartons. Es fühlt sich so seltsam an, wieder in meinem alten Zimmer zu wohnen. An der Wand mir gegenüber hängt noch ein gerahmtes Gemälde des St. Catherine's Hill, das ich mit acht gemalt habe. Ich sehe mich an meiner Staffelei neben der alten Spiegelkommode stehen, in meinem roten Kinderkittel, sehe mich, wie ich Acrylfarben mische. Ich berühre meinen Schrank und stelle mir mein grüngelb-rotes Flamenco-Kleid vor, das immer in der Ecke hing. In diesem Kleid habe ich meinen ersten Freund, Javier, geküsst, auf der Party zu Kittys zehntem Geburtstag. Javier war Spanier und konnte nur mit einem Auge sehen, weil er, als er klein war, mit dem Fahrrad in einen Dornenbusch gefallen war. Pippa sagte, er würde nicht als Freund zählen, weil er mich ja gar nicht richtig sehen könnte.

Früher hatte das Zimmer eine Laura-Ashley-Tapete. Ich hatte mich für blassrosa Rosenblüten mit einer dazu passenden Bordüre entschieden, aber jetzt sind die Wände hellgrün gestrichen, und das Bett ist mit einer bestickten Tagesdecke überzogen. Ein paar Hochglanzmagazine zum Thema Landleben und Garten liegen auf meinem Nachttisch, eine Flasche Mineralwasser steht daneben. Es fühlt sich an wie ein Gästezimmer.

Ich ertappe mich dabei, wie ich nach nebenan gehe, in Pippas altes Zimmer, in dem Kitty übernachtet hat. Wenn Olly und ich hin und wieder übers Wochenende zu Besuch kamen, haben wir hier geschlafen, weil Pippas Zimmer groß genug für ein Doppelbett ist. Und da es früher mal eine Küche gewesen war, hatte Pippa außerdem ein eigenes Waschbecken. Ich konnte hören, wie sie sich abends die Zähne putzte und ins Bett hüpfte. Ich dagegen musste zu dem kalten Badezimmer am anderen Ende des Flurs tapsen, wo in der Badewanne langbeinige Spinnen lauerten. Wenn ich durch den langen Flur zurückging, warf ich oft einen Blick auf Pippas funkelnde Tennismedaillen und Pokale, die auf einem Regal neben ihrem Bett standen. Poster von Andre Agassi schmückten ihre Wand. Sie brauchte mehr Platz, dachte ich dann. Als ich es einmal gewagt hatte, mich darüber zu beschweren, dass mein Zimmer kleiner war als ihres, obwohl ich die Ältere war, hatte Mum entgegnet, dass ich dafür den Blick auf den Garten und auf den St. Catherine's Hill in der Ferne hätte (Pippas Zimmer ging auf die viel befahrene Hauptstraße hinaus). Ich schaute zum Fenster hinaus und befand, dass die Aussicht tatsächlich etwas Besonderes war. Im Nachhinein glaube ich, dass sie mich angeregt hat, Landschaften zu malen. Plötzlich war die Größe des Zimmers für mich nicht mehr wichtig, nur ein eigenes Waschbecken hätte ich immer noch gern gehabt.

Ich fange an auszupacken, aber eine Schachtel bleibt unangetastet. Darin sind Dinge, die ich beseitegelegt hatte, als wir die Wohnung ausgeräumt haben, Dinge, die ich bei mir haben möchte. Ollys Manuskript, das Buch, das er fast fertig geschrieben hat. »Ich muss nur noch eine Zusammenfassung schreiben, einen Werbetext ausarbeiten und überlegen, an welche Verlage ich es schicke«, hatte er aufgeregt gesagt, als ich ihn (gut gelaunt) fragte, wie es lief.

Ich bin noch nicht bereit, es zu lesen, aber eines Tages werde ich das tun. Ich habe den dunkelblauen Pullover aufgehoben, den er immer in der Wohnung getragen hat, die Einladung zur Beerdigung mit Simons Rede, die er für mich ausgedruckt hat, eine Schubert-CD, eine Sammlung von Fotos einschließlich einer meiner Lieblingsaufnahmen von unserer Hochzeit in einem alten Silberrahmen. Wir tanzen darauf. Ich schiebe die Schachtel unters Bett und stelle ein gerahmtes Bild von uns beiden auf den Nachttisch. Es stammt von unserer Hochzeitsreise in Florenz.

Als Mum und ich in der Klinik eintreffen, sehe ich ein Pärchen Hand in Hand herauskommen. Ich stelle mir vor, wie sie zu Hause das Sonogramm an den Kühlschrank heften. Ich kann hören, wie sie darüber diskutieren, ob sie beim nächsten Mal das Geschlecht herausfinden lassen sollen.

»Oh, das sind wir!«, sagt ein Paar, das neben uns sitzt, als ein Name aufgerufen wird. Ich sehe kurz zu Mum hinüber. Sie trägt ein schickes rotes Kleid mit weißen Punkten und einen Ledergürtel, der mit zwei kleinen goldenen Eulen zusammengehalten wird. Ich schwöre, sie hat diesen Gürtel schon, seit ich auf der Welt bin. Ein junger Mann setzt sich mir gegenüber auf einen Stuhl, ganz außer Atem. Ich sehe, wie er seine Sonnenbrille abnimmt. Er erzählt seiner Frau oder Partnerin, dass er für ein paar Stunden in die Parkuhr eingezahlt hat.

Olly sollte jetzt hier sein.

Ich schließe die Augen und sehe uns im Urlaub vor mir, in Spanien, vor zwei Jahren. Wir liegen am Strand und sonnen uns, beobachten Kinder in gestreiften Badeanzügen und Shorts, die an die Hände ihrer Väter geklammert juchzend in die Wellen springen. Ich trage einen türkisfarbenen Bikini; Olly trägt eine Badehose mit aufgedruckten tropischen Motiven. Neben uns sitzt ein Vater mit seinem Sohn auf einer rot karierten Decke, die Überreste eines Picknicks liegen zwischen ihnen. Der Junge muss etwa vier oder fünf Jahre alt sein und hat die gleichen Pausbacken und das islandblonde Haar wie sein Vater. Während er Sand für eine Sandburg in sein Eimerchen schaufelt, fragt er: »Daddy, wie viele Wellen sind im Meer?«

Der Vater setzt sich auf und blickt aufs Meer hinaus. »Da sind unendlich viele Wellen«, antwortet er, »und es werden immer unendlich viele sein, Freddie, auch wenn wir schon lange tot sind.«

Olly und ich beobachten den Vater, bevor wir einander ansehen und ich genau weiß, dass wir dasselbe denken. »Eines Tages hätte ich auch gern eine Familie«, sagt er und legt sein Taschenbuch weg.

»Ich auch.« Ich nehme Ollys Arm und lege ihn über meinen Bauch.

»Ich hätte gern einen Jungen«, sagt er.

»Ich hätte gern ein Mädchen.«

»Na, dann bekommen wir besser zwei oder drei.«

»Tja«, sage ich, rolle mich auf den Bauch und gebe ihm die Flasche mit der Sonnencreme, »dann sollten wir aber besser bald damit anfangen.«

»Okay«, lacht Olly, während er meinen Bikini aufhakt und die Creme über meinen Rücken verstreicht. »Was machen wir noch hier?«, flüstert er mir ins Ohr. »Warum sind wir nicht längst … du weißt schon …?«

Bald packen wir unsere Bücher und Handtücher zusammen und rennen über den Strand zurück zu unserer Ferienwohnung.

Ich höre, wie jemand einen Namen ausruft. Es ist nicht meiner.

Ich merke, dass Mum nervös ist. Ich spüre, dass sie mir etwas sagen will. »Rebecca, wegen Pippas Nachricht gestern Abend …«

»Ist schon in Ordnung«, sage ich und beuge mich zu dem Tisch hinüber, um eine abgegriffene Illustrierte zu nehmen.

»Die Sache ist …« Mum atmet tief durch. »Es wird schwierig werden, und dein Vater und ich, na ja, wir sind wirklich etwas beunruhigt, wir werden alt und …«

»Mum, es ist in Ordnung, ich verstehe das. Ich bin euch dankbar, dass ich überhaupt zu euch kommen durfte.«

Mums Blackberry vibriert. Todd hat ihn ihr gekauft. Es ist eine dringende SMS von Pippa, in der steht, dass sich ein

Drama ereignet hat. Die Waschmaschine ist übergelaufen. Ob Mum die Kinder aus der Kita abholen kann?

»Keine Handys«, sagte die Empfangsdame mit der steinernen Miene. Mum flüstert, dass sie hinausgehen muss, um Pippa zurückzurufen, nur um ihr zu sagen, dass sie hier mit mir sitzt. »Dauert nicht lang«, versichert sie mir.

Ich lege mich auf die Untersuchungsliege, meine Blase ist inzwischen so voll, dass ich mich unwohl fühle. »Sind Sie heute allein hierhergekommen?«, fragt die Schwester, die sich als Sandra vorgestellt hat. Sie sieht aus, als sei sie ungefähr in meinem Alter, mit dunklem Haar, das zu einem praktischen Pferdeschwanz zusammengebunden ist, und einer hübschen Taille, um die sie einen elastischen Gürtel trägt.

»Das ist ja das Tolle an dieser Technologie«, redet sie weiter, während sie die Ultraschallinstrumente zusammensammelt. »Sie bekommen die Bilder, sodass Sie sie ihm später zeigen können. Gut«, sie fängt an, indem sie Gel auf meinen Bauch schmiert, »das wird jetzt ein bisschen kalt.«

Wenn Olly hier wäre, könnte ich ihm sagen, wie kalt genau es ist. Eiskalt. Aber er ist nicht hier.

Ich balle die Hände zu Fäusten, um gegen die Tränen anzukämpfen.

»Schauen Sie jetzt auf den Monitor.« Sandra zeigt auf etwas Winziges in etwas Trichterförmigem. Das kann es nicht sein. Ich kann kaum erkennen, was sie meint. Ich schließe die Augen und höre nicht mehr, was sie sagt.

Was, wenn es ein Mädchen ist? Olly wollte einen Jungen. Aber wenn es ein Junge wird, könnte es natürlich sein, dass er Olly überhaupt nicht ähnlich sieht. Was dann? Ich würde immer nur nach Olly suchen, versuchen, die Wärme in seinen braunen Augen zu finden, das kleine Grübchen in seiner linken Wange, das ich so geliebt habe, das Lächeln, das die härtesten Herzen erweichen konnte? Ich würde dieses Baby eintauschen, wenn ich dafür unser altes Leben zurückbekommen könnte, ich würde die Welt aufgeben, um ihn noch einmal zu sehen. Ich weiß, unsere Ehe war nicht perfekt, aber erst, wenn jemand nicht mehr da ist …

Ich sehe zur Decke hinauf und fange an, die Punkte zu zählen. Dieses Baby wird mich jeden einzelnen Tag an den Unfall erinnern. Vielleicht schreie ich mein Kind an, weil es nicht Olly ist. Vielleicht bin ich gar nicht in der Lage, mich um ihn zu kümmern. Ihn zu lieben. Ich werde keine gute Mutter sein. Wie könnte ich auch?

Ich höre, wie in mir etwas explodiert. Jemand soll das abstellen! Bitte! Ich halte mir die Ohren zu.

Sehe den Sarg vor dem Altar.

Höre den Polizisten mir die Nachricht überbringen.

Mein Baby – unser Baby – wird seinen Vater nie kennenlernen. Ich höre Schreie. Eine Tür fliegt auf. Jemand packt meine Hand, jemand anders hält meine Arme fest. Jemand wiegt mich im Arm, als wäre ich ein Kind.

»OLLY!«, schreie ich.

Als ich die Augen öffne, sehe ich Mum, die mit aller Kraft versucht, nicht zu weinen. Sie hat eine Hand fest um meine geschlossen. Ein Arzt steht neben mir, er sagt mir, ich solle atmen, tief durchatmen, es sei alles in Ordnung. Mir wird klar, dass dieser ganze Lärm von mir ausgeht.

»Das sind die Beinchen«, sagt Sandra.

Ich schaue auf den Monitor, während sie auf die Arme zeigt, den Hals und die geschwungene Wirbelsäule. Inzwischen erfüllt mich eine seltsame Ruhe. Ich kann mir vorstellen, wie Olly sich die Brille aufsetzt und auf den Monitor blinzelt. Ich kann ihn sagen hören, dass er überhaupt nichts sieht, dass das nur ein Fleck ist.

»Sehen Sie, das ist das Herz.« Sandra zeigt auf den Bildschirm.

Ich habe einen kleinen Jungen oder ein kleines Mädchen mit einem Herzschlag in mir, einen Teil von Olly, der darum kämpft, gewollt und geliebt zu werden. »Er ist perfekt«, seufze ich.

»Also glauben Sie, es wird ein Junge?«, fragt Sandra mit einem mitfühlenden Lächeln.

»Ich hab so eine Ahnung, das ist alles.« Ich drehe mich zu Mum um, mit Tränen in den Augen. »Ich denke, du solltest anfangen, etwas Blaues zu stricken.«

# 6

Es ist Anfang Juli, zwei Wochen nach dem Ultraschall, und ich frühstücke mit meinen Eltern in der Küche. »Du trägst doch deine Brille, wenn du fährst, oder?«, sagt Mum zu Dad. Sie ist schon in Tenniskleidung, bereit fürs Match.

»Ach, hör doch auf herumzunörgeln«, antwortet er, ohne vom Sportteil der Zeitung aufzublicken. Er ist ein leidenschaftlicher Wimbledon-Fan und sieht sich gerade die Reihenfolge für heute Nachmittag an.

Dad fährt heute nach Brighton, um seinen Porzellanhändler zu besuchen, Mr Pullen. Im Ruhestand hat er angefangen, sich für chinesisches Porzellan aus dem neunzehnten Jahrhundert zu interessieren. Mum hat mir anvertraut, dass es ihn zu ihrer großen Freude beschäftigt und davon abhält, jeden Tag danach zu fragen, was es zum Mittagessen gibt. Letzte Woche hat er vor mir eine Rede geprobt, die er vor der »Senior Wives Fellowship« halten wollte. Anscheinend haben alle sie sehr fesselnd gefunden, ganz besonders den Teil über die frühen Minton-Stücke mit den Pseudo-Sèvres-Marken und den ringförmigen Henkeln, die er so liebt. Das große Drama jedenfalls ereignete sich, als eine der alten Damen während seines Vortrags vom Stuhl fiel. Ein Krankenwagen wurde gerufen, aber glücklicherweise war es nichts Ernstes. »Du musst sie zu sehr aufgeregt haben, Dad«, hatte ich gesagt und versucht, nicht zu lachen. »Wahrscheinlich hast du sie in Trance versetzt, als du über eine deiner Tassen und Untertassen gesprochen hast.«

Nach dem Frühstück räume ich den Geschirrspüler ein. Dad meckert mich an, weil ich die Messer mit dem Holzgriff hineingetan habe. »Ist schon in Ordnung«, widerspricht Mum. »Die sind doch schon so alt.«

»Mir gefällt es auch nicht, dass ihr immer die Kaffeebecher da hineintut.« Er nimmt mir einen aus der Hand. »Die Farben bleichen aus, siehst du!« Er schwenkt den Becher vor meinen Augen hin und her. »Sie gehen kaputt. Und, *bitte*, stell niemals die Kristallgläser hinein.«

»Okay, in Ordnung«, murmele ich.

Endlich zieht Dad mit einem abgewetzten, leeren Koffer ab. Er ist ganz aufgeregt und wirft uns noch hinterher, dass er zu Federers Spiel zurück sein werde. Sofort packen Mum und ich die Becher und die Messer wieder in die Spülmaschine und kommen uns dabei ein bisschen wie Verschwörer vor. »Aber bei den Gläsern hat er recht«, räumt sie ein. »Die waren ein Hochzeitsgeschenk.« Dann gibt sie mir einen Einkaufszettel und sagt, dass es ihr eine große Hilfe wäre, wenn ich das Essen für ihre Einladung heute Abend einkaufen würde, zu der ich natürlich auch herzlich willkommen sei. Seit dem Ultraschall ist es, als hätte sich eine Schranke zwischen uns gehoben. Olly haben wir allerdings bisher noch mit keinem Wort erwähnt. Mum und Dad fragen, wie es mir geht, ob ich gut geschlafen habe, was ich vorhabe, aber niemand von uns kann sich dazu überwinden, auch nur seinen Namen auszusprechen. Mir ist auch aufgefallen, dass die Fotos von Olly und mir überall im Haus weggeräumt oder umgestellt worden sind. Das Hochzeitsfoto, auf dem wir den Kuchen anschneiden, ist vom Kaminsims auf die Fensterbank umgezogen, halb verdeckt durch die Vorhänge. Unser Verlobungsfoto, am London Eye aufgenommen, wird durch ein Bild von den Zwillingen verdeckt, auf dem sie zusammen mit Todd in einem kleinen Bötchen sitzen.

»Becca?«

»Ja?«, sage ich geistesabwesend.

Mum nimmt ihren Tennisschläger und einen Eimer mit alten Bällen. »Ich bin dann mal weg«, sagt sie. »Kannst du bitte die Wäsche reinholen, falls es anfängt zu regnen?«

»Ja, klar.« Mum starrt mich immer noch an. »Wir sehen uns dann später«, sage ich, gieße mir noch eine Tasse Tee ein und setze mich an den Tisch, um Dads Zeitung zu lesen.

»Dein Becher«, weist sie mich hin. »Er macht Flecken auf dem Holz.«

Ich seufze erleichtert auf, als die Haustür ins Schloss fällt. Endlich bin ich für mich, niemand, der an mir herummeckert. Mein Handy klingelt, und ich denke kurz darüber nach, die Mailbox anspringen zu lassen, aber dann sehe ich, dass es Glitz ist. »Na ja, bis jetzt sind wir uns noch nicht an die Kehle gegangen«, erzähle ich ihm, als er mich fragt, wie es so läuft. »Wie ist es, mit Marty zusammenzuarbeiten?«

»Wir steuern auf die Scheidung zu. Sie hat die Alarmanlage ausgeschaltet. Stell dir vor! Aber ich war sehr beeindruckt, wie schnell die Polizei hier war.«

Nach einem Abstecher zu Sainsbury's, den ich hauptsächlich damit verbracht habe, in irgendwelchen Gängen in Deckung zu gehen, um den Freunden meiner Eltern nicht in die Arme zu laufen, gehe ich zum Maison Joe. Es liegt in der Altstadt, in der Nähe der Kathedrale. Ich habe beschlossen, heute bei Joe vorbeizuschauen. Es hinter mich zu bringen. Er hat ein Recht darauf zu erfahren, was mit Olly passiert ist.

Ich habe ihn seit über zehn Jahren nicht gesehen. Wieso war er einfach so aus Bristol verschwunden, ohne Olly etwas davon zu sagen? »Freunde verschwinden nicht einfach so«, hatte Olly gekränkt zu mir gesagt. »Irgendetwas muss passiert sein.«

Warum ist er wieder hierher zurückgekommen? Wie er wohl aussieht? Ich stelle mir sein dickes schwarzes Haar vor, diese fesselnden grauen Augen. Olly war locker und redselig; Joe sprach nur, wenn ihm danach war, und sein Blick konnte schneidend sein. Bei den seltenen Gelegenheiten, bei denen er lächelte, veränderte sich allerdings sein gesamter Gesichtsausdruck. Dann ging ein Strahlen von ihm aus, das den ganzen Raum erhellte.

Je näher ich meinem Ziel komme, desto unwohler fühle ich mich. Es ist etwa fünf Jahre her, dass Joe angerufen hat. Ich war sechsundzwanzig und arbeitete als freiberufliche Illustratorin von zu Hause aus. Ich war kurz Milch kaufen gewesen, und als ich zurückkam, blinkte das rote Lämpchen am Anrufbeantworter. Es war eine seltsame Nachricht – er hätte uns aufgespürt, hat er gesagt, und verschiedene Nummern hinterlassen, unter denen wir ihn erreichen konnten. Er arbeitete in London für irgendein Weingeschäft. Das überraschte mich. Ich hatte die Nachricht gelöscht. Nicht leichtfertig, ich hatte den ganzen Tag darüber nachgedacht, aber am Ende war ich ein Feigling gewesen. Ich hatte Angst, dass Joe zurück in unser Leben kam; es würde mich nur an unsere Vergangenheit erinnern. Ich hatte ein schlechtes Gewissen, weil ich Olly nichts von der Nachricht gesagt hatte, doch wir waren seit zwei Jahren verheiratet und glücklich, so glücklich, dass ich selbstsüchtigerweise alles ausschließen wollte, was dieses Glück gefährden könnte.

Als ich zum Buttercross komme, sehe ich eine Touristengruppe in Shorts und kurzärmeligen T-Shirts Fotos von dem Denkmal machen, während ein dicklicher Reiseführer mit kleinen Löckchen gerade sagt: »Erbaut im fünfzehnten Jahrhundert … wie Sie sehen können, ist es auf einem Sockel aus fünf achteckigen Stufen errichtet …«

Je näher ich dem Maison Joe komme, desto lieber würde ich einfach umdrehen und davonlaufen, aber irgendetwas sagt mir, dass ich weitergehen muss.

Ein Teil der High Street vor der Lloyds Bank ist abgesperrt. »Kopf hoch, Baby! Mach nicht so ein langes Gesicht«, ruft mir einer der Bauarbeiter über das Dröhnen des Presslufthammers hinweg zu. Der Kerl trägt eine knallgelbe Weste mit einem dazu passenden Schutzhelm. Er zwinkert mir zu.

»Vielleicht habe ich ja allen Grund dazu, mies drauf zu sein«, sagt eine Stimme in meinem Kopf klar und deutlich. »Vielleicht bin ich ja gerade in eine Jauchegrube gefallen oder habe entdeckt, dass ich auf einem Vierundzwanzig-Stunden-Flug neben dir sitze, du Blödi.«

Ich bleibe wie angewurzelt stehen. Olly war der Einzige, den ich kannte, der das Wort »Blödi« benutzte.

Vorsichtig biege ich um die Ecke und gehe an einem jungen Mann vorbei, der mit seinem Mischlingshund vor einer Bäckerei lagert. Ich gehe weiter.

»Sprich mit ihm, Becca. Er hat keine Lepra. Der arme Kerl ist am Verhungern.«

Die Leute eilen an mir vorüber. Ich bilde mir das ein. Mein Gott, was für eine Idiotin ich bin.

Ich gehe weiter.

»Du bildest dir das nicht ein. Geh zurück und rede mit ihm«, beharrt die vertraute Stimme.

Ich zögere; taste in meiner Handtasche nach dem Portemonnaie. Nervös sehe ich mich um …

Der obdachlose Mann sitzt auf einem Schlafsack. Sein Haar ist fettig; das Gesicht unrasiert, die Schnürsenkel offen …

»Er tut dir nichts, Becca, er braucht nur ein Bad«, spricht die Stimme weiter, »und sich mal ordentlich schrubben.«

Olly würde so etwas sagen. Jetzt habe ich wirklich Angst.

Ich werde verrückt. Ich bleibe stehen, wie gelähmt, behindere die Fußgänger.

Das ist nicht Olly. Das ist unmöglich.

Aber ich ertappe mich dabei, wie ich mich umdrehe und zurück zu dem Mann und seinem Hund gehe. Unbehaglich äuge ich zu ihm hinunter. Unter dem Dreck ist er ein gut aussehender Mann mit blassblauen Augen, der nicht viel älter sein kann als ich.

»Alles in Ordnung?«, fragt er. »Schöner Tag.« Er bittet nicht um Geld.

Ich frage ihn, wie sein Hund heißt. Er sieht zu mir hoch, Wärme im Blick. »Noodle«, sagt er lächelnd. »Nur zu. Er beißt nicht.«

Ich streichele Noodle. Ich weiß nicht, was ich als Nächstes sagen soll. »Haben Sie Hunger?«

»Für ein Filetsteak könnte ich einen Mord begehen.«

Ich sehe ihn an, wüsste zu gern, was in seinem Leben passiert ist, dass er jetzt auf der Straße schläft. Ich sage ihm, dass ich gleich zurück bin.

»Hier«, sage ich und gebe ihm ein paar Cornish Pastys, die ich in der Bäckerei gekauft habe. »Nicht gerade ein Filetsteak, aber ich habe das Mädchen gebeten, sie für Sie warm zu machen.« Er nimmt sie dankbar an und gibt Noodle das erste Stück. Ich lege das Wechselgeld von meinem Fünf-Pfund-Schein in seinen Plastikbecher. »Er hat gesagt, Sie seien ein Engel, ein super Mädchen.«

Ich muss ihn falsch verstanden haben. »Entschuldigung?«

»Wie unhöflich. Ich hab mich gar nicht vorgestellt. Ich bin James.« Er schüttelt meine Hand. »Aber Sie können mich Jim nennen«, setzt er hinzu, als sei das eine große Ehre. »Gucken Sie doch nicht so verängstigt. Sie haben jemanden verloren, oder?«

Jims Starren macht mich nervös. »Woher wissen Sie das?«, stammele ich.

»Weil er direkt neben mir sitzt.«

»Er will mit Ihnen reden«, sagt Jim, als ich zurückkomme. Die letzten fünf Minuten bin ich die High Street auf und ab gegangen und habe mir selbst gesagt, dass ich lieber nicht zurückgehe. Ich bin immer die Erste, die versichert, dass es keine Geister gibt. Ebensowenig wie Schutzengel. Es wäre tröstlich zu denken, dass wir jemanden haben, der über uns wacht, aber dem ist nicht so, das ist Hokuspokus. Und doch stehe ich jetzt hier.

»Er fragt, warum Sie nicht glauben, dass er hier ist?«

Das ist doch alles verrückt. Geh weg, Becca. »Weil er gestorben ist! Er ist tot.«

Dieses kleine Detail scheint irrelevant zu sein. »Ihm geht es gut. Er ist in Sicherheit. Er vermisst Sie.«

Ich breche in Tränen aus.

Ich kauere mich neben Noodle, während Jim weiterspricht: »Er sagt irgendwas über ein Baby? Dass es ihm leidtue und dass Sie auf sich achten sollen? Ergibt das einen Sinn?«

Ich kaue an den Nägeln, mein Herz hämmert in meiner Brust. Jim kann wahrscheinlich sehen, dass ich schwanger bin; nichts, was er gesagt hat, ist überzeugend genug. »Mir reicht's«, sage ich, weil ich nichts mehr davon hören will.

Der Mann sieht mich an und grinst.

»Was ist denn so lustig?«

»Olly sagt, Sie kauen immer an den Nägeln, wenn Sie nervös sind.«

»Bye.« Ich raffe meine Einkäufe zusammen und verschwinde, so schnell ich kann, fest entschlossen, diesmal wirklich nicht mehr zurückzukommen. Das ist doch verrückt, einfach irre. Darauf falle ich nicht rein. Aber dann bleibe ich stehen und halte die Luft an. Woher kannte er Ollys Namen?

»Er sagt, Sie sollen losgehen und sich ein neues Kleid kaufen oder so was«, ruft Jim mir hinterher. »Ihre Jeans platzen bald.«

Ich sehe an mir hinunter. Der Knopf steht kurz davor abzuplatzen.

»Er hat mir gesagt, Sie würden mir nicht glauben. Sie würden so was für Hokuspokus halten.«

Ein kleines Lächeln bricht sich Bahn. Mutig gehe ich zu ihm zurück. »Bitte machen Sie mich nicht verrückt«, sage ich.

»Tu ich nicht, ich schwör's.«

»Das ist doch komisch.«

»Willkommen in meiner Welt«, lächelt Jim. »Ich hab nicht darum gebeten, diese Stimmen zu hören, hab ja selbst nicht an diesen Mist geglaubt, und wenn Sie die Wahrheit wissen wollen, könnt ich auch gut darauf verzichten. Aber, hey, so ist das Leben nun mal.« Er zuckt resigniert mit den Schultern. »Ich war noch nie in dieser Stadt«, fährt er fort. »Noodle und ich hatten mal Lust auf eine Luftveränderung, war's nicht so, alter Junge?« Er verdrückt sein zweites Cornish Pasty. »Aber jetzt weiß ich's. Sie sind der Grund, warum ich hier bin.«

»Sagen Sie ihm, dass ich ihn liebe«, flüstere ich. »Er fehlt mir.«

»Kann ich nicht«, antwortet er und kaut den Mund leer.

»Warum? Warum nicht?«

»Das müssen Sie ihm schon selbst sagen.«

Beinahe wie im Schock starre ich auf meinen Banana-Split hinunter. Dann schaue ich mich benommen im Café um. Wie bin ich hierhergekommen? Ich kann mich nicht daran erinnern, einen Banana-Split bestellt zu haben. Ich mag ja nicht mal Bananen.

»Entschuldigen Sie«, sagt die Kellnerin, als ich zur Tür gehe. »Sie haben noch nicht bezahlt.«

»Oh, stimmt ja.« Ich fische mit zittriger Hand Kleingeld heraus. »Tut mir leid. Wie viel?«

»Vier neunundfünfzig.«

»Beschiss«, sagt die Stimme.

Als ich fast schon aus der Tür bin, ruft die Frau mir nach. »Ihre Einkäufe?« Sie zeigt auf die Supermarkttüten unter dem Tisch.

Ich muss nach Hause gehen und über diesen Morgen nachdenken. Ich bin ganz sicher nicht in der Lage, mich jetzt auch noch Joe zu stellen.

Ich komme wieder an der Bäckerei vorbei. Jim, sein Schlafsack und Noodle sind fort. Verschwunden.

Habe ich sie mir nur eingebildet? Werde ich wahnsinnig?

# 7

Am nächsten Tag befolge ich Ollys Rat und probiere ein grünes Umstandskleid an. Etwas Leichtes für den Sommer. Danach werde ich zu Joe gehen.

Gestern bin ich nach der Banana-Split-Geschichte sofort nach Hause gerast und habe mich mit meinem Laptop aufs Bett gesetzt. Ich habe das Wort »Medium« gegoogelt und dann einen Blick auf die Informationsflut über Verrückte und Leute geworfen, die mit Verstorbenen kommunizieren und Botschaften an ihre lebenden Verwandten weitergeben können. Die Informationen warnten mich ebenfalls davor, dass es da draußen eine Menge Betrüger gab, vor denen man sich in Acht nehmen sollte. Als Mum klopfte, knallte ich hastig den Deckel zu. »Alles in Ordnung mit dir?«, fragte sie.

»Klar, alles prima«, antwortete ich und konnte es kaum fassen, dass ich Jim beinahe geglaubt hätte. Man stelle sich nur mal vor, ich hätte Mum von meinem seltsamen Erlebnis erzählt. Sie würde mich für verrückt halten. Ich fing allmählich auch selbst an, mich für verrückt zu halten.

Ich betrachte mich im Spiegel. Ich zögere, ihn zu fragen, beiße mir auf die Lippe, kaue an den Nägeln. »Was meinst du zu dem Kleid, Olly«, flüstere ich.

»Großartig«, sagt eine Stimme in meinem Kopf.

Ich stütze mich mit einer Hand gegen die Wand der Umkleidekabine, um das Gleichgewicht nicht zu verlieren. »Die Farbe steht dir«, fährt er fort.

Ein Schauer läuft mir über den Rücken. Ich suche die Kabine ab, sehe unter dem Stuhl nach. Was hoffe ich unter dem Kissen zu finden? Schwungvoll reiße ich den Vorhang auf. Die Verkäuferin starrt mich an. Ich ziehe den Vorhang wieder zu und atme tief durch.

»Kann ich Ihnen helfen?«, ruft sie.

Ich presse eine Hand auf meinen Mund. Sie muss mich reden gehört haben.

»Dieses Kleid ist ganz entzückend«, sagt sie. »Sie sehen umwerfend darin aus.«

Hektisch reiße ich es herunter, dann schlüpfe ich erneut hinein, unsicher, was ich noch glauben soll.

»Was kostet das hier?«, frage ich die Ladenbesitzerin. Sie hat wild gelocktes blondes Haar; mir kommt sie irgendwie bekannt vor, ganz sicher.

»Rebecca?«

»Annie?«

Wir lachen beide, als wollten wir sagen, dass wir uns beide schon vor fünf Minuten erkannt haben, aber keine von uns sich getraut habe, etwas zu sagen, nur für den Fall, dass es doch nicht stimmte.

»Rebecca Harte!« Sie eilt auf mich zu, und wir umarmen uns. Annie Stoner, eine meiner Freundinnen aus der Grundschule, war ein Mathecrack und eine ebenso begabte Turnerin. Sie konnte in einer beeindruckenden Reihe von Rückwärtssaltos und Überschlägen über die blauen Bodenmatten wirbeln, dass es mir die Tränen in die Augen trieb. Annie war mit dreizehn von unserer Schule abgegangen, weil ihr Vater, der bei der Army war, im Ausland stationiert worden war.

»Ist das dein Laden?« Es ist ein modernes Geschäft für Umstandsmode mit abgezogenem Dielenfußboden und weiß gestrichenen Regalen, in denen Tunika-Kleider und T-Shirts in allen Farben liegen. In der Mitte gibt es eine Insel mit einer bauchigen Glasvase voll rosafarbener Lilien.

»Hmhm. Vor ein paar Jahren eröffnet und am Rand der Pleite.« Sie macht eine ausladende Armbewegung durch den leeren Laden. »Bist du schwanger? Dumme Frage«, setzt sie hinzu und verdreht die Augen über sich selbst. »Im wievielten Monat?«

»Knapp im vierten.«

»Dein Erstes?« Sie taucht in die Umkleidekabine ein und kommt mit einem dicken Kissen wieder heraus. »Probier's mit dem hier an. Na los«, ermutigt sie mich, als sie merkt, wie ich zögere.

Ich hebe das Kleid hoch, schiebe das Kissen vor meinen Bauch und drehe mich zur Seite. Es erinnert mich daran, wie ich mir mit zwölf Socken in meinen BH gestopft habe. »Ich kann gar nicht glauben, dass ich mal so dick werden soll«, sage ich, während ich mein Profil studiere.

»Oh ja, und wenn du Glück hast, wirst du auch noch eine Menge anderer Extras obendrauf bekommen. Krampfadern zum Beispiel«, lacht sie rau.

»Wie viele Kinder hast du, Annie?«

»Zwei. Amy und Bella. Sechs und vier. Ich hab viel zu früh angefangen! Was hab ich mir nur dabei gedacht!« Sie zieht eine Grimasse. »Bald sind Sommerferien. Wahnsinn!« Sie hüpft ekstatisch von einem Fuß auf den anderen. »Und du? Du hast dich überhaupt nicht verändert!«

»Das kann nicht sein«, sagt die Stimme. »Ich hab ein paar alte Schulfotos gesehen, da hattest du zwei lange Zöpfe und warst ein Moppel.«

Zum ersten Mal ertappe ich mich dabei, dass ich lächele.

»Becca?«

»Sorry?«

»Bist du nur heute zu Besuch runtergekommen?«, fragt sie mit leuchtenden blauen Augen.

»Ähm, lange Geschichte.«

Sie wartet auf eine aufregende Geschichte oder hofft zumindest darauf.

Eine junge dunkelhaarige Frau mit Leggins, Flip-Flops und einem Blümchen-Top kommt in den Laden, in der Hand einen Becher Kaffee.

»Guck mal, du hast Kundschaft.« Erleichtert husche ich zurück in die Umkleidekabine, wobei das Kissen unterwegs aus dem Kleid fällt.

»Kundschaft? Quatsch, das ist Lucy, die arbeitet hier«, ruft Annie.

»Oh, na gut!« Ich ziehe den Vorhang zu und kämpfe darum, wieder in meine Jeans zu kommen.

»Hast du Zeit für einen Kaffee oder ein schnelles Mittagessen?«, fragt Annie, als ich rotgesichtig aus der Umkleidekabine trete und ihr sage, dass ich das Kleid nehme. »Es gibt jetzt eine tolle Weinbar am Square …«

»Maison Joe?«

»Du kennst es?«

»Ich kenne Joe.«

»Sie Glückliche«, sagt Lucy beeindruckt.

»Halb Winchester möchte ihn heiraten«, vertraut mir Annie an. »Mir würde eine heiße Affäre mit ihm schon reichen.«

»Nicht das schon wieder«, sagt die Stimme genervt.

»Woher kennst du ihn?«

»Von der Uni – aber wir haben uns aus den Augen verloren«, setze ich hinzu.

»Warum? Ich meine, *wie* kann man *ihn* aus den Augen verlieren?«, fragt Lucy, als wäre das ungefähr so dumm, wie einen Lottoschein mit den Gewinnzahlen wegzuwerfen.

»Ach, Sie wissen doch, wie das so läuft.«

»Lucy, hier ist im Moment ja tote Hose, aber falls der Laden wundersamerweise voll werden sollte, ruf mich an, und ich bin sofort zurück«, sagt Annie und nimmt ihre Handtasche. »Wollen wir?«

Wir gehen über den Square an meiner alten Lieblingsgalerie und an ein paar Cafés vorbei. Es gibt einen neuen Frisör und eine neue Boutique. Aus der Entfernung kann ich sehen, dass Maison Joe ein hübsches Haus mit einer dunkelroten Markise ist. Unter gestreiften Sonnenschirmen stehen Tische auf dem Bürgersteig. Heute sitzen viele Leute zum Essen draußen.

Annie meint, dass es für ihre Kreditkarte gefährlich sei, in diesem Teil Winchesters zu arbeiten. Sie findet, dass Cadogan's eines der besten Klamottengeschäfte für Männer und Frauen ist; sogar ihr Mann Richie hat nichts dagegen, dort einzukaufen. »Becca?«

»Ähm?«

»Die ist auch toll, oder?« Vor uns erhebt sich die Kathedrale mit der Allee aus Linden davor, die den gepflasterten Weg säumen. An den schwarzen Geländern sind Fahrräder angekettet. »Sehr hübsch, ja«, sage ich und betrachte Studenten und Touristen, die sich auf dem Rasen sonnen. Ein Mann mit einem Strohhut verkauft Eis; Schulkinder strömen lärmend aus dem City Museum, ein Junge lacht und beugt sich herunter, um einen vorbeikommenden Spaniel zu streicheln. Der Anblick eines alten Paares, das mit seinem Lunchpaket Hand in Hand auf einer Bank sitzt, berührt mich.

Wir betreten die Weinbar. Es ist ein weiter, offener Raum, größer, als ich gedacht hätte, über zwei Ebenen und mit einer Treppe, die ins Untergeschoss führt. Ich sehe mich um. Jetzt, wo ich hier bin, fühle ich mich nicht mehr ganz so mutig wie noch heute Morgen. Wie soll ich Joe von Olly erzählen? Ich hätte ihn zur Beerdigung einladen müssen. Mir wird klar, dass es nicht nur ein Fehler war; es war unverzeihlich. Zur Entschuldigung kann ich vorbringen, dass ich nicht bei Sinnen, dass ich taub vor Kummer war, aber die Wahrheit ist, dass ich ein Feigling war, ja, immer noch *bin*. Was soll Joe nur von mir denken? Was, wenn er mich dafür hasst? Er hätte jedes Recht dazu.

Aber es ist keine Spur von ihm zu sehen. Es ist laut und voll; das Tellerklappern aus der Küche wird im Hintergrund untermalt vom Zischen der Kaffeemaschine. Ich erkenne die Musik, die leise aus den Lautsprechern tönt. Es ist »Volare« in der Version der Gipsy Kings. Olly und ich haben dieses Lied in unserer Ferienwohnung in Spanien gespielt und dazu getanzt und gelacht und herumgealbert … Nicht weinen, Rebecca. *Das bist du Olly schuldig. Du musste es Joe sagen.*

»Entspann dich. Atme tief durch«, sagt die Stimme, »und dann, wenn du den Mistkerl siehst, verpass ihm eine Ohrfeige.«

Ein junger Kellner eilt an mir vorbei, er bewegt sich im Takt der Musik, während er drei Teller mit Essen balanciert. »Ich verhungere«, sagt Annie. Ich glaube nicht, dass ich jetzt irgendetwas hinunterbringen könnte.

Annie stellt mich Edoardo vor, der hinter der Bar bedient. Er hat einen dunklen Schopf aus welligen Haaren, die mich an einen Sänger von Top of the Pops aus den 80er Jahren erinnern, und steckt sein Hemd säuberlich in seine eng anliegenden Hosen. Prosecco gibt es vom Fass, und hinter der Bar stehen Holzregale, in denen Schnäpse und Liköre stehen. »Dieser Mann hier mixt die besten Cocktails«, informiert mich Annie, als sie sich neben mich auf einen der lederbezogenen Barhocker setzt. »Nicht, dass einem das viel nützen würde, wenn man schwanger ist. Wo ist Joe, Edoardo?«

»Iste unten, er unterrichtet«, antwortet er mit starkem italienischen Akzent und spricht weiter, während er ein paar Gäste bedient. »Er hat eine Probe mit Weinen aus dem Elsass.«

»Du solltest kurz unten vorbeischauen und Hallo sagen«, schlägt Annie vor.

»Vielleicht später.« Ich schnappe mir eine Speisekarte und tippe damit auf den Tresen.

Annie bemerkt meine Aufregung. »Rebecca? Was ist denn los? Du bist ja nervös, oder?«

»Ach, überhaupt nicht!« Es klingt wie ein seltsam hohes Quietschen.

Sie schwingt auf ihrem Hocker herum, mustert mein Gesicht, meine Augen. »Rebecca Harte! Es hat was mit Joe zu tun, oder? Warum habt ihr zwei euch in Wahrheit aus den Augen verloren?«

Ich wende den Blick ab, tue, als würde ich die Extras an der Tafel studieren. »Ach, das ist kompliziert, Annie.«

»Ist er ein Ex? Ich meine, wenn er ein Ex ist …«

»Ist er nicht. Er war nicht … Ich meine.«

»… oh mein Gott, *natürlich* muss das unangenehm sein, ihn wiederzusehen! Ich halte auch keinen Kontakt zu meinen Exfreunden. Urgs!«

»Er ist kein Ex, nichts in der Art. Wir haben auf der Uni zusammen in einer WG gewohnt, das ist alles.«

»Ja, und dann? Du hast gesagt, es sei kompliziert?«

Als ich merke, dass Edoardo von hinter der Bar mithört, frage ich sie, ob wir uns nicht an einen Tisch setzen wollen. Dann würde ich ihr die ganze Geschichte erzählen. Oder zumindest einen Teil davon.

Annie und ich finden einen Tisch in der Ecke des Restaurants. Wir bestellen beide das Gleiche: Spinat-Schinken-Tarte mit einem grünen Salat.

Als ich Annie von Olly erzähle und warum ich wieder bei meinen Eltern lebe, sagt sie kein Wort. Ich kann mir nicht vorstellen, dass das oft passiert.

»Scheiße«, sagt sie schließlich und schiebt ihren Teller beiseite. »Ich weiß nicht, was ich sagen soll, Becca.« Sie beugt sich zu mir und nimmt meine Hand. »Wie geht es dir?«

»Ich habe Glück«, antworte ich, fest entschlossen, nicht zu weinen. »Meine Eltern unterstützen mich, wo sie nur können, und meine Schwester wohnt in der Nähe, und so lerne ich zumindest mal ihre Zwillinge kennen und …«

»Aber wie geht es dir?«, fragt sie wieder, als sie die Tränen in meinen Augen sieht.

Ich denke an den Ultraschall, an Ollys Stimme, die Geschehnisse von gestern. Niemand wird mir glauben. »Ich bin allein«, sage ich.

»Wir haben uns an der Uni kennengelernt«, erzähle ich ihr. »Dann hat er seinen Abschluss gemacht, ist Musiklehrer geworden und hat Klavierunterricht gegeben. Er hatte Talent und konnte ganz besonders gut mit Kindern umgehen.« Ich habe die Briefe aufgehoben, die Ollys Schüler mir geschrieben haben. Barnaby, Ollys Starschüler, der auf seiner Beerdigung Klavier gespielt hat, hatte einen Elefanten gemalt und entlang des Rüssels geschrieben: »Ich werde Olly nie vagessen. Er war was ganz Pesonderes.«

»Ollys wahre Leidenschaft war aber das Schreiben.«

»Hat er was veröffentlicht?«

Ich stelle mir Olly vor, wie er an seinem Schreibtisch sitzt, Musik im Hintergrund. Das war das Manuskript, das sein großer Durchbruch werden würde, hatte er gesagt. »Du wirst wieder malen können, Becca, wir können aus dem Schuhkarton ausziehen. Ich werde es schaffen«, sagte er, drängte mich, Vertrauen in ihn zu haben.

»Er war kurz davor, es abzuschicken, als …« Ich breche ab, als ich Joe durchs Restaurant zur Bar gehen sehe. Er hat immer noch denselben, selbstbewussten Gang.

»Becca?«, fragt Annie.

Er sieht zu unserem Tisch hinüber, schaut mich an. Ich lächle, und für eine Sekunde sehe ich Wiedererkennen in seinen Augen aufflackern und bin sicher, dass er herüberkommt, doch dann wird seine Miene ausdruckslos, und er geht weg. Annie dreht sich um, um zu sehen, was mich abgelenkt hat. »Hat er dich erkannt?«, fragt sie.

Ich bin überzeugt, dass er mich gesehen hat, auch wenn Annie meint, dass er viel zu sehr mit anderen Dingen beschäftigt war: »Im Ernst, Becca, du bist die Letzte, die er hier erwarten würde, nach zehn Jahren. Wahrscheinlich hat er dich nicht mal erkannt.«

Aber Annie hatte mich erkannt. In den letzten zehn Jahren habe ich mich vom Aussehen her nicht dramatisch verändert. Ich bin immer noch eins siebzig, mein kastanienfarbenes Haar sieht mehr oder weniger gleich aus, nur ein bisschen kürzer, und fällt ein paar Zentimeter über meine Schultern. Meine Haut ist hell, meine Augen sind jeansblau, mein Mund ist breit, und meine Zähne sind einigermaßen gerade dank der Unterstützung eines grausamen Kieferorthopäden, und ich habe immer noch ein Grübchen in der rechten Wange. Früher waren es mal zwei, doch eins ist verschwunden. Mein Vater hat immer gesagt, dass ich zu gierig sei und die Grübchen mit anderen hübschen Mädchen teilen müsste.

Ich denke, er hat mich gesehen und mich dann ignoriert.

Mein Handy klingelt. »Tut mir leid, Annie, ich … das ist meine Schwester.«

Pippa fragt, ob ich heute Abend auf die Kinder aufpassen

könne. Todd kommt früh mit dem Flieger aus New York und möchte sie zum Dinner ausführen.

Als ich auflege, fragt Annie mich, ob alles in Ordnung mit mir ist. »Ich meine, was für eine dumme Frage … machst du dir Gedanken, wie du Joe von Olly erzählen sollst?«

Ja. Er hat mich geschnitten. »Ich hab alles kaputt gemacht«, sage ich und merke, wie meine Unterlippe dabei zittert. Ich denke an Joe, daran, wie unsere Freundschaft zerbrochen ist, wie ich mich ihm gegenüber verhalten habe. Ich denke an Bristol, wie jung wir alle waren, die strahlende Zukunft noch vor uns. Ich erinnere mich an dieses frühmorgendliche Gespräch nach Kittys Silvesterparty, darüber, was wir alle in zehn Jahren machen würden … »Manchmal bin ich so wütend auf ihn, Annie. Ich habe ihn gebeten, dieses Motorrad zu verkaufen. Warum hab ich ihn nicht daran gehindert?«

»Hör mal, das ist nicht deine Schuld.«

Ich presse den Kopf in meine Hände. »Ich bin einunddreißig, und was hab ich vorzuweisen? Ich hab nichts. Nicht die Bohne! Ich weiß nicht, warum ich überhaupt hier bin, was ich machen soll, ich …« Ich höre auf, unsicher, ob ich weiterreden soll, aber dann springt irgendein Schalter in mir um. »Ich komme mir so nutzlos vor, weil ich nicht arbeite, und ich hab Angst davor, dieses Baby ganz allein zu bekommen, und ich bin sauer, wütend auf ihn, dass er mich in diese Lage gebracht hat … Warum hat er sein Leben aufs Spiel gesetzt? Warum war er an dem Tag so unkonzentriert? … Und er fehlt mir, oh Gott, er fehlt mir so schrecklich, das ist alles so …«

»Verdammt unfair?«

»Verdammt unfair«, sage ich voller Erleichterung.

»Wahrscheinlich denkst du, auch ich hätte ein perfektes Leben«, sagt Annie, nachdem wir darüber gesprochen haben, dass manche Leute so glatt durchs Leben kommen. »Wie meine Schwester«, hatte ich behauptet und versucht, nicht allzu eifersüchtig zu klingen, aber in Wahrheit bin ich es, zumindest ein bisschen. Ich denke, ich war schon immer etwas eifersüchtig auf Pippa, habe es aber von Kindheit an schon hinuntergeschluckt.

Annie fährt fort: »Du musst denken, ich bin auch eine von den Frauen, denen alles in den Schoß fällt. So hübsch und talentiert ...«

»Na ja, das bist du doch auch.« Ich erinnere mich, was für ein Glück sie hatte, als sie damals die Rolle der Maid Marian bekam, weil sie damit diejenige war, die Nick Parker küssen durfte.

»Tja, falsch gedacht. Ich erzähle dir mal ein bisschen aus meinem Leben. Bist du bereit?« Annie stützt beide Ellbogen auf den Tisch, als meine sie es ernst. »Also – erstens bin ich mit einem Zahnarzt verheiratet ...«

Ich weiß nicht warum, aber das finde ich lustig. »Auweia!«

»Genau. Im Bett fragt er mich, ob ich nach dem Zähneputzen Zahnseide benutzt habe – aufregender wird's dann unter der Decke auch nicht mehr. Und wenn Richie montagabends vom Fußball zurückkommt, kannst du seine stinkenden Socken wahrscheinlich noch in Australien riechen.«

Ich lächele, kann irgendwie nicht glauben, dass Annie mit Richie unglücklich ist, möchte aber nichtsdestotrotz, dass sie weitererzählt.

»Mein wunderschöner Laden steht kurz davor, von den Schulden und der Finanzkrise aufgefressen zu werden, ich hab ein schlechtes Gewissen, weil ich nicht genug Zeit mit meinen Kindern verbringe, weil ich arbeite und gleichzeitig Mutter bin, also wahrscheinlich beide Jobs schlecht mache! Die Hälfte der Zeit will ich am liebsten nur schreiend wegrennen, in den Sonnenuntergang hinein und nie wieder zurückkommen.«

»Nicht schlecht, Annie, aber du kannst noch nicht *ganz* mit mir mithalten.«

»Nur ganz selten hab ich mal Zeit für mich selbst, und sei es nur, um mir die Haare zu bürsten, und wo wir schon von Haaren sprechen, meine müssen die schwierigsten der ganzen Welt sein«, sagt sie und zeigt auf die krausen blonden Locken, die ein Eigenleben zu führen scheinen.

Wir lachen beide. »Das reicht immer noch nicht«, sage ich ihr mit tränenfeuchten Augen.

»Aber ganz so schlecht war es nicht, oder?« Sie hält mir ein Taschentuch hin. »Sieh mal, es wird alles gut werden, Becca«, höre ich sie sagen. »Du wirst das durchstehen, du wirst … es ist schrecklich, aber du musst irgendwas tun. Du hast ein Kind. Ollys Kind.«

Edoardo und ein paar Kellnerinnen räumen die Tische ab, es wird ruhiger im Restaurant nach dem Trubel der Mittagszeit. Annie musste gehen, aber wir haben uns versprochen, in Kontakt zu bleiben. Ich blättere durch eine Weinbroschüre, schaue mir ein Bild von Joe auf der Einleitungsseite an. »Er ist weg, Becca«, hatte Olly gesagt, nachdem er mich drei Wochen lang in Florenz besucht hatte, bevor er für sein Examen nach Bristol zurückkehrte. Ich war nach Italien gegangen, um dort ein Jahr lang Kunst zu studieren. »Ich wusste, dass er unglücklich war, dass ihm vor dem neuen Studienjahr gegraut hat, wenn wir alle weg sind, aber ich hätte doch nie gedacht, dass er ins Ausland geht, ohne es mir zu sagen!« Ich konnte hören, wie gekränkt er war. »Ich hab die Nummer von seinen Eltern nicht, du vielleicht? Ich glaube, seiner Mutter ging's nicht gut, aber er antwortet auf keine meiner Nachrichten. Hat er dich angerufen?«

»Nein«, sagte ich beunruhigt. »Ich hab seit Monaten nicht mehr mit ihm gesprochen.«

Wieder schaue ich das Foto an und kann sehen, dass Joe etwas zugelegt hat. Seine Wangenknochen sind nicht mehr so scharf geschnitten, und er hat graue Strähnen, die aus seinem dunklen Haar hervorstechen, doch diese schiefergrauen Augen sind es, die ich immer noch wiedererkenne. Ich lese: »Nach einem Einführungskurs Weinverkostung bei Maison Joe garantiere ich Ihnen, dass Sie Ihre Freunde mit Ihrem Wissen über die wichtigsten Rebsorten beeindrucken werden …«

Ich blicke zur Treppe hinüber, und gerade als ich denke, dass die Leute aus Joes Weinseminar schon seit Stunden unten in diesem Keller sitzen und bechern, taucht ein Teilnehmer nach dem anderen auf und geht hinaus, einige gerader als andere.

Mein Mund fühlt sich trocken an. Ich trinke einen Schluck Wasser.

»Kann ich Ihnen noch einen Pfefferminztee bringen?«, fragt Edoardo, während er den Tisch neben meinem abräumt.

Was ich wirklich bräuchte, wäre ein richtiger Gin.

Joe geht zur Bar. Er scheint aufgeregt zu sein, in Eile. Vielleicht hat er mich vorhin wirklich nicht gesehen.

»Ich bin weg«, sagt er.

Edoardo nickt. »Wie geht's deinem Vater heute?«

»Nicht besonders. Mavis hat angerufen, sagt, er hätte versucht, im Wohnzimmer Golf zu spielen.«

»Geh zu ihm, Becca«, sagt die Stimme. »Finde raus, warum er den Kontakt abgebrochen hat …«

»Sie hatte schrecklich Angst, dass er ein Fenster einschmeißt«, fährt Joe fort, während er schon auf dem Weg zur Tür ist. Steh auf, Becca. Los, beweg dich. Es fühlt sich an, als sei ich auf einer schrecklichen Auktion und müsste ein Gebot abgeben, aber stattdessen sitze ich hier wie gelähmt, die Bieterkarte im Schoß.

Er ist an der Tür. Er wird sich nicht umdrehen … »Bin bald zurück …«

»Becca, sag was!«

»Joe?«, rufe ich, unmittelbar bevor der Hammer fällt.

Mein Herz rast, als ich auf ihn zugehe, immer noch nicht sicher, ob er mich wiedererkennt. Befangen fummele ich an meinen Haaren herum. Wahrscheinlich denkt er auch, dass ich fetter geworden bin. »Ich bin's, Rebecca. Becca.«

Seine Augen bleiben an meinen hängen. Hat er einen Schock, oder weiß er tatsächlich immer noch nicht, wer ich bin?

»Wie geht's?« In seiner Stimme liegt keinerlei Wärme, in seinem Blick nur wenig Wiedererkennen.

»Gut.« Ich lächle, versuche, selbstsicher zu erscheinen.

Er sieht auf die Uhr.

Mutlos frage ich: »Musst du weg?«

»Zwei Minuten«, bietet er in scharfem Ton an. Wir gehen zusammen zurück zur Bar. Ich merke, dass Edoardo die Spannung zwischen uns spürt, doch er versteckt es gut, summt, während er ein paar Gläser abtrocknet.

Zwei Minuten …

»Ich war mit Annie hier zum Lunch … Ich glaube, du kennst sie. Ich hab dich von Weitem gesehen, aber du warst beschäftigt, ich glaube nicht, dass du mich gesehen hast.«

Das klingt alles total falsch, und ich habe nur noch eine Minute.

»Wow! Was für ein Laden! Beeindruckend«, rede ich weiter und würde am liebsten im Boden versinken. Ich nehme mir die Weinliste, tue, als würde ich sie lesen, sage, wie beeindruckend sie aussieht und …

»Du hältst sie verkehrt herum.«

Ich werde rot, drehe die Liste richtig herum, lache über mich selbst.

Oh mein Gott.

Ich weise darauf hin, wie hübsch das Dekor ist.

»Dekor? Wer sagt denn noch ›Dekor‹?«, wendet die Stimme ein. »Was ist denn los mit dir?«

Joe sagt kein Wort; er starrt mich einfach nur an. »Entschuldige, aber ich kann es einfach nicht fassen. Ich hätte nie gedacht, dass ich dich noch mal wiedersehe«, sagt er schließlich.

Als ich es wage, ihn anzusehen, sehe ich den Joe von vor all den Jahren vor mir, wie er an jenem allerersten Abend im Türrahmen lehnte, nachdem er in unsere WG in Bristol eingezogen war. Dann sind wir in der Küche, lachen, während er mir eine Lektion im Kochen erteilt. Ich sehe uns im Silvesterkostüm, wie wir in jener Nacht auf der Bank sitzen und reden. Ich stelle mir den Ausdruck in Joes Augen vor, als ich ihn gefragt habe, was er wolle.

Das Telefon klingelt. Edoardo sagt Joe, dass es Peta ist, bevor er ein Handtuch nimmt und die Tische abwischt.

»Sag ihr, ich rufe zurück. Ich muss gehen. War schön, dich zu sehen«, sagt er in einem Ton, der klarmacht, dass er nicht mehr viel länger mit mir zu tun haben will.

»Joe, warte, nur eine Sekunde«, sage ich, jetzt mit Dringlichkeit in der Stimme. »Der Grund, warum ich hier bin …« Ich räuspere mich, fange noch einmal an. »Es gibt da was, was ich dir erzählen muss. Es geht um Olly.«

»Wie geht's ihm. Ist er hier?«

»Joe, sag doch was.« Edoardo blickt zu uns hinüber, voller Mitgefühl.

»Es tut mir so leid, Rebecca.« Er ballt die Hand zur Faust.

»Er war einer meiner engsten Freunde. Ich konnte mich nicht von ihm verabschieden.«

»Ich hätte es dir sagen müssen. Ich konnte nicht klar denken, ich hatte so viel zu organisieren, mit der Beerdigung und …«

»Mach dir keine Vorwürfe«, fällt er mir ins Wort. »Wir haben schon seit Jahren keinen Kontakt mehr gehabt. Es ist meine Schuld.«

»Es war nicht alles deine Schuld.«

»Rebecca, dass ich aus Bristol weggegangen bin, das lag nicht nur an dir«, sagt er, wobei seine Stimme plötzlich härter klingt. »Ich bin aus Bristol weggegangen und hab den Kontakt zu Olly abgebrochen, weil ich total neben der Spur war.«

Ich trinke einen Schluck Wasser. »Richtig.«

»Wie lange wirst du hier sein?«

Ich sage ihm, dass ich das nicht weiß. Dass es kompliziert ist. »Du siehst ja, ich bin schwanger. Ich bekomme Ollys Kind.«

Joe bringt kein Wort heraus. Als ich ihm sage, dass Olly gestorben ist, bevor er wusste, dass er Vater würde … »Es tut mir so leid, Rebecca«, sagt er, und sein Blick wird weicher, als er meine Tränen sieht. Er stützt die Ellbogen auf, schlägt die Hände vors Gesicht, findet keine Worte. »Ich würde gern Ollys Eltern schreiben. Hast du ihre Adresse?«, ist das Letzte, was er zu mir sagt, bevor wir auseinandergehen, und ich habe keine Ahnung, ob wir uns je wiedersehen werden.

# 8

Als ich in Mums Wagen zu Pippa fahre, bin ich zum Teil erleichtert, dass ich Joe getroffen habe und dass er endlich über Olly Bescheid weiß, gleichzeitig fühle ich mich aber auch unwohl, weil er so distanziert war. Andererseits, was hatte ich erwartet, besonders nach dem, was in Bristol zwischen uns vorgefallen war? Dass er mich in die Arme nimmt?

Ich bin dankbar für den Babysitter-Einsatz heute Abend. Ich brauche Abwechslung.

Pippa wohnt etwa fünf Meilen außerhalb von Winchester Richtung Stockbridge, in einem kleinen Dörfchen namens Northfields. Eine Straße voller Schlaglöcher führt in Hufeisenform einmal durch den Weiler und wieder zurück zur Hauptstraße. Pippa ist mit Todd verheiratet, einem Amerikaner und erfolgreichen Geschäftsmann. Die beiden haben ein Stück Land mit einer verfallenen Scheune darauf gekauft, die sie in ihr großes und wunderschönes Heim verwandelt haben. Pippa hat Olly mal angemeckert, weil er es einen Bungalow genannt hat. »Aber es hat doch viel von einem Bungalow«, hat er später an dem Abend zu mir gesagt.

Todd und Pippa haben sich vor neun Jahren in London kennengelernt. Pippa war gerade aus Amerika zurück. Sie war eine exzellente Tennisspielerin und stand auf Platz 545 der Weltrangliste, aber sie war nicht gut genug, um in Wimbledon zu spielen oder an anderen Grand-Slam-Turnieren teilzunehmen. Außerdem, so hatte sie mir einmal gestanden, hatte sie den Ehrgeiz verloren. »Ich bin es leid, ständig trainieren zu müssen, Becca. Ich will ein normales Leben führen.«

Also musste sie sich einen Job suchen. Sie fand eine Arbeit als Sekretärin in einer heruntergekommenen Sportagentur, die umfassenderen Beratungsbedarf durch Todds Firma aufwies. Er kam in ihr seelenloses graues Büro marschiert; sie sahen sich an, und der Blitz schlug ein. Todd war dreizehn Jahre älter als die zweiundzwanzigjährige Pippa, und er schien so weltgewandt und elegant zu sein. Und reich war er außerdem. Täglich wurde sie großzügig mit Blumen und Geschenken bedacht, aber es stellte sich kein Heiratsantrag ein. »Warum braucht er denn so lange?«, fragte sie mich einmal.

»Wozu die Eile? Heutzutage heiratet man nicht mehr so jung.«

»Aber du und Olly, ihr scheint kurz davor zu sein«, sagte sie und tat beinahe, als sei das ein Rennen, bei dem ich in Führung lag.

Olly hielt an meinem fünfundzwanzigsten Geburtstag um meine Hand an. Er hatte mich in ein kleines Bistro bei uns um die Ecke ausgeführt, wo unser netter Kellner rund um meinen Puddingteller in Schokolade die Worte »Willst du mich heiraten?« geschrieben hatte. Es war perfekt. Todd machte Pippa in der folgenden Woche während ihres Karibikurlaubs einen Antrag. Sie lagen am Strand, als ein kleines Flugzeug hoch oben am Himmel über ihren Köpfen vorüberflog und ein Banner hinter sich herzog, das besagte »HEIRATE MICH!«.

»Ich wusste immer, dass ich mich in einen älteren Mann verlieben würde«, hatte sie gesagt, als sie den auffälligen Verlobungsring mit Diamanten und Saphiren vor unseren Augen schwang. Dann meinte sie: »Lass mal deinen sehen, Becca.«

Olly hat es den beiden nie verziehen, dass sie unsere Verlobung in den Schatten gestellt hatten.

Nachdem sie Mrs Todd Carter geworden war, arbeitete Pippa noch ein paar Jahre in der Sportagentur, bis sie mit sechsundzwanzig schwanger wurde. Nach der Geburt der Zwillinge zogen sie zurück nach Winchester, um näher bei Mum und Dad zu wohnen. Pippa hatte London nie wirklich gemocht, nicht so wie ich. Sie hatte kein dicht gewebtes Netz aus Freundschaften, hing nicht gern abends noch im Pub ab oder zog durch die Clubs, und da Todd so oft geschäftlich unterwegs war, hatte sie das Gefühl, dass sie dort als junge Mutter ziemlich einsam sein würde.

Ich parke den Wagen in der gekiesten Einfahrt neben Todds BMW-Cabrio. Ein Teil des Gartens ist jetzt eingezäunt, darin stehen ein Trampolin, ein Klettergerüst und in der Ecke etwas, das aussieht wie ein Kaninchenstall.

»Hallo!«, rufe ich, als ich durch die Hintertür ins Haus gehe. Todd begrüßt mich, schon in Jackett und Krawatte, das glänzend braune Haar mit silbergrauen Strähnen durchzogen, die Zähne schneeweiß.

Er führt mich in die Küche, wobei die Sohlen seiner schicken Schuhe leise auf den Steinfliesen klicken, öffnet den Kühlschrank, der beinahe so groß ist wie die Hintertür, und bietet mir eine Auswahl an Getränken an, die von Fruchtsaft bis zu Champagner reicht. »Ich kann dir aber auch einen Kaffee machen.« Er zeigt zu der glänzenden silbernen Kaffeemaschine auf dem Frühstückstresen. Ich entscheide mich für ein Wasser.

»Mit Eis und Zitrone?« Er drückt auf einen Knopf, und wie durch Zauberei klirren Eiswürfel ins Glas.

Ich frage Todd, wie seine letzte Geschäftsreise gelaufen ist. Die Wahrheit ist, ich weiß nicht wirklich, was Todd macht.

Auch Mum und Dad wissen es nicht, aber sie sagen, es sei zu spät, um ihn das jetzt noch zu fragen. Wir wissen alle, dass er Unternehmen auf den Kopf stellt, ihre Finanzen umkrempelt, doch ich kann mir das im Detail nicht wirklich vorstellen. »Es ist ein Rätsel«, sagt Dad immer trocken.

»Großartig«, antwortet Todd, und das ist dann auch das Ende dieses Gesprächs, das Rätsel bleibt ungelöst.

»O-oh.« Todd grinst, als wir Schritte durch den Flur rennen hören, die sich anhören wie der Anfang eines Erdbebens. »Das hört sich nach Ärger an! Also, Rebecca, sie dürfen nicht ins Wohnzimmmer, und Schlafenszeit ist in …«, er sieht auf seine goldene Uhr, »etwa zwanzig Minuten.«

Als Pippa mir einen Abschiedskuss gibt, atme ich eine Duftwolke aus süßlich blumigem Geißblatt ein. Sie sieht umwerfend aus in ihrem hellrosafarbenen Abendkleid. Pippa ist unglaublich hübsch mit ihren blauen Augen, den vollen Wangen, dem naturblonden Haar und dem herzförmigen Mund, alles Züge, die sie von Mum geerbt hat. Ich habe die Familienalben durchgeschaut, und sie war schon als Baby ein engelhaftes Wesen mit blonden Ringellöckchen gewesen. Ich komme mehr nach meinem Vater mit meinen herberen Wangenknochen und dem blassen Teint. »Viel Spaß!«, rufe ich ihnen nach.

»Wir kommen nicht spät nach Hause«, sagt sie über die Schulter hinweg. »Sie können noch eine halbe Stunde spielen, bevor sie ins Bett …«

»Zwanzig Minuten«, korrigiert Todd.

»Oh, und ich hab ihnen versprochen, dass sie noch die Obstspieße essen dürfen, die sie heute im Kindergarten gemacht haben.«

»Okay!«

»Wenn's irgendwelche Schwierigkeiten gibt, ruf mich an.«

»Wir werden keine Schwierigkeiten haben, stimmt's?«, sage ich und rechne fest damit, dass ich, wenn ich mich umdrehe, zwei unschuldig guckende Jungs in Superman- und Spiderman-Schlafanzügen vor mir stehen habe, die Füße in kuscheligen Hausschuhen. Vor einer Minute standen sie noch hinter mir, aber …

Oscar hat sich auf sein Rennauto geworfen, an dessen Antenne der Union Jack flattert. Er rast wild um den Küchentisch, schreiend und lachend und hupend. Der kleine dicke Theo watschelt hinter ihm her und versucht, ihn einzufangen.

»Hi, Jungs, warum essen wir nicht diese Obst … äh … *Spieße?*«, schlage ich vor, muss aber lauter werden, um den Lärm zu übertönen. Die beiden ignorieren mich einfach. Also öffne ich den Kühlschrank, um nachzusehen, ob ich die Fruchtspieße finden kann.

Da sind sie ja, auf dem untersten Fachboden auf einem Teller. Erdbeeren, Ananas und … hä … Cherrytomaten auf Zahnstocher gespießt.

Als ein Spieß auf den Boden fällt, höre ich seine Stimme sagen: »Oh, lecker! Heb mir eins auf.« Langsam hebe ich es auf, wische es ab und lege es auf den Teller zurück, immer noch verwirrt.

»Richtig so. Die Jungs merken es sowieso nicht«, fährt die Stimme fort. »Hey, ein bisschen Dreck hat noch niemandem geschadet.«

»Olly?«, frage ich. »Bist das wirklich du?«

»Hast du Joe gefragt, warum er sich nie mehr bei mir gemeldet hat?«

»Nein, ich …«

Aber da höre ich ein Kreischen. Ich drehe mich um und sehe, dass Oscar das Auto hat stehen lassen und jetzt auf einer hellblauen Gummikuh um den Küchentisch herumhüpft, den jammernden Theo im Schlepptau. Der besteht darauf, dass er jetzt dran wäre und dass das *sein* Happy Hopper sei.

»Pass auf, Becca, duck dich!«, sagt die Stimme.

Ein Spielzeugauto fliegt in meine Richtung, ein verzweifelter Theo ist kurz davor, in Tränen auszubrechen. »Das reicht jetzt!« Sie sehen kaum zu mir hin, und da wird mir erst klar, wie wenig ich diese Jungen kenne. Meine Neffen. Als Olly und ich frisch verheiratet waren, haben wir Mum und Dad nur selten an den Wochenenden besucht, ebenso wenig Pippa und die Jungen, teilweise, weil wir anderweitig beschäftigt waren, aber hauptsächlich, weil ich den Eindruck hatte, dass Olly sich dort absolut unwohl fühlte. »Ich bin sicher, deiner Mum wäre es lieber gewesen, du hättest einen zuverlässigen Anwalt wie deinen Vater oder einen zweiten Todd geheiratet«, meinte Olly immer wieder. Daraufhin sagte ich nur, er solle nicht albern sein, doch tief drinnen spürte ich es auch. Ich erfand alle möglichen Entschuldigungen, warum wir sie nicht am Wochenende besuchen könnten, eine der häufigsten war, dass Olly die Zeit zum Schreiben brauchte. Ich glaube, Mum war der Meinung, dass Olly sich die Hälfte der Zeit in Fantasiewelten verlor, dass seine Schreiberei immer nur ein Hobby bleiben würde, und ihr missbilligender Ton führte dazu, dass ich meinen Ehemann vor ihr in Schutz nehmen wollte. Jetzt sehe ich die Jungen an. Ich kenne sie überhaupt nicht. Man zahlt einen Preis dafür, wenn man zu seiner Familie auf Distanz geht.

»So, jetzt ist es fast Bettzeit, also lasst uns die noch aufessen, und wie wär's, wenn ich euch dann noch eine Geschichte vorlese?«, schlage ich vor und erkenne meine Stimme kaum wieder in dem lieblichen Gesäusel, das ich da von mir gebe, während ich mich hinknie und den beiden Jungs ihre Obstspieße hinhalte. »Die sehen doch superlecker aus!«

Theo sticht mit seinem Spieß in meine Richtung und bietet mir einen Bissen an, wobei eine zermatschte Erdbeere gefährlich nah an meine Lippen gerät. Ich schlage das Angebot einen Hauch zu schnell aus, bevor ich sage: »Nein, nein, die sind doch alle für euch! Also, die habt ihr heute im Kindergarten gemacht? Ihr seid aber toll!«

»Ich hab auch Kuss-Kuss gemacht«, erklärt Theo, während er so in eine Erdbeere beißt, dass die andere Hälfte auf den Boden fällt.

»Couscous. Wie lecker«, zwitschere ich fröhlich, ganz begeistert darüber, wie der Abend sich entwickelt. Mit Pippas und Todds Genen sind das wirklich hübsche Kinder, finde ich. Breite Stirnen wie die von Todd, untertassenrunde blaue Augen und engelsgleiche Locken. Oscar ist ein bisschen langgliedriger und hat einen rötlichen Stich im Haar, ein bisschen so wie ich. Theos Gesicht ist runder mit einem Grübchen wie meines, und er ist strohblond wie Pippa.

»Was soll ich euch denn vorlesen?«, frage ich.

Oscar starrt auf seinen Spieß, denkt nach, ein ungutes Blitzen im Auge … Und schon hat er den Spieß in Richtung Küchenfenster flitschen lassen. *Klatsch!* Bananenmatsch rinnt an der Scheibe nach unten.

»Hey!«, protestiere ich und greife mir ein Küchentuch. »Wieso hast du das gemacht? Das ist ungezogen!«

*KLATSCH*! Jetzt trifft eine Erdbeere das Fensterglas, gefolgt von einem johlenden Lachen, das von Theo kommt, der es ihm nachgemacht hat. »Nein! Hört auf!«

Brüllendes Gelächter! Es könnte ihnen nicht gleichgültiger sein!

Das Telefon klingelt, ein hochmodernes Gerät mit so vielen Knöpfen, dass ich nicht wage, es anzurühren. *Todds Büro* steht auf einer Taste, *Todds Handy* auf einer anderen, Todd dies und Todd das.

»Die piepsen sich im eigenen Haus an?« In Ollys Stimme schwingt ein Lächeln mit.

Endlich höre ich Pippas Stimme auf dem Anrufbeantworter. »Hi, Becca, ich hoffe, alles ist okay und die Jungs benehmen sich.«

*Klatsch.*

»Hör doch auf, so herumzuglucken«, höre ich Todd im Hintergrund murmeln, während ich hektisch die Obst- und Gemüseschmiere von der Fensterscheibe wische.

»Ich wollte dir nur noch sagen, dass wir dir ein paar Leckereien von Waitrose im Kühlschrank dagelassen haben. Also nimm dir, worauf du Lust hast. Bis nachher, und ich hoffe wirklich, dass sich die beiden Wilden einigermaßen benehmen.«

Noch ein *Klatsch*.

Theo und Oscar liegen mit geputzten Zähnen in ihren Betten. Vorhin habe ich ihnen noch eine Geschichte von einem blauen Känguru vorgelesen, und wir haben herumgealbert, wobei die beiden sich unter ihren Bettdecken versteckt haben. »Ich glaube, Oscar muss nach Barbados in die Ferien gefahren sein«, hatte ich gesagt und so getan, als suche ich nach ihm. Theo fand das zum Brüllen komisch.

Ich sehe das DVD-Regal im Wohnzimmer durch. Jetzt weiß ich, warum die Jungs hier nicht hineindürfen. Alles ist makellos: kein Spielzeug, nichts Überflüssiges liegt herum, ein Heiligtum für Todd und Pippa. An den Wänden hängt reichlich moderne Kunst (teuer, aber nicht mein Geschmack), die Sofas sind cremefarben, es gibt einen antiken Couchtisch in der Mitte des Raumes, und neben mir steht eine italienische Lampe mit Glasfuß und einem Art-déco-Schirm. Ach du lieber Gott, in fünfeinhalb Monaten werde ich selbst einen kleinen Oscar oder Theo haben. Das wird mein Leben vollkommen umkrempeln. Olly und ich hatten darüber gesprochen, eine Familie zu gründen, aber wir wollten erst finanziell etwas besser abgesichert sein. »Wir haben alle Zeit der Welt«, hatte er gesagt.

»Alle Zeit«, sage ich aufgewühlt, als ich mich hinknie, um *Pretty Woman* in den DVD-Player zu schieben.

»Ach, komm schon, Becca. Das hast du doch schon hundert Mal gesehen«, sagt er. »Hab dich nicht so! Guck stattdessen *Avatar*.«

Ich schrecke aus dem Schlaf hoch. Wo ist mein Handy? Wer ruft mich zu dieser nachtschlafenen Zeit an? Pippa vielleicht? Ich hab nicht mal nach den Zwillingen geguckt ... Ich gehe auf die Jagd nach dem Handy. Endlich finde ich es zwischen die Sofakissen geklemmt.

»Hallo«, sage ich, stehe auf und werfe einen kurzen Blick auf mich im Spiegel. Mein Gesicht ist vom Schlaf zerfurcht und zerknittert. Meine Haare sehen aus, als hätte ich gerade den Finger in eine Steckdose gehalten.

»Rebecca? Hier ist Joe.«

Joe. Oh Gott. Wach auf. Es ist Joe.

»Ich fühle mich schrecklich«, gesteht er. »Ich wusste vorhin nicht, was ich sagen sollte ...«

»Keine Sorge. Ich verstehe das. Es war ein Schock.«

»Ich hab überlegt, ob wir uns nicht noch mal treffen könnten. Da ist noch so viel, was ich nicht gefragt habe.«

Lange Zeit antworte ich nichts.

»Rebecca? Bist du noch dran?«

»Ja, bin ich«, sage ich und kann seine Erleichterung spüren. »Wann denn?«

»Wie wär's mit morgen?«

Nach dem Gespräch öffne ich die Tür zum Kinderzimmer.

Sie liegen zu kleinen Bällen zusammengerollt unter ihren Superheldendecken und schlafen tief und fest. Ich gebe ihnen noch einen Gutenachtkuss. »Das Leben wird komplizierter, wenn ihr älter werdet, also macht jetzt das Beste daraus, ihr Süßen«, flüstere ich, während ich über das Kopfende von Theos Bett gebeugt stehe und sanft über sein Haar streiche. »Vielleicht solltet ihr keine Obstspieße mehr ans Fenster werfen und *immer* schön lieb zu eurer alten Tante sein, aber ansonsten habt einfach eine Menge Spaß, lacht und seid glücklich …«

»Weil man nie zurückkann. Mein Gott, wie gern würde ich die Zeit zurückdrehen«, fährt die Stimme in meinem Kopf fort. Abrupt stehe ich auf. »Es tut mir leid, Becca, dass ich so unvorsichtig war. Ich habe eine meiner Abkürzungen genommen, normalerweise war das eine ganz ruhige Straße …«

Ich fliehe aus dem Zimmer und schließe die Tür hinter mir. Dann gehe ich auf dem Flur auf und ab und denke an Jim und seinen Hund. Noodle.

»Rede mit mir, Becca. Du weißt, dass ich es bin. Ich bin hier.«

Ich blicke ins Leere. »Was meinst du damit, du bist hier? Bist du nicht. Du bist nicht hier!«

»Nicht so, aber …«

»Ich bekomme dein Kind. So war das nicht gedacht.«

»Du wirst eine großartige Mutter sein«, sagt er ganz ruhig. »Ich vertraue dir.«

»Oh Olly, du fehlst mir so.« Ich drehe mich um und erstarre, als ich sie sehe.

Ich weiß nicht, wie lange Pippa und Todd schon da stehen. Ich weiß nicht, wie viel sie mitgehört haben. Todd sieht meine Schwester besorgt an.

»Ich höre seine Stimme«, gestehe ich. »Und das macht mir Angst. Richtig Angst.«

# 9

*Bristol University, vor elf Jahren*

Nachdem Joe bei uns eingezogen ist, klingelt es alle fünf Minuten. Medizinstudentinnen in knappen Röckchen und freizügigen Oberteilen stehen Schlange, um unseren neuen Mitbewohner zu treffen. Wenn meine Freundinnen zu Besuch kommen, lugen sie über meine Schulter, um einen Blick auf ihn zu erhaschen, oder sie tun so, als müssten sie zum fünften Mal auf die Toilette in der Hoffnung, ihm zufällig auf dem Treppenabsatz zu begegnen.

Sylvie möchte mit Joe schlafen. Sie wirft ihr dunkles Haar zurück, wenn er in der Nähe ist, und lässt Blusenknöpfe offen, um sexy Unterwäsche hervorblitzen zu lassen. Das Haus duftet nach Chanel. Fasziniert beobachte ich, wie sie sich verführerisch vorbeugt, um die Butter aus dem Kühlschrank zu holen und dabei ihren Spitzentanga sehen lässt. Jamie weiß das zu schätzen. Olly kann den Blick nicht abwenden. Joe scheint immun dagegen zu sein. Ist er vielleicht schwul? Aber im Grunde glaube ich das nicht. Also rate ich ihr, eine andere Taktik einzusetzen; ihn zu ignorieren. Doch Joe ist immer noch nicht interessiert. Ich weiß das nur, weil Olly und Joe montagabends nach dem Rudern noch zusammen in den Pub gehen. »Worüber redet ihr denn dann?«, frage ich, weil Joe nicht gerade geschwätzig ist.

»Och, über alles Mögliche«, sagt Olly. »Er ist echt ein super Typ. Übrigens, ich hab versucht, ihn davon zu überzeugen, dass Sylvie toll ist. Schätze mal, im Bett geht sie richtig ab.«

»Olly!«

Er lacht und erzählt mir, dass Joe sowieso hinter jemand anderem her ist. Sie heißt Zoe, und sie gehen ins selbe Anatomie-Tutorium. Joe sagt, es würde unschön und kompliziert werden, wenn er mit einer Mitbewohnerin schlafen würde.

»Pff. Dann droht mir also keine Gefahr«, lächele ich.

Es ist Sonntagmorgen. Hühnchen und Kartoffeln braten im Ofen. Als Nächstes ist der Nachtisch dran. »Fünf große Eier, hab ich. Extra feiner Zucker, hab ich«, gehe ich das Rezept durch und sammle alle Zutaten auf dem Küchentisch. Ich koche ein Sonntagsessen für Olly, der noch im Bett liegt. Er hatte gestern Abend einen Gig. »Stanley« war die letzte Band, die drankam, und die Leute waren zu dem Zeitpunkt schon viel zu betrunken, um noch zuzuhören. Als die Soundanlage den Geist aufgab, war das Ende besiegelt. Irgendwann hatte ein Idiot eine Bierflasche nach Olly geworfen und »Loser!« geschrien. Joe hatte mich stehen gelassen und war zu dem Typen hingegangen. »Sei mal ausnahmsweise kein Arschloch und entschuldige dich.«

»Entschuldigen! Und wer bist du? Sein Vater?«

»Sein Freund, und du bist ein verdammter Wichser.«

Als er versuchte, Joe eine reinzuhauen, war er so betrunken, dass er stattdessen gegen einen Tisch taumelte. Der ganze Pub applaudierte und feuerte Joe an, ganz besonders die Frauen.

Ich glaube, Olly braucht jetzt ernsthaft etwas, das ihn aufmuntert, und er sagt immer, das Einzige, was er an Zuhause vermisst, ist der Sonntagsbraten seiner Mutter.

»Stärkemehl … hab ich.« Ich laufe auf der Stelle, als wollte ich mich für die nächste Turnübung aufwärmen. »Olly wird hin und weg sein von meinem neu entdeckten Talent als Köchin«, sage ich zu mir selbst. »Weißweinessig …«

»Hast du?«, schlägt Joe vor, der plötzlich in der Küchentür steht. Ich drehe mich zu ihm um. Wie lange hat er mich schon beobachtet?

Er kommt herein, fragt, was ich mache. Er hat seine Rugbysachen an, auf seinem Oberschenkel prangt ein Fleck aus getrocknetem Schlamm.

»Ich koche.«

Er zieht eine Augenbraue hoch. »Du kochst nie.«

»Es ist für Olly. Danke, dass du ihn gestern Abend verteidigt hast.«

»Olly hätte das für mich auch gemacht.« Joe wirft einen Blick auf das Kochbuch.

»Himbeer-Baiser-Rolle. Da hast du dir ja was vorgenommen.«

»Ist doch leicht.«

»Kinderleicht.«

Ich schaue ihn überrascht an.

»Wird irgendwas davon für mich übrig bleiben?« Er zieht den Kühlschrank auf und nimmt einen Karton Orangensaft heraus.

»Wenn du meine Hausaufgaben machst.« Ich denke an meine Bücher, die oben liegen, ungelesen. »Und duschst.« Ich schlage ein Ei in die Schüssel.

»Sehr witzig. Halt mal! Was machst du denn da?«

»Eier in eine Schüssel schlagen.«

»Aber du musst sie doch erst trennen.«

»Trennen? Warum denn?«

Er sieht mich ungläubig an. »Hast du noch nie Baiser gemacht?«

Ich greife nach dem Buch. »Hier steht, geben Sie die Eier …«

»*Das Eiweiß*.« Er geht zum Tisch, nimmt die Schüssel und schüttet die Frucht meiner Bemühungen ins Waschbecken, bevor er zwei saubere Schüsselchen aus dem Schrank holt. »Sieh zu und lerne, Rebbeca Harte«, sagt er mit diesem arroganten Lächeln. Ich sehe zu, wie er die Eier an den Rand der Schüssel schlägt. »Ich trenne das Ei in zwei Hälften«, erklärt er, »und kippe den Dotter hin und her.«

»Ich kann mich kaum noch beherrschen vor Begeisterung.«

»Schau her.« Das Eiweiß fällt in ein Schüsselchen, den Dotter gibt er in das andere. »Siehst du? Getrennt.«

»Okay, das kann ich.« Ich nehme ein Ei aus dem Karton und schlage es gegen den Rand der Schüssel. Er steht so dicht neben mir, dass es mich ganz nervös macht. Schleimiges Eiweiß tropft in die Schüssel und an meiner Hand herunter, der Eidotter wabbelt von einer Eierschale in die andere. »Fertig.« Ich mache einen Freudenhüpfer vor Stolz.

Er hält meinen Arm fest. »Bevor du zu übermütig wirst«, sagt er und gibt mir noch ein Ei, »es sind noch drei mehr.«

»Wie kommt es, dass du so gut kochen kannst?«, frage ich.

Joe ist der Einzige im Haus, der den Dampfkochtopf und die Kasserole benutzt und hat sich gerade einen Wok gekauft. »Hat meine Mum mir gezeigt. Als ich klein war, hat sie mir immer erklärt, wie sie ein Hühnchen mit Apfelwein oder Estragon gekocht hat oder wie sie das Lamm mariniert hat, und dann hat Dad uns gesagt, warum er einen bestimmten Wein zum Essen ausgewählt hat. So langweilig sich das anhört, mir hat es beigebracht, gutes Essen zu schätzen.«

»Verstehst du dich gut mit deiner Mum?«

»Sehr gut sogar. Pass auf, Becca!«

»Was?«

Ein Eigelb ist im Eiweiß gelandet. »Oh, Mist! Oh nein.« Ich trete einen Schritt von dem Desaster zurück. »Jetzt muss ich alles noch mal von vorne anfangen, oder?«

»Lass mal sehen.« Joe tritt neben mich, eine Sekunde lang berühren sich unsere Arme, als er vorsichtig mit einer Eierschalhälfte versucht, das Eigelb aus dem Eiweiß zu fischen. »Es ist ein Rückschlag, Becca, aber noch ist nichts verloren.«

Während ich die Eiweiße aufschlage, reden Joe und ich über zu Hause und wie selten wir unsere Eltern besuchen, obwohl Winchester doch nur anderthalb Stunden entfernt liegt. »Ich liebe meine Mum, aber mir ist das zu anstrengend«, gesteht Joe. »Bei uns zu Hause hört man nur die Großvateruhr ticken. Ich darf es mir nicht auf dem Sofa gemütlich machen oder Fernsehen gucken: nach Meinung meines Vaters ist Fernsehen Zeitverschwendung.«

Unsere Eltern leben nur fünf Minuten voneinander entfernt, sind sich aber nie begegnet. Joes Mutter und Vater sind deutlich älter als meine Eltern, das könnte es erklären. Joes Vater war schon fünfundvierzig, als Joe auf die Welt kam, und einst Stipendiat am Winchester College gewesen. Er wollte, dass sein Sohn ebenfalls auf diese feine Privatschule ging, also hatte er Joes Namen schon auf die Warteliste gesetzt, bevor der überhaupt geboren war. »Mit dreizehn hab ich dann die Aufnahmeprüfung gemacht«, erzählt mir Joe, »aber kein Stipendium gekriegt.«

»Schau dich doch nur jetzt an« – ich werfe mich in meiner Schürze in Pose – »unter lauter Elitestudenten in Bristol.«

Joe sieht mich an, als sei er sich da nicht so sicher.

»Hab ich die Eier lange genug geschlagen?«

»Dreh die Schüssel um.«

»Was?«

»Dreh die Schüssel auf den Kopf.«

»Nein.«

»So.« Joe entringt mir die Schüssel, wir lachen beide. »Perfekt«, sagt er. »Siehst du? Nichts passiert. Alles bleibt drin.«

»Du hast es doch gut, weißt du«, sage ich zu Joe, während ich die Baiser-Mischung auf das Backblech gleiten lasse.

»Wieso?«

»Bei Medizin ist es ziemlich klar, was man später mal macht, oder? So wie bei Jura. Du studierst Jura oder Medizin und wirst Anwalt, Richter oder Arzt, was auch immer. Das muss doch eine Erleichterung sein, wenn man weiß, was man werden will und …«

»Ich will kein Arzt werden. Ich hasse Medizin.«

»Was? Warum studierst du das denn?«

»Mein Vater ist Chirurg. Fachgebiet: Brustkrebs.«

»Ich weiß.«

»Er ist ein Gott. Du müsstest mal sehen, was er von seinen Patienten bekommt. Urlaub in der Karibik, eine Kiste Burgunder. Du solltest mal seinen Weinkeller sehen. Er kann gar nichts falsch machen«, sagt Joe, und seine Stimme klingt immer wütender, »und sein Sohn wird in seine großen Fußstapfen treten. Komme, was wolle.«

»Aber das musst du doch nicht«, wende ich ein, während ich das Blech in den Ofen schiebe. »Ich meine, wenn du was anderes machen wolltest …«

»Du kennst meinen Vater nicht«, fällt mir Joe ins Wort, und für den Bruchteil einer Sekunde sehe ich Verletzlichkeit in seinen grauen Augen. »Ich bin sein einziger Sohn, Becca. Da ist niemand anderes, den er nach seinem Bild formen kann außer mir.«

»Was ist mit deiner Mum?«

»Die beiden haben ein komisches Verhältnis. Ich bin sicher, Dad geht fremd. Er fährt zu so vielen Konferenzen. Mum macht einfach die Augen zu. Niemand hat ihm je widersprochen.«

»Aber Joe, du könntest doch alles machen. Du bist klug und talentiert …«

»Ich bin Durchschnitt«, sagt er scharf.

»Aber wenn du mit ihm reden würdest, würde er doch bestimmt …«

»Du verstehst das nicht.«

Es entsteht eine Pause. Olly und ich fühlen uns absolut wohl, wenn wir schweigen, doch mit Joe habe ich manchmal dieses Bedürfnis, die Stille zu füllen. »Mir geht's ganz genauso, weißt du«, sage ich. »Als ich klein war, hatte ich diesen Traum, Künstlerin zu werden und in einer wunderschönen Atelierwohnung in Italien zu wohnen, wo die Sonne durchs Fenster flutet. Ich wollte Olivenbäume malen und Weinberge, vielleicht würde es unten ein Café geben, wo ich die Einheimischen beim Trinken und Kartenspielen porträtieren könnte. Ich würde meine eigenen Ausstellungen haben, in einer kleinen Galerie am Marktplatz. Aber dann habe ich doch auf Mum und Dad gehört, die Kunst aufgegeben und mich für einen anständigen Abschluss entschieden. Zeigt ja, was für ein unabhängiger Geist ich bin.«

»Ich mag dieses Bild, das in deinem Schlafzimmer hängt«, sagt Joe. »Den Zitronenbaum.«

»Danke«, sage ich und strahle innerlich bei dem Kompliment. »Also, wenn du Medizin hasst, was würdest du denn stattdessen gerne machen?«, frage ich, ziehe mir einen Stuhl heran und setze mich dicht neben ihn.

»Was ich machen will? Jetzt gerade?«, fragt er. Ich habe den Eindruck, gleich küsst er mich, und einen kurzen, verrückten Augenblick lang möchte ich ihn auch küssen.

»Hi, Leute«, sagt Olly, als er hereinkommt. Er trägt seinen blauen Morgenmantel, das weiche Haar ist noch ganz verstrubbelt vom Schlafen. Er gibt mir einen flüchtigen Kuss auf den Kopf und sagt mir, dass es in der Küche schon wahnsinnig gut riecht. »Was ist los? Ihr guckt ja beide so ernst.«

»Becca hat mich in die Mangel genommen, was ich mit meinem Leben anfangen will.«

»Ach ja? Und?« Olly setzt den Kessel auf.

»Ich hab nicht den leisesten Schimmer.« Er dreht sich zu mir um und lächelt, ein breites, offenes Lächeln dieses Mal, und in dem Moment verstehe ich, was alle anderen in Joe sehen. Bei den seltenen Gelegenheiten, wo er sich öffnet, fühlt es sich an wie ein Geschenk des Himmels.

»Du könntest alles machen, Joe, alles, was du willst«, sagt Olly, bevor er sich bei mir dafür bedankt, dass ich gekocht habe. »Ich bin am Verhungern. Hab ich nicht ein Glück, dass ich die beste Freundin der Welt habe?«, fragt er und zieht mich an sich.

Ich kämpfe mich aus seiner Umarmung, sage ihm, dass ich mal lieber nach dem Hühnchen sehe.

»Ein Riesenglück«, sagt Joe und geht hinaus.

»Becca?«, fragt Olly mich, als wir allein sind.

»Ja?«

»Es tut mir leid wegen gestern Abend, dass ich so schlechte Laune hatte.«

»Ist schon okay. Ich versteh das.«

»Ich hab darüber nachgedacht, ob ich bei der Band aufhören soll.«

»Wirklich?«

Er nickt.

»Ach, komm schon, Ol – du bist gut und wirst es vermissen. Lass dir das doch nicht von so einem Idioten vermiesen.«

»Becca?«

»Mmh.«

»Findest du Joe attraktiv?«

Ich wusele geschäftig durch die Küche. »Magst du Brotsoße? Warum fragst du mich so was! Ich könnte ausflippen …«

»Stopp. Sieh mich an.«

»Olly, was soll das?«

»Ich weiß nicht. Es ist nur …« Er macht eine Pause. »Na ja, alle Mädchen, die ich kenne …«

»Er sieht gut aus …« Ich stelle die Rührschüssel ins Waschbecken. »Aber er ist nicht mein Typ.«

»Versprichst du mir das?«

Ich gehe zu ihm und gebe ihm einen Kuss. »Versprochen. Ehrenwort.«

»Gut«, antwortet er. »Weil ich ihm nämlich gesagt habe, wenn er jemals versucht, mit dir was anzufangen, bringe ich ihn um.« Olly lächelt, als er das sagt, doch ich kann sehen, dass er es ernst meint.

# 10

Ich finde meinen Vater in seinem Häuschen hinten im Garten. Als er als Anwalt in den Ruhestand ging, fürchtete Mum, dass sie einander auf die Nerven gehen würden, wenn sie beide ständig aufeinanderhockten, also beschlossen sie, ihm ein Gartenhäuschen zu bauen, wo er seine wachsende Porzellansammlung aufbewahren, Papierkram erledigen und obendrein den gerahmten Druck von Audrey Hepburn aufhängen konnte, nach der der Hund benannt ist. Normalerweise finde ich Dad schlafend in seinem Ohrensessel vor, ein gebundenes Buch über den D-Day oder die russische Revolution aufgeschlagen im Schoß, aber an diesem Morgen ist er noch ganz aufgekratzt von seiner jüngsten Porzellaneinkaufsexpedition zu Mr Pullen.

»Oh Dad, wie viel hast du denn dieses Mal ausgegeben?«

»Schschsch«, bringt er mich zum Schweigen. »Ist das nicht göttlich?« Er hält ein kleines Porzellanfigürchen hoch, das Kniebundhosen, senffarbene Strümpfe und Schnallenschuhe trägt. Es spielt irgendeine Art Blasinstrument. »Ein Waldhorn«, informiert Dad mich.

»Was für ein sexy Typ«, bringt Olly mich zum Lächeln.

»Es ist entzückend, nicht wahr? Staffordshire. Von 1800.« Dad hebt eine dazugehörige Figur aus der Schachtel, ein Mädchen mit einem Tamburin.

»Schicker Hut, würde dir auch stehen«, kommentiert Olly.

Jetzt versuche ich, nicht zu lachen. Dad fragt mich, was ich heute vorhabe.

»Ich sehe mal bei Janet vorbei«, sage ich. Janet ist eine ältere Nachbarin. »Und dann treffe ich mich mit Joe zum Lunch. Joe Lawson.«

»Ist dieser Joe der, dem diese nette Weinbar gehört? Ich müsste wirklich mal deine Mutter dahin ausführen. Colebrook Dale.« Dad hält ein mit Blumen und Blättern verziertes Körbchen vor meine Augen. »Es ist ein bisschen angeschlagen, aber ich konnte nicht widerstehen.«

Olly lacht. »Mr Pullen konnte sein Glück kaum fassen! Dieses Körbchending war ein Ladenhüter.«

Dad fragt mich, was denn so lustig sei. Ich zögere. Wie fange ich es an, ihm von Ollys Stimme in meinem Kopf zu erzählen?

Gestern Abend hat Pippa Todd gesagt, ich sei übermüdet, mitgenommen, in Trauer und schwanger: eine gefährliche Mischung. Sie sagte, dass die Einbildung einem Streiche spielen kann. Ich glaube nicht, dass sie recht hat. Ich denke auch nicht, dass ich verrückt werde, aber würde Dad das glauben?

»Dad?«

»Hm.«

»In letzter Zeit, na ja, hab ich öfters …«

»Türkisch«, stellt er fest und hält vergnügt ein in kräftigem Blaugrün glasiertes Kännchen hoch. »*Izink*.«

Auf dem Weg nach draußen. »Bitte stell das Bild wieder dahin, wo es immer stand«, sagt Olly, als ich einen Rahmen hinter dem blauen Chintzvorhang hervorlugen sehe. Es ist ein Bild von uns, das am Strand von Bamburgh in Northumberland aufgenommen wurde, in der Nähe von Ollys Elternhaus. Sein Arm ist um meine Taille gelegt, mein Haar ist windzerzaust, wir lachen über etwas. Ich erinnere mich an das Wochenende. Es war das erste Mal, dass ich seine Eltern getroffen habe. Ich war eine nervöse Vierundzwanzigjährige, nicht sicher, was mich erwartete. Ollys Vater hatte sich die ganze Zeit in seinem Arbeitszimmer vergraben, trug eine Tweedjacke, eine halbmondförmige Lesebrille und Hochwasserhosen. Er hatte dünnes Haar, in dem noch ein wenig Grau zu sehen war, aber es waren die braunen Augen, die mir vor allem anderen auffielen, weil sie genauso aussahen wie die seines Sohnes. Ich fand ihn nett, wenn auch ein bisschen exzentrisch. Er zeigte mir seine enorme Sammlung an Rüsselkäfern in verschiedenen Holzschubladen, die er über die Jahre zusammengetragen hatte, und bei jeder Schublade bewunderte ich die fein säuberliche Beschriftung, in der in winzigen Buchstaben Datum und Fundort sowie eine kurze Beschreibung der Spezies verzeichnet waren. Carolyn, seine Mum, war die Normale, wie Olly es ausdrückte. Sie liebte es, im Garten zu arbeiten und Gemüse anzubauen. Wenn wir mal übers Wochenende zu Besuch waren, trug sie stets Cordhosen, löchrige Pullover und Gummistiefel. Einen Sinn für Mode hatte sie scheinbar nicht, vielleicht lag es aber auch nur daran, dass Victor es nicht einmal bemerkt hätte, wenn sie einen Müllsack übergestreift hätte. Aber sie war wie ihr Sohn musikalisch, unterrichtete Gesang und tut es immer noch. Neulich habe ich sie angerufen und ihr erzählt, wie der Ultraschall war. Sie wollte wissen, ob ich beim nächsten Termin das Geschlecht herausfinden wollte. »Ich weiß nicht, welche Farbe ich für das Jäckchen aussuchen soll, Becca«, sagte sie, während ihre Stimme kräftiger wurde. Sie und Victor haben versprochen, mich und das Baby finanziell zu unterstützen, wo immer sie können.

»Weine nicht, Becca. Ehrlich, ich bin's nicht wert«, sagt Olly, als ich das Foto von uns stolz wieder aufs Kaminsims stelle, wo es immer gestanden hat, neben die Standuhr.

»Becca?«, sagt Dad. Ich habe nicht bemerkt, dass er ins Wohnzimmer gekommen ist.

Ich drehe mich zu ihm um. Er sieht zu dem Foto hinüber. Es scheint ihm peinlich zu sein, er wirkt verunsichert, als er mit dem Kleingeld in seiner Hosentasche herumklimpert. »Deine Mutter und ich, wir waren uns unsicher, ob du die Bilder überall im Haus sehen wolltest. Wir wussten nicht …«

»Es hat ihn gegeben«, sage ich. »Mein Hochzeitskleid hing auch immer in Pippas Kleiderschrank, Dad. Jetzt ist es nicht mehr da.«

Er nickt. »Wir haben es auf den Speicher gebracht.«

»Ihr braucht mich nicht zu beschützen, Dad. Olly ist tot, aber ich möchte die Erinnerung an ihn lebendig erhalten.«

»Ich weiß. Natürlich. Es war falsch von uns. Es tut mir so leid, Rebecca.«

Bewaffnet mit einem von Mums Cottage Pies komme ich mir vor wie Jane Austens Emma, die den Armen und Bedürftigen etwas zu essen bringt, als Audrey und ich uns zu Janet aufmachen.

»Nur deine Familie konnte einen Hund bekommen, der nicht gern spazieren geht«, sagt Olly, als Audrey mitten auf dem Bürgersteig stehen bleibt und sich weigert, auch nur einen Schritt mehr zu tun. Olly hat Audrey geliebt, aber wenn sie ihm nur ein bisschen zu nahe kam, schreckte er zurück, weil er behauptete, sie hätte den schlimmsten Fischatem ganz Englands. »Warum nur ganz Englands?«, hatte ich lachend geantwortet.

»Na komm, Süße«, sage ich und ziehe an der Leine. Widerwillig trottet sie weiter.

Janet wohnt nur zwei Minuten von meinen Eltern entfernt, in einem kleinen Häuschen an einer kurvigen schmalen Straße namens Whiteshute Lane. Als ich noch klein war, war Janet immer zu Weihnachten bei uns. Sie hatte niemanden, mit dem sie feiern konnte, weil ihr Mann gestorben war und ihre Schwester im Ausland lebte. Als sie zum ersten Mal mit uns zum Weihnachtsliedersingen in die Kirche ging, war sie wahrscheinlich schon weit über sechzig. Sie trug einen schicken Mantel, einen Pelzschal und einen Hut mit einer kecken Feder. Pippa fand es nicht gut, dass sie sich in unser Weihnachten drängte. Ich erinnere mich noch, wie sie mal vor die Tür geschickt wurde, als Janet auf eine in Alupapier gewickelte Silbermünze im Christmas Pudding biss, die da eigentlich nicht hätte sein sollen. Ich hingegen genoss ihre Besuche. Sie erleuchtete förmlich den Raum, wenn sie mit ihren Geschenken und der Plätzchendose hereinkam. Meistens schenkte sie mir Skizzenbücher und Farben, und immer wollte sie auch meine Bilder sehen. »Du hast eine Gabe, Rebecca«, pflegte sie dann zu sagen. Janet züchtete Hunde, deshalb besuchte ich sie oft, wenn eine ihrer Hündinnen Welpen hatte. Pippa mochte lieber Katzen.

Mum hat mir gesagt, dass Janet inzwischen unter Makuladegeneration leidet; dass sie, seit sie Anfang siebzig ist, allmählich ihr Augenlicht verliert. Jetzt ist sie vierundachtzig.

Als ich an die Tür klopfe, bellt ein Hund. Ich warte. Und warte.

»Na, da brat mir doch einer 'nen Storch!«, ruft sie. Sie trägt einen herbstfarbenen Tweedrock, der bis knapp unters Knie reicht, und eine ausgeleierte blassblaue Strickjacke über einer cremeweißen Bluse. Das Ensemble wird von braunen Schaffellhausschuhen mit Reißverschluss abgerundet, die mit Sicherheit nicht als schick durchgehen würden.

»Komm rein, komm rein!«

Ein Zwergschnauzer wedelt heftig und begrüßt Audrey, die ihn nur wegbeißt. »Audrey! Sei nett!«

»Audrey Fischatem benimmt sich daneben«, meint Olly und bringt mich schon wieder zum Lächeln.

Janet führt mich durch den Flur, an Schleifen, Plaketten

und Gemälden ihrer Hunde vorbei, die an der Wand hängen. Mozarts Requiem dröhnt im Hintergrund. »Das war Jaxmins Claudicus Maximus.« Sie zeigt mit ihrem weißen Stock auf das Bild eines Riesenschnauzers über dem Kamin. Mit dem herabhängenden Bart sieht er eher wie ein Aristokrat als ein Hund aus.

Janet tastet an den Knöpfen ihrer Musikanlage und schaltet Mozart aus. Neben dem CD-Player liegt eine Zeitung. »Ah! Du weißt das bestimmt!«, ruft sie aus und lugt durch eine Lupe auf das Kreuzworträtsel. »›Poker Face‹ und ›Paparazzi‹-Sängerin, vier-vier, fängt mit L an.«

»Lady Gaga.«

Janet reckt das Kinn. »Hmmmm?«

»Gaga. G, a, g, a geschrieben. So wie in ›völlig gaga‹, verstehst du?« Ich schneide eine Grimasse.

»Lady Gaga«, trägt sie fein säuberlich ein. »Was für ein wundervoller Name! Die würde ich gern mal kennenlernen.«

Nachdem ich den Cottage Pie in den Kühlschrank gestellt habe, führt sie mich zurück ins Wohnzimmer. Hier sieht es fast aus wie in einem Museum, alles ist mit Dekosachen vollgestellt. Ihr Telefon mit den extragroßen Zahlen steht auf einem antiken Tischchen mit zarten Einlegearbeiten, daneben hängt das gerahmte Foto eines frisch verheirateten Paars vor einer Kirche. Als ich genauer hinschaue, erkenne ich Janet in einem langen weißen Kleid mit pelzbesetzten Ärmeln, den Schleier aus dem Gesicht geschlagen. Sie sieht umwerfend aus, das dunkle Haar zu einem schulterlangen Bob geschnitten. Er ist deutlich älter als sie.

»Gregory«, sagt sie, sie kennt das Bild, das ich gerade anschaue. »Wir waren zwölf Jahre lang verheiratet.«

»Wie war er?«, frage ich, weil mir klar wird, dass ich kaum etwas über Janet und ihr Leben weiß.

»Ein Heiliger.« Sie lacht. »Ich hab ihm einiges zugemutet. Im Zweiten Weltkrieg war er in der Army, bei den Coldstream Guards. Er hat aber nie mit mir darüber gesprochen. Ein tapferer Mann. Nachdem wir geheiratet hatten, lebten wir in Cambridge. Er war Dozent für Geschichte, hat überhaupt für sein Leben gern gelesen. Und er war auch ein begnadeter Briefeschreiber. Bei diesem ganzen Facebook und Twatter würde er sich im Grabe umdrehen.«

»Twitter«, korrigiere ich sie lächelnd.

Sie sieht mich an. »Nun, sag mir, wie geht es dir?«

Warum muss ich immer weinen, wenn mich jemand so mitfühlend fragt, wie es mir geht?

Sie dreht den Saphirring an ihrem knochigen Finger, der von der Arthritis verkrümmt ist. Sie sagt nicht, wie sehr ich ihn vermissen muss oder was für ein Schock es gewesen sein muss oder dass die Zeit alle Wunden heilt. Sie wartet, weiß, dass ich versuche, mich zusammenzunehmen. »Hör auf zu weinen und herumzujammern. Wir reißen uns am Riemen – und weiter geht's«, habe ich Mums Worte noch in den Ohren, als ich sie als Kind gefragt hatte, warum sie die ganzen Sommerferien mit Pippa unterwegs und nie bei mir war. Janet hilft mir. »Es ist hart, nicht wahr? Für den, der zurückbleibt.«

Bei einer Tasse Tee erzähle ich Janet von meiner Entscheidung, wieder nach Hause zurückzuziehen. »In London habe ich seinen Tod nicht wahrhaben wollen, Janet. Ich dachte, ich könnte einfach weiter zur Arbeit gehen, ein ›Zutritt Verboten‹-Schild in meinen Kopf hängen und nicht an Olly denken. Ich dachte, es würde mir viel besser gehen, wenn ich arbeite, als wenn ich zu Hause bleibe und in Selbstmitleid ertrinke, aber die Sache ist …« Ich zögere, nicht sicher, wie ich es formulieren soll.

»Die Trauer holt einen ein.«

Ich nicke, als ich mich daran erinnere, wie Glitz mir gesagt hatte, dass ich nach Hause gehen solle. »Ich bin überhaupt nicht damit zurechtgekommen. Und du kannst dir vorstellen, was für ein Schock es war, als ich erfahren habe, dass ich schwanger bin. Oh Janet, ich muss jetzt stark sein. Das ist ein Geschenk«, erkläre ich ihr. »Ich darf einfach nicht zusammenbrechen. Ich will so gern eine gute Mutter sein.«

»Du bist ein tapferes Mädchen«, sagt Janet und tupft sich die Augen ab. »Du und das Baby, ihr werdet das ganz wunderbar hinbekommen.«

Nach einer zweiten Tasse Tee erzählt mir Janet aus ihrem Leben mit Gregory in Cambridge. Sie zeigt mir Fotos und Briefe, die er während des Zweiten Weltkriegs an seine Schwester geschrieben hat. Ich bitte sie, mir etwas über die Brosche an ihrer Strickjacke zu erzählen, ein aus Silber geformter Stern mit einem emaillierten roten Kreuz in der Mitte. Ich erinnere mich, dass sie diese Brosche schon in meiner Kindheit trug. Sie erklärt mir, dass dies der »Coldstream Star« ist. »Ich nehme ihn nie ab, weil er mir das Gefühl gibt, ihm nahe zu sein. ›Honi soit qui mal y pense.‹« Sie tippt auf die Gravur. »Schande über den, der schlecht darüber denkt.«

Die Standuhr schlägt zwölf Mal und erinnert mich daran, dass ich gehen muss. In einer halben Stunde will ich mich mit Joe treffen. »Gehst du irgendwo hübsch essen?«, fragt Janet.

Ich erwähne Maison Joe und die Weinseminare, die dort abgehalten werden. »Oh, ich liebe Wein!«, ruft Janet, als sie mich zur Haustür bringt. »Obwohl ich eigentlich nichts darüber weiß. Das war immer deine Aufgabe, nicht wahr, Gregory?«

Verblüfft bleibe ich stehen und drehe mich zu ihr um. »Sprichst du mit ihm, Janet?«

»Oh ja, oft«, sagt sie und macht eine abfällige Handbewegung, als sei es das Normalste der Welt.

»Und Gregory – antwortet er? Hörst du seine Stimme?«

»Meine Güte, nein. Ich wünschte, es wäre so.« Sie mustert mich. »Aber ich kenne einige Leute, die Stimmen hören, und das ist nichts, wovor man Angst haben müsste. Trotzdem, es gefällt mir, ein bisschen draufloszuschwatzen. Ich spüre, wie er mich ausschimpft, wenn ich den ganzen Tag die Heizung aufdrehe. Er war schon ein richtiger alter Geizkragen.«

Ich möchte sie noch mehr fragen, aber es ist spät, und ich muss los. Aber als ich gerade zur Tür hinaustrete …

»Janet, es tut mir so leid«, rufe ich aus und berühre sie am Arm.

»Was denn?«

»Als du zu Weihnachten zu uns gekommen bist … Ich hatte ja keine Ahnung, was du durchgemacht hast, als du Gregory verloren hast.«

»Du warst noch ein Kind!«

»Und ich glaube, ich habe dir jedes Jahr eine Schachtel mit selbst gemachtem Karamell geschenkt.«

»Nicht *jedes* Jahr. Manchmal waren es auch Trüffel.«

Ich lache. »Wahrscheinlich auch scheußlich. Kochen war noch nie meine Stärke.«

»Genug davon, Rebecca. Ich habe es immer genossen, dich zu besuchen und deine schönen Bilder anzusehen. Komm wieder zu Besuch«, sagt sie, »und bitte bald.«

# 11

Joe führt mich nach unten in den Keller. Es ist ein offener Raum mit langen Eichentischen und Holzbänken in der Mitte. Eine ganze Sammlung von Weinflaschen steht dekorativ auf den Regalen, und weiter hinten gibt es sogar noch mehr Lagerfläche, wie Joe mir erzählt. »Ich konnte mein Glück kaum fassen, als der Laden hier zu vermieten war«, sagt er. »Ich könnte niemals Weinverkostungskurse veranstalten, wenn ich diesen unglaublich tollen Raum nicht hätte.« Auf eine Leinwand am anderen Ende wird eine PowerPoint-Präsentation projiziert mit einer Grafik der verschiedenen Regionen und der Weine, die jeweils typisch für sie sind. »Das ist alles noch ziemlich neu«, sagt Joe. »Ich hatte schon Sorge, dass sich wegen der Finanzkrise niemand anmeldet, aber zum Glück wurde ich eines Besseren belehrt. Hier, lass mich.«

»Oh, danke«, sage ich, während ich aus meiner Jacke schlüpfe und sie ihm reiche. Ich setze mich an einen der Tische und bewundere das Essen vor mir, eine Auswahl an Schinken und Salami mit verschiedenen Salaten. »Mich überrascht es nicht, dass die Leute Wein probieren wollen«, sage ich. »Es wäre grässlich, wenn man ausgerechnet an den schönsten Dingen im Leben sparen müsste.«

»So«, sagen wir beide zur selben Zeit.

»Sorry, du zuerst«, sage ich.

»Ich hab Ollys Eltern geschrieben.«

»Das wird sie freuen.«

Wir schweigen. Alles, was ich hören kann, ist gedämpfter Lärm, der von oben aus dem Restaurant kommt.

»Wie geht's deinen Eltern«, fragt er steif.

»Gut, danke der Nachfrage.«

»Und wohnt deine Schwester nicht auch hier? Ich glaube, ich habe ihren Mann mal getroffen. Den Amerikaner.«

»Das stimmt. Pippa. Sie hat zwei Jungen. Zwillinge. Oscar und Theo. Sie sind wunderbar – na ja, eigentlich sind sie zwei kleine Frechdachse.«

Ich erzähle Joe von den umherfliegenden Obstspießen, bereue es aber sofort. Joes Augen sind schon ganz glasig.

»Was hat Olly denn so gemacht?«, fragt er und wechselt klugerweise das Thema.

Ich erzähle Joe, dass er Musiklehrer war.

»Ich erinnere mich noch an seine Band … und wie gut er am Klavier war.«

»Wenn ich im Bad war, hat er oft Chopin und Schubert gespielt. Wir haben in einer Wohnung gelebt, die ungefähr so groß war wie dieser Brotkorb hier«, sage ich und halte den Korb hoch, »deshalb konnte ich ihn immer laut und deutlich hören.« Ich sage Joe nicht, wie verrückt mich das manchmal gemacht hat und wie verzweifelt ich mir gewünscht habe, in eine geräumigere Wohnung zu ziehen. »Manchmal hat er auch gespielt, wenn ich gekocht habe.«

»Gekocht?« Joe zieht die Augenbrauen hoch. »Ich erinnere mich noch, wie ich dich eines Abends dabei ertappt habe, wie du Baked Beans über Pasta gekippt hast.«

»Da war ich in Eile. Ich wollte noch in den Pub«, setze ich hinzu. »Einmal hab ich ein Sonntagsessen für ihn gekocht.«

»Ich hab dir gezeigt, wie man Eier trennt. Unsere Baiser-Rolle war ziemlich lecker.«

»Siehst du«, sage ich, »ein ganz so hoffnungsloser Fall bin ich als Köchin dann doch nicht.«

Joe denkt jetzt an etwas anderes. »Dieses Pärchen in dem indischen Restaurant, weißt du noch? Da waren wir zu dritt, Olly, du und ich.«

»Nach dieser Party.« Ich weiß ganz genau, wovon er redet.

Wir waren früh von einer Party gegangen. Halb verhungert sind wir auf dem Heimweg bei unserem Lieblingsinder eingekehrt. Am Tisch neben uns saß ein Paar mittleren Alters, das kein Wort miteinander sprach, nichts als ihr Essen und eine vertrocknete Nelke in einer weißen Vase zwischen sich auf dem Tisch.

»Ihr müsst miteinander verwandt sein«, hatte ich damals zu Joe gesagt.

»Ich rede nur, wenn ich was Interessantes zu sagen habe.«

»Hey, ihr zwei, regt euch ab, regt euch ab«, hatte Olly uns ermahnt.

»Ich reg mich nicht auf, Ol«, hatte ich geantwortet und in die Karte geschaut, obwohl ich am Ende sowieso immer Hühnchen Tikka Masala bestellte.

Im Folgenden entspann sich zwischen uns dreien ein angetrunkenes Streitgespräch darüber, wie lange dieses Paar wohl verheiratet sein mochte. Wann war ihnen der Gesprächsstoff ausgegangen? Waren sie zu Hause genauso oder mit Freunden, oder war es nur, wenn sie allein waren, dass ihnen nichts einfiel, was sie sagen könnten?

»Der Tag, an dem mir nichts mehr einfällt, was ich sagen könnte, wird mein letzter sein«, hatte Olly verkündet, bevor er sich zu dem Pärchen hinübergebeugt hatte. Joe versuchte noch, ihn zurückzuhalten, aber wenn Olly sich mal was in den Kopf gesetzt hatte …

»Ich weiß, ich hätte nicht mithören sollen«, sagte Olly, »aber faszinierend, wirklich *faszinierend*!«

»Wir mussten ihn rausschleppen«, sage ich, »bevor das Restaurant uns Hausverbot gegeben hätte.«

»Erinnerst du dich noch, wie du vergessen hast, deine hochhackigen Schuhe zu dieser Einladung mit Abendgarderobe mitzubringen?«

»Und ich hab Olly noch gesagt, dass ich so nicht gehen könnte, dass alle auf meine Turnschuhe starren würden.«

»Und so hat er dich durch den Garten ins Zelt getragen.«

»Ich habe barfuß getanzt.«

Wieder Schweigen.

»Du weißt es vielleicht nicht«, fängt Joe wieder an, »du warst gerade in Florenz damals, aber mein Vater ist mal nach Clifton gekommen. Zu meinem Geburtstag, und er war fest entschlossen, uns alle ins beste Restaurant der Stadt auszuführen.«

»Ich wünschte, ich wäre dabei gewesen.«

»Nein. Nein, das wünschst du dir wirklich nicht. Wir hätten uns im Pub alle sehr viel wohler gefühlt. Jamie hat meinen Vater beim Vornamen genannt, was gar nicht gut ankam. Als Dad sein Glas erhob und sagte, wie sehr er sich schon auf meinen Erfolg als Chirurg freute, weißt du, was Olly da gesagt hat?«

Ich schüttle den Kopf.

»Mr Lawson, ist es nicht Joes Sache, auf welches Fachgebiet er sich spezialisiert? Vielleicht will er später gar nicht sein Geld damit verdienen, Leute aufzuschlitzen.«

Ich lache, bin stolz auf Olly. »Wir schleichen viel zu oft auf Zehenspitzen umeinander herum«, sage ich und denke an Mum und Dad, die das Foto und mein Hochzeitskleid versteckt haben. »Aber Olly hat immer genau das gesagt, was er dachte. Er hatte solche Ängste nicht.«

Joe schiebt seinen Teller zur Seite, schenkt uns beiden noch ein Glas Wasser ein. »Ein einziges Mal habe ich gesehen, dass er Angst hatte – als du weggefahren bist.«

»Was meinst du damit?«

»Er wollte, dass du nach Florenz gehst, er wusste, dass du das einfach tun musstest, aber die Vorstellung, dass du da irgendeinen großen, dunkelhaarigen italienischen Opernsänger kennenlernen und ihn darüber ganz vergessen könntest – das hat ihm eine Heidenangst eingejagt.«

Ich nicke und raffe meinen Mut für die Frage zusammen: »Warum bist du verschwunden, Joe? Einfach so aus Bristol weggegangen, ohne ein Wort?«

»Na endlich«, sagte Ollys Stimme.

»Meine Mutter ist gestorben.«

»Oh. Das tut mir leid.«

»Sie hatte Bauchspeicheldrüsenkrebs. Er wurde viel zu spät entdeckt. Sogar mit der besten medizinischen Versorgung hatte sie keine Chance.«

»Warum hast du uns nichts davon gesagt? Besonders Olly?«

»Ihr wart beide in Florenz. Ihr wart gerade erst wieder zusammen.«

Ich nicke. Olly war in den Osterferien nach Italien gekommen – eine Überraschung. Ich hatte ihn seit sechs Monaten nicht gesehen, und während dieser Zeit waren wir beide mit anderen Leuten zusammen gewesen. Ich ging mit Luca, einem Koch. Er sah gut aus, aber er brachte mich nicht so zum Lachen wie Olly. Ich glaube nicht, dass es auf lange Sicht funktioniert hätte, weil wir einfach nicht genug gemeinsam hatten, doch für die Zeit, die es dauerte, hat es Spaß gemacht. Als ich Olly im Duomo traf, kamen all die Gefühle für ihn in einer großen Welle zu mir zurück. Es war klar, dass wir uns noch liebten. Er blieb drei Wochen bei mir, bevor er zum Sommersemester und zu seinem Examen nach Bristol zurückkehrte. Da war Joe bereits verschwunden.

Joe räuspert sich. »Ich wollte euch das nicht verderben und …«

»Er war dein bester Freund. Er hätte dich unterstützt. Und ich auch.«

»Ach, echt? Wenn ich mich recht erinnere, hast du gesagt, du würdest mich hassen und wolltest mich nie mehr wiedersehen.«

Ich knülle eine Ecke der Serviette zusammen, während das schlechte Gewissen an mir nagt.

»Ich habe meinem Vater mit der Beerdigung geholfen, aber danach bin ich irgendwie aus dem Tritt geraten. Ich hab vieles gemacht, worauf ich nicht stolz bin. Das Einzige, was ich ganz sicher wusste, war, dass ich nicht weiter Medizin studieren wollte. Ich war so wütend auf meinen Vater. Ich habe ihm die Schuld an Mums Tod gegeben. Vizepräsident von diesem, Chairman von jenem – aber seiner Frau konnte er nicht helfen. Zum Teil bin ich aus Bristol weg, um ihm wehzutun. Ich wollte ihm meine ganze Ausbildung ins Gesicht schleudern, zusammen mit all den Hoffnungen, die er in mich gesetzt hatte, weil das seine Träume waren und nicht meine …«

»Aber warum hast du nicht mit Olly geredet? Warum hast du seine Nachrichten ignoriert?«

»Ich war kein guter Freund.« Er sieht mich direkt an. »Du weißt das besser als jeder andere. Als er angerufen hat, um mir zu erzählen, dass ihr wieder zusammen seid, wollte ich mich darüber freuen, wirklich … aber … ich hab nie aufgehört, an ihn zu denken … oder an dich …« Er verstummt. »Es war nur so: Ich konnte einfach nicht froh darüber sein. Ich war zu durcheinander, zu sehr mit mir selbst beschäftigt. Olly hatte etwas Besseres verdient. Er brauchte mich nicht. Er hatte ja dich, seine Musik. Er hatte so viele Freunde«, sagt Joe rechtfertigend.

»Er hat dich vermisst. Ich kann's gar nicht fassen, dass wir nie erfahren haben, dass deine Mutter gestorben ist, dass du das ganz allein durchgestanden hast.«

»Ich bin abgehauen, nach Australien zu meinem Onkel«, fährt Joe fort, als wolle er nicht über den Schmerz nachdenken, den er Olly zugefügt hat, indem er ihn aus seinem Leben ausgeschlossen hat. »Ich musste einfach weg. Ich kann das nicht richtig erklären. Ich musste den Kopf wieder freikriegen und einen Neuanfang machen. Am Ende bin ich drei Jahre bei Onkel Tom geblieben, habe auf seinem Weingut gearbeitet und das Weingeschäft gelernt.«

»Wie geht's Fässchen?«, fragt Joe gegen Ende unseres Essens, als wir beide etwas leichtere Gesprächsthemen brauchen. »Fässchen« war Ollys Spitzname für Jamie, der immer etwas rundlich war.

»Er ist mit einer Frau namens Amanda zusammen. Sie ist schrecklich«, gestehe ich. »Ruft ihn ›Jamie-Schätzchen‹ und kommandiert ihn herum, behandelt ihn fast wie ihr Kind.«

»Ich hatte mal eine Freundin, die Amanda hieß, aber das war in dem Augenblick zu Ende, als sie mir sagte, es sei Badewannenzeit.«

Ich lächle, mehr wegen der Art und Weise, wie trocken Joe das gesagt hatte.

»Und Sylvie?«

»Arbeitet im Marketing. Schläft mit ihrem Boss.« Ich falte meine Serviette auf der Hälfte zusammen und dann noch mal auf der Hälfte.

»Das hast du mit den Kekspackungen auch immer gemacht.«

Ich sehe auf und werde rot. »Und du? Bist du verheiratet, Joe?« Noch während ich ihn frage, erinnere ich mich, dass Annie gesagt hatte, er sei der begehrteste Junggeselle der Stadt.

»Ich habe eine Freundin. Peta.« Sein Blick wird sanft. »Sie ist Schauspielerin.«

»Wie habt ihr euch kennengelernt?«

»Hier. Sie ist total süß. Wir kennen uns noch nicht besonders lange, aber ich mag sie sehr, wirklich sehr.« Er fährt sich mit der Hand durchs Haar. »Rebecca, wenn du nicht darüber reden möchtest, verstehe ich das. Aber wie ist es passiert? Der Unfall?«

Ich erzähle Joe, dass Olly mit dem Motorrad unterwegs gewesen war. »Er hat eine Abkürzung genommen, dachte, er könnte überholen ...« Ich hole tief Luft, erinnere mich, wie ich darauf gewartet hatte, dass er zurückkam, aber im selben Augenblick, als ich das laute Klopfen an der Tür hörte, wusste, dass etwas nicht stimmte.

Ich presse eine Hand an meine Stirn. »Was so wehtut, ist, dass es so vermeidbar war.«

»Wir gehen alle dumme Risiken ein, davon kann sich keiner freisprechen«, meint Joe. »Mal schnell überholen oder bei Rot über die Ampel fahren, weil wir es eilig haben. Wir denken nie, dass es uns passieren könnte.«

Ich nicke.

»Und dann hast du gemerkt, dass du schwanger bist?«

»Ja.«

Joe sieht aus, als fühle er sich unwohl, als wüsste er nicht, wie er mich trösten soll. »Ich wünschte, ich hätte ihn noch gesehen«, sagt er. »Ich hab mal versucht anzurufen, ist schon ein Weilchen her. Ich hab eure Adresse rausgefunden, hab 'ne Nachrichten hinterlassen. Als ich nie von euch gehört hab, bin ich davon ausgegangen, dass du immer noch nichts mit mir zu tun haben willst.«

»Wir machen alle mal Sachen, die wir bereuen«, sage ich. »Ich eingeschlossen.«

Ich fahre mit dem Rad nach Hause. »Was wolltest du an dem Tag mit mir bereden, Olly?« Ich hatte mir selbst versprochen, nicht immer wieder über dieselbe Frage zu grübeln, hatte Kitty versichert, mich nicht selbst zu quälen, aber das Gespräch mit Joe hat alles wieder zurückgebracht. »Du warst so still beim Frühstück. Worüber hast du dir Sorgen gemacht? Warum warst du so unkonzentriert?«

Ich trete fester in die Pedale, am Print-Shop und am Wykehams Arms Pub vorbei. »Du hast meine Frage nicht beantwortet, Olly. Ich muss das wissen.«

»Du hast meine auch nicht beantwortet. Warum hast du Joe auf einmal gehasst? Was ist zwischen euch passiert?«

# 12

*Bristol University, vor zehn Jahren*

Allein in meinem Zimmer reiße ich den Umschlag auf. Der Brief ist vom Direktor der Kunstakademie in Florenz.

Ich lese ihn und lese ihn dann gleich noch einmal, um sicher zu sein. »Wir freuen uns, Ihnen mitteilen zu dürfen …«

Ich mache noch ein kleines Freudentänzchen, bevor ich nach unten renne, um Kitty anzurufen. Nachdem sie mir gratuliert hat, holt sie mich mit einem Schlag auf den Boden der Tatsachen zurück. »Jetzt musst du es deinen Eltern sagen.«

Mit einer Hand verdrehe ich die Telefonschnur.

»Olly wird dich auch vermissen.« Eine Pause entsteht. »Du hast es ihm doch gesagt, oder?«

»Lass mich das doch erst mal verdauen. Ich hab's doch selbst gerade erst erfahren.«

»Aber du hast ihm doch gesagt, dass du dich beworben hast, oder?«

Kitty versteht, was mein Schweigen bedeutet.

Olly wird sich für mich freuen, sage ich mir, als ich mit einem unguten Gefühl im Bauch zur Bibliothek aufbreche, in der Hoffnung, ihn da beim Lernen zu finden. Die Sommerprüfungen drohen. Er wird verstehen, dass das eine Wahnsinnsgelegenheit ist. Ich will meinen Traum verwirklichen und Künstlerin werden.

Ich denke an den Tag zurück, an dem mein Vater mir ein

altes Skizzenbuch gezeigt hat. »Das stammt noch von deiner Großtante Cecily, Becca«, hatte er gesagt und vorsichtig ein paar ledergebundene Bücher aus einem Karton gehoben. Wir waren allein in seinem Arbeitszimmer, weil Mum mit Pippa zu einem sechsstündigen Tennistraining nach Slough gefahren war. Die Bücher waren an den Ecken abgestoßen, und das Papier innen war brüchig, aber sie rochen nach Abenteuer. Unter jedes Werk hatte sie fein säuberlich mit Bleistift die Szene und das Datum notiert. An jenem Sonntagnachmittag nahm mich Großtante Cecily mit in Cafés in Barcelona, an Strände in Cornwall, auf Kuhweiden in Somerset, Wüsten in Ägypten, und ich erinnere mich noch, wie sehr mich ihre Bilder von den wilden Tieren in Afrika verzaubert haben. »Cecily hat Architektur geliebt«, erzählte Dad mir und zeigte mir Zeichnungen von korinthischen Säulen, normannischen Bogengängen und Kirchentüren; es gab sogar eine Skizze von der Westseite der Winchester Cathedral. Papa erklärte, dass dies das Erste war, was er über Winchester erfahren habe, weil Cecily früher auch dort gelebt hatte. Ich liebte die Winchester-Bilder, weil mir die Motive so vertraut waren. Aber am allermeisten mochte ich ein Bild von der Basilika di San Miniato al Monte in Florenz. Dad erzählte mir, dass es eine prachtvolle romanische Kirche sei, zu der ein Olivetaner-Kloster gehörte. Als er auf das Mosaik zeigte, das Christus auf dem Thron zwischen der Jungfrau Maria und St. Minias zeigte, entfuhr mir ein: »Wow, Dad!« Ich fand, dass es in Gold einfach toll aussah. Ich kann mich noch erinnern, wie erleichtert ich war, nachdem ich die Arbeiten von Großtante Cecily gesehen hatte. Großtanten werden oft mit Mottenkugeln assoziiert, aber Cecily war eine Entdeckerin neuer Welten. »Sie muss damals ungefähr achtundzwanzig gewesen sein«, sagte Dad mir, als wir sahen, dass sie Florenz 1917 besucht hatte. Wenn ich groß war, schwor ich mir, würde ich selbst nach Italien reisen und mir alles anschauen, mit meinem eigenen Skizzenbuch.

Ich komme am Café der Bibliothek vorbei, gehe zur Treppe …

Studenten arbeiten in kleinen abgetrennten Abteilen, aber keine Spur von Olly. Es gibt nur noch einen anderen Ort, an dem er sein könnte.

»Du hast wirklich Glück, Becca, dass dir das Malen so gut gefällt«, hatte Dad gesagt. »Es ist ein wunderschönes Hobby.«

»Hobby?«, hatte Olly später dazu gesagt, als wir im Bett lagen, mein Kopf in seiner Armbeuge, und Supergrass hörten. Wir waren neunzehn, bald zwanzig, und seit fast einem halben Jahr zusammen. Ich hatte ihn übers Wochenende zu mir nach Hause eingeladen. »Das ist ziemlich herablassend, oder?«

Ich fing an, ihm zu erklären, dass Pippas Tennis kein Hobby sei; meine Eltern, besonders Mum, hätten hochfliegende Träume und hofften, dass sie eines Tages in Wimbledon spiele. Meine Kunst hingegen war nur ein netter Zeitvertreib, schließlich verdiente niemand seinen Lebensunterhalt mit Malen. »Guck dir nur mal Andy Warhol an«, protestierte Olly.

»Der ist tot.«

»Ja, aber er hat ein Vermögen damit gemacht. Was ist mit David Hockney? Der lacht den ganzen Weg, wenn er zur Bank geht!«

Er strich über mein langes dickes Haar, wickelte es um seine Finger. »Ich habe deine Bilder nie gesehen, Becca. Darf ich mal?«

Ich stand auf und angelte nach meiner schwarzen Mappe, die oben auf dem Kleiderschrank lag.

Vorsichtig blätterte er durch mein Werk. Ich zeigte auf

mein Lieblingsbild, eine stilisierte Cafészene, mit der ich in der Schule einen ersten Preis gewonnen hatte. »Was ist das hier?«, fragte er und hakte einen Fuß in meinen ein. »Oh mein Gott«, stöhnte ich, während die Erinnerungen zurückfluteten. »Das war dieser Wettbewerb für Fünf- bis Neunjährige …« Olly lenkte mich ab, indem er mit seinem Fuß an meinem entlangstrich, sodass seine Berührung kitzelte. »… wir sollten eine Naturkatastrophe malen.« Vor uns lag ein Bild von einem einstürzenden roten Haus mit herunterbröckelnden Steinen, und im Hintergrund waren Berge und brodelnde Lava zu sehen, aber es war die Figur im Vordergrund, die Olly und mich zum Schmunzeln brachte, weil ihre Beine so komisch aussahen. Ich hatte gewollt, dass der Mann wild davonrannte, weg von der Katastrophe, bekam die Beine jedoch nicht richtig hin. Er sah aus, als würde er einen Spagat machen. Ich war so genervt, dass ich einen lauten Schrei losließ, den man noch bis in den Keller hatte hören können. »Ach, das ist alles«, hatte Mum gesagt, als sie zu mir gelaufen kam, um zu sehen, warum ich so ein Drama veranstaltete. Sie hatte das Bild nicht einmal angeschaut. »Ich war so wütend«, erzählte ich Olly, »dass ich es zerknüllt und in den Papierkorb geworfen habe. Deshalb ist es jetzt so zerknittert.«

»Fehlt dir das Malen?«

Ich nickte. »Aber sie haben ja recht. Es ist ziemlich schwer, davon zu leben.«

Als ich meine Bilder wieder zusammenlegte, hielt Olly mein Handgelenk fest. »Becca, ich möchte Schriftsteller werden, und ich werde mir von niemandem sagen lassen, dass ich das nicht machen soll. Die können mich alle mal. Hör nicht auf deine Eltern!« Er legte die Mappe auf den Boden und gab der Tür einen leichten Tritt, sodass sie zufiel. »Du musst tun, was dich glücklich macht. Es ist dein Leben. Komm her.«

Schon bald küssten wir uns. Ich hob die Arme. Olly zog mir mein T-Shirt aus. Dann löste seine Hand mit geübtem Griff den Verschluss meines BHs; er hatte mittlerweile schon ziemlich viel Übung darin.

»Du bist so was von toll und talentiert«, murmelte er, als ich seinen Pulli auszog und nach seiner Gürtelschnalle griff.

»Rebecca, Abendessen!«, rief Mum nach uns.

Wir hielten einen Moment inne, die Münder aufeinandergedrückt, doch dann rissen wir uns die Kleider vom Leib. »Hast du was dabei?«, murmelte ich. »Wir müssen schnell sein …«

»Ich kann auch schnell.« Olly sprang vom Bett und holte seinen Geldbeutel aus der hinteren Tasche seiner Jeans.

Ich laufe den Flur entlang, Musik erfüllt die Luft.

Wo ist er? Er muss irgendwo hier sein …

Olly ist im letzten Raum. Leise öffne ich die Tür und stelle mich in eine Ecke. Er kehrt mir den Rücken zu. Sein Körper bewegt sich zur Musik, der Kopf neigt sich von einer Seite zur anderen, die Finger laufen über die Tasten, immer schneller, während das Stück lebendiger wird.

Tränen steigen mir in die Augen, als mir klar wird, wie sehr ich ihn liebe. Bin ich bereit, das aufzugeben, bin ich bereit fortzugehen?

Als das Stück zu Ende ist, steht er auf und verbeugt sich, als wären wir in der Royal Albert Hall.

Ich klatsche und pfeife und rufe: »Zugabe!«

Er dreht sich zu mir um, seine Wangen glühen vor Verlegenheit. »Becca! Wie lange stehst du da schon?«

»Lange genug, um zu wissen, dass du ziemlich brillant bist.« Ich setze mich auf ein Ende der Klavierbank. »Das war wunderschön, Ol. Was war das?«

Er setzt sich neben mich. »Schubert.« Dann fängt er ein

anderes Stück an zu spielen, genießt es jetzt, Publikum zu haben.

Ich werfe einen Blick auf das Notenblatt. Es ist Schuberts Impromptu in Ges-Dur.

»Wen stellst du dir vor, wenn du spielst?«

»Cameron Diaz.«

»Hey!« Ich schubse ihn, bevor ich auf eine Taste drücke.

»Nackt«, fügt er noch hinzu.

»Immer wenn du Nägel kaust, weiß ich, dass was nicht stimmt«, sagt Olly, während wir zusammen zurückgehen.

»Was würdest du davon halten, wenn ich auf eine Kunstschule gehen würde?«

»Was meinst du? Wann?«

»Ich bin bei diesem Kurs angenommen worden.«

»Bei was für einem Kurs?«

»Das muss ganz toll sein, Olly. Grundlagen in Zeichnen, Malen und Bildhauerei, und der Lehrer hört sich auch vielversprechend an. Viele von seinen Studenten sind Profis geworden und …«

»Becca, mach mal langsam! Ich finde, das ist eine tolle Idee, aber …«

»Diesen Herbst.«

Olly bleibt stehen. Er lässt meine Hand los. »Du gehst weg aus Bristol?« Wir überqueren die Straße.

»Hm.«

»Ja. Kannst du nicht erst zu Ende studieren und dann gehen?«

»Das ist nicht das, was ich wirklich machen möchte, Olly. Wenn du nicht wärst … Und überhaupt, wenn ich mich für nächstes Jahr bewerbe, wer weiß, ob ich wieder reinkomme.«

»Wo ist das denn, dieser Kurs?«

Das ist der Teil, vor dem ich mich gefürchtet habe. »Florenz.«

Guck mich nicht so an.

»Wie lange wärst du weg?«

»Ein Jahr … aber du könntest jederzeit zu Besuch kommen.«

Er geht schneller. Er gräbt mit der Hand in der Tasche, findet den Hausschlüssel. »Warum hast du mir nichts gesagt?«

»Ich hab nicht damit gerechnet, dass ich angenommen würde. Ich dachte, wenn ich es jedem erzählen würde …«

»Ich bin ja wohl nicht jeder, Becca. Ich bin dein Freund.«

»Ich dachte, wenn ich dir davon erzähle, würde das kein Glück bringen«, sage ich und hole ihn ein. »So wie damals bei der Führerscheinprüfung. Davon hab ich auch niemandem was gesagt, um nichts erklären zu müssen, falls es nicht so gut läuft. Was dann ja auch passiert ist. Ich bin durchgefallen. Statt auf die Bremse bin ich voll aufs Gas getreten.«

Dieses Mal findet er mich nicht lustig. »Hast du mit unseren Tutoren gesprochen?«

»Noch nicht.«

»Mit deinen Eltern?« Olly schließt die Haustür auf, wirft seine Bücher auf den Beistelltisch, neben das Heer aus leeren Weinflaschen, das wir in den letzten paar Tagen angesammelt haben. »Meine Noten sind nicht besonders«, sage ich, um mich dafür zu rechtfertigen, dass ich mein Studium aufgebe. »Es reicht mir nicht mehr, Bilder an den Rand zu zeichnen.« In der Schule hatte ich meine durchschnittlichen Aufsätze aufgewertet, indem ich sie mit Wikingern in ihren Kampfhelmen illustriert hatte.

»Musst du unbedingt ins Ausland gehen?«, unterbricht er mich mitten in meiner Kriegshelm-Geschichte. »Gibt's hier keine Kunstakademien? Es gibt doch sogar in Winchester eine, oder?«

»Ja, aber das ist die einmalige Gelegenheit, etwas anderes zu machen«, sage ich und folge ihm in die Küche. »Ich arbeite den ganzen Sommer lang, spare und …«

Olly dreht sich zu mir um. »Ich fasse es nicht, Becca. Du beschwerst dich immer, dass ich einfach mache, wozu ich Lust habe, ohne dich zu fragen, und jetzt sagst du mir, dass du in ein anderes Land ziehen willst! Du hättest es mir wenigstens sagen können, als du dich beworben hast.«

Er geht hinaus. Ich schließe die Augen, als ich die Haustür zuknallen höre.

»Was ist?«, fragt Joe. Ich weiß nicht, wie lange ich schon am Küchentisch sitze und darüber nachdenke, was Olly gesagt hat. Es muss lange gewesen sein, denn inzwischen ist es draußen dunkel.

»Ich gehe weg aus Bristol, Joe.«

Er tritt ans Waschbecken, gießt sich ein Glas Wasser ein. Ich erzähle ihm von dem Kurs. Ich erwähne, dass ich niemandem davon erzählt habe, solange ich nicht wusste, ob ich angenommen würde.

»Ich verstehe. Und Olly ist jetzt sauer?« Joe zieht einen Stuhl heran und setzt sich neben mich.

»Wütend. Vielleicht sollte ich zu ihm gehen und ihm sagen, dass es mir leidtut. Ich hätte es ihm sagen müssen, Joe.«

Er berührt mich an der Schulter. »Er wird nicht lange sauer sein, Becca. Rede mit ihm, wenn er sich beruhigt hat.«

Wir schweigen, bis ich schließlich sage: »Und du, Joe? Was meinst du? Mache ich das Richtige?«

»Das kannst nur du entscheiden.«

Ich wünschte, ich könnte Joes Gedanken lesen. Seit dem Augenblick, als ich dachte, er würde mich gleich küssen, waren wir nicht oft allein gewesen. Unbewusst vielleicht bin ich ihm aus dem Weg gegangen.

»Vielleicht sollte ich nicht gehen.«

»Dieser Kurs … ist das das, was du wirklich machen willst?«

Ich nicke langsam.

»Na ja, dann«, sagt er achselzuckend. »Ich meine, wenn du hier vor mir sitzen und mir erklären würdest, du wolltest aus Bristol weg, um Schweinefarmer in Neuseeland zu werden, dann würde ich sagen, deine Beziehung ist zu Ende … Wenn du und Olly, wenn ihr wirklich zusammengehört, dann kriegt ihr das hin.«

Ich nehme seine Hand. »Danke.« Seine Unterstützung wärmt mir das Herz. »Das musste ich hören.«

»Okay.« Joe zieht seine Hand zurück und steht auf. »Ich muss mich fertig machen. Ich bin mit Liz verabredet.«

Liz ist seine derzeitige Freundin.

»Viel Spaß.«

»Olly kommt schon drüber hinweg. Er ist nur sauer, weil er dich liebt und dich vermissen wird.«

»Ich weiß.«

»Oh, und Becca …«

Ich sehe auf. Joe steht jetzt an der Tür.

»Deine Mum hat angerufen. Sie haben einen Welpen gekauft, einen Zwergdackel oder so was, und dein Vater möchte den Hund Audrey nennen.«

Ich lächele und erzähle ihm, dass mein Vater schon immer Audrey Hepburn verehrt hat.

»Ich kann dich mir in einem Atelier in Italien vorstellen«, sagt Joe am Ende, »wie du Zypressen malst und die Sonne durchs Fenster hereinscheint.«

»Es tut mir leid«, sagt Olly, als er später an dem Abend zurückkommt.

»Mir tut es auch leid«, sage ich mit Tränen in den Augen.

Wir fallen uns in die Arme.

»Du bist doch derjenige, der mich dazu angeregt hat, Ol, du hast gesagt, ich soll meinem Herzen folgen.«

»Quatsch. Ich wünschte, ich hätte den Mund gehalten.« Er streicht über mein Haar, steckt eine Strähne hinter mein Ohr. »Ach, Becca, wenn's bloß irgendwer anders wäre … aber ist es halt nicht.« Er nimmt mich wieder in die Arme. »Du hast recht. Natürlich solltest du gehen. Es ist eine großartige Gelegenheit …«

In seiner Stimme schwingt ein »aber« mit.

»Aber was wird dann aus uns?«

# 13

Sie ist jetzt seit einem Monat bei uns«, flüstert Mum in der Küche, »und schließt sich immer nur in ihrem Zimmer ein.« Ich stehe draußen und lausche.

»Was? Sprich lauter«, verlangt Dad. Ich kann hören, wie Kaffee eingeschenkt wird, Toast aus dem Toaster springt. Das Rascheln, wenn mein Vater die Seiten seiner Zeitung umblättert.

»Sie braucht einen Grund, um morgens aufzustehen«, sagt Mum und dreht das Radio leiser. »Sie liegt immer noch im Bett, Harvey. Das ist, als hätte man wieder einen Teenager im Haus. Meinst du, wir sollten ihr eine Therapie anraten?«

»Hmmmm?«

»Warum trägst du dein Hörgerät nicht?«

»Das macht schreckliche Geräusche. Kannst du mir mal die Marmelade reichen?«

»Ich habe gehört, wie sie da oben mit sich selbst geredet hat. Ich mache mir Sorgen, Harvey.«

»Ach, lass sie doch«, seufzt Dad. »Was erwartest du denn? Was soll sie denn tun? Sie braucht Zeit zu trauern.«

»Ich weiß.«

»Hab ich dir erzählt, dass ich neulich bei Sainsbury's Jeremy getroffen habe?«

Jeremy ist ein alter Freund der Familie.

»Eleanor hat sich den Knöchel gebrochen – sie ist auf einem Viehgitter ausgerutscht«, fährt Dad fort. »Sie liegt im Krankenhaus.«

»Wie schrecklich. Wir müssen ihr eine Karte schicken oder Blumen. In welchem Krankenhaus?«

»Weiß ich nicht, hat er nicht gesagt.«

»Wie lange wird sie da bleiben?«

»Keine Ahnung.«

»Muss ja ein schlimmer Bruch sein, wenn sie im Krankenhaus liegt.«

»Hat er nicht gesagt.«

»Na, dann hättest du ihn halt fragen müssen! Ich rufe ihn mal an. Ich mache mir aber immer noch Sorgen um Becca.«

»Das wird ein langer, harter Weg.«

»Sie führt Selbstgespräche. Ich kann zwar nicht verstehen, was sie sagt, aber …«

»Ich rede auch mit mir selbst in meinem Gartenhäuschen.«

Mum lacht. »Ja, aber ich bitte dich, das ist doch was anderes. Du bist ein alter Mann. Marjorie hat neulich gefragt, ob Becca Lust hätte, ihr zu helfen.«

Meine Schultern spannen sich an. Marjorie ist eine von Mums Tennisfreundinnen, die einen Internetshop namens »Landhaus-Dekorationen« betreibt. »Landhaus-Plunder« nennt mein Vater es. Ich verstecke mich jedes Mal, wenn ich sie in der Stadt sehe.

»Ich könnte sie anrufen …«

NEIN!, schreie ich innerlich auf.

Die Eieruhr schrillt, Dads Ei ist gar. »Nein«, wendet Dad ein. »Dräng sie nicht. Im Moment müssen wir einfach nur für sie da sein. Das ist unsere Aufgabe, sonst nichts.«

# 14

Es ist Mitte August, der Morgen meines Zwanzig-Wochen-Ultraschalls. Ich lebe jetzt seit acht Wochen wieder zu Hause. Mum, Dad und ich haben in eine gewisse Routine gefunden. Ich gehe mit Audrey spazieren, oft zusammen mit Janet und Woody. Manchmal kommt Mum mit den Zwillingen mit, was jeden Spaziergang zu einem Ereignis macht.

Es gibt einen Wettbewerb zwischen ihnen, wer als Erster das kleine weiße Törchen öffnen darf, das auf die Wiesen am Fluss führt. Oft gibt es Wutanfälle, und normalerweise ist es Oscar, der sich weigert weiterzugehen, sich *platsch!* einfach fallen lässt, in einen Kuhfladen mit seinen frisch gewaschenen und gebügelten Cargohosen. Theo macht es ihm dann nach. Ich weiß nicht, wie Mum es schafft, regelmäßig auf sie aufzupassen, damit Pippa im Tennisclub arbeiten kann. Abends ist sie dann gereizt und greift früh zur Wodkaflasche, ohne sich lange mit dem Tee aufzuhalten.

Ich halte täglich Kontakt zu meinen Freunden. Jamie war genauso schockiert wie ich, als er gehört hat, dass Joe in Winchester lebt. Sylvie ist neugierig und würde ihn gern einmal wiedersehen, auch wenn sie damals in Bristol nicht viel miteinander zu tun gehabt hatten. Sie weiß nicht, was zwischen Joe und mir passiert ist. Keiner meiner Freunde, außer Kitty, weiß davon. Ollys Mutter und ich telefonieren regelmäßig miteinander. Sie erzählt mir von dem Gemüse und den Kräutern, die sie zieht, schwärmt davon, wie sehr sie die langen Sommerabende liebt, an denen sie im Garten arbeiten kann. Der Garten ist ihr Heiligtum, kann ich mir vorstellen.

Ich habe Mum beim Kochen geholfen, auch wenn das nicht ganz so einfach ist, wie es sich anhört. »Oh, das ist interessant«, hat sie das letzte Mal gesagt, als ich Limettensaft an meine Hühnchenmarinade gemacht habe. »Clare Francis sagt, Zitronensaft schmeckt besser, und man sollte außerdem noch etwas abgeriebene Schale hinzufügen.« Clare Francis ist Mums Freundin und Küchenguru.

Ich spreche mit Olly. Manchmal höre ich seine Stimme im Kopf, manchmal nicht. Er behauptet immer noch, dass ihn am Morgen des Unfalls nichts bedrückt hat. Ich wünschte, Mum und Dad und ich würden endlich den Mut finden, am Abendessenstisch seinen Namen zu erwähnen.

»Nein, Pippa, es tut mir leid, aber ich kann nicht«, höre ich Mum am Telefon unten sagen, während ich eine E-Mail von Glitz zu Ende lese.

Ich freue mich, als ich lese: »Ich habe einen Bonus für dich herausgeschlagen, plus Mutterschaftsgeld, und dann, wenn du das Baby bekommen hast, können wir uns in Ruhe unterhalten, wie es weitergehen soll. Ich schicke dir den Scheck in den nächsten Tagen.«

Der gute Glitz. Was für ein hilfsbereiter Chef und Freund er geworden ist. Dieses Geld wird mir ein bisschen Sicherheit geben. Nach meinem Ultraschalltermin werde ich ihn anrufen, um mich zu bedanken.

»Du fehlst mir«, beendet er. »Marty und ich denken oft an dich. Viel Glück beim Ultraschall. Dein Glitz.«

»Ich weiß, es sind immer noch Ferien, aber heute ist Beccas Ultraschall«, höre ich Mum sagen. Ein paar Minuten später legt sie auf.

»Komm, Rebecca, das kannst du später noch lesen«, befiehlt sie, und ganz kurz fühle ich mich wieder wie eine

Zehnjährige, der gesagt wird, wenn sie sich nicht beeile, käme sie zu spät zur Schule. Dennoch, es ist gut, dass sie mitkommt, erinnere ich mich. »Was wollte Pippa denn?«, frage ich.

»Dass ich die Jungs hüte. Ich verstehe ja, dass es schwierig für sie ist, aber …«

»Ich kann allein gehen, Mum.«

»Nein. Ich kann auch nicht immer springen, wenn sie ruft.«

Warum besorgen sie sich nicht ein Au-pair-Mädchen? Die Frage stelle ich mir schon seit einiger Zeit, aber ich frage Mum nicht. Ich will sie nicht gerade jetzt verärgern, wo wir auf dem Weg ins Krankenhaus sind.

Mum und ich blicken auf den Bildschirm. Dieses Mal können wir den Umriss meines Babys erkennen.

Aufmerksam beobachte ich den Gesichtsausdruck der Schwester, während sie auf den Monitor schaut. Ich weiß jetzt, wie sehr ich inzwischen dieses Baby bekommen möchte, weil ich schreckliche Angst davor habe, dass sie etwas findet, was nicht in Ordnung ist, aber bisher sagt sie mir, dass alle Maße von Kopf und Rumpfumfang und Oberschenkelknochen genauso sind, wie sie sein sollten.

»Möchten Sie das Geschlecht wissen?«, fragt sie.

Mum hat mir geraten, es als Überraschung zu lassen, doch daran, dass sie aufgehört hat zu stricken, merke ich, dass sie auch schwer in Versuchung ist.

»Es ist ein Junge, oder?«, sage ich.

Sie nickt. »Es ist ein Junge.«

Mum und ich sehen uns mit Tränen in den Augen an. Ich greife nach ihrer Hand, ziehe sie aber genauso schnell wieder zurück.

»Mum! Ich hab gespürt, wie er mich getreten hat!« Es war

wie ein leichtes Antippen, eine Luftblase in mir. Jetzt tritt er mich wieder.

»Er sagt mal Hallo, um sich bemerkbar zu machen.« Mum lächelt.

»Heute Abend koche ich«, verkünde ich Mum. »Du setzt dich mal hin und legst die Füße hoch.« Mum starrt mich an, als hätte ich ihr geraten, paragliden zu gehen. »Ich mache Spaghetti, wenn wir Hackfleisch haben.« Zitronenhühnchen und Spaghetti bolognese sind so ungefähr die einzigen Gerichte in meinem Repertoire.

Ich mache den Kühlschrank auf, finde hinter einer Schüssel mit einer Hühnchenbrust ein Päckchen Hackfleisch, ein paar schlapp aussehende grüne Bohnen und ein paar von Soße durchweichte Möhren: die Reste von gestern Abend.

»Das können wir noch zu Mittag essen«, protestiert Mum, als ich vorschlage, die Sachen wegzuwerfen. »Oder Audrey kann sie als Leckerei bekommen.«

Ich schäle die Zwiebel und fange an, sie klein zu hacken. Kurz darauf ist Mum schon wieder in der Küche. Ich werfe einen Blick auf die Uhr: halb sieben und keine Minute später. »Oh«, sagt sie, während sie zur Wodkaflasche greift … Und schon ragt sie über mir auf wie ein Adler, und ich merke, wie meine Schultern sich verspannen und sich mir die Nackenhaare aufstellen.

»So machst du das?« Mum sieht auf meine Zwiebel.

»Was?«, schniefe ich und wische mir die Tränen ab.

Sie schiebt mich beiseite, während sie die zweite Zwiebel schält. »Ich schneide sie erst längs durch«, erklärt sie, bevor sie geschickt die Zwiebel zu sich dreht und anfängt, sie zu zerschneiden. Sie zählt laut mit: »Eins, zwei, drei, vier, fünf, sechs Mal von oben nach unten, *comme ça*.« Dann dreht sie die Zwiebel herum und hält sie zwischen Daumen und Zeigefinger fest. »Und dann«, fährt sie fort, als wäre das ihr Paradestück, »schneidest du wieder von oben nach unten, und sieh nur! Was für hübsche kleine Würfel, und ich muss nicht mal weinen dabei. Clare Francis sagt immer …«

»Ach, hör mir doch auf mit deiner Clare Francis, bitte«, sage ich. »Bei dir klingt sie ja fast wie der Messias.«

Mum lacht. »Tut mir leid. Aber sie ist gut. Du solltest mal zur nächsten Stunde mitkommen.« Sie wühlt in den Rezeptordnern auf dem Regal über dem Brotkasten. »Da haben wir's ja: Gäste empfangen – leicht gemacht.«

»Mal sehen.«

Nach dem Abendessen schnappt Dad sich die Fernbedienung des Fernsehers und drückt auf einen Knopf. Als nichts passiert, stöhnt er laut auf. Mum und ich wechseln heimlich einen Blick. Schließlich findet er den richtigen Sender. Er möchte unbedingt eine Sendung über vom Aussterben bedrohte Tiger sehen.

Leise gehe ich aus dem Zimmer und beschließe, jemanden anzurufen. »Kann ich das Auto haben?«, frage ich Mum, als ich zurückkomme. Dad ist schon fast eingeschlafen.

Sie macht ein überraschtes Gesicht und sieht von ihrem Strickzeug auf. »Willst du irgendwohin?«

»Zu Annie.« Als ich zur Tür gehe, empfinde ich plötzlich große Zuneigung für sie. Der Graben zwischen uns ist zugeschüttet, selbst wenn sie mich in der Küche nervt. »Danke, Mum.«

»Wofür?«

»Dafür, dass du heute mitgekommen bist. Das hat mir gutgetan, und Olly wäre auch froh gewesen, dass ich nicht allein da war.« Da. Ich habe seinen Namen laut ausgesprochen, und es hat sich gut angefühlt. Befreiend.

»Ich möchte es auch nicht missen.«

»Vielleicht können wir demnächst ja mal zusammen für das Baby einkaufen gehen«, schlage ich vor und denke an den Scheck, der demnächst von Glitz eintreffen muss. »Ich muss allmählich mal anfangen, über Kinderwagen und Bettchen und so was nachzudenken …«

»Oh, zu gerne.« Mit Tränen in den Augen hält sie das halb fertige Babyjäckchen hoch. »Ich kann mir kaum vorstellen, dass er so winzig sein wird«, sagt sie.

# 15

Annie wohnt in St. Cross, in einer kleinen Straße hinter der St. Faith's Road, ganz in der Nähe unserer alten Schule und den Water Meadows. Sie öffnet mir die Tür in einem knallblauen Kleid, eine Farbe, so leuchtend, dass sie zu einem exotischen Vogel gehören könnte. »Komm rein«, sagt sie und führt mich durch einen schmalen Flur in eine offene Küche mit einer Kochinsel in der Mitte. Ein kleiner Tisch steht am Ende des Raums vor einer Doppeltür, die in den Garten hinausführt. »Ich bin heute Abend allein. Richie ist auf irgendeiner Konferenz über Zahnfleischerkrankungen.« Sie verdreht die Augen. »Also bin ich froh, dass du vorbeigekommen bist.« Sie hebt den Kessel an. »Tee, meine Liebe?«

Ich genieße es, wieder mit Annie zusammen zu sein. Ich habe erfahren, dass sie früher mal in Islington gelebt und bei einer Personalvermittlung gearbeitet hat, aber immer fest vorhatte, sich eines Tages selbstständig zu machen. Sie hat ihre Jungfräulichkeit an ihrem einundzwanzigsten Geburtstag verloren, an einen fremdgehenden Idioten namens Christian. »Spätstarter«, hatte sie lachend gesagt, »aber keine Sorge, das hab ich seither mehr als aufgeholt.« Sie wohnte mehr als ein Jahr mit Richie, dem Zahnarzt, zusammen, bevor sie merkte, dass sie sich in ihn verliebt hatte.

Annie zeigt mir kurz das Haus. »Winchester war der einzige Ort, den wir beide mochten«, erklärt sie, während wir ins Wohnzimmer gehen, einen gemütlichen Raum mit cremefarbenen Sofas und einer Gitarre auf einem Ständer. »Kannst du spielen?«, frage ich beeindruckt.

»Schlecht. Eine Weile hab ich in einer Band gespielt, in London.« Das erinnert mich an Olly. »Mein Traum war es, berühmt zu werden und einen Rockstar zu heiraten. Und jetzt arbeite ich in einem Klamottenladen und hab einen Zahnarzt geheiratet!«

»Na ja, meiner war, Künstlerin zu werden. Stattdessen hab ich am Ende anderer Leute Kunst verkauft.«

Ollys Traum war es gewesen, Schriftsteller zu werden.

»Vielleicht sollte man lieber gar keine Träume haben«, schlage ich Annie vor.

Sie schüttelt den Kopf. »Wenn man keine Träume hat, hat man auch keine Hoffnung.«

Bei einer Tasse Tee erinnern wir uns an unsere Schulzeit. Sie läuft aus dem Zimmer und kommt mit einem Foto zurück. »Oh mein Gott!« Es ist von unserem Schultheaterstück. Da ist Annie in einem roten, mittelalterlichen Kleid und sieht unglücklich aus. Ich stehe im Hintergrund, als Bruder Tuck in einer braunen Kutte mit Kapuze und einem Seil als Gürtel um meine beträchtliche Taille. »Kein Wunder, dass die mir diese Rolle gegeben haben. Ich sehe ja aus, als wäre ich schwanger«, stöhne ich.

»Erinnerst du dich noch an den Musikwettbewerb, bei dem wir den Frosch-Song gesungen haben?«

»*We all stand together*«, singen wir heraus, und ich lache zum ersten Mal seit ewigen Zeiten aus vollem Herzen.

Annie sagt, sie würde zu gern Kitty wieder treffen. Sie erinnert sich noch, dass Kitty immer die Lieblingsschülerin der Lehrer war, die Streberin, die ganz vorne in der ersten Reihe saß und sich heftig meldete, ganz versessen darauf, jede Frage zu beantworten. Oft mussten die Lehrer ihr sagen, dass sie auch mal jemand anderem eine Chance geben sollte. Ich erzähle Annie, dass sie für eines der führenden Berufsberatungsunternehmen in London arbeitet.

»Single? Verheiratet?«

»Single. Sie hat nicht viel Glück mit Männern.« Ihr letztes Internet-Date war ein Typ namens Phil. »Sein Kopf war ungefähr so groß wie eine Erdnuss«, hatte Kitty sich beschwert, »und gemeine kleine Augen hatte er auch. Außerdem hat er nicht mal meinen Drink bezahlt.«

Als Annie mich fragt, wie es mir geht, erzähle ich ihr von dem Ultraschall. »Es ist ein Junge«, verrate ich.

»Ein Junge«, seufzt sie. »Beim ersten Mal ist es noch aufregend. Wenn du möchtest, stelle ich dir eine Liste all der Sachen zusammen, die du brauchst.«

Ich sage ihr, dass Pippa das bereits getan hat, auch wenn ihre Liste so lang wie ein Marathon ist. »Ich bin schon bei der Hälfte«, witzele ich und tue so, als wäre ich außer Atem, »aber ich bin mir nicht sicher, dass ich's bis ins Ziel schaffe.« Ich nehme Annies freundliches Angebot an. Nebenbei gesagt könnte es ja ganz interessant sein zu vergleichen.

»Und falls es noch *irgendetwas* gibt, was ich tun kann …«

Ich trinke einen Schluck. Na los, frag, sie wird dich schon nicht beißen. »Na ja, da könnte schon was sein.«

»Ja?«

»Mir ist ein bisschen langweilig.«

»Das ist ja wohl untertrieben«, meldet sich Ollys Stimme zu Wort.

»Meine Güte, ich wünschte, ich wäre an deiner Stelle«, platzt sie heraus, bevor sie sich gleich wieder entschuldigt. »Oh, Mist, so sollte das nicht klingen …«

»Annie, keine Sorge«, sage ich lächelnd, um sie zu beruhigen. »Du musst mich nicht mit Samthandschuhen anfassen, davon krieg ich schon zu Hause genug.«

»Takt war noch nie meine große Stärke. Also gut. Was könntest du machen?« Annie trommelt mit den Fingern auf den Tisch. »In ein paar Vereine eintreten?«

Ich verziehe das Gesicht.

»Französisch lernen?«

»Weiß nicht«, sage ich, obwohl ich weiß, dass ich keine Sprache lernen möchte.

»Japanisch?« Sie nickt mir vielsagend zu.

Ich werfe den Kopf in den Nacken: »Nein!«

»Suaheli?«

»Kann ich schon fließend.«

»Gesangsunterricht?« Sie erzählt mir, dass nebenan eine Opernsängerin wohne und sie oft zu den Klängen von *Die Hochzeit des Figaro* aufwache. »Geh in einen Chor. Das ist absolut in im Moment!«

»Ich bin total unmusikalisch«, sage ich lachend. Als ich Klavierunterricht hatte, hatte der Lehrer meiner Mum ziemlich bald gesagt, es sei reine Geldverschwendung.

»Dann strick ein paar hübsche Teewärmer und verkaufe sie an einem Marktstand? Ich weiß! Du musst in meinen Bücherwurmclub kommen, auch wenn dich das kaum aus den Latschen hauen dürfte. Oft lesen wir das Buch nicht mal. Wie wär's mit Salsaunterricht? Warte mal – vielleicht keine so tolle Idee, wenn man schwanger ist.«

Ich muss wohl direkt damit herausrücken. »Annie, ich hab mich gefragt, ob du nicht vielleicht jemanden brauchen könntest, der dir im Laden hilft.«

»Ah, ich verstehe«, sagt sie und beißt sich auf die Lippen. »Ach Becca, du hast doch gesehen, wie leer es an dem Tag war, als du hereingekommen bist, wie im Leichenschauhaus. Oh Gott, Entschuldigung!« Sie schlägt die Hand über den Mund.

Am Ende lachen wir beide hemmungslos.

»Es ist so ruhig, dass *ich* mich schon bald nach einem neuen Job umsehen muss«, stellt Annie klar. »Wenn ich noch jemanden einstellen könnte, stündest du ganz oben auf meiner Liste, aber …«

»Es war eine blöde Idee, tut mir leid.«

»Nein. Lass nur.«

»Es tut mir leid, dass es bei dir so ruhig ist. Du machst dir bestimmt Sorgen.«

»Wenn's hart auf hart kommt, kann ich immer noch meinen Körper auf der Straße verkaufen. Na ja, vielleicht auch nicht.« Sie streckt die langen, blassen Beine aus. »Guck dir nur meine Krampfadern an, und ich schwöre dir, ich hab Bikinis, die nie wieder das Tageslicht sehen werden. Was könntest du machen?«, überlegt sie weiter.

Ich gestehe ihr, dass ich inzwischen das Tagesprogramm im Fernsehen in und auswendig kenne.

»Sieh mal, ich hab eine Menge Freunde, die ich fragen kann, und Richie kann sich ja auch umhören. Ich hab's! Ich schicke eine Mail an alle Leute, die ich kenne. Ich poste es auf Facebook und twittere es und all so was. Ich werde zum Social-Media-Flittchen werden.« Sie ballt die Fäuste. »Ich besorg dir einen Job, komme, was wolle.«

»Danke. Ich mache alles. Regale einräumen, Briefe tippen, Pakete packen, Kaffee servieren, es ist mir wirklich egal.«

Ein Lächeln breitet sich langsam über ihr Gesicht aus. »Da ist mir gerade noch was eingefallen.«

»Was?«

»Neulich war ich bei Maison Joe und habe mitangehört, wie Edoardo irgendwas davon gesagt hat, dass ein Mädchen nicht bei Joes Weinseminar aushelfen könne. Ja – das nächste fängt schon bald an, und sie haben bisher noch niemanden, und Luis und Edoardo haben sich beschwert, dass sie sowieso schon überlastet sind.«

»Ach, ich weiß nicht.«

»Warte mal«, sagt sie, als sie eine Kinderstimme hört, die nach ihr ruft. »Bin gleich wieder da.«

Als sie aus dem Zimmer ist, denke ich über die Idee nach. Was habe ich schon zu verlieren? Aber will ich wirklich für Joe arbeiten? Suche ich so verzweifelt nach einer Beschäftigung? Andererseits könnte es ja ganz lustig sein, und ich brauche Ablenkung. Ich bin im fünften Monat schwanger, nicht invalide. Ich kann nicht nur zu Hause sitzen und nichts tun, bis das Baby kommt. Und die Zahl der Hochglanzmagazine und Babybücher, die ich lesen kann, ist auch beschränkt.

Am Ende unseres kleinen Essens waren Joe und ich übereingekommen, die Vergangenheit ruhen zu lassen. »Komm mal wieder vorbei«, hatte er draußen gesagt, als ich ging. Ich wusste nicht recht, ob wir uns umarmen oder uns einfach nur die Hände schütteln sollten. Am Ende haben wir nichts davon getan, doch ich bin mir sicher, dass ich Zuneigung in seinem Blick gesehen habe. Aber ich habe ihn seitdem nicht wieder angerufen oder bei ihm im Laden vorbeigeschaut.

»Becca?« Annie tippt mir auf den Arm. »Du bist ja ganz woanders.«

»Ich hab bloß nachgedacht.«

»Über Joe? Den Job?«

»Ich weiß nicht«, sage ich wieder. »Ich glaube, das ist doch nicht das Richtige.«

»Aber Maison Joe wäre perfekt.«

»Hör auf, an den Fingernägeln zu kauen«, sagt Olly. »Warum willst du denn nicht für ihn arbeiten?«

»Becca, sag mir, dass ich den Mund halten soll, wenn mich das nichts angeht, aber was ist denn eigentlich zwischen Joe und dir vorgefallen?«, fragt Annie.

»Siehst du. Wird übrigens auch Zeit, dass du mir das mal erzählst«, mischt Olly sich ein.

# 16

*Bristol, vor zehn Jahren*

Ich lehne am Türrahmen und lausche. »Ich darf einfach nicht krank sein«, stöhnt Olly, »nicht heute Abend.«

Er und Joe haben eine Abschiedsparty für mich organisiert, für heute Abend.

Joe drückt ein paar Tabletten aus einer Packung. »Nimm die hier, jetzt gleich.«

»Doktor, Doktor …« Olly bricht auf dem Bett zusammen. »Ich glaub, ich hab eine totale Matschbirne.«

»Ich mein's ernst, Olly. Du hast Fieber.«

»Ach, du bist doch völlig Banane!«

Sogar Joe muss lachen. Olly legt sich hin. Joe zieht ihm die Schuhe aus und lässt sie auf den Boden fallen.

»Wo ist Becca?«

»Zieht sich um«, antwortet Joe. »Du weißt doch, wie lange Frauen immer brauchen.«

Beinahe wäre ich reingeplatzt und hätte protestierend mitgeteilt, dass ich schon seit Ewigkeiten fertig bin, aber dann finde ich es doch spannender, weiter zuzuhören. »Tabletten«, wiederholt Joe, und durch den Türspalt kann ich sehen, wie er Olly ein Glas Wasser reicht.

»Ich kann doch ihre Party nicht verpassen.«

»Ich glaube nicht, dass es ihr was ausmacht. Um offen zu sein, so wie du jetzt drauf bist, bist du keine gute Gesellschaft.«

»*Um offen zu sein?* Ich mag dich ja sehr, Joe, ehrlich, aber manchmal redest du wie ein aufgeblasener Wichtigtuer daher.«

»Ich mag dich auch sehr, aber manchmal bist du echt eine Nervensäge.«

»Wir haben uns neulich gestritten«, fährt Olly fort. »Nicht wegen Italien, einfach nur so. Becca hat recht. Ich weiß, dass ich ein selbstsüchtiges Arschloch sein kann.«

»Das sind die Prüfungen. Alle sind fix und fertig.«

»Sie hat mich einen Heuchler genannt, hat gesagt, wenn ich die Chance hätte, auf ein Konservatorium zu gehen oder so etwas, dann würde ich morgen im Flugzeug sitzen … Weißt du, wie schwer mir das fällt, sie gehen zu lassen?«

»Weiß ich, Olly. Keiner von uns will, dass sie geht.«

»Er ist ein dickköpfiger Patient, oder?«, flüstere ich, nachdem wir Olly Gute Nacht gesagt haben.

»Er muss schon halb tot sein, bevor er eine Party sausen lässt.« Joes Gesichtsausdruck wird weich. »Aber er hat schon großes Pech, dass er ausgerechnet deine verpasst.«

Ich nicke. »Du bist der Einzige, auf den er hört, weißt du. Es ist doch nichts Ernstes, oder?«

»Grippe.«

In der heißen Phase vor den Prüfungen ist Olly immer gestresster geworden, und er war schon krank, bevor er die erste Arbeit überhaupt geschrieben hat. »Über uns« haben wir noch gar nicht gesprochen. Ich weiß nicht, ob wir eine Fernbeziehung haben wollen, jedenfalls hängt die unsichere Zukunft wie eine dunkle Wolke über uns.

Joe mustert mich in meiner Spitzenkorsage und den engen schwarzen Jeans. Meine blonde Perücke habe ich mit einer ganzen Dose Haarspray auftoupiert. Olly und Joe haben eine 80er-Jahre-Nacht organisiert, und ich versuche als Madonna durchzugehen. Ich will, dass er mir sagt, ich sähe gut aus. Stattdessen sagt er, dass er sich noch fertig machen muss. Bald kommen die Gäste.

Es klingelt. Freunde drängen herein, verkleidet als Duran Duran, Boy George, Michael Jackson und Blondie. Musik dröhnt aus dem Wohnzimmer, aber alle wandern zu den Getränken in der Küche. Sylvie und ich lehnen am Kühlschrank, haben schon ein paar Wodka intus. Joe kommt in Lederjacke, T-Shirt und zerrissenen Jeans herein. Ich lache über seine George-Michael-Frisur.

Es ist kurz vor Mitternacht, als wir noch einmal nach Olly sehen. Er ist endlich eingeschlafen, trotz des Lärms. Benommen vom Wodka gehe ich wieder nach unten, bahne mir einen Weg durch die Menge im Flur. Als ich in die Küche komme, in der inzwischen der Rauch wie dichter Nebel steht, entdecke ich Joe, der gerade eine Flasche Wein entkorkt. Im Hintergrund läuft George Michaels *Wake me up before you go-go*.

»George«, sage ich lächelnd, als ich zu ihm gehe.

»Madge«, sagt er und gibt mir ein Glas. »Also, jetzt bist du so gut wie weg.«

»Yep, so gut wie!« Ich wedele mit den Armen, als würde ich fliegen. Dann höre ich auf, als mir klar wird, dass ich betrunken bin. Sehr betrunken. Ich denke kurz darüber nach, bevor ich zu dem praktischen Schluss komme, dass mir das egal ist. Es ist meine Party. Ich kann so betrunken sein, wie ich will. Sylvie und Jamie gesellen sich zu uns. Sylvie ist als Tina Turner verkleidet, mit wilden Haaren. Sie setzt sich auf die Fensterbank. Jamie macht sich noch ein Bier auf und fragt uns, worüber wir gerade reden. Er trägt ein alarmierend eng sitzendes T-Shirt mit der Aufschrift »Franky Says Relax«.

»Nichts«, antwortet Joe. Ich habe das Gefühl, dass er sie loswerden möchte.

»Nur, dass ich euch alle vermissen werde«, seufze ich. »Ich liebe euch alle.«

»Oh, Mist, wie viel hat sie denn getrunken?«, fragt Sylvie Joe, bevor sie mir ihre halb gerauchte Zigarette gibt und Jamie wegzerrt.

Eine neue Gruppe Leute drängt in die Küche, ein Typ in Militärjacke und Lederhosen, Schminke über Nase und Wangen verschmiert. »Bei der Hälfte der Leute weiß ich nicht mal, wer sie sind«, flüstere ich Joe zu.

»Ich auch nicht.«

Ein Doppelgänger von Adam Ant drängt sich vor mir durch. »Heiß«, sagt er, während er mich von oben bis unten mustert. Ich schiebe mich an Joe heran, bevor Adam Ant aufschreit: »Arschloch!« Seine Hosen sind jetzt mit Joes Wein getränkt, an einer sehr unglücklichen Stelle.

»Ups. War keine Absicht.« Joe hält ein leeres Glas hoch. Er nimmt meine Hand. »Komm, lass uns von hier verschwinden.«

»Tut mir leid, dass wir keinen so guten Start hatten«, sagt Joe, als wir auf den kleinen Platz gehen, der vor unserem Haus liegt. Obwohl er auch was getrunken hat, merkt man ihm nichts an, wie immer.

»Du meinst, dass du mein Handtuch geklaut hast?«

Joe lenkt mich, damit ich etwas gerader gehe. »Ich dachte, es wäre Ollys.«

»Es war rosa.«

»Ich dachte, es wäre Ollys.«

Ich lache. »Ich hab dich für den arrogantesten Kerl auf der ganzen Welt gehalten.«

»So ein Wort gibt es nicht, Becca. Es reicht …«

»Siehst du, deshalb hab ich mit Englisch aufgehört.« Ich drehe mich zu ihm um. »Du musst immer recht behalten, stimmt's?«

»Immer.«

»Du machst mich noch verrückt, Joe.«

»Gut so.«

Wir gehen weiter. »Ich hoffe, du wirst glücklich«, sagt er.

»Du hoffentlich auch, Joe.«

Seine Miene scheint zu sagen, dass das niemals eintreten wird.

»Ich versteh dich nicht«, sage ich, während ich mich auf eine Bank fallen lasse. Er setzt sich neben mich. »Du bist so begabt, Joe. Wenn du nicht Medizin studieren willst, dann mach doch was anderes. Erinnerst du dich noch an dieses Gespräch, das wir mal hatten, mit Olly. Darüber, was wir in zehn Jahren wohl machen?«

»Ich guck nicht gern in die Zukunft.«

»Na, das solltest du aber. Wenn du dich nicht als Arzt siehst, dann hör auf, deine Zeit zu verschwenden …« Ich stupse ihn am Arm an. »Mach was, was dir Spaß macht, wir leben nur einmal, Joe.«

»Tolle Lektion.« Er klatscht. »Note eins.«

Ich verschränke beleidigt die Arme. »Du tust immer so groß, so taff, aber wenn's wirklich hart auf hart kommt, dann bist du einfach nur feige.«

»Wie bitte?«

»Du hast mich gehört. Du bist ein Feigling, Joe Lawson.« Ich lächele, als würde jetzt alles perfekt zusammenpassen. »Wenn du nicht glücklich bist, ändere was. Tu was dagegen.« Der Alkohol hat meine Zunge gelockert. »Wovor hast du solche Angst?«

Er greift in die Tasche, holt seine Zigaretten heraus.

»Hast du Angst, deinen Dad zu enttäuschen? Meine Eltern

sind auch nicht gerade begeistert darüber, dass ich nach Italien gehe, aber das ist immerhin noch meine Entscheidung«, fahre ich fort. »Ich glaube, du hast schreckliche Angst, deinen Dad vor den Kopf zu stoßen. Du hast solche Angst, etwas zu vermasseln, dass du mit jeder rumknutschst, die gerade daherkommt.«

»Becca …«, sagt er in warnendem Ton.

»Du gehst mit einer Menge verschiedener Mädchen … da war Fiona, Zoe … was ist aus Liz geworden? Mit keiner von denen warst du länger zusammen, weil du keine wahren Gefühle riskieren willst. Es ist ja auch viel einfacher so, nicht wahr, bloß nichts zu kompliziert werden lassen, einfach weiter so tun, als ob …?«

Er legt seine Hand über meinen Mund. »Es reicht! Wirklich«, sagte er und sieht mir in die Augen. Ich habe diesen Blick schon einmal gesehen. Wie kann ich so tun, als hätte ich nicht? Ich erwidere seinen Blick und weiß, dass ich in Schwierigkeiten stecke. Ich habe eine Grenze überschritten. Was machen wir überhaupt hier so allein? Ich denke an Olly, der drinnen schläft. »Lass uns zurückgehen«, sage ich ruhig.

Als ich ins Bett gehe, ist es vier Uhr früh. Ich streife meine hochhackigen Schuhe ab und werfe die blonde Perücke auf die Kommode. Ich ziehe die Nadeln aus meinem langen Haar; es fällt über meine nackten Schultern. Ich wische mir den roten Lippenstift vom Mund. Es klopft an der Tür. Als Sylvie hereinkommt, merke ich, dass ich enttäuscht bin.

»Gibt einen fetten Kater morgen«, meint sie, als wir uns Gute Nacht sagen. »Ein Jammer, dass Olly krank war«, setzt sie hinzu.

Ich setze mich aufs Bett, bin verwirrt. Joe und ich sind Freunde. Ich bin mit Olly zusammen. Ich liebe Olly, oder nicht? Bald bin ich nicht mehr hier. Vergiss ihn einfach, warum gelingt dir das nicht.

Ich sehe uns in den frühen Morgenstunden tanzen. Wieder sehe ich diesen Blick in seinen Augen, sein Gesicht so dicht an meinem, seine Hand auf meinem Rücken …

Hör auf! Das ist Joe. Joe Lawson. Ollys Freund. Ich habe keine Gefühle für ihn. Er ist eingebildet, arrogant, rechthaberisch. Aber er hat auch eine liebenswerte Seite. Er überrascht mich, kann Dinge sagen, die mich berühren. Ironischerweise hat er mich wegen Florenz mehr unterstützt als alle anderen, aber andererseits hat Olly sich nur so verhalten, weil er mich liebt und sich wünscht, dass ich hier auf eine Kunstakademie gehe. Immerhin ist er ehrlich genug, um das zu sagen. Bei Joe weiß man meistens nicht, was er denkt. Noch viel wichtiger aber, er ist Ollys *bester* Freund. Was denke ich mir überhaupt? Ich werde kein weiterer Name auf seiner Eroberungsliste sein. Er will mich doch nur, weil er mich nicht kriegen kann. Ist das irgendein Spielchen, das er da spielt? Nun, ich spiele jedenfalls nicht mit.

Ich stehe auf und versuche, das Korsett hinten aufzumachen, weil ich endlich aus dem engen Ding herauskommen möchte. Aber mit diesen blöden falschen Fingernägeln kriege ich die Knöpfe unmöglich auf. Meine Gedanken wandern wieder zu Joe zurück. Vielleicht fühle ich mich wirklich ein *klein* bisschen zu ihm hingezogen. Ich kann nicht leugnen, dass ich darüber nachgedacht habe, ihn zu küssen. Olly hat andererseits bestimmt auch Fantasien über andere Frauen, das ist nur normal. Was wird geschehen, wenn ich in Italien bin? Können wir beide treu bleiben? »Ach komm«, murmele ich und springe frustriert auf, als ich es wieder an der Tür klopfen höre. Ich erstarre. »Wer ist da?«

»Joe.«

Adrenalin rast durch mich hindurch. Vorsichtig gehe ich

auf die Tür zu. »Ich bin wirklich müde«, sage ich, drehe mich um und lehne mich dagegen, kneife die Augen zu.

»Lass mich rein«, sagt er sanft. Ich höre, wie das Türschloss aufgeht.

Ich mache einen Schritt nach vorn. Joe kommt herein, barfuß. Er ist in Jeans, sein T-Shirt hängt locker darüber, die Haare sind feucht. »Was gibt's?«, frage ich mit klopfendem Herzen.

»Du weißt, warum ich hier bin.«

»Hör zu, ich bin wirklich …«

»Müde? Ich auch.«

Er kommt zu mir, küsst mich in den Nacken, löst die Spitzenkorsage. »Ich bin es leid, immer nur so zu tun, als ob«, sagt er, als sie zu Boden fällt. Er dreht mich zu sich um. Da stehe ich nun, beinahe nackt, vor Joe. *Sag ihm, er soll gehen,* denke ich, während sein Gesicht nur noch ein paar Zentimeter von meinem entfernt ist. Ich schließe die Augen.

Aber dann schiebe ich ihn doch weg, gerade noch rechtzeitig. »Was machst du da?«

»Es tut mir leid. Ich dachte, du empfindest was anderes. Da hab ich mich wohl geirrt.«

Seine Ruhe irritiert mich. »Was meinst du, ich empfinde was anderes? Ich bin mit Olly zusammen!«

Wut flackert in seinen Augen auf. »Denkst du, ich weiß das nicht?«

»Ich geh mal nach ihm gucken«, sage ich und greife nach meinem Bademantel. Ich ziehe ihn über und mache den Gürtel fest zu. Als ich die Tür aufmache, knallt Joe sie wieder zu. Ich rangele, um an ihm vorbeizukommen, aber er verstellt mir den Weg und drängt mich gegen die Wand. »Becca, tu nicht so, als hättest du nichts zwischen uns gespürt.«

Gefangen, aber ich kann ihm immer noch nicht in die Augen sehen.

»Olly ist ein guter Freund«, fährt er fort. »Er ist der Letzte, dem ich wehtun möchte, aber ich kann nicht mehr so tun, als wäre da nichts, ich kann einfach nicht mehr so tun, als hätte ich keine verdammten Gefühle. Warum, glaubst du denn, kann ich mich auf niemanden wirklich einlassen?«

Er umfasst mein Gesicht mit beiden Händen und zwingt mich, ihn anzusehen. »Warum, Becca? Du weißt, warum.«

»Joe, wir können das nicht machen.«

Er lässt mich los. »Du hast recht. Vergiss es. Mein Fehler.« Er geht aus dem Zimmer, den Flur entlang.

»Joe!«, rufe ich.

Als er sich zu mir umdreht, lasse ich die Arme hilflos herunterhängen. Wir stürmen aufeinander zu, wieder nimmt er mein Gesicht fest zwischen seine Hände, aber dieses Mal küsst er mich drängend, und ich erwidere den Kuss. Wir hasten in mein Zimmer zurück und schließen die Tür ab. Ich ziehe ihm sein T-Shirt über den Kopf; er macht meinen Gürtel auf. Ich schüttle die Hosen herunter, seine Hand gleitet verführerisch unter den Saum meines roten Seidenslips, aber schon bald ist der auch heruntergezogen, und wir liegen auf dem Bett, nackt, küssen uns, während unsere Hände einander erforschen. »Ich hab mich so lange nach dir gesehnt«, sagt er und hebt meine Beine hoch, sodass sie sich um seine Hüften legen.

Als wir einschlafen, halten wir uns im Arm, unsere Klamotten liegen überall auf dem Boden verstreut, das Tageslicht kriecht schon durchs Fenster.

# 17

Als ich an dem Abend im Bett liege, bin ich erleichtert darüber, dass ich Annie die Wahrheit erzählt habe.

Es ist schon lange her, aber wenn ich die Augen schließe, steht mir dieser Morgen noch lebhaft vor Augen. Ich wache auf und höre, wie Olly meinen Namen ruft. Die Ereignisse der vergangenen Nacht fallen mir mit einem Schlag wieder ein. Ich rüttele Joe wach.

»Becca!«, stöhnte Olly. Ich hörte Schritte näher kommen.

Mit dröhnendem Schädel schlüpfte ich in meinen Morgenmantel, schloss die Tür hinter mir und traf Olly vor dem Badezimmer. »Ich fühle mich schrecklich«, sagte Olly.

»Geh zurück ins Bett«, drängte ich ihn und führte ihn zurück in sein Zimmer. »Ich bringe dir eine Tasse Tee.« Ich fühlte mich krank, als wäre mein Kopf kurz davor zu explodieren.

»Was würde ich nur ohne dich machen«, murmelte er, während ich ihm die Kissen aufschüttelte.

»Du wärst besser dran«, sagte ich und kämpfte mit den Tränen.

»Ich hab komische Sachen geträumt heute Nacht«, erinnerte er sich. »Du warst mit jemandem zusammen.«

»Was?« Ein Schauder lief mir über den Rücken.

»In Florenz. Du hattest dich in einen Luigi verliebt, oder hieß er Giuseppe?«

»Olly, ruh dich einfach nur aus.«

»Er hat für dich in seiner Gondel gesungen.«

Ich lächle schwach. »Das ist Venedig.«

»Tut mir leid, dass ich so ekelig war …«

»Warst du nicht.«

»Aber ich hab dich nicht gerade unterstützt, oder? Es ist nicht gerade toll zwischen uns gelaufen in letzter Zeit …«

»Das spielt doch jetzt keine Rolle.«

»Wir haben immer noch nicht darüber geredet, was passiert, wenn du weggehst. Glaubst du, Fernbeziehungen können funktionieren?«

»Das werden wir erst wissen, wenn wir es versuchen«, antwortete ich, während Schuldgefühle durch meine Adern rauschten. »Lass uns jetzt nicht darüber sprechen.«

»Ich liebe dich, Becca«, murmelte er, bevor er die Augen schloss.

Als ich in mein Zimmer zurückkam, saß Joe immerhin, aber er war immer noch in meinem Bett, nackt. Ich wollte, dass er verschwand. Ich konnte es nicht mal ertragen, ihn anzusehen. »Du musst gehen«, sagte ich leise, voller Angst, die anderen aufzuwecken.

»Becca, wir müssen reden.«

»Nein. Müssen wir nicht. Letzte Nacht war ein Fehler, Joe.«

»Nein, war es nicht.«

Wie konnte er nur so ruhig bleiben? So kontrolliert? Hatte er denn gar kein schlechtes Gewissen?

Ich sammelte seine Klamotten vom Fußboden auf, knüllte sie zu einem Bündel zusammen und drückte sie ihm in die Arme. »Du und ich, das ist nie passiert«, sagte ich zittrig. »Was wir getan haben, war falsch, absolut falsch.«

Joe zog seine Jeans an.

»Was hat Olly nur getan, dass er solche Freunde wie uns verdient hat?«, fragte ich, voller Ekel vor mir selbst. »Ich war betrunken! Ich wusste nicht, was ich gemacht habe …«

Er stand auf und sah mich an. »Sag so was nicht. Ich will nicht behaupten, dass es richtig war …« Er holte tief Luft. »Aber ich wusste, was ich getan habe, und ich denke, du wusstest es auch.«

»Nein!« Ich holte aus und stieß ihn vor die Brust. »Du hättest gar nicht erst in mein Zimmer kommen dürfen. Das alles hier – das ist alles nur deine Schuld!«

»Das ist nicht fair.«

»Ich hasse dich!«

Er nahm mich in die Arme. Einen Augenblick lang blieb ich so. »Du hasst mich nicht, Rebecca.«

Ich stieß ihn weg.

»Ich gehe jetzt«, sagte Joe ruhig. »Aber wir können später reden …«

»Da gibt's nichts zu reden!«

»Becca?«, hörte ich Olly rufen.

Joe und ich erstarrten, ein schmerzliches Schweigen füllte den Raum zwischen uns.

Ich hörte, wie Sylvies Tür aufging … Schritte in Richtung Badezimmer.

»Geh, bitte geh«, flehte ich ihn unter Tränen an. »Wir dürfen uns nie wieder sehen.«

Joe ging aus meinem Zimmer und aus meinem Leben. Es war das letzte Mal, dass ich ihn gesehen habe … bis wir uns zehn Jahre später im Maison Joe wiedergetroffen haben.

»Es tut mir so leid, Olly, ich hätte es dir sagen müssen«, flüstere ich jetzt, »aber damals war ich so durcheinander und verängstigt. Ich war ein Feigling. Ich habe Joe nicht geliebt. Es war eine Nacht, eine einzige Nacht. Ja, wir fühlten uns zueinander hingezogen, das kann ich nicht leugnen, aber er war nicht du. Ich weiß, das macht es nicht leichter oder entschuldigt es auf irgendeine Art und Weise. Ich liebe dich.«

Ich höre nichts. Ich sage mir, dass es sowieso nicht wirklich ist, wenn ich seine Stimme höre. Ich bilde mir das nur ein. Trauer macht seltsame Dinge mit einem. Doch tief in mir weiß ich, dass ich ihn jetzt nicht höre, weil sein Schweigen alles sagt.

Am nächsten Morgen tut mir alles weh vor Einsamkeit, und mein Herz fürchtet den leeren Tag, der vor mir liegt. Mir wird klar, dass ich nicht bei Joe arbeiten kann. Was habe ich mir nur dabei gedacht, es überhaupt in Betracht zu ziehen? Ich zwinge mich aus dem Bett. Wenn ich erst einmal geduscht habe, werde ich mich besser fühlen, rede ich mir ein.

»Ruf ihn an.«

»Olly?«

»Du kannst nicht weiter den ganzen Tag fernsehen.«

»Du bist nicht wütend?«

»Natürlich bin ich wütend. Ihr zwei habt mich hintergangen.«

»Ich weiß«, sage ich beschämt.

»Ich habe euch beiden vertraut.« Er macht eine Pause. »Wenn ich damals davon gewusst hätte, hättest du mir das Herz gebrochen. Aber jetzt kann ich nichts mehr dagegen machen, stimmt's?«

Ich setze zu einer weiteren Verteidigungsrede an, doch er unterbricht mich. »Irgendwie hatte ich immer Angst, dass du dich in ihn verlieben könntest.«

»Ich habe mich nicht in ihn verliebt, Olly. Ich hätte dich nicht geheiratet, wenn ich Joe geliebt hätte, aber es tut mir leid, dass ich es dir nicht erzählt habe, dass ich eure Freundschaft zerstört habe. Ich muss dauernd daran denken …«

»Becca, hör auf! Wenn wir nicht begriffen haben, dass das Leben kurz ist, dann haben wir überhaupt nichts begriffen.

Es ist doch schon genug passiert. Vertrag dich mit Joe. Du brauchst jetzt jeden Freund, den du kriegen kannst.«

Tränen rollen über mein Gesicht.

»Warum bist du so großzügig?«

»Ich hab auch Sachen gemacht, auf die ich nicht stolz bin.«

»Als da wären?«

Schweigen.

# 18

Ich gehe in die Bank und fülle ein Einzahlungsformular aus, bevor ich mich in die lange Schlange stelle.

Glitz' Scheck fest umklammert rechne ich aus, dass mein Bonus ausreicht, um die wichtigsten Babysachen zu kaufen, eine Kaution für eine Mietwohnung zu hinterlegen und meine erste Monatsmiete in London zu bezahlen. Mein Mutterschaftsgeld hilft mir ebenfalls, und wenn ich das alles mit unseren Ersparnissen kombiniere, habe ich genug, um etwa sechs Monate zurechtzukommen. Und danach? Wer weiß.

Ich rücke in der Schlange vor. Als Nächstes bin ich dran.

Wo ich gerade an Geld und Arbeit denke, fällt mir ein, dass ich noch nicht entschieden habe, was ich mit Annies Rat anfangen soll. Soll ich auf dem Heimweg bei Joe vorbeischauen und mit ihm sprechen? Als ich vorgestern bei Annie war, hat sie gesagt, der Kurs finge schon bald an. Wenn ich den Job will, muss ich jetzt etwas dafür tun.

»Schalter Nummer fünf«, sagt die Computerstimme in einem Ton, als hätte ich gerade einen Preis gewonnen. Ein Auto wäre nett. Oder ein Haus. Nein, alles, was ich will, ist Olly zurückhaben.

»Guten Tag«, sagt die Angestellte am Schalter. Sie trägt eine cremefarbene Bluse und einen dunkelblauen Blazer, die dicken Lippen sind mit rosafarbenem Gloss überzogen. »Wie geht es Ihnen?«

»Ausgezeichnet.«

»Was kann ich für Sie tun?«

Ich schiebe den Scheck unter der Abtrennung hindurch. »Kann ich das bitte auf mein Konto einzahlen?«

»Kein Problem. Haben Sie Ihre Kontoverbindung dabei?«

Während sie die Nummer auf einer Tastatur eingibt, gleitet ein zierlicher goldener Armreif ihren Arm hinauf und hinunter. Dann steckt sie den Scheck in einen Apparat. »Wann sind Sie denn dran?« Offensichtlich kann sie nicht anders als nachzufragen.

»Dezember.«

»Sie freuen sich bestimmt schon sehr.«

Ich nicke.

»Sie sollten von dem Geld noch mal richtig Urlaub machen, denn wenn Sie erst das Baby haben, ist es mit Ausgehen erst mal gründlich vorbei ... aber es ist es wert«, setzt sie lächelnd hinzu, um ihrer Ansprache einen optimistischen Abschluss zu geben. Tipp, tipp, tipp. »So. Nun, das ist eingezahlt. Gibt es noch etwas?«

»Kann ich bitte meinen Kontostand einsehen?«

»Kein Problem.« Sie schwenkt den Bildschirm zu mir herum. Ich sehe auf die Zahlen und bin verwirrt. Es scheint etwas weniger zu sein, als ich in Erinnerung habe. Dann starre ich auf eine Transaktion, die sechs Wochen vor Ollys Tod gemacht wurde. Es wurden eintausend Pfund abgehoben. Wofür brauchte Olly einen Tausender? Warum hat er mir nichts davon gesagt? Wir hatten vereinbart, außer im Notfall unsere Ersparnisse nicht anzurühren. Dieses Geld war bisher unser Kapital für ein Haus gewesen. Ich merke, wie ich blass werde.

»Kann ich noch etwas für Sie tun?«, fragt die Angestellte.

»Nein. Nichts.«

»Sag's mir, Olly«, murmele ich leise, während ich so schnell nach Hause gehe, wie ich kann. »Wofür hast du das Geld gebraucht?«

»Ich hab meinen Job gekündigt«, sagt er schließlich.

»Du hast was?«

»Ich bin gegangen. Hab gekündigt.«

Ich überquere die Straße. Ich muss mich verhört haben. »Du meinst, du hast deinen Job verloren?«

Er sagt nichts.

»Du hast selbst gekündigt!«, platze ich heraus, sehr zur Verwunderung eines Passanten, aber im Moment ist es mir vollkommen egal, ob mich die Leute für verrückt halten.

»Ich war unglücklich, war es leid, Musiklehrer zu sein. Ich wollte endlich meinen Roman zu Ende schreiben. Eigentlich wollte ich nie was anderes im Leben machen als schreiben. Ich hatte das Gefühl, als wäre das meine letzte Chance.«

Ich öffne das Tor. Ich bin stinksauer. Mit zitternden Händen schließe ich die Haustür auf. »Ich wollte immer malen, Olly, aber irgendwann muss man mal erwachsen werden, weißt du, und verantwortungsvoll handeln und arbeiten, um die Miete zu bezahlen!«

»Becca, ich fühle mich schrecklich.«

»Also sollte ich einfach für uns beide aufkommen, bis du dein Buch fertig hattest?«

Er antwortet nicht. Ich setze mich an den Küchentisch und versuche, das alles zu verstehen. »Mit meinem Bonus und unseren kleinen Ersparnissen«, hatte ich am letzten Morgen zu ihm gesagt, »könnten wir hier ausziehen, irgendetwas näher bei der Arbeit mieten. Sieh mal, Olly. Diese Wohnung hier ist perfekt!«

»Da wollte ich eine Wohnung in der Nähe deiner Schule mieten«, sage ich, »und du hast schon gar nicht mehr dort gearbeitet.« Ich schüttle den Kopf. »Warum hab ich das nicht kapiert? Ich bin so ein Idiot.«

»Nein. Ich bin der Idiot. Ich hätte es dir sagen sollen.«

»Was, wenn du noch eine Absage bekommen hättest? Was

dann, Ol?« Ich knabbere an einem Fingernagel, als ich mich erinnere, wie sehr ich es gefürchtet hatte, seine Manuskripte in diesen braunen Umschlägen zurückkommen zu sehen. »Ich gebe nicht auf«, sagte er dann immer, wenn er meine Zweifel spürte.

»Ich weiß es nicht«, sagt er jetzt sanft. »Ich hab dich im Stich gelassen.«

Ich lasse den Kopf in meine Hände fallen. »Also deshalb warst du so abgelenkt auf dem Heimweg? Du hattest Angst davor, es mir sagen zu müssen?«

Stille.

»Oh Olly, es war doch nur ein Job«, sage ich, während meine Wut verraucht. »Nur eine Wohnung.« Tränen steigen mir in die Augen. »Ich hätte dir verziehen. Nichts ist es wert, dafür sein Leben zu verlieren. Nichts.«

An dem Abend sehne ich mich danach, Kitty alles zu erzählen, aber wenn ich das täte, müsste ich auch gestehen, dass ich seine Stimme höre, und das kann ich nicht. Noch nicht. Ich beschließe, dieses Geheimnis für mich zu behalten. Ich wollte auch nicht, dass meine Eltern es erfahren. Ich erinnere mich an unser erstes Date, bei dem er mir gesagt hatte, dass er entweder ein Popstar oder ein berühmter Schriftsteller werden wollte. Mir ist klar, dass meine Eltern Olly für einen Tagträumer mit zu vielen Flausen im Kopf hielten.

Tief innen weiß ich, dass ich auch angefangen hatte, so zu denken.

# 19

Du willst den Job?«, fragt Joe am nächsten Tag durchs Telefon.

»Wenn du noch niemand anderen gefunden hast«, antworte ich und bin mir sehr bewusst, dass Mum nur so tut, als lese sie den Wirtschaftsteil der Zeitung.

Joe ist still. Vielleicht denkt er dasselbe wie ich: Würde es nicht total peinlich sein? Aber inzwischen weiß ich, dass ich diesen Job brauche. Ich kann nicht länger zu Hause bleiben. Ich muss mich beschäftigen, sonst werde ich noch verrückt.

»Ich kann nicht viel zahlen«, sagt er.

»Schon okay. Es geht mir nicht wirklich ums Geld.«

Joe sagt mir, dass der Weinverkostungskurs erst in der ersten Septemberwoche anfängt. Das ist in etwas über vierzehn Tagen. Er geht über acht Wochen. »Kannst du bis Ende Oktober arbeiten?«

»Ja.«

»Und hinter der Bar kann ich auch immer ein paar helfende Hände gebrauchen.«

»Prima. Ich kann zumindest ein paar Tage die Woche arbeiten. Ich fange morgen an, wenn du magst.«

»In dem Fall wird Luis dich einarbeiten.«

»Was hat er gesagt?«, fragt Mum in dem Augenblick, als ich auflege.

Luis ist Halbspanier, Mitte zwanzig, mit kurzen dunklen Haaren, kaffeebohnenbraunen Augen und einem olivfarbenen Teint. Als ich ankomme, sorgt er sofort dafür, dass ich mich wohlfühle, zeigt mir die Küche und stellt mich zwei Köchen vor, Bruno und Luke, die so jung aussehen, als könnten sie meine Kinder sein. Ich versuche mich an einem Cappuccino und richte Chaos mit dem Aufschäumer an, überallhin spritzt Milch. »Ich hab schon mal gekellnert, glaub's mir oder nicht.«

»In echt?«, lacht er.

Ich lächle und erzähle Luis, dass ich kurz in einem Restaurant in Chiswick gearbeitet habe und dass ich dort auch meinen späteren Chef, Glitz, zum ersten Mal getroffen habe. Ich war gerade siebenundzwanzig geworden.

»Als ich ihm einen Mokka statt eines Espresso serviert habe, hat er mich mit seiner Serviette weggescheucht und mich angebrüllt, das wäre schließlich keine Wissenschaft.«

»Oh ja.« Luis nickt. »Von denen bekommen wir hier auch immer ein paar rein.«

»Mir gehen eher diese verzogenen Kinder auf die Nerven«, setzt Bruno hinzu, »die im ganzen Laden herumrennen.«

»Was ist dann passiert?«, fragt Luis, der rührenderweise richtig ergriffen von dem kleinen Espressodrama ist.

»Ich habe ihm gesagt, dass er unhöflich ist. Dann hat er mir gesagt, er hätte schlechte Laune, weil ihm jetzt die dritte Assistentin hintereinander abgesprungen wäre. Ich gestand ihm, dass ich auch schlechte Laune hätte, weil ich eigentlich Künstlerin wäre, aber keine Arbeit mehr bekäme und daher über einen vollkommen anderen Berufsweg nachdenken müsste. Da hat er mir den Job angeboten.«

»Einfach so?« Luis schnippt mit den Fingern.

»Na ja, nicht ganz. Er hat mich gefragt, ob ich mich mit moderner britischer Kunst auskenne, und ich habe ihm gesagt, dass ich mehr über die Renaissance wüsste, weil ich in Florenz studiert habe.« Er hatte mich auch gefragt, welches mein Lieblingskünstler sei. Ich hatte ihm gesagt, dass ich Cézannes Landschaften liebte, Jean-Antoine Watteaus Gemälde von Musikern und galanten Festen. Ich liebte Mark Rothko, weil ich jedes Mal solch einen Frieden empfand, wenn ich eines seiner Gemälde betrachtete. »Es war reines Glück, dass ich Glitz getroffen habe, weil dort zu arbeiten wenigstens irgendetwas mit Kunst zu tun hatte«, sage ich. »Und du, Luis? Wie bist du hier gelandet?«

Luis erzählt mir, dass er in Barcelona Maschinenbau studiert hat, aber dass es nicht das Richtige für ihn war. »Ich war siebzehn! Wer weiß denn in dem Alter schon, was er werden will?«, ruft er mit seinem starken spanischen Akzent aus. »Da nimmt man halt einfach was.« Er schnaubt ärgerlich. »Ein Abschluss, das ist doch nur ein Stück Papier. Ich glaube, deshalb hat Joe mich eingestellt. Er gibt gern Leuten eine Chance. Ich bin leidenschaftlicher Weinliebhaber. Zeugnisse sind ihm nicht so wichtig.«

»Er ist schon ein toller Typ«, sagt Bruno. »Als es meiner Mum so schlecht ging, da hat er mir freigegeben, weißt du noch, hat gemeint, ich soll mich um sie kümmern.«

»Woher kennst du denn Joe?«, fragt Luis, als gerade ein Gast hereinkommt.

»Das ist eine lange Geschichte«, flüstere ich, binde meine Haare zu einem Pferdeschwanz zusammen und sorge dafür, dass meine blau gestreifte Schürze ordentlich sitzt. »Was kann ich Ihnen bringen?«, frage ich und bete innerlich darum, dass es kein Cappuccino ist.

Der Weinverkostungskurs fängt in dreißig Minuten an, aber der Raum füllt sich schon mit Teilnehmern. Abends sieht der Keller richtig romantisch aus. Ich habe die langen Eichentische mit Tellerchen voll Käseplätzchen, Chips und Nüssen sowie mit Weingläsern eingedeckt.

Zwei schick gekleidete Frauen Mitte/Ende vierzig rauschen in einer Parfumwolke herein. Als ich sie eintrage und ihnen die Jacken abnehme, stelle ich mir vor, wie ihre Männer zu Hause sitzen und auftragsgemäß das Hühnchen bei hundertachtzig Grad in den Ofen schieben. Sie heißen Felicity und Diane. Sie nehmen ihre Gläser Champagner und stöckeln auf ihren Riemchenschuhen davon, um zwei Plätze nebeneinander zu finden.

Ich trage Scott ein, einen jungen hübschen Australier mit Tattoos auf beiden Unterarmen. Als Nächstes kommt ein Geschäftsmann herein, die Zeitung unter dem Arm. Der nächste Teilnehmer torkelt die Kellertreppe herunter, als sei er schon betrunken. Irgendwo in den Sechzigern. Mit dem wilden grauen Haar, das vom Kopf absteht wie kleine Bohnensprossen, sieht er aus wie ein verrückter Erfinder. Er heißt Henry. »Bravo«, sagt er, als ich ihm seine Tweedjacke abnehme und ihm die blaue Maison-Joe-Mappe aushändige, in der Notizen zu jeder Kursstunde enthalten sind, zusammen mit einer Liste der verkosteten Weine, die Joe oben im Restaurant verkauft. Er schlurft zu einem der Tische und pflanzt sich direkt neben eine exotisch aussehende, blonde Italienerin in Nadelstreifenanzug und Designerbrille. Die Frau heißt Monica, und sie wirft ihm einen abfälligen, tief enttäuschten Blick zu. Ich muss lächeln, als Olly mir sagt, dass ihr Plan, neben einem alleinstehenden, großen, geheimnisvollen und gut aussehenden Fremden zu sitzen, sich gerade aufs Grausamste zerschlagen hat.

Ich bin so damit beschäftigt, Monica zu beobachten, wie sie von Henry abrückt, dass ich den letzten Teilnehmer gar nicht kommen höre. »Hallo!«, sagt er und schüttelt begeistert meine Hand. »Ich bin Adam!«

Adam trägt ein blaues Hemd und dazu einen knallgelben Schlips mit Koalabären darauf, sein halbes Hemd hängt ihm aus der Hose.

»Oh, übrigens«, hatte Joe mich letzte Woche gewarnt, »da ist ein Junge im Kurs, Adam. Er ist Mavis' Sohn.«

»Mavis' Sohn?«

»Sie kümmert sich um meinen Vater. Adam ist zweiundzwanzig, hat aber keinen richtigen Job. Er ist auf eine Förderschule gegangen, aber Mavis sagt, er würde sich für alles begeistern, was mit Essen und Wein zu tun hat. Also habe ich ihr versprochen, ihm einen Platz freizuhalten.«

Adam strahlt mich an. »Sie sehen genau aus wie Julia Roberts, nur hübscher.«

Ich werde rot, bevor ich ihm ein Kompliment über seinen Schlips mache.

»Haben Sie einen Freund?«

Joe eilt an uns vorbei und sagt Adam, er solle sich einen Platz suchen, bevor er zu mir sagt: »Adam ist ein Frauenheld, du nimmst dich besser in Acht.«

»Wie viele von Ihnen glauben nicht, dass man Wein wirklich schmecken und beschreiben kann?«, fragt Joe zu Beginn des Kurses.

Viele Hände gehen hoch.

»Nun, die gute Nachricht ist, man kann es. Wir haben alle dieselbe Ausrüstung.«

Adam dreht sich um und winkt mir zu. Ich winke zurück.

»Um Wein zu verkosten, braucht man einfach nur Übung und, um ehrlich zu sein, ich kann mir eine Menge schlimmere Sachen vorstellen, als das zu üben. Sie nicht auch?«

»Er redet immer noch so hochgestochen«, sagt Olly.

»Immerhin was anderes, als ins Fitnessstudio zu gehen!«, ruft Henry aus und streckt die Brust raus, während er Monica spielerisch in die Seite knufft.

»Genau«, sagt Joe. »Sogar der Arzt verschreibt ein Glas Rotwein am Tag für ein gesundes Herz. Also, was Sie hier in den nächsten acht Wochen lernen werden, ist, welchen Typ Wein Sie mögen und warum. Das Warum ist es, worauf es ankommt. Es wird nicht immer der teuerste Wein sein, der Ihnen am besten schmeckt. Wenn Sie Glück haben, mögen Sie vielleicht die günstigeren Weine lieber …«

»Es besteht also noch Hoffnung!«, ruft Henry aus.

»Okay, wie Sie sehen können, hat meine Assistentin Rebecca«, Joe zeigt auf mich, »ein paar Probiergläser vor Sie hingestellt, eine Flasche Wasser und ein paar leichte Häppchen. Außerdem gibt es einen Spucknapf. Es hängt von Ihnen ab, ob Sie lieber ausspucken oder den Wein trinken. Ich schätze mal, das hängt auch davon ab, ob Sie mit dem Bus oder mit dem Auto hergekommen sind.«

Adam reckt Monica den Daumen hin und erklärt, dass er den Bus genommen hat.

»Aber bevor wir mit den verschiedenen Rebsorten anfangen, die wir heute Abend durchnehmen werden, wird Rebecca Ihnen allen ein Glas chilenischen Merlot einschenken.« Ich umkreise die Tische und fülle das Glas jedes Teilnehmers mit einem kleinen Schluck. »Noch nicht trinken!«, ruft Joe Henry zu, bevor er weiterspricht. »Also, stellen Sie sich Folgendes vor. Sie haben Ihren Wein bestellt, und der Kellner fragt Sie, ob Sie probieren wollen. Vielen Leuten ist das eher peinlich, und sie bringen es schnell hinter sich. Dabei geht es eigentlich nur darum, den Zustand des Weins zu testen.«

»Zustand?«, fragt der gut aussehende Scott. Er ist gebräunt, hat hellbraunes Haar mit sommerblonden Strähnen darin.

»Ja, Sie wollen sichergehen, dass der Wein nicht ›korkig‹ schmeckt. Wer weiß, was das heißt?«

»Kompost«, ruft Adam und hält sich die Nase zu.

Ich muss lachen.

»Ja, Adam, das stimmt«, sagt Joe. »Er riecht ›schlecht‹. Im Grunde ist es ein Geruch im Korken, der an einen feuchten Keller oder nasse Pappe erinnert. Wenn Rebecca und ich in den nächsten acht Wochen eine korkige Flasche erwischen, dann werden wir sie auf jeden Fall aufheben und herumreichen. Gut«, er klatscht in die Hände, »fangen wir von vorne an – als Erstes schnuppern Sie an dem Wein.«

Die Leute am Tisch schnuppern.

»Als Nächstes lassen Sie den Wein im Glas kreisen. Und dabei geht's nicht um Angeberei, sondern darum, das Aroma zu entfalten.« Ich beobachte, wie Joe geübt sein Glas schwenkt. »Mein Onkel Tom, der mich dazu angeregt hat, alles über Wein zu lernen, sagt immer, das sei wie ein Weinhubschrauber«, erklärt er, während Monica bewundernd zu ihm aufschaut.

Eineinhalb Stunden später sind alle weg, und ich wasche die Gläser ab.

»Adam ist schon eine Marke«, sage ich.

Nachdem der Kurs zu Ende war, hat er mir erzählt, dass er in der Stadtbibliothek arbeitet und ehrenamtlich im Obdachlosenheim Tomatensuppe ausgibt.

Joe schaltet seinen Laptop aus. Er hat einen Film über die Weinlese im Elsass gezeigt. »Mavis macht sich Sorgen um ihn. Es ist schon schwer. Wo sollen Leute wie Adam ihren Platz in dieser Welt finden?«

Während ich weiter abwasche, erzählt mir Joe, wie er seine Leidenschaft für Wein entdeckt hat.

»Nachdem mein Großvater gestorben ist, hat Onkel Tom seinen Job bei der Versicherung in England aufgegeben und ist auf Reisen gegangen. Am Ende hat er seine Erbschaft in eine Farm in Westaustralien gesteckt. Als er zu Mums Beerdigung rübergeflogen ist, hat er mich überredet, mit ihm zu kommen. Damals lief sein Geschäft hervorragend, und ich wusste, dass mein Herz nicht an der Medizin hing. Mein Vater fand es natürlich schrecklich; hat mir gesagt, ich würde nichts aus mir machen. Er wollte danach nichts mehr mit Tom zu tun haben, weil er das Gefühl hatte, sein Bruder hätte ihn verraten.«

»Und was ist dann passiert?«

»Nach drei Jahren bin ich zurück nach London gegangen, habe Arbeit bei einem Weinhändler gefunden, nebenbei die Prüfungen für die zweijährige Ausbildung gemacht …«

»Und dein Vater?«

»Wir hatten nicht viel Kontakt. Ohne Mum war er verloren. Ich glaube, er hatte so einige Affären, aber sie war immer für ihn da gewesen, hat zu Hause mit dem Essen auf ihn gewartet. Das hat ihm dann gefehlt, und mir wollte er nicht verzeihen, dass ich die Medizin aufgegeben habe. Erst als ich im Weingeschäft einen anständigen Job gefunden hatte, hat er wieder angefangen, mich ernst zu nehmen.«

»Warum bist du zurück nach Winchester gezogen?«

»Der Grund war mein Vater. Es geht ihm nicht gut.«

»Das tut mir leid. Ist es was Ernstes?«

»Demenz.«

»Oh Gott, Joe, das tut mir so leid.«

Joe nimmt sich ein Abtrockentuch.

»Deshalb brauche ich Leute, denen ich vertrauen kann. Luis und Edoardo verstehen, warum ich manchmal schnell wegmuss, und sie stellen keine Fragen.«

»Lebt er bei dir?«

»Nein. Er wohnt in unserem alten Haus, aber eine Pflegerin ist immer bei ihm. Mavis ist mir die Liebste. Sie kümmert sich wunderbar um ihn. Geld macht einen nicht glücklich, aber zumindest eröffnet es einem Möglichkeiten.« Er stellt die Gläser zurück in die Kartons, erklärt mir, dass sie von der Firma Riedel stammen und die besten Verkostungsgläser sind.

»Ich habe darüber nachgedacht, meinen Vater in ein Pflegeheim zu geben, besonders, weil wir uns ja jahrelang nicht gerade nahegestanden haben … Aber ich weiß nicht«, seine Stimme wird leiser.

»Joe?«

»Das hört sich jetzt vielleicht irre an … du wirst denken, ich bin verrückt.«

»Sprich weiter.«

»Ich habe meine Mutter zu mir sprechen gehört, sie hat mich gebeten, ihm zu vergeben und für ihn da zu sein, und dann ist das hier frei geworden. Ich wollte schon seit einiger Zeit mein eigenes Geschäft aufmachen. Das Timing schien perfekt zu sein. Mir kam es vor, als würde sie mir sagen, dass ich hierbleiben soll.«

Ich sage kein Wort.

»Joe!«, ruft Luis aus dem Restaurant. »Wir brauchen dich mal kurz hier!«

»Ich fass es nicht, dass ich dir das gerade gesagt habe, darüber hab ich noch mit niemandem gesprochen, nicht mal mit Onkel Tom. Jetzt hab ich dich verschreckt. Du denkst, ich bin verrückt …«, sagt er, schon halb die Treppe hinauf.

»Nein. Ich glaube nicht, dass du verrückt bist, ganz und gar nicht.«

»Du warst klasse heute Abend«, sagt Joe, als wir am Ende des Abends allein in der Bar sind. Es ist das erste Mal, seit ich hier arbeite, dass wir Gelegenheit hatten, wirklich miteinander zu reden, und ich habe es genossen. »Ganz besonders, wie du mit Adams Avancen umgegangen bist.«

»Er findet mich hübscher als Julia Roberts. Ziemlich gut für eine alte, schwangere Schachtel wie mich.«

»Setz dich hin«, drängt er mich. »Lass mich dir was zu trinken holen. Du hast hart gearbeitet. Luis und Edoardo haben übrigens gesagt, du wärst ein Naturtalent hinter dem Tresen.«

Ich will ihm gerade erzählen, dass ich es endlich geschafft habe, die Cappuccinomaschine zu bändigen, als ich die Hand auf meinen Bauch lege. »Er hat mich getreten!« Ich bin überwältigt vor Erleichterung, denn in den letzten paar Tagen war das Baby ziemlich ruhig. Mum hat mir gesagt, das sei ziemlich normal, aber ich darf dieses Kind einfach nicht verlieren, nicht jetzt …

»Er? Kennst du das Geschlecht schon?«

Ich sage ihm, dass es ein Junge ist.

»Wie fühlt sich das an?«, höre ich Ollys Stimme.

Tränen steigen mir in die Augen. Ich kann Olly nicht lange böse sein, wo er doch der Vater des Kindes ist und das alles verpasst. »Olly wäre ein großartiger Vater gewesen«, sagt Joe, als hätte er meine Gedanken gelesen. Er ballt eine Hand zur Faust. »Ich wünschte, ich wäre irgendwann zu ihm gefahren. Ich hab ihn im Stich gelassen. Ich weiß, warum du meine Nachricht ignoriert hast, also hab ich es mir leichtgemacht, beschlossen, einfach drüber hinwegzugehen. Ich hätte nicht aufgeben dürfen.«

»Es war nicht alles deine Schuld«, sage ich zu ihm. »Wenn ich den Mut gehabt hätte, Olly von jener Nacht zu erzählen … Ich hab das nicht hingekriegt. Ich hab zwischen uns dreien alles kaputt gemacht.«

»Ich wünschte, ich könnte mit ihm reden, ihm sagen, wie leid es mir tut, dass ich so ein schlechter Freund war.«

Ich muss es ihm sagen.

»Joe? Da gibt es was, das du wissen musst.« Ich spiele mit dem Henkel meiner Handtasche herum.

Joe wartet.

»Als du das über deine Mutter gesagt hast, dass du sie zu dir sprechen gehört hast …«

»Ja?«

»Ich höre seine Stimme in meinem Kopf. Zumindest glaube ich das.«

»Wessen Stimme?«, fragt Joe.

»Ollys.«

»Rebecca …«

»Ich weiß, es klingt komisch!«, sage ich eilig, als ich sein schockiertes Gesicht sehe. »Deshalb hab ich es ja auch niemandem gesagt, nicht mal Kitty oder meinen Eltern. Aber als du das über deine Mutter gesagt hast …«

»Was sagt er denn?«

Ein kleines Lächeln bahnt sich den Weg, als ich Olly zuhöre. »Du hättest zugenommen.«

»Mistkerl!«

»Ein paar Erdnüsse zu viel an der Bar, was?«

Joe sieht mich mit einem ungläubigen Ausdruck im Gesicht an, und ich kann seine Gedanken lesen: Das ist genau das, was Olly sagen würde.

Dennoch meint er, es könnte sein, dass ich mir das nur einbilde. Er hatte seine Mutter nicht direkt gehört, hatte nur ihre Gegenwart gespürt, und die Tatsache, dass das Lokal zu vermieten war, konnte auch einfach nur ein Zufall gewesen sein. Angesichts seiner Zweifel erzähle ich ihm von Jim und Noodle. Seit damals habe ich sie nicht mehr gesehen. Es war, als seien sie nur gekommen, um die Botschaft auszurichten, und dann wieder verschwunden.

»Vielleicht gibt es ja doch noch Dinge, die wir nicht erklären können«, sage ich, als mir bewusst wird, wie sehr ich mir wünsche, dass mir jemand glaubt. »Vielleicht ist das Leben doch rätselhafter, als wir es uns je vorgestellt haben?«

Die nächste Stunde sprechen Joe und ich an der Bar miteinander, und jegliches Unwohlsein zwischen uns löst sich auf, nun, da ich ihm mein Geheimnis anvertraut habe. Er ist der einzige Mensch, dem ich es je erzählen werde. Ich will nicht, dass irgendjemand an mir zweifelt oder mir sagt, das sei nur eine Reaktion auf die Trauer, das sei alles Teil des Verarbeitungsprozesses. Sosehr ich Kitty mag, sie kann ganz schön harsch sein. Joe verspricht mir, dass er zu niemandem ein Wort darüber verlieren wird.

Wir reden über die letzten zehn Jahre. Ich beschreibe ihm meine Zeit in Florenz. Das Kunstatelier war in einer alten, restaurierten Kirche. Ich war in einem abgewohnten Apartment im Zentrum von Florenz untergekommen, ganz in der Nähe des Ponte Vecchio. Ich habe ein paar neue Freunde kennengelernt und es genossen, nachts von Piazza zu Piazza zu schlendern. Die Stunden vergingen in den Weinbars wie Minuten. Ich frage Joe, ob er noch Rugby spiele. Er sagt mir, er hätte nicht genug Zeit dafür gehabt, seit er nach Winchester gezogen ist. Erst mal musste er eine Wohnung für sich finden und das Geschäft zum Laufen bringen. Und schließlich sein Liebesleben regeln. »In Australien war ich mit jemandem zusammen«, vertraut er mir an. »Sie war die Tochter von einem von Onkel Toms Freunden, Camilla. Sie war wunderschön und lustig. Wir waren auch noch ein paar Jahre in London zusammen, aber am Ende wollte sie nicht ganz hierherziehen, und ich wollte nicht nach Down Under gehen. Ich schätze mal, man muss jemanden schon wirklich lieben, um seine Welt zu verlassen«, sagt Joe nachdenklich. »Wir haben uns einfach nicht genug geliebt. Damals hat das sehr wehgetan.« Er macht eine Pause. »Jetzt bin ich mit Peta zusammen. Wir stehen noch ganz am Anfang, aber ich bin glücklich.«

Wir sprechen über seinen Vater. Joe sagt, die ersten Anzeichen der Erkrankung hätten darin bestanden, dass er nach Winchester reingefahren sei, ohne sich erinnern zu können, weshalb, und dass er manchmal nicht nach Hause gefunden habe. Hin und wieder hätten Freunde seines Vaters angerufen und gesagt, sie hätten ihn bei Marks & Spencer getroffen, wo er mit einem Paar brauner Socken, die er nicht hergeben wollte, verwirrt am Ausgang stand, während ihm die Verkäuferin geduldig erklärte, dass er sie dorthin zurückbringen müsse, wo er sie hergeholt habe, solange er kein Geld hatte, um sie zu bezahlen. Irgendwann wurde er auch hinter dem Lenkrad zur Gefahr und fuhr falsch herum durch einen Kreisverkehr.

»Er ist milde geworden im Alter«, gibt Joe zu. »Es hört sich seltsam an, aber wir verstehen uns jetzt besser. Vielleicht weil er vergessen hat, wie sehr ich ihn enttäuscht habe.« Joe vertraut mir an, dass sein Vater auch Geld ins Maison Joe investiert habe. »Ich hatte nicht wirklich vor hierzubleiben, aber wie man so sagt, es ist einfach so passiert.«

Ich bekenne, dass es für mich gleichzeitig gut und schlecht ist, wieder zurück in Winchester zu sein. Wenn ich in den Meadows spazieren gehe, durch St. Cross, sehe ich Olly und mich an unserem Hochzeitstag. Ich in meinem elfenbeinfarbenen Kleid mit den Ärmeln aus Spitze, wie ich zu ihm an den Altar schreite. Er dreht sich zu mir um, ein stolzer Blick. Die Hochzeitsparty fand im Winchester College statt. Am liebsten erinnere ich mich daran, wie Olly sich ans Klavier gesetzt und Bob Dylans »Make you feel my love« für mich gespielt hat. Manchmal bewirken die Erinnerungen, dass ich mich Olly näher fühle; aber manchmal wünsche ich mich auch so weit wie möglich weg von hier.

Joes Telefon klingelt. Er nimmt den Anruf an. »Das war Peta«, sagt er, als er auflegt. »Sie ist auf dem Weg hierher.«

»Toll. Ich kann es kaum erwarten, sie kennenzulernen.«

»Becca, ich hoffe, es macht dir nichts aus, aber ich habe ihr von Olly erzählt.«

Ich nicke. »Ich bin froh darüber. Manchmal ist es leichter, wenn man nichts erklären muss.«

Eine große schlanke Frau kommt mit weiten Schritten durch die Bar, eine schicke Umhängetasche aus Leder über der Schulter.

Joe steht auf und schließt sie in die Arme. »Hi, Liebling«, sagt er. Sie küssen sich, bevor er mich vorstellt.

Sie ist die beeindruckendste Frau, der ich je begegnet bin. Sie hat schwarzes Haar, das mit einem Haarband mit Leopardendruck zurückgehalten wird, trägt eng anliegende Dreiviertelhosen und High Heels, aber es sind vor allem die Augen, an denen ich mich gar nicht sattsehen kann. Sie sind tief blau, saphirfarben.

»Wie kommst du zurecht? Wie ist Joe so als Chef?«, fragt sie mich, als sie sich neben mich auf einen der Barhocker setzt. Joe lacht.

»Schlecht gelaunt und kommandiert einen nur herum.« Ich lächle.

»Du bist gefeuert«, sie zeigt mit dem Finger auf mich, als wäre ich gerade bei *Big Boss* ausgeschieden.

»Peta liebt die Fernsehserie«, sagt Joe voller Wärme.

»Ihr habt in Bristol zusammengewohnt, oder? Joe hat mal gesagt, ihr hättet euch schon länger nicht gesehen.«

»Stimmt.«

»Wir haben noch eine Menge nachzuholen.« Joe sieht mich eindringlich an. »Zehn Jahre, um genau zu sein.«

# 20

Dieses Wochenende kommt Kitty zu Besuch, und heute Abend treffen wir uns mit Peta, Annie und Annies Mann Richie, den ich noch nicht kennengelernt habe, im Maison Joe.

Aber bevor wir abends ausgehen dürfen, müssen wir uns noch durchs John Lewis in Southampton schlagen. Ich bin vor einer Woche bei Mothercare gewesen, aber in dem Augenblick, in dem ich den Laden betrat, hat mich eine Panikattacke gepackt, und ich bin wie in Trance mit leeren Händen wieder herausgewankt.

Während ich fahre, liest Kitty Annies Liste vor, als wären das alles böhmische Dörfer für sie. »Still-BHs mit leichtem … was? Warte mal … Zugang, glaube ich. Winterdecken, wasserdichte Bettlaken, Flaschen, Lätzchen, Baby was? …«

»Babytücher.«

»Sterilisator, Wickelmatte, Tragekörbchen (kannst meins haben, ist auf dem Dachboden) – Autositz, dieser hier ist der beste …« Kitty hält inne, um Luft zu holen, und sieht aus, als wolle sie die Liste am liebsten zusammenknüllen und zum Fenster hinauswerfen. »Ach, ich bitte dich, du brauchst doch wohl kein Brustwarzenöl zu kaufen!« Ich lache, als sie sich zu mir umdreht und sagt: »Das wird ein Vermögen kosten! Dafür musst du deine Aktienfonds drangeben.«

»Ich hab gar keine.«

»Oh, dann brauchst du eben einen Hauptgewinn im Lotto.«

»Spiel ich nicht.«

»Fein. Dann bleibt dir nichts anderes übrig, als eine Bank auszurauben.«

Das Kaufhaus ist voll, und Kitty und ich kommen stark in Versuchung, uns einfach ins nächste Café zu flüchten und Schokoladenkuchen zu essen, als uns ein weiteres Modell eines Wickelkommodenaufsatzes vorgeführt wird.

»Sie können hier Ihre Tücher und Handtücher hinlegen«, demonstriert die Verkäuferin, eine mittelalte Frau mit blond gebleichtem Haar, »und …«, sie zieht ein Weidenkörbchen aus dem Schubladenfach, »alle anderen wichtigen Dinge können Sie hier ablegen. Und hier ist auch noch Platz für eine Wickeltasche.«

»Eine Wickeltasche?«, fragt Kitty und unterdrückt ein Gähnen.

»Ist das Ihr erstes Kind?«, fragt mich die Verkäuferin.

Ich nicke. »Ich bin fast in der fünfundzwanzigsten Woche.«

»Machen Sie sich keine Sorgen«, versichert sie mir. »Natürlich ist das eine ungeheure Menge an Informationen, die Sie jetzt aufnehmen müssen, aber da kommen Sie schnell dahinter. Ehrlich gesagt ist es ziemlich einfach. Ich hab drei kleine Racker.«

Ich lächele, bevor ich sie bitte, mir das mit der Wickeltasche zu erklären.

Sie fängt an, hört dann aber auf, als sie hört, wie Kitty prusten muss. Ich entschuldige mich bei der Verkäuferin.

»Soll ich weitermachen?«, fragt sie frostig.

Ich ziehe Kitty weg. Wir beschließen, dass es Zeit fürs Mittagessen ist. Kitty bestellt sich ein extragroßes Glas Wein.

»Erzähl mal mehr über Joes Weinbar«, löchert sie mich. Ich arbeite jetzt seit drei Wochen dort, immer dienstags und donnerstags. Bald ist die zweite Stunde des Weinverkostungsseminars. »Es macht Spaß. Warum guckst du mich so an?«

»Ich kann's immer noch nicht ganz fassen, das ist alles. Ist es nicht ein bisschen komisch?«

Ich wische mir etwas Mayonnaise aus dem Mundwinkel. »War es am Anfang, aber darüber sind wir jetzt weg.«

»Hmmm.«

»Was denn? Komm schon, Kitty.«

»Empfindest du denn jetzt gar nichts für ihn? Tut mir leid«, sagt sie sofort, als sie mein Gesicht sieht. »Das war dumm von mir, so was Taktloses zu sagen.«

Ich schiebe meinen Teller zur Seite, schaffe es nicht, das überladene Baguette ganz aufzuessen. »Joe war der Letzte, den ich erwartet hatte wiederzusehen, aber das Komische ist, dass es gut ist, mit ihm über Olly zu reden. Das hilft.«

»Es tut mir leid«, wiederholt sie und rückt ihren Stuhl näher an den Tisch, um einem übergewichtigen Paar Platz zu machen, das sich mit Tabletts voller Plunderstückchen an unserem Tisch vorbeiquetscht. »Genau, wir müssen mit dieser Liste weitermachen. Am besten konzentrieren wir uns immer nur auf eine Sache.«

»Das ist unmöglich!«

»Ich hab ja keine Ahnung«, sagt Kitty, »aber ich glaube nicht, dass du alles kaufen musst, was Annie vorgeschlagen hat. Alles, was dein Baby braucht, bist du, Becca, dich und Liebe. Alles andere ist ein zusätzlicher Bonus.«

Der erste Kindersitz, den man uns zeigt, ist für Babys und geht für Neugeborene bis etwa fünfzehn Monate. »Aber es kommt vor allem auf die Größe und das Gewicht des Kindes an«, macht uns die Verkäuferin klar, »und nicht auf das Alter. Sobald Ihr Kind aus diesem Sitz herausgewachsen ist, müssen Sie sofort das nächstgrößere Modell kaufen.« Sie ist älter, vielleicht Ende fünfzig, mollig mit rötlichen Strähnchen im Haar und einer Lesebrille, die an einer Perlenkette um ihren Hals hängt. »Wie Sie sehen können, wird die Babyschale immer entgegen der Fahrtrichtung am Sitz befestigt. Denn falls es zum Unfall kommt – was wir nicht hoffen wollen …«, setzt sie hinzu und berührt mich am Arm, »… trifft die Wucht des Aufpralls den stabilsten Teil des kleinen Körpers, also den Rücken.« Sie holt tief Luft. »Ich habe zwei goldene Regeln beim Reisen mit Babys. Gehen Sie sicher, dass Sie genau das passende Modell erwerben, und mit dem hier können Sie gar nichts falsch machen. Und sorgen Sie dafür, dass Ihr Mann nicht zu schnell fährt!«

Kitty drückt meine Hand.

Als Kitty und ich uns anstellen, um die Babyschale zu bezahlen, sehe ich ein Pärchen vorne an der Kasse. Die Frau sieht ungefähr so schwanger aus wie ich. Er nimmt ihr die schwerere der beiden Taschen ab und gibt ihr einen Kuss auf die Wange. Ich sehe, wie sie zusammen das Kaufhaus verlassen.

»Becca?«

Ich drehe mich zu Kitty um.

»Hab ich dir schon erzählt, was meine Mutter neulich zu mir gesagt hat, als ich sie gefragt habe, warum sie dieses Jahr nicht in den Sommerurlaub fährt? Becca?«

»Ja?«

Kitty wiederholt die Frage.

»Was hat sie denn gesagt?«

»›Ich kann es mir nicht leisten, in den Urlaub zu fahren, Catherine, ich spare für deine Hochzeit.‹ Also sag ich: ›Ach, Mum, um Himmels willen, es kann aber sein, dass du da lange warten musst.‹ Und sie: ›Nun, wenn du nicht heiratest, kannst du das Geld immer noch für meine Beerdigung hernehmen.‹«

Ich lache, während wir die nächste freie Kasse ansteuern. Olly ist zwar nicht hier, doch ich bin heilfroh, Kitty an meiner Seite zu haben.

Als wir nach Hause zurückkehren, ist Dad im Wohnzimmer in die Wochenendzeitungen vertieft. Mum ist mit Oscar und Theo in der Küche. Normalerweise passt Todd samstags auf sie auf, aber heute ist er verreist. Wieder einmal. »Man könnte fast denken, er hätte noch irgendwo eine zweite Familie«, hat Dad schon mehr als einmal zu mir gesagt.

Ich erinnere Oscar und Theo daran, wer Kitty ist, aber sie interessieren sich mehr für die Fischstäbchen und Baked Beans auf ihrem Teller.

Während Kitty mit den Jungs spricht und ich Mum die Babyschale zeige, erscheint Pippa in Jogginghose und einem eng anliegenden weißen T-Shirt, das ihre schlanken, gebräunten Arme so gut zur Geltung bringt. Sie kommt direkt vom Tennisclub, wo sie die Sieben- bis Zehnjährigen trainiert. Die Hölle bricht los, als Oscar und Theo vom Tisch aufspringen, zu ihr rennen und ihre Beine umklammern. »Hallo, ihr Mäuse! Wart ihr artig bei Oma?« Sie zaust ihnen die Haare. Oscar weicht aus. Er mag es nicht, wenn man ihm durch die Haare wuschelt.

»Ist morgen ein freier Tag, Mami?«, fragt Theo sichtlich besorgt.

»Ja, weil heute Samstag ist, stimmt's? Was ist dann morgen, mein Schatz?«

»Super-Sonntag!«, ruft Theo glücklich aus.

Mum erzählt Pippa, dass sie mit Audrey einen Spaziergang zum Spielplatz gemacht haben und dann auf die Schaukel und die Rutsche gegangen sind. »Du warst auf der Schaukel und auf der Rutsche!«, wiederholt Pippa mit dieser süßlichen Stimme.

Oscar zieht an Pippas Jogginghose und fragt, ob er fernsehen darf. Pippa sagt Ja. Mum wendet ein, dass sie ihre Fischstäbchen noch nicht aufgegessen haben. Aber es ist zu spät. Sie sind schon weg. Mum läuft ihnen mit einem Waschlappen hinterher, um wenigstens noch Finger und Münder abzuwischen.

»Wie waren deine Tennis-Cracks?«, frage ich.

»Großartig! Einer ist dabei, Digby, der könnte richtig gut werden.« Pippa zeigt uns, wie Digbys Vorhand aussieht, bricht aber mitten in der Bewegung ab, als sie die Einkaufstaschen sieht. »Oh? Hast du die Grundausstattung besorgt?« Sie starrt auf die Babyschale, die nicht diejenige ist, die sie empfohlen hat.

Kitty sagt: »Du hättest mal Annies Liste sehen sollen.«

»Annies Liste?«

»Deine Liste hab ich auch benutzt«, versichere ich ihr schnell.

»Sie braucht Sie, Mrs Harte«, überbrückt Kitty den peinlichen Moment, als Mum wieder in die Küche zurückkommt. »Wir wussten ja nicht einmal, ob man auch eine Wickeltasche braucht!«

»Von mir aus gern«, sagt Mum.

»Hättest du vielleicht nächsten Freitag Zeit?«, frage ich.

»Freitag.« Sie geht zum Kalender, der neben dem Telefon liegt. »Ja, das würde bestimmt klappen.«

»Warte mal«, sagt Pippa. »Wolltest du da nicht mit den Jungs zum Marwell-Zoo?«

»Oh ja, stimmt ja.«

Es ergibt sich ein peinliches Schweigen.

»Ach, macht ja nichts, geh nur mit Becca«, sagt Pippa.

Kitty sagt nichts.

»Wir können auch ein andermal gehen«, biete ich an, weil ich spüre, wie hin- und hergerissen Mum ist.

»Nein, Becca«, geht Pippa dazwischen. »Es ist ja nur richtig, dass sie in dieser schwierigen Zeit für dich da ist.« Pippa meint kein Wort ehrlich von dem, was sie sagt. »Die Jungs werden zwar enttäuscht sein, aber …«

»Warum versuchst du nicht mal, jemand anderen zu finden, Pippa?«, fragt Mum und überrascht uns damit beide. »Und falls das nicht klappt …«

»Ist schon in Ordnung. Ich nehme sie.« Pippa schnappt ihre Schlägertasche und die Autoschlüssel vom Tisch. Für einen kurzen Moment habe ich den Tisch vor Augen und wie mein Bild vor vielen, vielen Jahren darauflag. Ich war dreizehn und hatte Menschen gemalt, die auf den Stufen des Buttercross saßen und ihr Eis genossen. Ich hatte es zum Trocknen auf den Tisch gelegt. Pippa war mit Mum nach Hause gekommen und hatte ihre superschicke Schlägertasche direkt auf mein Bild fallen lassen und es ruiniert. Heiße Tränen waren über mein Gesicht gelaufen, während Pippa nur gefragt hatte, warum ich es denn an einen so bescheuerten Platz gelegt hatte. Ich sehnte mich danach, dass Mum sagte, dass es nicht mein Fehler war. Stattdessen hielt sie mir vor, wie viel die Tasche gekostet hatte.

Pippa pustet uns allen einen Kuss zu, bevor sie die Küche verlässt, und sagt, dass sie nach Hause müsse, um die Jungs ins Bett zu stecken.

Mir fällt auf, dass sie sich nicht einmal bei Mum bedankt hat, dass sie die Jungs gehütet hat. Sie erwartet immer so viel von anderen. Die Abneigung und der Zorn von damals steigen wieder in mir hoch.

Wahrscheinlich waren sie nie ganz weg.

# 21

Wow! Das ist aber hübsch«, sagt Kitty, und heute Abend, wo ich mal ausnahmsweise nicht mit der temperamentvollen Cappuccinomaschine ringe, habe ich auch ein Auge dafür, wie geschmackvoll Joe den Raum eingerichtet hat. Alles ist ganz schlicht, abgeschliffene Dielen und dunkle Holztische. In einer Ecke des Restaurants steht ein Sofa neben einem Regal mit *Decanter*-Magazinen und Weinbüchern. Rechts vom Tresen erstreckt sich bis zu dem Fenster, das zur Straße hinausgeht, eine Sammlung von Weinflaschen aus verschiedenen Ländern, auch wenn Joe sich überwiegend auf Frankreich und Australien spezialisiert hat.

»Bella Rebecca!«, begrüßt uns Edoardo, und ich stelle ihn Kitty vor. Er gibt Eiswürfel in mein Glas für meine Ingwerlimonade.

»Niedlich«, flüstert Kitty.

»Schwul.«

»Schade.«

»Er hat beim Film gearbeitet. Als Visagist. Als es ihm zu langweilig wurde, immer in Wohnwagen zu arbeiten, hat er den Job gewechselt.« Ich blicke suchend durch den vollen Raum und zeige auf Peta, die an einem Ecktisch sitzt und auf einem Laptop tippt.

»Hübsch«, sagt Kitty.

»Wunderschön.«

»Hexe. Ich hasse sie jetzt schon«, lacht Kitty.

»Hi!«, strahlt uns Peta an. Sie beugt sich vor, um Kitty einen Kuss auf die Wange zu geben. Seit ich Peta vor ein paar Wochen kennengelernt habe, waren wir einmal zusammen Mittag essen, als sie gerade am Set nicht gebraucht wurde. Ich habe herausgefunden, dass sie in Winchester dreht. Einen Dokumentarfilm über Jane Austen. Sie hat Joe gleich in der ersten Woche der Dreharbeiten kennengelernt, als Schauspieler und Crew nach der Arbeit ins Maison Joe kamen.

»Du musst Kate sein!«

»Kitty.«

»Schön, dich kennenzulernen, Kitty.«

Kitty und ich wechseln einen Blick, während wir uns zu ihr setzen.

»Haltet mich nicht für unhöflich, aber ich muss noch diese blöde Mail an meinen Agenten zu Ende schreiben. Er will, dass ich für eine Fernsehserie vorspreche …«

»Becca hat mir erzählt, du bist Schauspielerin?«, sagt Kitty und greift zu einer Speisekarte.

»Ja, leider.«

»Ich hab gehört, du spielst Cassandra«, fährt Kitty fort. »Janes Schwester.«

»Stimmt. Arme Cassandra! Mein Verlobter stirbt in der Karibik an Gelbfieber, und ich ende als alte Jungfer.« Sie schenkt uns ein strahlend weißes Lächeln.

»Todd kriegt Konkurrenz, was die Zähne angeht«, sagt Olly.

Kitty starrt sie an. »Warst du nicht in dieser Shampoo-Werbung?«

»Ja!« Peta ist anscheinend begeistert darüber, dass jemand sie erkannt hat. »So ein Bio-Aprikosenshampoo.«

»Es scheint ja zu funktionieren«, sage ich und zeige auf ihr glänzendes Haar.

»Ach Quatsch! Ich hab das Zeug noch nie im Leben benutzt!«

»Ich hab noch nie eine Schauspielerin kennengelernt«, bemerkt Kitty. Ich werde nervös, weil ich schon befürchte, dass sie als Nächstes Peta um ein Autogramm bittet. »Ist es so glanzvoll, wie man immer denkt?«

Sie schüttelt den Kopf. »Es ruiniert dir das Sozialleben. Wenn ich nur daran denke, wie oft ich schon Verabredungen wieder abgesagt habe, weil mein Agent am Spätnachmittag anrief, um mir zu sagen, dass ich am nächsten Morgen um neun zu einem Vorsprechen in Clerkenwell sein soll. Was hieß, dass ich noch in der Nacht meinen Text lernen musste. Oder das eine Mal, als ich gerade in den Urlaub fahren wollte. Da habe ich erfahren, dass ich auf der Shortlist für einen Werbespot bin …«

»Shortlist?«, frage ich.

»In der engeren Auswahl.«

»Ah.«

»Eine Sportwagenwerbung in L.A. Ich hab meinen Urlaub abgesagt – und ich kann dir sagen, mein Freund damals war alles andere als erfreut darüber. Wir haben uns getrennt, ich war bereit, nach L.A. zu fliegen, als mein Agent anrief und mir sagte, man wolle mich doch nicht haben.«

»Mistkerle!«, ruft Kitty.

Sie zuckt die Schultern. »Wenn man es nicht verträgt, zurückgewiesen zu werden, darf man sich gar nicht erst in den Ring wagen.«

Kitty und ich fragen Peta weiter über ihren Beruf aus. »Meistens habe ich nur einen winzigen Wohnwagen, in dem der Fernseher nicht geht und es so arschkalt ist, dass ich mich auf die Heizung setzen muss, um warm zu werden.« Sie erzählt uns, wenn es nach ihr ginge, dürfte dieser Job hier niemals zu Ende gehen, wobei sie zu Joe zeigt, der mit Luis hinter der Bar steht. »Zum Glück haben die Dreharbeiten *wesentlich* länger gedauert als vorgesehen, weil wir so viele Verzögerungen am Set hatten. Wir mussten mittendrin aufhören zu filmen. Lange Geschichte, das erzähl ich jetzt nicht. Sagen wir einfach nur, dass es mir hier sehr gut gefallen hat.« Sie wirft Joe einen Blick zu. »Ich wünschte, er würde nach London zurückziehen. Heute gab's mal wieder ein Drama mit seinem Vater. Ich glaube wirklich, der wäre in einem Pflegeheim besser aufgehoben, wo er professionelle Pflege bekommt. Das macht Joe fertig.«

»Was ist denn passiert?«, frage ich.

»Der alte Herr ist abgehauen, in einem seiner guten Anzüge. Er ist nicht weit gekommen, klar, weil er ja nicht wirklich gehen kann.« Sie verdreht die Augen. »Joe hat ihn zusammengesackt an der Bushaltestelle gefunden, wo er ständig etwas davon murmelte, er müsse ins Krankenhaus.«

»Er war früher ein brillanter Chirurg«, erzähle ich ihr.

»Ich weiß. Das ist so traurig«, sagt Peta und schlägt die Hand vor die Brust. »Oh, sieh nur, da kommt Annie! Lasst uns noch was bestellen!«

»Erinnerst du dich noch, wie wir in der Schule ›Bohemian Rhapsody‹ gesungen haben?«, fragt Annie Kitty und mich später an dem Abend.

»Unsere Klasse ist Letzter geworden«, erzähle ich Richie, der ganz anders ist, als ich erwartet hatte, aber andererseits habe ich nur meinen eigenen Zahnarzt zum Vergleich. Cliff, klein, mit wachsender Glatze, summt beim Bohren und ist besessen von Panzern. Richie ist groß und schlank und hat weiches, dunkles Haar, das aussieht, als wäre es frisch gewaschen und dann von einem seiner Kinder zerwuschelt worden.

Kitty lacht. »Wir konnten das überhaupt nicht verstehen, bis wir die Aufnahme gehört haben.«

Als Peta Luis um einen weiteren Prosecco bittet, drehe ich

mich entschuldigend zu ihr um. »Die Geschichten von früher müssen langweilig für dich sein.«

»Wie lange bist du schon mit Joe zusammen?«, fragt Kitty.

»Über drei Monate jetzt.« Sie überkreuzt ihre schlanken Finger.

»Erzähl uns mehr«, drängt Annie.

»Ja, wie habt ihr euch kennengelernt?«, will Kitty wissen. »Es ist so schwierig, heutzutage wen kennenzulernen, der Single und halbwegs anständig ist.«

»Ist es das? Ach, ihr Armen«, seufzt Peta. »Also, es war am Ende eines langen Drehtages, und eigentlich hätten wir zurück ins Hotel gesollt, um noch einmal den Text für den nächsten Tag durchzugehen, aber unsere Truppe hat beschlossen, noch hierherzugehen und ein bisschen abzuhängen.« Sie zwinkert Richie zu. »Joe hat mich einmal lang angesehen und ich ihn, und dann … tja, Feuerwerk!« Sie wirft den Kopf in den Nacken, als hätte sie gerade eine Adrenalininjektion bekommen. »Wie auch immer, am Ende haben wir bis vier Uhr morgens geredet. Ich konnte mein Glück gar nicht fassen. Ich hatte gerade eine lange Beziehung hinter mir, hab nicht mal nach jemandem gesucht. Hey, Liebling«, sagt sie, als Joe vorbeikommt. Sie küssen sich. »Wie geht's deinem lieben Vater?«

»Erst mal okay.« Er streichelt ihren Arm. Diese offene, gefühlvolle Seite kenne ich gar nicht an Joe.

»Ich mach mir Sorgen um dich, Süßer«, sagt sie.

»Mir tut's auch leid, Joe«, sage ich.

»Es ist wirklich nichts Neues«, versichert er uns, bevor er alle am Tisch begrüßt, ganz besonders Kitty, die er seit jener Neujahrsparty vor zehn Jahren nicht mehr gesehen hat.

»Ich habe ihnen gerade erzählt, wie wir uns kennengelernt haben«, sagt Peta zu Joe und wischt ihm den Lippenstiftabdruck von der Wange.

Joe sammelt die leeren Gläser ein. »Richie«, sagt er, »wenn's zu sehr ein Mädelsabend wird, dann komm zu mir rüber.« Er zeigt auf den Tresen.

»Warum hast du eigentlich den Kontakt zu Joe verloren?«, fragt Peta mich aus heiterem Himmel.

»Ach, das ist einfach so passiert. Er ist nach Australien gegangen, ich nach Italien …«

Peta unterbricht mich. »In meinem Job bin ich ständig unterwegs. Einen Tag in Shanghai, dann wieder L.A. …«

»Und dann im Maison Joe«, sage ich.

»Ich würde zu gern öfter im Ausland sein«, sagt Annie über den Tisch hinweg zu Richie, auch wenn es nicht zu übersehen ist, dass sie glücklich miteinander sind, und er nur zum Spaß antwortet, dass es wohl kein Problem sei, das zu arrangieren.

»Wann sind denn die Dreharbeiten hier zu Ende?«, frage ich Peta.

»Na ja, *eigentlich* sollte in einer Woche oder so Schluss sein, falls es keine weiteren Dramen gibt.« Sie beobachtet Joe, der mit ein paar Gästen am Tresen spricht. »Er ist so anders als die anderen, stimmt's? Andere Männer …« Sie berührt neckisch Richies Schulter. »… kann ich lesen wie ein offenes Buch, aber Joe … Ich weiß nie genau, was er gerade denkt.«

Ich möchte ihr sagen, dass Olly der Einzige war, der ihn wirklich kannte. Doch am Ende bringe ich nur heraus: »Na ja, er war schon immer ein bisschen verschlossen.«

»Wem sagst du das! Ich zieh ihn immer auf und frag ihn, ob er für die Rolle von Mr Darcy vorspricht.«

# 22

Janet marschiert den Stockbridge Down hinauf mit ihrem derben weißen Stock, als zöge sie in den Krieg. Ich bin diejenige, die sich sputen muss, um den Anschluss nicht zu verlieren.

Während unserer Spaziergänge erzählt mir Janet etwas über die Geschichte der Downs. Ich habe erfahren, dass der Woolbury Ring bereits in der Eisenzeit eine Festung war und während des Zweiten Weltkriegs als Beobachtungsposten diente, um feindliche Flugzeuge zu melden. Gregory habe ihr das erzählt, erklärt sie. Sie sagt mir, dass es in den Downs über zweihundert verschiedene Arten von Wacholder gebe und dass das seltenste Insekt, das man sehen konnte, die schwarz-goldene Hornissen-Raubfliege sei. Das erinnert mich an Ollys Vater. Seit der Beerdigung habe ich weder ihn noch Carolyn gesehen, aber wir stehen regelmäßig in Kontakt, und ich bin beiden dankbar für ihre Unterstützung.

»Ja, liebend gern«, hatte Carolyn geantwortet, als ich sie gefragt hatte, ob sie mit ein paar Sachen für das Baby aushelfen könnte. »Ich bin so froh, dass du gefragt hast.« Ich konnte die Erleichterung in ihrer Stimme hören.

Als wir oben auf einem Hügel ankommen, rauscht ein Flugzeug über uns hinweg. »Fragst du dich manchmal, wo sie sind, Janet?« Ich drehe mich zu ihr um, aber sie blickt nach vorn. Vielleicht hat sie mich nicht gehört.

»›Er, den ich geliebt und verloren habe‹«, sagt sie, »›ist nicht länger, wo er war. Er ist für immer bei mir.‹«

Auf dem Heimweg beschreibe ich Janet, wie sich das Laub der Kastanien entlang der Straße längsam färbt. Janet erzählt mir, wie sehr sie den Herbst liebt, dass das kühlere Wetter ihr guttut, obwohl wir ja nicht gerade brüllend heiße Sommer haben. »Wie läuft es denn mit den Weinseminaren?«, fragt sie.

»Es macht Spaß. Ich hatte ja keine Ahnung, wie viele verschiedene Rebsorten es gibt.«

»Bei uns zu Hause war Gregory dafür zuständig, also verstehe ich auch nicht wirklich was von Wein, außer dass ich ihn sehr gern trinke. Ha! Wenn ich Millionärin wäre, würde ich jeden Tag Champagner zum Frühstück trinken und dazu Rühreier essen.«

»In deinem Seidenkimono?«

Sie lacht bei dem Gedanken.

Mir kommt eine Idee. »Hast du nächsten Donnerstagabend schon was vor?«

»Wahrscheinlich Däumchen drehen. Warum?«

»Wir haben einen freien Platz in dem Kurs. Jemand hat abgesagt.«

»Oh Rebecca, ich weiß nicht, ob ich mir das leisten kann.«

»Du müsstest nichts bezahlen.«

»Aber Joe führt da ein Geschäft, keine Wohltätigkeitsveranstaltung für die Alten und Blinden.«

»Überlass das mir. Hättest du Lust zu kommen? Du hast zwar die ersten beiden Termine verpasst, aber ich glaube nicht, dass das so schlimm ist.«

»Oh, da brat mir doch einer 'nen Storch! Stell dir nur vor, ich bei einem Weinverkostungsseminar!«

»Es wird dir Spaß machen. Sind auch ein paar interessante Leute dabei, wie soll ich das sagen, ähm ...« Ich versuche, ihr von Adam und Henry zu erzählen, aber Janet kichert nur.

»Ein Abend außer Haus«, sagt sie nachdenklich. »Lass mich mal mit meinem Sofa reden, dann sag ich dir Bescheid.«

Am frühen Abend rufe ich Joe an und frage ihn, ob ich Janet mitbringen dürfe.

»Klar, warum nicht«, sagt er. »Ich wollte dich sowieso gerade anrufen. Hast du morgen Abend Zeit?«

»Morgen Abend?«

»Ich gebe eine kleine Party für Peta, bevor sie zurück nach London geht.«

Mein Bauchgefühl sagt mir, ich soll absagen.

Joe spürt mein Zögern. »Es werden ein paar von ihren Schauspielerfreunden da sein. Die sind ein witziger Haufen.«

»Lass mich mal mit meinem Sofa reden, dann sag ich dir Bescheid.«

»Ich möchte doch meinen, dein Sofa käme mit einem freien Abend ganz gut zurecht.«

# 23

Joes Wohnung liegt im Stadtzentrum. »Du bist die Erste«, begrüßt mich Peta und führt mich in ein altmodisches Wohnzimmer mit schweren Vorhängen und einem viktorianischen Kamin. Joe hat mir erzählt, dass er so bald wie möglich eine eigene Wohnung kaufen will. Ich gratuliere Peta zum Abschluss ihrer Dreharbeiten zu dem Jane-Austen-Dokumentarfilm.

»Danke, aber es ist immer auch nervenaufreibend, weil keiner von uns weiß, was als Nächstes kommt.«

Dann erwähnt sie, dass Joe noch kurz wegmusste, um ein Glas Meerrettich zu kaufen für seinen Dip zu den scharfen Crab Cakes. »Er ist ein Zauberer in der Küche.«

»Ich weiß. Mir hat er mal geholfen, eine Baiserrolle zu backen. Die war für Olly.«

»Olly. Ach, du Arme«, sagt sie schnell. »Er ist auch ein Zauberer im Bett«, fährt sie fort. »Autsch! War das jetzt zu detailliert?«

»Joe denkt mit seinem Schwanz und nicht mit seinem Kopf«, bemerkt Olly.

Peta nimmt mir die Jacke ab und macht einen Schritt zurück. »Wow, du siehst unglaublich aus. Die Schwangerschaft steht dir. Und ich liebe dein Haar! Du solltest es öfter offen tragen. So, also das ist unser Schlafzimmer.« Die Wohnung ist klein, das Schlafzimmer liegt direkt neben dem Wohnzimmer. Sie legt meine Jacke auf das Fußende des Doppelbettes und kann sich die Bemerkung nicht verkneifen, dass die flaschengrünen Vorhänge das Zimmer zu dunkel machen. »Ich sage dir, Rebecca, er ist so ein eingefleischter Junggeselle, dass er auch mit einem Kaninchenbau glücklich und zufrieden wäre.« Sie verdreht die Augen. »Was ich möchte, ist eine eigene Wohnung für uns beide zusammen in London. Er könnte noch ein Maison Joe aufmachen. Ich weiß, es ist noch früh, aber keiner von uns wird jünger. Ich bin dreiunddreißig und weiß, wie Männer sind … Bindungsphobiker.«

Ich höre einen Schlüssel in der Tür.

»Hi, Becca«, sagt Joe, als er ins Schlafzimmer kommt. Er mustert mich, als hätte ich irgendwas an meinem Aussehen verändert. »Hübsch siehst du aus.«

Ich werde rot. »Danke«, sage ich und blicke an dem roten Kleid herunter, das ich in Annies Laden gekauft habe. Nervös fingere ich an der Spange in meinem Haar herum.

»Solltest du nicht lieber deine Crab Cakes fertig machen«, sagt Peta und drängt sich an ihm vorbei durch den Flur.

Bald darauf ist Joes Wohnung proppenvoll. Im Wohnzimmer fühlt man sich wie auf einem Betriebsfest, die Lautstärke steigt.

Ich spreche mit zwei jungen Schauspielerinnen, die bestätigen, was Peta gesagt hat: wie furchterregend es sein kann, ein Projekt zu beenden, ohne zu wissen, was als Nächstes kommt. »Allerdings bin ich froh, den Catering-Bus von hinten zu sehen«, sagt die eine, und die andere stimmt ihr zu. »Die stopfen die Salate dermaßen mit Frühlingszwiebeln und Knoblauch voll.«

»Ich hoffe, ihr hattet keine Kussszenen«, sage ich.

»Nicht auf der Leinwand, aber nebenbei ging ziemlich was ab, wenn du weißt, was ich meine«, behauptet die eine. Sie zeigt auf einen schlaksigen Mann mit längerem braunem Haar und durchdringend blauen Augen, der am Fenster steht und sich mit ein paar Frauen unterhält. »Das ist Rupert, unser Regisseur«, flüstert sie. »Wir nennen ihn hinter seinem Rücken Mr Wickham. Keine ist vor ihm sicher.«

»Danke für die Warnung«, sage ich und arbeite mich zu Annie durch, die sich gerade ihr zweites Glas Wein einschenkt. »Ich sag's dir, wenn dieser Tag zu Ende ist, hab ich Schnappatmung«, sagt sie.

Wir beobachten, wie Peta zu Joe geht und ihn Rupert vorstellt.

»Scheiße, sieht der gut aus«, sagt Annie.

»Wer?«

»Der Mann da! Na ja, Joe auch, das wissen wir alle, aber ich meine den anderen.«

»Gerüchten zufolge ist er ein Frauenheld«, sage ich und komme mir gut informiert vor.

»Joe ist Weinspezialist«, hören wir Peta sagen. »Joe, das ist mein Regisseur, Rupert Chambers.«

»So einen Freund hatte ich auch mal«, sagt Annie. »Das ist Mike, er ist Psychotherapeut. Das ist Richard. Er ist Zahnarzt. Alles, was ich wissen will, ist, denken sie nur mit dem Schwanz oder nicht.«

»Schschsch«, warne ich sie.

»Hallo, Annie!« Ich sehe zu, wie Peta Annie mit einem Luftkuss auf die Wange begrüßt, bevor sie uns einen Teller mit Räucherlachs-Blinis anbietet.

Peta trägt heute Abend einen kurzen Rock mit Stiefeletten und ein smaragdgrünes Top, das ihr schwarzes Haar und die mit Kajal umrandeten Augen unterstreicht. Als ich ihr sage, dass sie unglaublich aussieht und ich mir neben ihr wie ein großer, aufgeblasener Klops vorkomme, sagt sie: »Nein, bist du nicht, und abgesehen davon, meine Liebe«, sie zeigt auf meinen Bauch, »kannst du ja nichts dafür.«

Annie und ich versuchen, nicht zu lachen.

»Also, wenn ich nach London zurückgehe«, sagt Peta, »versprecht ihr mir, Joe ein bisschen im Auge zu behalten?« Sie schaut zu Joe hinüber, der mit Rupert spricht. »Ganz besonders du, Rebecca.«

»Warum ich?«, frage ich, während mir fast mein Blini im Hals stecken bleibt.

»Na ja, du kennst ihn wahrscheinlich besser als jeder andere«, sagt sie, bevor sie abzockelt, um die Tür aufzumachen.

»Du siehst wundervoll aus«, höre ich einen männlichen Gast zu ihr an der Haustür sagen.

»Ich glaube, nur sehr wenige Leute sehen wirklich wundervoll aus«, sagt Annie und dreht sich zu mir hin.

»Audrey Hepburn.«

»Kristin Scott Thomas.«

»Atemberaubend«, stimme ich ihr zu. »Besonders in der *Englische Patient*. Was ist mit Cate Blanchett?«

»Was ist mir ihr?«, fragt Joe und stellt sich zu uns.

»Ich finde, sie sieht wundervoll aus.«

»Ich ziehe Gwyneth Paltrow vor.«

»Nein!«, rufen Annie und ich wie aus einem Mund.

»Angelina Jolie?«, fragt Joe.

»Oh nein!«, rufen wir beide noch entschiedener.

»Und bei dieser aufmunternden Bemerkung fällt mir ein, dass ich losmuss«, verabschiedet sich Annie von uns.

»Du gehst aber noch nicht, oder?«, fragt Joe mich, als sie weg ist.

Ich erinnere ihn, dass ich als Erste gekommen bin, und erzähle ihm, dass Olly, wie mein Vater, ein Pünktlichkeitsfanatiker geworden war und dass das bedauerlicherweise auf mich abgefärbt hat. Wenn wir zum Flughafen, zu einer Hochzeit oder Party mussten, hat er alle Eventualitäten ausgeschlossen, die dazwischenkommen könnten. »Ich erinnere mich noch an das eine Mal, als wir in unserer roten Knutschkugel …«

»In eurer *was*?«

»In unserer roten Knutschkugel. Das war unser Peugeot«, erkläre ich und merke, dass er mich anlächelt. »An dem Morgen waren wir schon um neun in Gatwick, für einen Flug, der erst um eins ging. Olly wollte genug Puffer haben, falls es einen Stau gab oder wir einen Platten hätten.«

Joe lacht.

»Und was ist aus der roten Knutschkugel geworden?«

»Sie ist auf dem Schrottplatz gelandet. Mein Gott, ich hab dieses Auto geliebt, aber es wurde allmählich ein *bisschen* peinlich, damit neben Pippas und Todds BMW-Cabrio zu parken.«

»Worüber lacht ihr zwei denn?«, fragt Peta und stellt sich zu uns.

Als ich erkläre, dass wir über mein altes Auto sprechen, spüre ich, dass sie sich ausgeschlossen fühlt. »Joe«, sagt sie, »du müsstest noch ein paar Flaschen mehr aufmachen.«

»Eine Minute, Liebling. Was hat denn Olly …«

»Jetzt, Schatz!«, fällt sie ihm ins Wort. »Die Leute stehen mit leeren Gläsern da.«

Joe steht auf und gibt ihr einen Kuss. »Hör auf, dir Sorgen zu machen. Alle unterhalten sich prima.«

»Ich hoffe, du gehst noch nicht«, sagt Rupert zu mir, als er mich neben der Badezimmertür in die Ecke treibt. »Ich hatte noch gar nicht das Vergnügen, dich kennenzulernen.«

»Langsam, Kumpel«, grunzt Olly.

»Hi. Ich bin Rebecca.«

»Rupert.« Er lächelt. »Dein Gesicht kommt mir bekannt vor. Bist du Schauspielerin?«

»Nein.«

»Was gibt es denn da zu lachen?«, fragt er, während seine blauen Augen mich durchdringend ansehen.

»Die einzige Rolle, die ich je gespielt habe, war Bruder Tuck.«

»Niemals! Hat dir noch nie jemand gesagt, was für wunderschöne Augen du hast?«

Ich lache prustend auf. »Oh, bitte!«, sage ich und erwische Joe dabei, wie er von der anderen Seite der Wohnung zu uns herüberschaut. »Hör mal, bevor du noch so einen Spruch probierst, lass dir gesagt sein, dass bei mir nichts zu holen ist.«

»Wie kommt's?« Er sieht belustigt aus, seine Augen flirten jetzt offen mit mir.

»Na ja, ich weiß ja, dass dieses Kleid einiges kaschiert, aber ich bin bald im sechsten Monat schwanger.«

»Bist du verheiratet?«

»Ja. Nein … ich meine … ich war. Mein Mann, er … er ist gestorben.«

Ruperts Lächeln ist mit einem Mal wie weggewischt. »Das tut mir wirklich leid«, sagt er mit aufrichtiger Wärme in der Stimme.

Ich spüre wieder diese Flutwelle aus Trauer in mir aufsteigen. »Er ist bei einem Motorradunfall umgekommen.«

»Das tut mir wirklich leid«, wiederholt er. »Wenn ich das gewusst hätte, hätte ich …«

Ich möchte nicht, dass er sich meinetwegen schlecht fühlt. »Ist schon okay. Konntest du ja nicht wissen.«

»Ich kann mir gar nicht ausmalen, wie es dir geht.«

Er sieht erleichtert aus, als Peta sich zu uns gesellt. »Oh wie schön, dass ihr zwei euch schon bekannt gemacht habt«, sagt sie.

Rupert räuspert sich. »Rebecca hat mir gerade von ihrem Mann erzählt.«

»Ich weiß. Armes Ding. Es ist so traurig, nicht wahr?« Sie streichelt über meinen Rücken. »Aber so schrecklich es klingt, Rebecca, du bist immer noch jung. Du kannst problemlos jemand anderen kennenlernen.«

Rupert entschuldigt sich, er fühlt sich sichtlich unbehaglich.

Ich gehe an ihr vorbei aus dem Zimmer. Zeit, nach Hause zu gehen.

Mit zittriger Hand öffne ich die Tür zu Joes Schlafzimmer und starre auf das Bett, auf dem sich Jacken und Taschen türmen. Meine muss ganz unten sein! Ich denke kurz darüber nach, sie einfach hierzulassen und so zu gehen. Ist doch nur eine blöde Jacke.

»Becca«, sagt Joe und kommt herein. »Gehst du schon? Stimmt was nicht?«

Ich zittere. »Nichts«, antworte ich, während ich eine Jacke nach der anderen beiseitewerfe …

»Hey, lass mich dir helfen.« Ich trete zurück und erlaube Joe, sich durch den Stapel zu wühlen.

»Das ist meine«, sage ich, als er den Grund des Berges erreicht. Meine schwarze Jacke sieht so fertig aus wie eine tote Fledermaus. Er legt sie mir um die Schultern. »Was ist denn los?«, fragt er noch einmal, dieses Mal sanfter.

»Es war …« Ich schlucke schwer. »Es war nur was, was jemand gesagt hat.«

»Was haben sie denn gesagt? War es Rupert? Ich hab dich mit ihm reden gesehen.«

»Vielleicht war ich einfach noch nicht bereit für so einen Abend.« Ich kann ihm ja nicht sagen, dass es Peta war. »Es ist noch zu früh.«

»Was ist denn passiert? Was hat Rupert denn gesagt?«, beharrt Joe hartnäckig, während er den Arm schützend um meine Schultern legt.

»Ich war's«, sagt Peta, die plötzlich im Türrahmen steht.

Sie kommt herein, setzt sich aufs Bett und bringt sich so zwischen Joe und mich. Sie greift nach meiner Hand. »Es tut mir so leid, Rebecca, wenn ich dich gekränkt habe. Wirklich. Ich hab nicht nachgedacht. Ich wollte dich auf keinen Fall verärgern.«

»Ist schon okay.«

»Vielleicht ein Missverständnis?«, meint Joe.

Ich nicke. »Vielleicht.«

»Vergiss, was sie gesagt hat, Becca«, sagt mir Olly, als ich zurück zu meinen Eltern fahre.

Ich trete aufs Gaspedal und kurbele das Fenster herunter, weil ich dringend frische Luft brauche. »Du fehlst mir, Olly.«

»Ich weiß, aber ich weiß wirklich nicht, was ich dazu sagen soll.«

»Das ist ja mal ganz was Neues.«

Ich höre ihn lachen, zärtlich, bevor … »Fahr langsamer«, warnt er mich.

»Ich kann's nicht fassen. Du bist immer noch ein schlechter Beifahrer.« Ich warte, dass er irgendeine flapsige Bemerkung macht, höre aber nichts. »Olly?«

»Tut mir leid. Ich hab nachgedacht. Ich mach mir Sorgen um Joe. Er muss aus dieser Beziehung raus, bevor sie sich ihn endgültig krallt.«

# 24

Ich schnuppere an der Milch und sehe auf das Mindesthaltbarkeitsdatum. »Wo ist denn meine verdammte Brille?«, höre ich Dad oben sagen, als hätte jemand sie absichtlich versteckt. Er will heute zu einer Antiquitätenmesse.

»Hast du schon in deiner Tasche nachgesehen?«, schlägt Mum vor.

»Ja!«

Ich schütte die Milch in den Abfluss und hole dann, wo ich schon mal dabei bin, ein paar andere verdächtig aussehende Gegenstände aus dem Kühlschrank. Hüttenkäse. Abgelaufen. Hummus. Zwei Wochen alt. Rinderkamm. Hochverdächtig aussehende Tartarensoße. Definitiv nur noch für den Mülleimer geeignet. Bald schon nehme ich alles aus dem Kühlschrank und kontrolliere die Etiketten.

Mum kommt nach unten, als ich gerade dabei bin, ein Päckchen Kochschinken verschwinden zu lassen. »Was machst du denn da?« Sie schnappt es mir aus der Hand. »Der ist noch wunderbar in Ordnung, den können die Zwillinge zu Mittag essen, mit gebackenen Bohnen.«

»Der ist schon seit drei Tagen abgelaufen.«

»Das merken die nicht.«

»Na, dann ist ja alles gut«, antworte ich schnippisch.

»Was ist denn?«

»Nichts.«

Von oben hören wir ein Aufheulen, als wäre Dad gerade in etwas sehr Ekliges getreten.

Mum holt tief Luft. »Wie war die Party gestern?«, fragt sie und sieht zu Dads Jacke und Schal, die an der Garderobe hängen. Sie geht hinüber, tastet die Innentasche ab. »Da ist sie doch, du alter Schussel!«

Dad erscheint am Treppenabsatz. »Aber da hatte ich doch schon nachgeguckt.«

Das Telefon klingelt, und Mum nimmt ab. »Nein, ich möchte keine neue Küche.« Sie knallt den Hörer auf.

»Ich geh spazieren«, sage ich und dränge mich an ihr vorbei.

»Könntest du nicht erst noch beim Aufräumen helfen?«, fragt sie. Dad kommt nach unten, nimmt mit dümmlichem Gesichtsausdruck seinen Mantel vom Haken. Er informiert uns, dass die Messe um vier Uhr nachmittags zu Ende ist. Er hofft, dass er sein Davenport-Tintenfass verkaufen kann.

Mum ignoriert Dad und bellt mich weiter an: »Und bring die Schmutzwäsche nach unten, ja? Ich will gleich eine Maschine Dunkles aufsetzen.«

Dad verlässt das Haus in seiner guten Hose, Hemd und der rosafarbenen Strickjacke.

»Ich hab noch so viel zu erledigen!« Mum stapelt Frühstücksbecher und Müslischalen ins Waschbecken. »Pippa wird jeden Augenblick hier sein, und wo ich auch hingucke, herrscht Chaos!«

»Warum sagst du ihr dann nicht endlich mal, sie soll sich jemand Richtigen holen, der ihr hilft? Das ist doch lächerlich, Mum! Todd kann sich das dicke leisten!«

»Darum geht es nicht«, antwortet Mum kühl. »Mir macht es ja Spaß.«

»Ach ja? Mir scheint's, als wär dir das alles viel zu viel. Sie sind doch ständig hier. Ich mag die Jungs ja, aber …«

»Todd ist ein Kontrollfreak. Es gefällt ihm nicht mal, dass Pippa arbeitet, ganz zu schweigen davon, dass er jemand Fremdes auf die Kinder aufpassen lässt.«

»Na, das ist ja wohl sein Problem.«

»Rebecca!«

»Du hast dich auch um Pippa und mich gekümmert. Warum fängst du jetzt schon wieder damit an?« Ich sehe zum Küchenfenster hinaus und sehe Pippas Volvo vorfahren. Sie macht die hinteren Türen auf und löst die Sicherheitsgurte. Theo springt als Erster heraus, als Batman verkleidet, und schwenkt seinen Happy Hopper über dem Kopf. Ich weiß, dass ich hierbleiben sollte. Aufräumen, meine Wäsche nach unten bringen und Mum mit den Zwillingen helfen. Ich denke an die Party von gestern Abend, was Peta gesagt hat …

Ich brauche einen Spaziergang. Es ist mir egal.

Ich gehe zur Hintertür.

Ich marschiere durch die Water Meadows. Der Blick auf den Fluss, die Schwäne in einiger Entfernung und die Schönheit der St. Cross Church sollten mich mit Frieden erfüllen, aber meine Gedanken drehen sich immer noch im Kreis. Ich beschließe den St. Catherine's Hill hinaufzugehen. Oben am Gipfel gebe ich einen lauten Schrei von mir. Dann drehe ich um und gehe wieder hinunter.

Als ich nach Hause zurückkomme, hängt die Wäsche ordentlich draußen auf der Leine, meine Schwangerschaftsunterwäsche neben Dads altmodischen Hosen. Ich ziehe die Hintertür auf und gehe in die Küche, wo Oscar und Theo ihre Baked Beans mit Käse und dem seit drei Tagen abgelaufenen Schinken genießen und sich dabei gegenseitig Grimassen schneiden. Ich ermutige sie noch, indem ich ihnen die Zunge rausstrecke und mit den Fingern hinterm Kopf wackle und Hasenohren mache. Sie kichern. Ich erwische Theo dabei, wie er heimlich Audrey unter dem Tisch mit einem Stück Schinken füttert.

»Ich hab mir schon Sorgen gemacht«, sagt Mum, als ich ihr einen Strauß Blumen gebe, den ich auf dem Markt gekauft habe. »Wo warst du denn?«

»Spazieren. Tut mir leid, Mum.« Als ich zu einer Erklärung ansetze, sagt sie: »Jetzt nicht« und zeigt auf Oscar und Theo. Ich kann sehen, wie müde sie ist, den Tränen nahe. Ich habe sie verletzt. »Setz dich hin und iss dein Mittagessen auf«, befiehlt Mum, als Oscar von seinem Stuhl rutscht und zur Tür läuft. Sie eilt zum Tisch und zieht ihn zurück. »Setz dich hin! Das Mittagessen ist noch nicht zu Ende. Ich habe roten Wackelpudding gemacht.«

»Hier, Mum, lass mich das machen«, sage ich, nehme ihr den Waschlappen aus der Hand und wische die klebrige Tomatensoße von Oscars dicklichen kleinen Fingern, während ich ihm sage, dass er für Oma artig sein soll.

Nach dem Mittagessen sage ich Mum, sie solle sich ausruhen. Sie wirft mir einen dankbaren Blick zu und meint, dass sie nichts dagegen hätte, wenn sie für eine Stunde hochgehen könnte.

Oscar, Theo und ich spielen Ochs am Berg im Garten. Ich bin immer der Ochse. Sie lachen, wenn ich mich zu ihnen umdrehe und mit dem Hintern wackle. Ich kann ihre Schritte hören, wenn sie auf mich zuschleichen. Dann drehe ich mich blitzschnell um und … »Ha, ich hab gesehen, wie du dich bewegt hast, Theo! Zurück mit dir!«

Nach zwanzig Spielen lege ich mich ins Gras, und sie lassen sich neben mich fallen. Theo berührt meinen Bauch. »Wann ist es denn fertig?«, fragt er, als würde mein Baby aus dem Ofen springen, wenn es gar wäre.

»Na ja, jetzt haben wir September, und mein Baby soll im Dezember kommen.«

»Wie oft schlafen ist das?«, fragt Oscar.

»Ich sag dir was. Es wird ungefähr zu Weihnachten fertig.«

»Wow. Bringt der Weihnachtsmann es dann durch den Schornstein?«, fragt Theo mit großen Augen.

»Nicht ganz.«

»Ist es ein echtes Baby?«, fährt Oscar fort.

»Sehr echt. Es ist ein Junge.«

»Kommt Olly zu Weihnachten zurück, um es sich anzusehen?«

Ich wende den Blick ab. »Nein.«

»Warum nicht? Wenn es echt ist, wird er es doch sehen wollen?«

»Mum sagt, Onkel Olly ist nicht mehr da. Aber wo ist er denn hin?«

Ich erwische meine Mutter, die an der Gartentür steht und lauscht. »Warum sehen wir uns nicht noch einen Film an, bis eure Mami kommt?«, fragt sie.

Allein in der Küche arrangiert Mum die Blumen in einer Vase. Ihr blondes Haar wird locker von zwei Spangen zurückgehalten, was ihre blauen Augen unterstreicht, und sie trägt einen weichen cremefarbenen Pulloer zu Jeans.

»Es tut mir leid wegen vorhin«, sage ich. »Ich bin wirklich dankbar für alles, was Dad und du für mich tut, und ich verspreche – ich *verspreche* –, dass ich das niemals für selbstverständlich nehmen werde. Sieh doch nur mal, was du alles für Pippa und für mich und für diese glücklichen Jungen machst.«

»Vielleicht hast du ja recht«, überlegt sie und vertraut mir an, dass sie und Dad sich schon so daran gewöhnt haben, auf die Zwillinge aufzupassen, dass es wohl schwierig wird, es nicht mehr zu tun. »Dein Vater denkt auch so. Ich freue mich, wenn die beiden hier sind, aber es strengt mich auch an. Vielleicht rede ich mal mit ihr.«

Erleichtert, dass wir uns wieder vertragen, umarmen wir uns. »Ich frage mich, wie es Dad wohl geht«, sage ich und stelle ihn mir vor, wie er voller Hoffnung hinter seinem Tapeziertisch steht.

»Er hat angerufen, als du im Garten warst«, erzählt sie mir mit blitzenden Augen. »Ein paar japanische Sammler sind mit einem Haufen Geld hereingekommen und haben beinahe all seine Sachen aufgekauft. Er ist selig, sagt, dass er uns heute Abend zum Essen einlädt.«

»Oh Mum, ich muss leider arbeiten«, sage ich ein wenig erleichtert. »Aber es ist bestimmt schön, wenn ihr mal einen Abend für euch zu zweit habt. Wann wart ihr das letzte Mal auf einem Date?«

»Rebecaa, wir sind zu alt für Dates.«

Ich lache und sage ihr, dass ich mich lieber für das Weinseminar fertig mache. »Du weißt, dass ihr das nicht seid, Mum. Man lebt nur einmal. Zieh das silberne Kleid an, das mir so gut gefällt«, rufe ich über die Schulter zurück.

# 25

Adam ist der Erste, der eintrifft, in einem grellroten Sweatshirt und Jeans. Janet folgt ihm auf dem Fuße am Arm ihres Chauffeurs. Michel ist in den Siebzigern und hat viele Jahre lang für Joes Vater gearbeitet.

Janet trägt ein leuchtend blaues Kleid mit einer Perlenkette, ihr Haar ist frisch gewaschen und gelegt und bläht sich wie Pfauenfedern. An ihr Kleid hat sie ihre kostbare Regimentsbrosche angesteckt. Michel sagt Janet, dass ihre Kutsche um Punkt zehn Uhr draußen vor dem Haus auf sie warten wird.

»Was für ein charmanter Mann«, seufzt sie, während sie ihm nachschaut. Ich begrüße sie mit einem Kuss auf die Wange und atme Maiglöckchenduft ein. »Und noch dazu sehr interessant. Er stammt aus Syrien, auch wenn er dort nur drei Wochen lang gelebt hat.«

Ich führe sie zu Adams Tisch und stelle die beiden einander vor. »Wow, du siehst ja aus wie die Queen«, sagt er.

Als Nächstes kommt Henry. Heute Abend trägt er ein Tweedsakko mit einer antiken silbernen Uhrenkette, die aus der Brusttasche baumelt. Ich schicke ihn auch in Richtung Janet. Glücklicherweise wird sie seine unvorteilhaften Nasenhaare ja nicht sehen können.

Monica kommt als Letzte, schlüpft diskret hinein, hält sich im Hintergrund und setzt sich dann neben Scott, den hübschen Australier.

»Chardonnay ist ein missverstandener Wein«, erklärt Joe, während ich runde Gläser herumreiche, in denen entweder Vanilleschoten, Butterstückchen, Honig oder Melone liegen, sämtlich charakteristische Eigenheiten des Chardonnay. Die Teilnehmer schnuppern daran, bevor sie sie an ihren Nachbarn weiterreichen. Diese Übung soll sie dazu ermutigen, Aromen im Wein zu identifizieren. Als Janet am Honig riecht, seufzt sie glücklich: »Ach, das erinnert mich an meine Kindheit.«

Ein paar aus der Runde lachen abfällig, weshalb ich Joe dafür umarmen könnte, dass er sagt: »Janet hat da etwas Wichtiges bemerkt. Wein ruft Assoziationen hervor und kann uns an Kindheitserlebnisse erinnern. Wer in diesem Raum mag Chardonnay?«

»Nein, ich glaube, ich nicht«, stellt Janet trocken fest.

»Nicht alle Chardonnays sind gleich«, antwortet Adam. »Man muss sie sorgfältig auswählen.«

»Gut, Adam, das stimmt, weil es so viele verschiedene gibt. Okay, Rebecca reicht jetzt etwas Räucherlachs herum. Jeder nur zwei Stücke«, sagt er und zeigt auf Henry.

»Oh, wie lecker!«, ruft Janet aus.

»Nun, vorhin haben wir darüber gesprochen, dass Gerichte mit viel Säure und vielen Gewürzen, wie zum Beispiel in der thailändischen Küche, gut zu einem Sauvignon Blanc passen. Jetzt möchte ich Ihnen zeigen, welche Weine, neben dem Sauvignon und dem Chardonnay, besser zu Räucherlachs passen. Einer wird den Fisch perfekt ergänzen, durch ihn hindurchschmecken und den Gaumen erfrischen. Also, greifen Sie jetzt zu Glas Nummer drei.«

»Glas Nummer drei«, wiederholt Janet, und Joe will ihr schon zu Hilfe eilen, aber Henry und Adam kommen ihm zuvor. »Ich bin blind, wissen Sie«, entschuldigt sie sich bei ihnen.

»Macht doch nichts«, sagt Adam schulterzuckend. »Meine Mum sagt auch immer, ich wär anders, aber was soll's.«

»Hier, bitte schön«, sagt Henry und reicht ihr vorsichtig das richtige Glas. Nasenhaare hin oder her, Henry ist ein freundlicher Mann.

»Und nun verkosten wir blind.« Joe klatscht in die Hände, um die Gruppe zur Ruhe zu bringen. »Nehmen Sie Glas Nummer zehn.«

»Welches ist das denn jetzt«, höre ich Janet leicht verwirrt unter dem Klirren der Gläser sagen.

Henry merkt, dass er auch durcheinandergekommen ist.

Adam, bemerkenswert cool, hilft den beiden.

»Großartig. Was für ein Spaß!«

Janet hält ihr Glas verkehrt herum. Oh mein Gott. Sie hat alle Proben getrunken.

»Also, Sie sind in einem Restaurant, und auf der Karte steht ›Pouilly-Fumé‹. Was für ein Wein ist das?«, fragt Joe und beschließt den Abend mit einem kleinen Quiz.

»Ein Sauvignon Blanc!«, ruft Adam selbstsicher.

»Und wo liegt die Heimat des Sauvignon Blanc?«

»An der Loire«, rufen Adam und Henry im Chor. Scott und Monica flüstern hinten miteinander.

»La la la la Loire«, sagt Janet, die seit einer Stunde beständig trinkt. Am Ende des Abends schläft sie sanft an Henrys breiter Schulter, jedes Glas geleert und ein begeistertes Lächeln auf dem Gesicht.

Janet bedankt sich noch einmal bei Joe und mir, sie strahlt übers ganze Gesicht. »Meine Geschmacksknospen hatten schon lange nicht mehr so viel Freude.« Ich sehe ihr nach, als sie an Michels Arm auf die Treppe zutorkelt.

»Passen Sie gut auf sie auf, Michel!«, rufe ich. »Sie ist kostbare Fracht.«

Spätabends begleitet mich Joe nach Hause. Ich erzähle ihm, dass mein Vater das Auto brauchte, um Mum auszuführen, dank der Japaner, die sein Porzellan gekauft haben. Joe findet das lustig. Sein Vater war leidenschaftlicher Angler.

Es ist ein kühler Abend, und ich denke an Janet, die allein zu Hause im Dunkeln sitzt. Ich bewundere sie dafür, wie sie all die Jahre ohne Augenlicht und ohne Gregory zurechtgekommen ist. Hoffentlich schläft sie jetzt schon tief und fest und träumt von den Weinbergen Südfrankreichs.

»Janet mag Michel«, sage ich. »Ich glaube, sie hat einen neuen Freund gefunden.«

»Er ist wunderbar. ›Es gibt nichts, was ich für meine Kunden nicht tun würde‹«, ahmt er Michel nach. »›Ich lege mein Handy unters Kopfkissen, und wenn ein Kunde mitten in der Nacht anruft, komme ich! *Dingeling*. Ich bin rund um die Uhr im Einsatz.‹«

Ich lächele angesichts dieser ungewohnten, humorvollen Seite von Joe. Wir kommen an einer Gruppe spärlich bekleideter Teenager vorbei.

»Da fühlt man sich direkt alt, oder?«

»Und fett. Deren Nacht fängt jetzt erst an, während wir schon nach Hause Richtung Bett gehen.«

»Das ist wirklich nicht lustig.« Joe schüttelt den Kopf. »Es ist tragisch. Ich nehme mir morgen frei. Ich sollte jetzt unterwegs sein und feiern.«

»Wie wär's mit einer schönen Tasse Kräutertee bei mir?«, schlage ich vor.

»Perfekt.«

Wir gehen weiter in einvernehmlichem Schweigen, bis Joe fragt: »Wie ging's dir denn heute? Nach der Party?«

»Gut, ehrlich. Danke, dass du danach fragst.«

Wir biegen in die Auffahrt meiner Eltern ein. »Becca.« Er hört sich nervös an. »Peta hat mir erzählt, was sie zu dir gesagt hat. Manchmal denkt sie nicht nach, bevor sie den Mund aufmacht. Sie ist exzentrisch, extravagant, aber nicht unbedingt … hör mal, ich will das nicht entschuldigen, aber ich glaube nicht, dass sie dich verletzen wollte.«

Ich mache die Haustür auf, lege die Schlüssel auf das Tischchen im Eingangsbereich.

»Ich weiß«, sage ich. »Es ist nur so, dass ich niemand anderen kennenlernen werde, Joe. Ich will das gar nicht.«

Wir gehen in die Küche. »Ich verstehe.« Er schaut mir zu, während ich Wasser aufsetze.

»Manche Leute denken, man könnte einfach einen Schalter umlegen und sein Leben weiterleben, einfach so.«

»Ich glaube nicht, dass sie es so gemeint hat.«

»Ich meine nicht nur Peta.«

»Peta hat noch nie jemanden verloren. Bevor man diese Erfahrung nicht gemacht hat, versteht man es nicht. Aber es tut ihr sehr leid.«

»Danke, Joe. Und ehrlich, es ist in Ordnung«, sage ich, weil ich ihm nicht länger Sorgen machen möchte.

»Glaubst du … na ja, meinst du, du könntest ihr das sagen? Sie anrufen?«

»Okay.« Ich nicke. »Na klar.« Aber ich weiß, dass ich das eher für ihn als für sie tun werde.

»Danke.« Joe zögert. »Vielleicht kannst du dir jetzt noch nicht vorstellen, jemals jemand anderen kennenzulernen, aber in ein paar Jahren, wer weiß.«

»Nein, Joe«, bleibe ich beharrlich, während ich zwei Becher hole. »Werde ich nicht. Es ist einfach unvorstellbar.«

# 26

Ich drücke noch einmal auf die Klingel, will mich gerade umdrehen und wieder nach Hause gehen, sage mir, dass das eine schlechte Idee war, als …

»Hallo«, sagt er durch die Gegensprechanlage.

»Joe, ich bin's, Becca.«

Er macht mir die Tür im Schlafanzug auf. »Oh nein, hab ich dich geweckt? Ich hätte vorher anrufen sollen.«

»Mein Fehler.« Er wirft einen Blick auf die Uhr. Es ist zehn. »Ich bin auf dem Sofa eingeschlafen«, sagt er und massiert sich den Nacken, als sei der steif. Als er mich hereinbittet, spüre ich, dass er sich fragt, warum ich hier bin.

Als ich vor dem Kamin stehe, sage ich ihm: »Ich hab ein paar Croissants mitgebracht und …« Ich luge in die andere braune Papiertüte, als hätte ich vergessen, was darin ist. »Blaubeermuffins. Die sind richtig gut, wenn man sie warm macht. Oh, und Kaffee.« Ich halte ihm den Halter mit den beiden Cappuccinos hin. »Ich dachte, da das dein freier Tag ist, könnte ich dich mit einem Frühstück verwöhnen.«

Er sieht überrascht aus, bevor er mir sagt, dass er lieber noch schnell unter die Dusche springt und sich umzieht. »Ich sollte mir wohl öfter mal einen Tag freinehmen«, ruft er mir über die Schulter hinweg zu.

Joe kommt mit einem frischen Gesicht und feuchtem Haar in die Küche, ein Handtuch um den Hals. »Ich bin am Verhungern«, sagt er. »Womit hab ich das verdient?«

»Ich möchte mich bei dir bedanken.«

»Wofür?«

»Dafür, dass du mir einen Job gegeben hast, dass du ein guter Freund bist.« Ich manövriere mich auf einen der Küchenstühle neben ihm und tunke ein Croissant in meinen Kaffee. »Ich habe Peta heute Morgen angerufen …« Ich beiße ab. »Ist alles geklärt.«

»Prima, danke dir.« Er hört sich erleichtert an.

Ich nehme noch ein Croissant und halte mitten im Essen inne, weil ich merke, dass Joe mich beobachtet. »Was?«

»Du hast ganz schön Appetit.«

»Von denen muss man einfach zwei essen, Joe. Das ist Pflicht. Einer ist nie genug.«

»Was ist denn noch Pflicht im Leben?«

»Ach, ich weiß nicht. Sonnenschein. Ferien. Schlafen. Wunderschöne Gemälde.«

»Champagner an einem grauen Tag. Kaltes Bier im Sommer.«

»Freunde. Lachen.«

»Sich seinen Ängsten stellen. Tun, was man liebt. Sich nie lange an eine Enttäuschung klammern.«

»Olly hätte gesagt Schreiben. Schreiben und Spaß haben.«

Joe denkt darüber nach. »Warum gehen wir heute nicht einfach raus und haben Spaß?« Er stellt die Teller auf eine Art ins Spülbecken, die keinen Zweifel daran lässt, dass er nicht vorhat, sie abzuwaschen.

»Jetzt?«

»Warum nicht? Ich nehme mir so selten frei. Die Buchhaltung kann mir heute gestohlen bleiben. Und ich weigere mich auch, ein schlechtes Gewissen zu haben, weil ich meinen Vater nicht besuche. Ja, ich könnte nachher sogar etwas Hilfe gebrauchen, ich will mir ein paar Wohnungen ansehen. Hast du Zeit?«

Joe und ich werden in eine Wohnung im Stadtzentrum von Winchester geführt, die auf dem Papier mit einer modernen Küche geprahlt hat, in Wirklichkeit aber mit Efeurautentapete ausgestattet ist, und als Joe einen Schrank öffnen will, hängt die Tür auf einmal nur noch an einer Angel. »Hier passt ohne Probleme ein Doppelbett hinein«, legt der ölhaarige Makler Shane uns nahe, als wir in das winzige Schlafzimmer treten. Joe und ich wechseln einen Blick, bevor wir uns entscheiden, lieber nichts dazu zu sagen, dass wir kein Paar sind.

Die Wohnungen zwei und drei sind nicht vielversprechender, also beschließen Joe und ich, den Schaden so gering wie möglich zu halten, und steuern das nächstgelegene Café an, wo wir Schinkensandwiches bestellen und uns eine Portion Pommes teilen. Während wir darauf warten, dass unser Essen kommt, sehe ich zu den beiden jungen Mädchen hinüber, die am Nachbartisch sitzen. Eine sieht aus, als könnte sie Spanierin oder Italienerin sein, die andere hat kastanienbraunes Haar wie ich und eine helle Haut mit Sommersprossen. »Wir müssen aufschreiben, was wir in zehn Jahren machen werden«, sagt die Rothaarige und gibt ihrer Freundin ein Stück Papier. »Du weißt schon, so Sachen wie, wo wir arbeiten werden, wen wir heiraten, wie viele Kinder …«

»Ich schätze mal, du wirst irgendjemand künstlerisch Begabten heiraten«, schlägt die Dunkelhaarige vor. »Einen Maler oder so was.«

»Oh, das würde mir gefallen! Du wirst mit einem Arzt zusammen sein«, stellt sie überzeugt fest. »Ich werde in der Modebranche arbeiten.«

Ich bemerke, dass Joe sie ebenfalls ansieht.

Olly hatte gesagt, er würde ein berühmter Schriftsteller werden.

»Ich wollte die Welt regieren«, murmelt Joe.

»Meine Arbeiten sollten für Millionen bei Sotheby's versteigert werden, und jetzt hab ich schon seit Jahren überhaupt nicht mehr gemalt.«

»Ich führe eine Weinbar. Ich bin dazu verurteilt, als Alkoholiker zu enden.« Joe hebt sein Glas an meines und zieht ein glotzäugiges Gesicht.

»Ich werde mit siebenundzwanzig heiraten«, fährt die Hellere fort, »weil meine Mum das auch so gemacht hat, und ich denke mal, ich werde drei Kinder haben, zwei Jungs und ein Mädchen, in der Reihenfolge.«

Ich beuge mich zu ihnen hinüber, weil ich nicht mehr länger zuhören kann. »Entschuldigt«, sage ich, »es tut mir wirklich leid, aber dazu muss ich was sagen …«

Sie hören beide auf zu schreiben, die Stifte in der Luft. Sie starren mich an, als sei ich verrückt geworden.

»Lasst es sein, weil nichts – ich meine *wirklich* nichts – später so kommt, wie ihr jetzt denkt.«

»Was meinen Sie damit«, fragt die Hellere und wird rot dabei.

»Was wir euch sagen wollen, ist, dass ihr das Heute genießen müsst«, mischt sich Joe beruhigend ein, »weil wir nicht wissen können, was morgen passiert, ganz zu schweigen von in zehn Jahren.«

»Keiner von uns lebt wirklich im Augenblick, oder?«, sage ich zu Joe, als wir das Café verlassen. »Vielleicht hätte ich sie nicht unterbrechen sollen. Ich glaube, ich hab den beiden einen richtigen Schrecken eingejagt! Was jetzt? Sollen wir uns den beiden da drüben aufdrängen?« Ich zeige auf ein älteres Paar, das draußen auf der Bank sitzt. »Sollen wir ihnen sagen, sie sollen Bungeespringen gehen, solange sie noch jung genug dafür sind und ihre eigenen Zähne haben?«

Ich warte darauf, dass Joe antwortet, aber er scheint in

Gedanken ganz weit weg zu sein. »Becca, ich war nicht auf Ollys Beerdigung.«

»Ich weiß. Wenn ich es anders hingekriegt hätte …«

»Ich möchte nicht, dass du dich länger schuldig fühlst. Aber ich habe eine Idee. Ich würde mich gern auf meine eigene Art und Weise von ihm verabschieden. Würdest du mir dabei helfen?«

Joe und ich stehen oben auf dem St. Catherine's Hill und bewundern die Aussicht. »Das war Ollys Lieblingsweg«, erzähle ich ihm. »Wir sind immer an Weihnachten hier hochgekommen, um Pippa und Todd, den Zwillingen, den Brettspielen und dem Truthahngeruch im Haus zu entkommen. Dann haben wir hier oben gestanden und unseren Frust herausgeschrien, und danach haben wir getanzt.«

»Olly hat wahnsinnig gern getanzt. Manchmal hat er mich auf die Tanzfläche gezerrt, weißt du noch? Hochnäsiger Langweiler hat er mich genannt.«

»Macht er immer noch.«

Joe dreht sich zu mir um, auf seinem Gesicht breitet sich das Lächeln aus, das einen ganzen Raum erhellen kann. Ich bin überrascht und erleichert darüber, wie wenig er sich aus der Geschichte mit den Stimmen macht. »Hatte er irgendeinen Lieblingsplatz hier oben?«, fragt er.

Ich führe Joe zu dem Labyrinth ganz oben auf dem Hügel, dunkle Linien, die sich durchs Gras ziehen. »Olly war ganz fasziniert von der Legende dahinter«, erinnere ich mich. »Angeblich wurde es im siebzehnten oder achtzehnten Jahrhundert von einem Schüler des Winchester College angelegt, der sich irgendetwas hatte zuschulden kommen lassen, wobei niemand weiß, was es genau war, aber es muss schon ziemlich schlimm gewesen sein. Jedenfalls musste er zur Strafe während der Ferien im College bleiben. Ihm wurde befohlen, oben auf dem Hügel herumzugehen, wodurch er vor Langeweile beinahe verrückt wurde. Also fing er an, ein Muster in den Rasen zu graben. Ich meine mich zu erinnern, dass mein Vater mal gesagt hat, er hätte es mit einem Löffel gemacht.«

Joe steht in der Mitte. »Ich möchte es hier machen«, beschließt er, die Schnüre der drei blauen Luftballons in der Hand, die wir nach dem Mittagessen im Spielzeugladen gekauft haben.

»Olly«, fängt er an, »ich werde das hier kurz halten. Du weißt, dass ich noch nie ein Mann großer Worte war. Es tut mir leid, dass ich dich enttäuscht habe, und es tut mir ganz besonders leid, dass ich dich nicht mehr gesehen habe. Bitte verzeih mir, dass ich dich so verletzt habe.« Er lässt einen Ballon los. Ich sehe ihm nach, wie er immer höher in den Himmel steigt, und frage mich, wo sein Flug wohl enden wird.

»Ich bin hier mit Becca, und ich möchte, dass du weißt, dass ich mich um sie und ihren Sohn kümmern und sie unterstützen werde, so gut ich kann. Ich weiß, dass du im Geist bei ihnen sein wirst, sie leitest, aber wenn du möchtest, dann werde ich deinen Jungen dazu ermutigen, Musik zu machen und zu schreiben und Rugby zu spielen und Fußball und sich nicht nur für Rüsselkäfer zu interessieren. Wenn ich Glück habe, kann ich vielleicht mit ihm Fußball spielen und ihm alles über die Abenteuer erzählen, die wir in Bristol erlebt haben.« Der zweite Ballon folgt dem ersten in den Himmel.

Mir steigen Tränen in die Augen.

»Du hast die Leben von uns allen erhellt. Natürlich warst auch du nicht perfekt«, setzt er mit einem Lächeln hinzu. »Aber was ich am meisten an dir mochte, war deine Ausgelassenheit. Du warst immer für einen Spaß zu haben. Ich bin manchmal tatsächlich ein hochnäsiger Langweiler. Du hast das Beste aus mir herausgeholt, und ich werde dir das niemals vergessen.« Er lässt den dritten und letzten Ballon aufsteigen.

»Hier haben Kitty, Annie und ich immer ›Mr Froggy, dürfen wir Ihren goldenen Fluss überqueren?‹ gespielt«, erzähle ich Joe, als wir am Rand des Labyrinths stehen. Da kommt mir eine Idee. »Warte hier.« Ich gehe ans andere Ende und stelle mich Joe gegenüber, denke daran, was er gerade über Olly gesagt hat, dass er immer für einen Spaß zu haben war. »Los, den Spruch!«

»Was soll ich sagen?«

»Mr Froggy, darf ich …«

»Mr Froggy …« Er unterbricht sich und schaut sich um …

»Es ist niemand hier!«

Er entspannt sich, wendet sich mir wieder zu. »Mr Froggy, darf ich Ihren goldenen Fluss überqueren?«

»Nur, wenn du was Blaues trägst!«

Joe mustert seine Kleidung. Sein Pulli ist grau. »Tu ich nicht. Was passiert jetzt?«

»Du musst versuchen, über meinen Fluss zu kommen, ohne dass ich dich fange. Hast du das wirklich nie gespielt? Kann ich gar nicht glauben.«

Joe springt von einer Seite des Labyrinths auf die andere, rennt nach links und wieder geradeaus. Er läuft weg, und ich verfolge ihn, aber er gelangt sicher auf die andere Seite. »Noch einmal, aber dieses Mal kriege ich dich«, warne ich ihn, als er wieder fragt, ob er meinen goldenen Fluss überqueren darf.

»Nur, wenn du was Rotes trägst!«

Er rennt wieder los, während ich auf ihn zuhechte. »Na, komm schon, Dickerchen! Lass dich nicht abhängen!« Plötzlich bleibt er stehen. »Meine Boxershorts sind rot.«

»Das zählt nicht! Die kann ich nicht sehen.«

Bevor ich michs versehe, zieht er seine Jeans herunter. Kurz darauf bekommen wir beide vor Lachen keine Luft mehr, bis wir plötzlich merken, dass wir nicht mehr allein hier oben sind. Als wir uns vorsichtig umdrehen, erblicken wir eine Grundschulklasse in grauen Jacken und flaschengrünen Hosen. Die Kinder zeigen mit ihren Schulbüchern auf uns, werden aber von ihrer Lehrerin schnell weggescheucht.

Wir sind wieder zurück in Joes Wohnung und trinken Tee. Auf dem Heimweg hat es angefangen zu schütten, sodass Joe das Feuer angemacht hat, damit wir uns aufwärmen können.

»Lebst du gern hier?«, frage ich ihn und umklammere meinen Becher Tee mit beiden Händen.

»Ja. Ich hätte nie gedacht, dass ich mal an den Ort meiner Kindheit zurückkehren würde. Im Allgemeinen gilt das ja als fantasielos – man soll neue Erfahrungen machen, statt dorthin zurückzukehren, wo die Eltern leben.«

Das haben Olly und ich auch über Pippa gedacht, doch ich sage ihm das nicht.

»Aber es fühlt sich so richtig an, hier zu sein, zu meinen Wurzeln zurückzukehren. Ich bin stolz darauf, hier zu Hause zu sein. Ich genieße es, meinen eigenen Laden zu führen, und komischerweise habe ich jetzt auch eine viel bessere Beziehung zu meinem Vater. Ich hab auch ein paar neue Freunde hier unten gefunden. Noch ist alles neu für mich. Natürlich vermisse ich London, na klar. Mir fehlt das Tempo …«

»Wenn Olly und ich übers Wochenende weg waren, seine Eltern in Northumberland besuchen oder so, dann hatte ich immer Schmetterlinge im Bauch, sobald der Zug wieder in der Euston Station einfuhr«, sage ich. »Auf einmal ging alles schneller, sobald wir den Bahnsteig betreten hatten.«

»London. Mir hat's gefallen, im Herzen von England zu sein.«

»Früher war Winchester die Hauptstadt.«

»Stimmt. Mir fehlen die Coffee Houses«, fährt er fort. »Die Pubs, das West End.«

»Die Parks sind auch wunderschön. Und sonntagnachmittags sind Olly und ich immer gern in die Serpentine Gallery gegangen.«

»Der Hyde Park ganz früh am Morgen, wenn da noch niemand ist, abgesehen von ein paar Joggern und Leuten, die ihren Hund ausführen. Am meisten vermisse ich die Anonymität«, gesteht Joe. »Das gibt es nur in großen Städten. Seit ich hier lebe und arbeite, komme ich mir vor wie in einem Goldfischglas, und dazu kommt noch, dass wirklich *jeder* meinen Vater kennt.«

»Aber du bist jetzt glücklicher, oder?«

»Sehr viel glücklicher.«

»Du bist nicht mehr der Sohn des berühmten Arztes. Du bist Joe, und du bist gut in dem, was du tust.«

Er lächelt. »Danke.«

»Was ist mit Peta?«

»Was soll mit ihr sein?«

»Wie läuft's?«

»Na ja«, antwortet er ausweichend. »Sie hat jetzt als Nächstes dieses Vorsprechen für eine Thrillerserie mit sechs Folgen. Sie bewirbt sich um die Hauptrolle. Das könnte ihr großer Durchbruch werden.«

»Ich hoffe, sie kriegt sie.«

»Ich denke schon, aber wenn nicht, dann wird sie bald was anderes bekommen. Sie ist ziemlich entschlossen. Sie hat mir gesagt, dass sie schon Schauspielerin werden wollte, seit sie ein kleines Kind war. Sie hat sich die Schauspielschule selbst finanziert. Ich bewundere das.«

»Wird sie dir fehlen, wenn sie in London ist?«

Joe nimmt die Schultern zurück. »Ja, wahrscheinlich schon. Ich habe die letzten Monate genossen, ich bin gern mit ihr zusammen. Sie lenkt mich von den Problemen mit meinem Vater ab. Wenn man allein ist, kann's passieren, dass man ins Grübeln kommt. Was ist mit dir?«

»Mit mir?«

»Erzähl mir noch was über dein Leben mit Olly.«

»Wir waren glücklich, aber wir sind auch durch schwierige Zeiten gegangen. Olly konnte der Mittelpunkt jeder Party sein – du erinnerst dich ja, wie er war.«

Joe nickt.

»Aber hinter den Kulissen hatte er auch dunkle Tage. Er hat dann aufgehört, Klavier zu spielen, wollte keine Freunde treffen, wollte nicht reden …«

»Ich erinnere mich, dass er manchmal nicht gut drauf war. Dann musste alles so laufen, wie er es wollte.«

Ich erzähle ihm von seiner Schriftstellerei und von den Absagen.

»Was hat er geschrieben?«

»Am Anfang historische Romane, dafür hat er viel recherchiert, die Bibliothek war schon sein zweites Wohnzimmer. Dann hat er sich auf Humor verlegt. Er wollte gern etwas Zeitgenössisches schreiben.«

Ich gestehe ihm, wie unglücklich Olly mit seinem Lehrerjob gewesen war, aber ich erzähle ihm nicht, dass er seinen Job hingeschmissen hatte, ohne mir etwas davon zu sagen; es käme mir irgendwie treulos vor. »Er war immer lustig, warmherzig und nett, wenn er mich nicht gerade in den Wahnsinn getrieben hat«, setze ich mit einem Lächeln hinzu.

»Und du? Malst du noch? Ich hab deinen Zitronenbaum geliebt. Er hing in Bristol über deinem Kamin.«

Es rührt mich, dass er sich daran erinnert.

Ich trinke einen Schluck Tee. »Ich habe meine Selbstständigkeit als Illustratorin aufgegeben, um für Glitz zu arbeiten. Olly hatte deshalb ein schlechtes Gewissen, und ich hab es ihm auch eine Weile übelgenommen, aber einer von uns beiden musste schließlich einen geregelten Vollzeitjob annehmen. Wir mussten mehr verdienen, ganz besonders, wenn wir irgendwann Kinder haben und ein Haus kaufen wollten. Jetzt kommt mir das alles ziemlich sinnlos vor.«

»Becca, glaubst du, du könntest wieder hier leben?«, fragt er, als sei ihm die Idee gerade erst gekommen.

»Ich weiß nicht.« Bis eben hatte ich nicht einmal daran gedacht.

Ich schneide Tomaten, während Joe verschiedene Zutaten zu dem brodelnden Hackfleisch hinzugibt. »Eine Prise Paprika«, sagt er, »einen Spritzer Worcestersoße und Balsamicoessig …«

Ich mache einen Schritt zu ihm hin. »Essig zu Hackfleisch?«, sage ich, bevor ich voller Panik erkenne, dass ich mich anhöre wie meine Mutter. Mist.

»Es muss Balsamico sein. Gibt der Sache einen Kick. Worüber lächelst du denn?«

»Ich weiß nicht.« Ich muss gerade an die Schulkinder denken, die auf seine roten Shorts geglotzt haben.

»Komm schon. Sag's mir.«

»Ich kann's immer noch nicht fassen, dass du dich bis auf die Unterhose ausgezogen hast.«

»Ich bin ehrgeizig.«

»Ja, im Grunde weiß ich gar nicht, warum mich das überrascht hat. Immerhin hast du schon beim ersten Mal, als ich dich gesehen habe, dein Handtuch vor mir geschwenkt.«

Er schlüpft hinter mir vorbei, um die Käsereibe zu holen, sein Arm streift meinen. »Danke«, sagte er jetzt zu mir.

»Wofür?«

»Fürs Frühstück. Dafür, dass du mit mir zum St. Catherine's Hill gegangen bist. Für heute …« Er bricht ab und fährt sich mit der Hand durchs Haar. »Es hat mir viel bedeutet.«

Ich denke daran, wie Joe die Luftballons hat aufsteigen lassen und was er dazu gesagt hat. »Was du gesagt hast, war wunderschön, und ich weiß, dass es Olly auch sehr viel bedeutet hätte.«

# 27

Wir haben Anfang Oktober, die sechste Woche des Weinseminars, und Joe hat für heute Abend eine Lektion über Riesling, Gewürztraminer und Chenin Blanc vorbereitet. »Riesling riecht wie Benzin, Zitrusfrüchte und Bienenwachs«, behauptet er.

Adam hebt die Hand, weil er etwas sagen möchte, wozu ihn Joe ermutigt hat. »War Riesling nicht der Lieblingswein von Queen Victoria?«

»Ganz genau. Es gibt einen kleinen Weinberg in Hochheim, der Königin-Victoria-Berg heißt. Sie und Prinz Albert haben diesen Weinberg besucht.«

Ich setze mich hin, erschöpft, meine Füße sind aufgegangen wie Hefeklöße. Mum macht sich allmählich Sorgen, dass ich mich übernehme. Morgen habe ich den Ultraschall zur achtundzwanzigsten Woche, und die Müdigkeit nimmt zu. Ich habe ihr versichert, dass ich nach dem Ende des Weinseminars in zwei Wochen etwas kürzertrete und mich auf das Baby und den anstehenden Geburtsvorbereitungskurs konzentriere. Ich habe Kitty gebeten, meine Geburtspartnerin zu sein. »Toll, aber nur, wenn ich nicht hingucken muss«, hatte sie gesagt.

»Okay, Sie kennen inzwischen die Regeln«, sagt Joe. »Alle mal aufstehen. Machen wir ein kleines Spiel! Ist dieser Wein ein Chardonnay oder ein Sauvignon? Setzen Sie sich, wenn Sie denken, es sei ein Chardonnay.«

Es gibt eine Menge Gemurmel, das Joe zur Ruhe bringt.

Alle setzen sich außer Henry. »Gut gemacht. Sie haben leider Pech gehabt, Henry. Es ist ein Chardonnay.«

Ich beobachte Joe weiter. Seit unserem Spaziergang den St. Catherine's Hill hinauf sind wir uns nähergekommen, und ich bin erleichtert darüber, dass Peta sich diese Rolle in dem Thriller gesichert hat, weil die sie in London hält.

Joe hat mit mir viel über seinen Vater gesprochen. Als er hergezogen ist, konnte sein Vater ihm noch beibringen, wie man fischt, und sie verbrachten viele glückliche Stunden auf dem Fluss. »Er hat mit mir über Mum gesprochen und wie er sie auf ihr erstes Date zum Swan Lake mitgenommen hat. Und zum ersten Mal, Becca, hat er mich nach meiner Zeit in Australien gefragt. Er hat es bedauert, den Kontakt zu mir verloren zu haben, hat gesagt, er sei ein alter Dummkopf gewesen. Er hat mir von seiner Kindheit erzählt, dass er viel im Ausland gelebt hat, weil sein Vater Botschafter gewesen war. Ich hatte das nicht mal gewusst! Ein paar seiner Erinnerungen an den Zweiten Weltkrieg waren unglaublich«, fuhr Joe fort, und ich konnte erkennen, wie viel ihm diese Zeit mit seinem Vater bedeutet hatte. »Seine Familie musste aus Frankreich fliehen, das damals an Deutschland gefallen war. Sie haben das letzte Schiff bekommen, das aus Bordeaux abfuhr. Das Schiff war eigentlich nur für 200 Passagiere ausgelegt, aber es waren 1700 an Bord, als sie nach England übersetzten. Mein Vater muss damals noch ein kleiner Junge gewesen sein.«

»Nächste Frage«, sagt Joe, »stammt dieser Wein aus der Alten oder aus der Neuen Welt? Nichts verraten!«

An manchen Abenden sind Joe und ich nach der Arbeit noch in seine Wohnung gegangen, um ein paar getoastete Sandwichs zu essen. Er macht mir einen Becher heiße Schokolade, und hin und wieder gucken wir Fernsehen. Manchmal sprechen wir über Olly und die alten Zeiten. Wenn ich daran denke, was vor mir liegt, bin ich aufgeregt, aber gleichzeitig habe ich auch Angst. Joe hört zu, gibt keine Phrasen von sich oder sagt mir, dass schon alles gut gehen wird. Wer weiß schon, was die Zukunft bereithält?

Joe blickt durch den Raum. »Nur noch drei im Spiel.« Es sind Janet, Scott und Adam.

Der ritterliche Henry hilft einer müden und angeschickerten Janet wieder auf die Beine. »Letzte Frage – und das ist echt ein Hammer, Scott«, Joe bietet eine armselige Nachahmung des australischen Akzentes, »wurde dieser Wein auf der nördlichen oder der südlichen Erdhalbkugel gekeltert? Setzen Sie sich hin, wenn es der Süden ist.«

Na los, Janet!

Sie lässt sich auf ihren Stuhl fallen. Scott und Adam bleiben stehen.

Joe imitiert einen Trommelwirbel. »Es ist der Süden. Wir haben eine Gewinnerin!«

»Oh, da brat mir doch einer 'nen Storch! Ich hab noch nie in meinem Leben irgendwas gewonnen!«

Adam und Scott klatschen höflich.

»Aber egal. Was hab ich gewonnen?«, fragt sie.

»Ich hatte ja nicht den leisesten Schimmer«, flüstert mir Janet zu, als der Kurs für diesen Tag vorbei ist, »aber mein Knie hat mir Ärger gemacht. Also habe ich mich hingehockt.«

»Der gefällt mir wirklich gut«, sage ich und zeige auf ihren roten Mantel, während ich ihr hineinhelfe.

»Hab ich in einem Wohlfahrtsladen gekauft. Oh, sieh mal, Michel ist hier.« Bilde ich mir das ein, oder hellt sich ihr Gesicht auf?

Joe und ich sehen Janet nach, die von Michel aus dem

Raum geführt wird. Sie schnattern miteinander wie Teenager. Janet erzählt ihm, dass sie eine Flasche schönen Wein gewonnen hat, die sie für Weihnachten aufheben und dann zu den Weihnachtsplätzchen trinken wird, wenn ihre Schwester zu Besuch kommt.

»Ich glaube, die sind verliebt, meinst du nicht auch?«

Ich drehe mich ungläubig zu ihm um. »Sie ist vierundachtzig, Joe.«

Ich warte darauf, dass Olly irgendwas Lustiges sagt, aber er schweigt schon seit einer ganzen Weile.

»Na und? Er ist siebenundsechzig, aber was heißt das schon? Michel würde sie zum Mond fahren, wenn er könnte.«

Janet dreht sich zu mir um und schwenkt ihren Stock zum Abschied. Sie ist ein Bild des reinen Glücks, ihre Wangen glühen. Aber vielleicht ist das auch nur der Wein.

# 28

Noch zwölf Wochen. Ich sitze im Wartezimmer der Hebamme, die mich vermessen und die routinemäßige Blutuntersuchung machen wird, und bin bereit.

Ich schlafe nicht gut derzeit. Je näher ich dem Geburtstermin komme, desto mehr denke ich an Olly. Vielleicht, weil ich mich scheue, nach London zurückzukehren. Ich lebe jetzt seit vier Monaten bei meinen Eltern, und wenn ich erst einmal das Baby habe, muss ich über unsere Zukunft nachdenken. Ich habe auch über Glitz nachgedacht, und ob ich meinen alten Job wieder zurückhaben möchte, wenn das Baby auf der Welt ist. Kann ich es mir leisten, nicht zu arbeiten? In vielerlei Hinsicht muss ich noch einmal ganz von vorn anfangen, aber wo soll ich anfangen?

*Olly, sag mir, was ich machen soll.* Ich schließe die Augen und versuche, ihn heraufzubeschwören, sehne mich nach dem Klang seiner Stimme. Hat er aufgehört, mit mir zu kommunizieren, weil ich jetzt mehr beschäftigt bin und in den letzten Wochen auch glücklicher war? Oder ist es, weil ich jetzt mehr Zeit mit Joe verbringe? *Bist du eifersüchtig? Brauchst du nicht zu sein, ich versprech's.*

»Rebecca Sullivan.« Ich schlage die Augen auf. »Rebecca Sullivan?«, wiederholt die Hebamme. »Wie geht es Ihnen heute?«, fragt sie, als sie mich in ihr Büro führt.

Als ich nach Hause komme, lege ich die Autoschlüssel auf den Tisch im Flur. Oscar und Theo liegen im Wohnzimmer auf dem Fußboden und gucken *Kung Fu Panda*. Ich gebe beiden einen Kuss, ihre Haut ist weich, und ich bin ganz gerührt, als Oscar die Arme um mich schlingt, wenn auch nur, um mich gleich wieder wegzustoßen, damit er wieder auf den Bildschirm sehen kann.

Als ich durch den Flur gehe, höre ich Mum und Pippa in der Küche reden.

»Du weißt doch, wie Todd ist«, höre ich Pippa sagen. Ich bleibe draußen vor der geschlossenen Tür stehen und lausche. »Er hasst die Vorstellung, dass jemand Fremdes sich um die Jungs kümmert.«

»Ich weiß, aber ich denke, es ist an der Zeit«, sagt Mum. »Ich werde schließlich nicht jünger, Liebes.«

»Hat es irgendwas mit Becca zu tun?«

»Natürlich nicht … Also, ich hab Hähnchenschenkel für die Jungs zum Abendessen.«

»Hat sie mit dir und Dad darüber gesprochen, wie es weitergehen soll?«

»Nein.«

»Du siehst müde aus, Mum. Das ist alles viel zu viel für dich, stimmt's? Dass sie immer hier ist.«

Ich halte die Luft an und lehne mich dichter an die Tür.

»Was sollen wir denn machen.« Mum erhebt die Stimme. »Wir haben doch keine Wahl. Wir können sie schließlich nicht einfach vor die Tür setzen. Sie ist unsere Tochter, und wenn du in ihrer Lage wärst, würden wir dasselbe für dich tun.«

»Ich weiß«, stimmt sie eingeschnappt zu, »aber Todd und ich haben allmählich den Eindruck, Becca denkt, sie kann einfach für immer hierbleiben.«

»Es ist schwierig …«

»Ich weiß, dass es für sie schwierig ist, aber was ist mit dir und Dad?«

»Ich tue schon viel für dich und die Jungs«, betont Mum. »Becca braucht mich jetzt.«

»Ich weiß, aber wir müssen doch den Tatsachen ins Auge sehen. Es ist doch völlig unmöglich, dass Dad monatelang und ohne Aussicht auf ein Ende mit einem schreienden Baby zurechtkommen kann …«

Wut steigt in mir auf. Am liebsten würde ich sie anschreien: »Aber mit Oscar und Theo jederzeit?«

»Ich denke, du solltest ihr mal die Meinung sagen. Sonst denkt sie noch, sie könnte ewig hierbleiben.«

Ich höre, wie Schubladen aufgezogen werden. »Sie hat keinen Todd.« Messer und Gabeln knallen auf den Tisch. »Sie hat gerade ihren Mann verloren …«

»Ja, aber …«

»Ehrlich gesagt, es ist nicht immer leicht, sie hierzuhaben, es ist alles andere als eine ideale Situation, aber …«

»Na also, dann sag ihr das doch auch!«

Ich schlage die Tür auf und sehe ihnen ins Gesicht.

»Tut mir leid, das hab ich nicht so gemeint«, verteidigt Pippa sich schnell und wird blass dabei. »Ich hatte einen harten Tag und … Ich hab's wirklich nicht so gemeint«, wiederholt sie und kommt auf mich zu.

Ich weiche zurück, die Hände hoch erhoben, um sie abzuwehren.

Mum blickt von Pippa zu mir und wieder zurück zu Pippa, die sich räuspert. »Ich hab nur zu Mum gesagt, dass …«

»Ich hab alles gehört«, sage ich mit erstickter Stimme und den Tränen nahe. »Seit ich wieder hier bin, bist du eifersüchtig.«

»Eifersüchtig?«

»Jawohl. Du bist dein ganzes Leben lang verwöhnt worden, Pippa.«

»Bin ich nicht!«

Mum tritt zwischen uns. »Bitte beruhigt euch, alle beide. Lasst uns doch vernünftig darüber reden …«

»Weißt du, wie es ist, jemanden zu verlieren, Pippa? Jeden Abend ins Bett zu gehen und dich in den Schlaf zu weinen?«

Sie starrt mich an. »Ich weiß, was du durchmachst …«

»Nein. Weißt du nicht. Ich werde Olly nie wiedersehen. Mein Baby hat keinen Vater, aber alles, woran du denken kannst, ist, wie das jetzt *dich* beeinträchtigt!«

Mum schließt die Küchentür. »Es reicht. Die Jungs hören euch noch.«

Ich drehe mich zu Mum um, fest entschlossen, jetzt die Frage zu stellen, die mich schon während meiner Kindheit verfolgt hat. »Warum bist du eigentlich nie auf meiner Seite? Als Pippa mein Bild kaputt gemacht hat, ist dir nichts anderes eingefallen, als zu sagen, dass es mein Fehler war, es auf den Küchentisch zu legen!«

»Aber das ist doch schon Jahre her«, antwortet Mum. Ich kann jedoch sehen, wie sehr es sie schockiert, dass ich diesen Groll so lange gehegt habe.

»Ich habe nie den Eindruck gehabt, dass ich gut genug bin, Mum.«

»Oh Rebecca«, sagt Mum und sucht nach den richtigen Worten. »Hör mal, wir sind alle ein bisschen müde …«

»Ich bin nicht müde!« Ich reiße mich zusammen. »Aber du hast recht. Das ist alles andere als ideal! Ich ziehe aus. Ich gehe zurück nach London.«

»Rebecca«, bittet Mum. »Ich will nicht, dass du ausziehst.«

»Jetzt übertreibst du's aber wirklich«, behauptet Pippa, als ich die Tür aufmache. »Ich meinte doch nicht, dass du jetzt sofort gehen sollst. Ich *wollte* nur sagen, dass du allmählich mal Pläne machen solltest, du musst …«

»Pippa!« Ich drehe mich um und sehe ihr direkt ins Gesicht. »Halt den Mund, bevor ich irgendetwas sage, was mir dann wirklich leidtut.«

Als ich die Treppe hochgehe, höre ich, wie Mum mit Pippa redet, und zu meiner großen Überraschung hört es sich an, als würde sie ihr gründlich die Leviten lesen.

# 29

Der Taxifahrer biegt in eine hübsche, hufeisenförmige Straße in Notting Hill ein und hält vor einem schicken weißen Haus, zu dessen Eingangstür eine steile Treppe führt.

»Darf ich dein Angebot annehmen und bei dir wohnen?«, hatte ich Glitz gefragt, als ich ihn vom Bahnsteig in Winchester aus anrief.

Das Haus befand sich in Aufruhr, als ich ging. Mum war in Tränen ausgebrochen. Pippa sammelte Oscar und Theo ein, die beide protestierten, weil *Kung Fu Panda* noch nicht zu Ende war.

»Ich brauche ein bisschen mehr Luft zum Atmen«, hatte ich Dad gegenüber erklärt, als er von seinem Einkaufstrip bei Mr Pullen zurückgekommen war.

»Aber wo willst du denn hin?«, hatte Dad eingewandt. »Du musst doch auf dich achten. Bitte, bleib doch hier – wir kriegen das schon wieder hin.«

Doch ich hatte einfach weggemusst.

»Du kommst aber doch zurück, oder?«, hatte Mum gefragt, immer noch mit Tränen in den Augen.

»Meine Güte, Rebecca, für wie lange willst du denn bleiben?«, fragt Glitz, als er mein Gepäck die Steintreppe hinaufwuchtet. Ich sage ihm, dass ich vor lauter Eile einfach nur alles in die Koffer geworfen habe.

In meinem Zimmer stehen Blumen, es gibt einen Flachbildschirmfernseher mit einer kleinen DVD-Sammlung, und auf dem Nachttisch liegen ein paar Hochglanzmagazine. In meinem Badezimmer, das direkt an den Schlafraum angrenzt, stehen Lavendelöle und Duschcremes mit Rosen und Geranienduft. Ich sage Glitz, dass ich mir gut vorstellen könnte, für immer hier einzuziehen. Er zieht eine Augenbraue hoch, bevor er mir sagt, dass Marty zurzeit auf Verwandtenbesuch in Amerika ist. Wir zwei sind also die Einzigen, die hier im Haus herumgeistern.

»Sehr hübsch«, sage ich und kämpfe meine Tränen nieder.

»Willst du mir erzählen, was passiert ist?« Er setzt sich neben mich aufs Bett. »Marty sagt immer, wir Briten sind viel zu zugeknöpft. Es sei besser, einfach alles rauszulassen.«

»Glitz, wenn ich wütend bin, dann gehe ich oben auf den St. Catherine's Hill und schreie. Jedenfalls hab ich das früher mit Olly gemacht.« Ich starre zum Fenster hinaus. Als ich mich wieder zu ihm umdrehe, wird mir ein Kissen entgegengehalten. »Na los«, sagt er.

Unsicher versetze ich dem Kissen einen leichten Klaps.

Er zuckt die Achseln. »Nicht schlecht.«

Ich schlage härter zu.

»Schon besser.«

Jetzt boxe ich. *Treffer!*

Ich stelle mir Ollys Gesicht vor, an dem Morgen, an dem er gestorben ist. »Ich bin so stolz auf dich«, hatte er gesagt. Seine Stimme fehlt mir. *Sprich mit mir, Olly. Bitte komm zurück.*

Jetzt trommle ich auf das Kissen ein, bis ich keine Kraft mehr habe.

Später am Abend, nachdem ich ausgepackt und ein Bad genommen habe, finde ich Glitz in der Küche im Erdgeschoss, der zu Opernmusik ein Nudelgericht mit Knoblauch und Kräutern zusammenwirft.

»Es tut mir leid, dass ich dir das hier zumute. Du bist mein

Chef, und ich stehe hier und belaste dich mit all meinen Dramen.«

»Du bist meine Freundin«, rückt er mir den Kopf zurecht. »Ich hoffe, du hast Hunger. Heute Abend hast du bestimmt eine Menge Kalorien verbrannt.«

»Wer braucht schon ein Fitnessstudio, was?«

Glitz lacht, während er die Pasta abgießt.

Ein schwarzer Kater springt mir auf den Schoß. Glitz sagt mir, dass er Bond heißt.

»Bond, James Bond«, sage ich und streichle ihn.

Während wir über die Arbeit und Martys Familie reden, finde ich es heilsam, Bonds ununterbrochenem Schnurren zu lauschen.

»Glitz, es wird sich doch nicht immer so anfühlen, oder?«, frage ich ihn während des Abendessens.

»Nein, du wirst besser darin werden.«

»Besser?«

Er legt seine Gabel hin. »Du wirst nie darüber hinwegkommen. Aber mit der Zeit lernst du, damit umzugehen.«

»Hast du auch schon mal jemanden verloren?«

Jetzt schiebt er seinen Teller beiseite. »Rose. Meine Tochter.«

»Das tut mir furchtbar leid. Ich hatte ja keine Ahnung, all die Zeit lang.«

Er füllt sein Glas noch einmal mit Weißwein. »Wie solltest du das auch gewusst haben? Ich habe mir jahrelang die Schuld daran gegeben«, gesteht er. »Sie steckte in einer zutiefst unglücklichen Ehe. An dem Abend hat sie noch spät angerufen und gefragt, ob ich herüberkommen könne. Ich hatte schon einen Gin zu viel und konnte mich auf keinen Fall mehr ins Auto setzen, also habe ich ihr gesagt, ich würde gleich am nächsten Morgen vorbeikommen.« Er schweigt kurz. »›Ist alles in Ordnung‹, habe ich zu Diana gesagt, meiner damaligen Frau. Rose hat eine Überdosis genommen. Ich werde nie erfahren, ob sie es absichtlich getan hat oder nicht.«

Glitz nimmt seine schwarzrandige Brille ab und reibt sich die Augen. »Diana hat mich verlassen, und ich habe meinen Job in der City verloren, obwohl ich sagen muss, dass ich den sowieso nie leiden konnte. Alles, was ich wollte, war unglücklich sein und mir Vorwürfe machen.«

»Aber es war doch nicht deine Schuld. War es nicht.« Ich sehe ihn an und denke, dass wir die Leute eigentlich nie wirklich kennen.

»Ich hätte die Not in ihrer Stimme hören müssen und mich in ein Taxi werfen sollen.«

»Ach, Glitz. Und wie bist du dann da durchgekommen?«

»Marty. Sie war damals eine alte Freundin. Sie hat die Tür zu meiner Wohnung aufbrechen lassen … Ich hab auf einer Müllhalde gelebt, Rebecca. Und dann hat sie mir gesagt, dass sie mich da wegbringen würde, ob ich wollte oder nicht. Mutiges Mädchen … oder sehr dumm«, setzt er mit einem schiefen Lächeln hinzu.

Ich falte meine Serviette auf der Hälfte zusammen, und dann noch mal auf der Hälfte. »Ich weiß nicht, was ich sagen soll.«

Aber er hört mich nicht. Er denkt an Rose. »Im Schlaf sehe ich sie immer noch vor mir«, sagt er. »Ich gebe ihr auf der Schaukel Schwung, und sie ruft: ›Höher, Papi, höher!‹ Oft hat sie sich eine Blümchenunterhose aufgesetzt und gespielt, dass sie ein Kopftuch trage wie ihre Mutter.« Wir lachen darüber. »Sie hat Schmuck geliebt, hat Dianas Perlen und ihre hochhackigen Schuhe angezogen und ist dann mit dem Hund spazieren gegangen. Sie war mein Sonnenschein. Du erinnerst mich in vielem an sie.«

Später an dem Abend rufe ich zu Hause an. Dad nimmt beim ersten Klingeln ab. »Es geht mir gut«, versichere ich ihm. »Ist das Becca?«, höre ich Mum im Hintergrund rufen. Sie kommt ans Telefon. »Es tut mir so leid.«

»Mir auch«, antworte ich tränenreich.

»Ich habe über das nachgedacht, was du gesagt hast.«

»Ich war wütend.«

»Ich sehe ein, dass ich mich immer nur mit Pippa beschäftigt habe. Als ich klein war, war ich eine leidenschaftliche Tennisspielerin, aber meine Eltern konnten sich keine Trainingsstunden leisten …«

»Mum, es ist okay.«

»Nein, ist es nicht. Ich wollte, dass Pippa die Chancen bekommt, die ich nie hatte, aber ich hätte dich auch mehr unterstützen sollen, ganz besonders mit deiner Malerei. Ich hätte dir mehr Zeit schenken sollen. Es tut mir so leid. Wo bist du denn jetzt?«

Ich erzähle Mum, dass ich bei Glitz wohne. Dass ich in Sicherheit bin. Dass ich nichts Dummes tun werde, was dem Baby schaden könnte.

»Was für ein Tag«, flüstere ich Olly zu, bevor ich ihm von Mum und Pippa erzähle. »Du hast immer gesagt, dass zwischen uns allen zu viel Ungesagtes steht. Nun, jetzt ist alles draußen.«

Immer noch höre ich seine Stimme nicht. Wenn ich nach Winchester zurückkomme, werde ich Jim und Noodle suchen und sie fragen, warum Olly aufgehört hat, mit mir zu reden.

# 30

Warum bleibst du nicht hier wohnen, während ich in Amerika bin?«, schlägt Glitz über einem Frühstück mit Rühreiern vor. »Du kannst die Blumen gießen und Bond versorgen. Verjag ein paar Einbrecher. Ich habe mit Marty gesprochen – sie wäre mehr als glücklich damit. Lad dir doch noch eine Freundin übers Wochenende ein. Sei jetzt nicht so viel alleine. Gönn dir ein bisschen Spaß.«

»Oh mein Gott!« Kitty hüpft von Zimmer zu Zimmer, um auszurufen, dass ihre ganze Wohnung in Glitz' Esszimmer passen würde. Im Wohnzimmer steht ein großer Flügel, und es gibt eine Bar! Sie starrt auf das farbige Stillleben, das von jemandem namens Alberto Morrocco gemalt wurde. Die Küche beheimatet einen Kühlschrank, der in den Ausmaßen locker mit dem von Todd und Pippa mithalten kann, aber wo ihrer mit den ominösen Fruchtspießen vollgestopft war, befindet sich in Glitz' und Martys Kühlschrank himmlisch gutes Essen; geräucherter Lachs, Crème brulée, Quarkkäsekuchen mit Passionsfrucht und belgische Schokolade.

Kitty und ich singen die Titelmelodie von »Wer wird Millionär?«, während wir nach oben gehen. Wir sehen uns Glitz' und Martys Schlafzimmer an. Es ist weiträumig, in sanftem Gelb gestrichen, mit weißen Jalousien. Kitty macht den Kleiderschrank auf und wirft einen Blick hinein. »Hör auf damit!« Ich ziehe sie weg. Aber ich muss dennoch fragen: »Hast du irgendwas Interessantes gesehen?«

»Ich werd verrückt, hier ist ein Zimmer mit einer Tischtennisplatte und anderen Spielen!«, ruft sie aus und nimmt einen Schläger in die Hand.

Ich klatsche in die Hände. »Alles unsers, eine ganze Woche lang!«

Nachdem Kitty und ich uns am selben Abend an der Bar bedient haben (ich trinke ein kleines Glas Champagner, bevor ich widerwillig zu etwas Alkoholfreiem übergehe), überlegen wir, wie wir aus den nächsten sieben Tagen das Meiste herausholen können. Als ich Kitty angerufen und ihr das von Pippa und Mum erzählt habe, war sie gleich bereit gewesen, sich freizunehmen. »Ich weiß, ich muss das nicht«, sagte sie. Die einzige Verpflichtung, die *ich* absagen musste, war meine Arbeit. Ich rief bei Maison Joe an. Joe war nicht da, also hinterließ ich eine Nachricht für ihn bei Edoardo, erklärte, dass etwas dazwischengekommen sei und ich für eine gewisse Zeit wegmusste. Auch Janet rief ich an, um ihr zu erklären, warum ich nicht bei dem nächsten Termin dabei sein würde.

Meine beste Freundin ist in ihrem Element und organisiert: »Ich will unsere Woche ja nicht bis ins Letzte durchplanen, aber ich denke, wir sollten morgen in die Tate Modern gehen, und dann müssen wir einfach irgendwo einen Nachmittagstee trinken, und … oh, ich weiß schon! Ich hab gedacht, lass uns ruhig unser Budget ausschöpfen und uns irgendwo eine Kosmetikbehandlung gönnen oder so etwas.« Kitty greift nach ihrem Champagner. »Das bringt mehr Spaß als jeder andere Urlaub. Eine Woche ungetrübtes Vergnügen, ohne Flughafen und Mietwagen! Wir können Touristen in unserer eigenen Stadt sein.«

»Und kein Wort über zu Hause, über Pippa oder Mum …«

»Einverstanden. Amen dazu.«

Im Lauf der nächsten Woche haken wir alle größeren Galerien ab, bis wir uns so trunken vor Kunst fühlen, dass wir unsere Aufmerksamkeit wichtigeren Themen zuwenden: Verwöhnen und Essen. Wir gehen in einen Teeladen in Bloomsbury, wo wir in rosa und gelben Cupcakes und Scones mit dicker Sahne schwelgen. Wir gönnen uns eine Pediküre in einem angesagten Salon in Notting Hill. Ich entscheide mich für knallrote Fußnägel, Kitty wählt Silber.

Um die Cupcakes und die Sahne wieder abzuarbeiten, machen wir einen langen Spaziergang im Richmond Park und werden vom Regen überrascht. Wir trauen uns ins noble Westfield-Einkaufszentrum (für mich ist es das erste Mal) und kaufen ein, überwiegend für Kitty, da ich inzwischen im sechseinhalbten Monat schwanger bin, aber einem Paar brauner Lederstiefel, die im Sonderangebot sind, kann ich dann doch nicht widerstehen. Am Samstag schlendern wir über den Borough Market und essen Hotdogs mit Unmengen von Röstzwiebeln zu Mittag. Einen Abend bleiben wir zu Hause und essen im Bett Crème brûlée, während wir eine Folge von *Mad Men* nach der anderen gucken. Was mir aber am besten gefällt, ist, durch die Straßen zu gehen und Leute um mich herum zu haben, die ich nicht kenne. Hier muss ich nicht im Supermarkt vor Mums Freundinnen in Deckung gehen. »Mir gefällt's, in London anonym zu sein«, hatte Joe gesagt. Ich bemerke, dass mir der Lärm und die Geschäftigkeit der Großstadt gefehlt haben und auch die Beliebigkeit der Leute, auf die man trifft. In der U-Bahn sitzt uns ein Mann gegenüber, der anfängt, Reggae zu singen: »Hey, ihr schönen Ladys, lange nicht geseh'n. Wollt ihr heut Nacht nicht mit mir geh'n?« Er bricht in glückliches Lachen aus und wünscht uns einen »wunderhübschen Tag«, als wir aussteigen.

»Das hat er für mich gesungen«, sagt Kitty, während wir den Schildern zum Ausgang folgen.

»Nein, ich glaube, er hat mich dabei angesehen«, erlaube ich mir, anderer Meinung zu sein.

Ein Musiker spielt Geige in einer Weinbar in Covent Garden, wo wir umringt von an Cocktails nippenden Paaren sitzen. Einen Abend kommt Sylvie, um mit uns zusammen ins Kino zu gehen. Wir entscheiden uns für die neueste romantische Komödie. »Das ist doch das Leben mit Zuckerguss«, hatte Olly sich immer beschwert. Und doch ist das manchmal genau das, was man braucht.

An unserem letzten Abend treffen wir uns mit Sylvie und Jamie in einem italienischen Restaurant ganz in der Nähe von Glitz' Wohnung. In vielerlei Hinsicht erinnert es mich ans Maison Joe, mit seinen abgeschliffenen Dielen, modernen Gemälden, dem Wein, der in Karaffen serviert wird, und der Jazzmusik, die im Hintergrund spielt. Es ist auch ziemlich voll, Kellner eilen zwischen den Tischen hin und her und balancieren Teller mit Essen auf den Armen.

»Also, wie ist er denn jetzt so?«, fragt Sylvie und meint Joe. Als ich nach Florenz gegangen bin, ist Sylvie in eine andere WG gezogen. Sie hatte Kontakt zu Olly und Jamie gehalten, aber nicht zu Joe.

»Er ist dicker, stimmt's?«, sagt Kitty. »Runder im Gesicht.«

»Was? Fett?« Sylvie hört sich entsetzt an.

»Nein. Nur nicht mehr ganz so kantig«, sage ich.

»Ist er so fett wie Jamie?«

»Ach, hör doch auf«, sagt Jamie mit einem großzügigen Lächeln.

»Er sieht immer noch gut aus«, bemerkt Kitty. »Ich nehme die frittierten Tintenfischringe und dann Spaghetti Carbonara ...«

»Weil du diese Woche noch nicht genug gegessen hast«, schlage ich vor.

»Mit wem ist er denn jetzt zusammen?« Sylvie tunkt etwas knuspriges Brot in Olivenöl.

»Peta. Die Schauspielerin, von der ich dir erzählt habe.«

»Immer noch? Wow, das muss ja schon Rekord sein.«

»Er ist erwachsen geworden, Sylvie!« Ich erkläre, dass er eine lange Beziehung mit einer Australierin hatte.

»Peta ist sehr schön, aber ein bisschen ›schauspielerisch‹«, meint Kitty. »Sie redet eigentlich nur gern über sich selbst.«

»Das kommt daher, dass du nicht aufgehört hast, ihr Fragen über sie zu stellen«, verteidige ich Peta. »Aber ich weiß schon, was du meinst.«

»Joe sah klasse aus, so der Heathcliff-Typ«, fährt Sylvie fort. »Witzig, dass er der einzige Kerl war, an den ich nie rangekommen bin.«

»Irrsinnig witzig«, murmelt Jamie.

»Selbst wenn ich mich nackt auf sein Bett geworfen hätte, wäre er nicht darauf angesprungen.«

»Im Ernst?« Jamie zieht eine Augenbraue hoch.

»Ich bin einfach nicht aus ihm schlau geworden«, seufzt Sylvie und fährt mit dem Finger auf dem Rand ihres Weinglases herum. »Schätze mal, es lag daran, dass er verdammt gut aussah. Trotzdem, ich hätte nie von ihm gedacht, dass er einfach so aus Bristol verschwindet, ohne irgendjemandem Bescheid zu sagen, nicht einmal Olly. Das war schon komisch, sogar für Joe.«

Ich erinnere sie, dass seine Mutter gestorben war. Er war nach Australien gefahren, um seinen Onkel zu besuchen. »Er war einfach durcheinander.«

»Ich weiß, aber warum hat er Olly nicht wenigstens was gesagt?«, fragt sie, weil sie meine Erklärung immer noch nicht akzeptiert.

»Trauer macht komische Sachen mit einem«, erwidere ich.

»Er wollte ja nie Arzt werden«, springt Jamie ihm ebenfalls bei. »Er hatte auch seine netten Seiten, weißt du. Als du nach Florenz gegangen bist, Becca, hat Joe mehr als alle anderen Olly unterstützt. Olly hat sich ein bisschen herumgetrieben, du weißt ja«, fährt Jamie fort, »aber es war ganz klar nie etwas dabei, das auf Dauer gedacht war, weil er dich so sehr geliebt hat. Er hatte schreckliche Angst davor, dass du dich ernsthaft in diesen Koch verlieben könntest. Mann, war ich froh, als Joe ihn da rausgeholt und Olly diesen Flug gebucht hat.«

»Joe hat das gemacht?«

»Jepp. Er hat Olly das Ticket gekauft, ihn sogar zum Flughafen gefahren. ›Hör auf rumzujammern und tu was‹, hat er zu ihm gesagt. Ich dachte, du wüsstest das.«

Ich schüttle den Kopf. Ich hatte ja keine Ahnung gehabt. Ein Kellner kommt dienstbeflissen an unseren Tisch und fragt, ob wir schon gewählt hätten.

Gegen Ende des Essens wird die Stimmung nüchterner. »Was wirst du als Nächstes machen?«, stellt mir Jamie die Frage, die wir die ganze Zeit vermieden haben.

»Nach Hause zurückgehen.« Ich erkläre, dass ich nirgendwo anders hinkann. Ich werde mein Baby dort bekommen. Ich bin in der Frauenklinik in Winchester angemeldet. Ich kann so schnell keine neue Wohnung finden und einziehen, bevor das Baby zur Welt kommt. Es gibt keine andere Möglichkeit. »Ich brauche meine Mum«, gestehe ich.

Alle murmeln zustimmend.

»Nach Weihnachten komme ich dann nach London zurück.«

»Ich wünschte, ich hätte Geld wie Heu«, sagt Jamie. »Dann würde ich dir ein hübsches kleines Häuschen kaufen und dir eine Nanny spendieren.«

»Oh Jamie«, sage ich ganz gerührt. »Ein Koch wäre auch ganz toll.«

»Und ein Chauffeur?«, schlägt er vor.

Ich denke an den seiner Arbeit ergebenen Michel. »Perfekt. Einer, der wie George Clooney aussieht.«

Sylvie bittet um die Rechnung. »Hast du eigentlich Ollys Manuskript jemals an einen Verlag geschickt?«

Ich sage ihr, dass ich das nicht getan habe.

»Du hast doch nichts zu verlieren«, meint Jamie.

Außer eine letzte Absage zu riskieren. Vielleicht hatte Olly recht. Ich hatte das Vertrauen in ihn verloren.

»Was ist mit Pippa?«, spricht Kitty endlich den Namen aus. Während der letzten Woche hatten wir unser Versprechen gehalten, aber Pippa hatte sich doch oft in meine Gedanken geschlichen. Genau wie Oscar und Theo. Ich bin überrascht, wie sehr ich Heimweh habe: mit Dad in seinem Gartenhaus zu reden, Abendessen mit Mum zu kochen, sogar wenn sie sagt: »Oh, so machst du das?«

Ich genieße meine Spaziergänge mit Janet, Woody und Audrey. Ich bin auch überrascht, wie sehr mir das Maison Joe fehlt, und der Mann, dem es gehört.

»Bist du nervös, wenn du daran denkst, sie wieder zu treffen?«, fragt Sylvie.

Ich nicke, aber ich denke dabei immer noch an Joe.

»Wäre ich auch«, fährt Sylvie fort. »Sie ist echt übers Ziel hinausgeschossen. Dieses Mädchen braucht dringend mal einen gigantischen Tritt in den Arsch.«

»Becca?« Kitty stupst mich an. »Irgendwas beschäftigt dich doch. Deine Mum?«

»Es ist Joe.« Es wundert mich, dass ich noch kein Wort von ihm gehört habe.

»Vielleicht hat er viel zu tun«, meint Kitty. »Oder mit seinem Vater ist irgendwas.«

»Du hast recht. Es könnte alles Mögliche sein.«

»Mach dir nichts vor, wir Kerle sind einfach nicht gut darin, nur mal so anzurufen«, schließt Jamie das Thema ab, während wir das Restaurant verlassen.

# 31

Pippa hört ihre Klingel nicht, aber es ist nicht abgeschlossen, also drücke ich die Tür einfach auf. Ich finde sie im Wohnzimmer, der Teppich ist übersät mit Spielzeug, Filzstiften und einem Eisenbahnset. »Ich habe euch doch gesagt, dass ihr nicht hier drin spielen sollt.« Sie sieht aus, als wäre sie am Rande eines Nervenzusammenbruchs. »Seht nur, was für ein Chaos ihr angerichtet habt.«

»Tante Becca!« Theo rast auf mich zu.

»RAUS!«, brüllt sie die Jungs an und schiebt sie aus dem Wohnzimmer. »Ab in die Küche mit euch, und wagt es nicht, euch da wegzurühren, bis ich es euch erlaube.«

Ich berühre sie an der Schulter. »Lass mich helfen«, sage ich, während ich langsam in die Knie gehe, um die Spielzeuge vom Boden aufzuheben.

»Sie haben das Sofa beschmiert.« Sie zeigt auf rote Filzstiftspuren. Immer noch weicht sie meinem Blick aus. »Mein Gott, ich bin fix und fertig.«

»Warum lassen wir's nicht einfach und räumen nachher auf?«, schlage ich vor. »Ich dachte, wir könnten mit ihnen zu dem Indoorspielplatz …«

»Nicht, dass sie sich das verdient hätten.«

»Stimmt, aber zumindest können sie sich dort ein bisschen austoben, während wir einfach nur dasitzen und Kuchen essen.«

»Ein Stück Kuchen ist genau das, was ich jetzt brauche. Ich zieh mich nur schnell um.« Pippa trägt einen grauen Jogginganzug und ein weißes T-Shirt, das mit etwas befleckt ist, das wie Erdbeermarmelade aussieht. »Dann müssen wir reden«, sagt sie nervös und verlässt den Raum.

»Wie war's in London?«, fragt sie mich, während die Zwillinge im Indoor-Spielplatz herumtollen, die Hüpfburgen erklimmen und zusammen mit einem Heer anderer aufgedrehter und kreischender Kinder die verschiedenen Rutschen und Röhren hinuntersausen.

»Mami! Tante Becca!« Oscar winkt uns aufgeregt zu, bevor er sich in ein Bällebad wirft.

Ich nehme einen Schluck Tee; verbrenne mir den Gaumen. »Klasse.« Ich erzähle Pippa von Jamie, Sylvie, Kitty und Glitz' Haus, denke aber die ganze Zeit nur daran, wann wir uns wohl entschuldigen.

»Pippa«, setze ich an, »wegen letzter Woche …«

»Mami!« Theo saust die Rutsche hinunter, springt auf und rennt wieder zur Leiter.

Ihr Gesicht wird rot. »Ich sollte anfangen. Es war falsch, hinter deinem Rücken mit Mum zu sprechen. Es tut mir leid.«

Ich kann sehen, wie viel sie dieses Eingeständnis gekostet hat; ihr schlechtes Gewissen versetzt mich in eine großzügigere Stimmung, als ich erwartet habe. »Du hattest ja recht«, gebe ich klein bei. »Ich muss allmählich Pläne machen. Ich weiß, dass ich nicht für immer bei unseren Eltern bleiben kann. Ich will das auch gar nicht, und ich bin sicher, dass Mum und Dad es auch nicht wollen.«

Pippa nickt.

»Aber es ist schwierig herauszufinden, welches der richtige Weg wäre. Es macht mir schreckliche Angst«, gestehe ich, weil ich möchte, dass sie mich versteht.

Sie starrt vor sich hin. »Ich bin verwöhnt, und ich war immer eifersüchtig auf dich.«

»Eifersüchtig auf mich?« Ich sehe sie verblüfft an.

»Ach, Becca, du denkst wahrscheinlich, ich hätte alles – das Haus, das schicke Auto, den reichen Ehemann –, aber die Wahrheit ist doch, dass Todd immer weg ist, und selbst wenn er da ist, ist er immer so ungeduldig mit den Kindern. Wir haben seit Monaten keinen Sex mehr gehabt. Sorry, war das jetzt zu privat?«, fragt sie, als sie mein Gesicht sieht.

»Schon in Ordnung.«

»An dem Tag, bevor ich mit Mum gesprochen habe, habe ich ihn beschuldigt, eine Affäre zu haben. Sag's ihr aber nicht.«

Ich schnappe nach Luft: »Hat er?«

»Ich hatte schlechte Laune, weil er mir gerade gesagt hatte, dass er schon wieder auf Geschäftsreise geht, und als Mum dann sagte, sie könne nicht mehr so regelmäßig auf die Zwillinge aufpassen, war das der Tropfen, der das Fass zum Überlaufen brachte. Ich will nicht verteidigen, was ich gesagt habe«, setzt sie schnell noch hinzu.

»Zurück zu Todd.« Ich bleibe beharrlich.

»Ich habe ihm vorgeworfen, dass ihm die Arbeit wichtiger ist als die Kinder oder ich. Dann habe ich ihn gefragt, ob es da eine andere Frau gibt. Du hättest sein Gesicht mal sehen sollen, Becca, regelrecht schockiert. Ich glaube nicht, dass er eine hat – es gibt keinerlei Hinweise, keinen Lippenstift auf seinem Hemd. ›Alles, was ich tue, tu ich doch nur für euch, für unsere Familie‹, hat er gesagt. Bla, bla, bla.«

»Bringt ja nichts, wenn du ihn nie siehst.«

»Genau. Er hat eine Beziehung mit seiner British-Airways-Goldkarte, nicht mit mir.« Sie dreht sich um und sucht nach Oscar und Theo.

»Sie sind da drüben«, versichere ich ihr und zeige zur Rutsche.

»Ich glaube nicht, dass er eine Affäre hat – ich bin sicher, dass er keine hat –, aber das ändert nichts an der Tatsache, dass er immer arbeitet und ich alleine bin. Ich habe nicht so viele Freunde wie du. Sogar als wir noch klein waren, warst du immer die Beliebte. Ich hab ja immer nur Tennis gespielt und hatte deswegen kaum Zeit für Freundschaften. Nicht, dass ich mich beschweren wollte, ich habe es geliebt, aber …« Sie wedelt mit der Hand in der Luft. »Wenn ich nicht meine Arbeit im Tennisclub hätte, würde ich durchdrehen. Sie wollen, dass ich noch mehr Trainingsstunden gebe. Todd sagt, wir hätten lieber keine Kinder bekommen sollen, wenn ich keine Lust hätte, mich um sie zu kümmern.«

»Das ist doch lächerlich und altmodisch.«

Sie winkt Oscar zu, der ihr durch das Netz etwas zuruft. »Aber du hattest recht. Weil Todds Familie in Amerika lebt, verlasse ich mich zu sehr auf Mum, und sie hat recht, wenn sie dem jetzt einen Riegel vorschiebt. Wenn dein Kleines kommt, wird sie für dich da sein müsen. Und es tut mir leid wegen Olly.« Sie zuckt hilflos mit den Schultern. »Ich habe keine Entschuldigung. Was du durchmachst, würde ich meinem ärgsten Feind nicht wünschen … aber du kriegst das so gut hin. Du warst immer stark, Becca. Ich war immer bedürftig und hab mich nach Bestätigung und Lob gesehnt. Normalerweise habe ich das von Todd bekommen. Aber jetzt bin ich allein, Becca. Ich bin einsam, wirklich einsam. Nicht so wie du, aber manchmal …« Sie gräbt in ihrer Handtasche nach einem Taschentuch.

Das hatte ich nicht erwartet.

»Ich habe jemanden gefunden, der stundenweise nach den Kindern sehen kann. Sie heißt May. Sie ist sehr freundlich, vielleicht zu sehr, du weißt ja, wie Oscar manchmal sein kann.«

Ich gestehe ihr, was mit den Fruchtspießen passiert war.

Pippa findet es lustig, und zum ersten Mal seit Jahren lachen wir gemeinsam.

»Ich bin ziemlich nervös, weil sie nächste Woche anfängt, und Todd wird sich einfach damit abfinden müssen. Du hast recht. Warum soll ich denn nicht arbeiten.«

»Du sammeln, ich jagen!« Ich trommle mir auf die Brust, und wir müssen beide wieder lachen. »Pippa«, muss ich einfach fragen, »liebst du Todd noch?«

Sie nickt. »Aber wenn unsere Ehe überleben soll, dann muss sich was ändern. Du hast dafür gesorgt, dass ich das erkannt habe.«

»Guck mal, Mami!«, ruft Oscar, bevor er das Klettergerüst erklimmt.

»Sie vergöttern dich«, sage ich.

»Gute Mutter, schlechte Schwester.«

»Ich war nun auch kein Paradebeispiel in dem Fach. Bevor ich nach Hause zurückgekommen bin, hatte ich keine Ahnung, wie hart es ist, Zwillinge großzuziehen. Ich hab dir weder Anerkennung noch Unterstützung in den letzten drei Jahren gegeben. Olly und ich sind ja nach der Geburt der Zwillinge nicht mehr oft zu Besuch gekommen, und jetzt bedaure ich das unendlich. Ich habe wirklich gar nicht darüber nachgedacht, wie wundervoll, aber auch furchterregend es sein muss, gleich zwei von der Sorte auf einmal zu haben.« Ich zeige auf meinen stetig wachsenden Bauch. »Bis vor Kurzem kannte ich Oscar und Theo doch gar nicht richtig. Du bist eine tolle Mutter, Pippa.«

»Abgesehen von dem Filzstift auf dem Sofa.«

»Leg einfach ein Kissen drüber«, schlage ich vor. Ich strecke die Hand aus und ergreife ihre. »Ich genieße es, sie um mich zu haben. Rede mit Todd. Schieb es nicht hinaus. Sag ihm, was du fühlst. Lass nicht zu, dass Ungesagtes oder Missverständnisse zwischen euch kommen.«

Sie nickt. »Das werde ich. Mit ihm reden.«

»Vielleicht ist es an der Zeit, dass wir uns gegenseitig auch unterstützen, anstatt nur in Konkurrenz miteinander zu stehen?«

»Oh ja, das wäre echt nicht schlecht«, sagt sie.

# 32

Ich finde Jim vor der Bäckerei, wo er mit Noodle sitzt, der sich zusammengerollt an ihn kuschelt. Ich wusste, dass sie heute hier sein würden, wusste es einfach. Er hat sich einen Bart stehen lassen und trägt einen alten, abgetragenen Mantel. Er lächelt, als hätte er ebenfalls erwartet, mich zu sehen.

»Ich habe nach Ihnen gesucht«, sage ich.

»Noodle und ich waren mal hier, mal dort, stimmt's, mein Junge? Wir mussten ein paar Orte besuchen und ein paar Leute.«

Ich knie mich hin. »Heute ist Ollys Geburtstag.«

»Ich weiß.«

»Er hat aufgehört, mit mir zu reden. Aber ich brauche ihn jetzt mehr denn je.«

»Warum?«

»Warum?«, wiederhole ich verblüfft. »Mir fehlt seine Stimme, die mir lustige Sachen sagt. Er fehlt mir so sehr.« Tränen steigen mir in die Augen.

»Olly kann nicht für immer bleiben«, sagt er sanft.

»Aber …«

»Bei seiner Beerdigung waren Sie noch nicht bereit, sich von ihm zu verabschieden, oder?«

Ich schüttele den Kopf.

»Und er auch nicht.«

»Ich bin immer noch nicht so weit.«

Ich fürchte, was Jim als Nächstes sagen wird. »Sie müssen darüber hinwegkommen, und Olly muss das auch.«

Ich hole tief Luft. »Darf ich ein bisschen hier neben Ihnen sitzen, nur ganz kurz?«

Er nickt. Ich streichle Noodle. »Danke, Jim«, sage ich schließlich.

»Na ja, ich danke Ihnen für die Sandwiches und den Kaffee.« Er zeigt auf das Essen, das ich ihm mitgebracht habe. »Ich bin froh, dass ich hergekommen bin. Er hat immer gesagt, Sie wären ein Top-Mädchen.«

»Wiedersehen.« Ich gebe ihm einen Kuss auf die Wange. »Mach's gut, Noodle.«

Es ist die letzte Stunde des Weinseminars. Joe hält eine Weinkarte vor der Klasse hoch. Ich habe sie früher abgetippt und ausgedruckt. »Also, Sie wollen Ihr heißes Date beeindrucken.«

Scott und Monica sitzen hinten in der Klasse. Ich wette, sie halten Händchen unterm Tisch. Es gibt keinen Zweifel, dass sie zusammen sind. Und was den Rest der Klasse angeht …

»Ich bin zu alt für Dates, ganz zu schweigen von heißen«, gackert Janet.

»Ich war noch nie auf einem Date«, sagt Adam, der heute ein braunes Hemd und einen pflaumenfarbenen Cardigan dazu trägt.

»Mein Mann ist nicht romantisch«, ruft Felicity, die neben ihrer Freundin Diana sitzt.

Joe wirft einen Blick auf Henry, dessen Haare mal wieder in alle Richtungen abstehen, und korrigiert sich. »Okay, Sie sind nicht auf einem heißen Date, sondern gehen mit Freunden essen und wollen, dass der Abend die Wucht wird. Dies ist Ihre Chance, die Aufmerksamkeit des Sommeliers zu wecken, und wenn er irgendetwas taugt, wird er mit Ihnen interagieren. Also, Sie lesen Chablis *Premier Cru*, Fourchaume, J.C. Bessin – was denken Sie da?«

»Chardonnay«, ruft Henry.

»Gut. Und Chablis? Na los. Wo ist Chablis?«

»Burgund«, sagt Scott.

»Nord«, setzt Joe hinzu. »Könnten Sie den Chablis zusammen mit geräuchertem Schellfisch bestellen?«

»Ja«, rufen sie.

»Er ist buttrig mit viel Säure«, sagt Henry nach einem Blick auf seine Notizen.

»Ausgezeichnet. Können Sie alle verstehen, dass Sie, noch bevor der Wein auch nur vor Ihnen steht, bereits anfangen, ihn zu schmecken? Pinot Noir?«

»Eine Diva«, ruft Janet.

»Das stimmt«, sagt Joe. »Pinot Noir ist ohne Zweifel die Diva der Trauben, weil er temperamentvoll und eigensinnig ist und ständig Aufmerksamkeit benötigt. Er wächst nicht einfach überall …«

»Wenn dem Wein zu kalt ist, kriegt er eine Erkältung«, sagt Adam, »und wenn es zu heiß ist, wird die Traube zu Marmelade«, schließt er.

»Ich glaube nicht, dass ich Ihnen noch irgendetwas beizubringen brauche«, schließt Joe, knüllt die Karte zusammen und wirft sie in den Papierkorb.

»Bist du sicher, dass alles in Ordnung ist?«, fragt Joe noch einmal und hilft mir, die Glasscherben vom Boden aufzulesen. Dies ist das zweite Glas, das ich heute Abend fallen gelassen habe. Er drängt mich, mich hinzusetzen. »Was ist denn los?«

»Es ist Ollys Geburtstag.«

Als wir wieder in seiner Wohnung sind, steht Joe in der Küche und kocht uns eine Tasse Tee, während ich an letztes Jahr um diese Zeit zurückdenke. Olly und ich hatten darüber geredet, uns ein Zimmer in einem richtig schicken Hotel in London zu buchen. Wir hatten die Website angesehen und vom Zimmerservice im Bett geträumt und uns gesagt, dass wir zehn Jahre zuvor wahrscheinlich niemals zuerst ans Essen und dann erst an Sex gedacht hätten. Dann redeten wir über die Kosten und beschlossen, das Geld lieber zu unseren Ersparnissen für unser Haus zu packen.

»Ich bin erst einunddreißig«, hatte Olly gesagt. »Ist ja keine große Sache. Wenn ich fünfunddreißig bin, können wir eine große Party schmeißen. Oder wir fliegen nach Amerika, falls wir genug gespart haben.« Wir hatten immer schon einen Sechs-Wochen-Trip in die Staaten machen wollen. Wir liebten die Vorstellung, bei der Gelegenheit nach Mexiko zu reisen. Warum sind wir nicht einfach gefahren? Haben unsere Kohle verbraucht und es einfach getan? Das Leben gelebt, anstatt für später zu sparen?

Joes Telefon klingelt. »Sorry, Peta. Ich wollte dich noch anrufen. Es war ein langer Tag«, höre ich ihn sagen.

Ich stehe auf, um mich zu recken, und stoße mit dem Fuß gegen den Couchtisch. »Mist! Aua ...« Ich hüpfe von einem Fuß auf den anderen.

»Das war Becca. Sie ist hier.«

Es entsteht eine Pause.

»Liebling, du musst dir wirklich keine Gedanken machen«, sagt er in diesem ruhigen, kontrollierten Tonfall. »Es ist Ollys Geburtstag, und verständlicherweise geht es ihr nicht gut.«

Joe reicht mir meinen Becher Tee. »Ich hoffe, ich habe nicht gestört«, sage ich. Ich überlege, ob wir zu viel Zeit miteinander verbringen.

»Ist schon in Ordnung. Ich hab's ihr erklärt«, sagt er abschließend, möchte eindeutig das Thema beenden.

»Ich möchte nicht, dass Peta denkt …«

»Becca, Olly war auch mein Freund«, sagt er. »Ich möchte gern heute Abend mit dir zusammen sein. Mich mit dir zusammen an ihn erinnern.«

»›Sei nicht traurig, dass er fort ist, sondern feiere, dass er gelebt hat.‹ Das ist die Botschaft in den meisten Karten und Briefen, die die Leute mir geschickt haben«, sage ich, als ich mich an einem Ende des Sofas zusammengerollt habe. »Das kann man gut über jemanden sagen, der alt gewesen ist, aber nicht über Olly. Natürlich bin ich traurig.«

Er fragt mich nach meiner Zeit in London. Musste ich weg hier, weil Ollys Geburtstag nahte? »Der erste Gedenktag meiner Mutter war sehr schwierig für mich«, sagt Joe. »Ohne Onkel Tom hätte ich das nicht durchgestanden.«

Und dann erzähle ich ihm von dem Streit mit Pippa und Mum. Joe sagt kein Wort, drückt nicht einmal Entsetzen aus. Früher dachte ich immer, er langweile sich oder es sei ihm egal, aber jetzt sehe ich das anders. Er hört zu, und er fühlt mit, sehr sogar.

Ich erzähle ihm auch, dass Olly seinen Job hingeworfen hatte. Alles purzelt aus meinem Mund. Als Joe jedoch sagt, Olly hätte mir davon erzählen müssen, unterbreche ich ihn: »Na und? Er hat gekündigt. Es war nur ein Job.« In Wahrheit hatte Olly nämlich recht, das ist mir inzwischen klar geworden. In London kommt man sich vor wie in einem Hamsterrad. Jeder will immer mehr, mich eingeschlossen. Ein größeres Haus, ein schnelleres Auto, mehr Geld, die neuesten Gadgets. Mehr, mehr, mehr. »Wenn wir nur darüber geredet hätten, wir hätten bestimmt eine Lösung gefunden«, sage ich. »Wir waren ein Team. Darum geht's doch, Joe. Jetzt gehöre ich zu keinem Team mehr.« Ich vertraue ihm an, dass ich Ollys Stimme nicht mehr höre. »Ich weiß, dass er mir sagen möchte, das Leben geht weiter. Ich wünschte nur, ich wüsste, wie.«

»Als meine Mutter gestorben ist, war ich verloren. Wenn Onkel Tom nicht gewesen wäre, wäre ich wahrscheinlich in Bristol geblieben und hätte weiterstudiert und wäre Arzt geworden … ein ziemlich schlechter, ohne Zweifel«, setzt er hinzu. »Das Beste an den ganzen Ratschlägen, die Onkel Tom mir gegeben hat, war, dass man, um glücklich sein zu können, sich selbst finden muss.«

»Sich selbst finden?«

Joe hört meinen Zynismus heraus. »Ich habe ihm gesagt, dass es aus seinem Mund so leicht klingt, als müsste man nur zum Fundbüro gehen, sich selbst abholen und mit nach Hause nehmen, aber was er meinte, war, dass man sein Leben nicht nach den Wünschen und Erwartungen anderer ausrichten soll. Es geht darum, etwas zu finden, das einen selbst wirklich glücklich macht.«

Ich drehe an meinem Ehering.

»Was willst du denn, Rebecca?«

Ich starre zur Decke hinauf. »Das ist ja das Problem. Ich weiß es nicht mehr.«

Ich sehe Joe zu, wie er eine Kerze anzündet und sie auf den gläsernen Couchtisch stellt. »Das mache ich jedes Jahr zu Mums Geburtstag. Hier, nimm eine.« Er gibt mir ein Teelicht mit einer Schachtel Streichhölzer. Ich zünde die kleine weiße Kerze an und stelle sie neben Joes.

»Ich denke über den Himmel nach«, sage ich nachdenklich. »Ob es ihn wohl gibt. Du auch?«

»Manchmal. Mehr, seitdem meine Mutter gestorben ist«, gibt er zu. »Ich hoffe, sie ist von Blumen umgeben. Ihr Lieblingsplatz war Kew Gardens.«

Ich nehme meinen Platz auf dem Sofa wieder ein. »Olly

und ich haben immer dieses Spiel gespielt. Wenn du nicht du wärst, wer wärst du dann gerne? Nach Chopin oder Bob Dylan hat er Gauguin gesagt.«

Joe lacht leise. »Ich frage mich, warum.«

»Vielleicht liegt Olly jetzt mit einer exotischen Frau an einem Strand.«

»Das glaube ich nicht.«

»Wo ist er denn, was meinst du?«

Er zuckt die Schultern. »Tahiti ist ja schön und gut – ich hätte nichts dagegen, selbst dorthin zu gehen –, aber ich würde schätzen ...« Joe hält inne und sieht mich an.

»Was?«

»Er ist bei dir.«

Mein Kopf trifft auf das Kissen. Als er meine Schuhe abstreift, spüre ich, wie die Last der Welt von meinen Schultern fällt. Er setzt sich auf die Bettkante und streicht mir übers Haar. Ich mag das. Berührt zu werden. Dann schaltet er die Nachttischlampe aus, und ich höre ihn weggehen und leise die Tür schließen.

# 33

Es klopft. Ich denke, das Klopfen stammt aus meinem Traum, aber dann wird es immer lauter, und bald bin ich wach und höre, wie Gegenstände auf etwas herumrutschen, das ein Tablett sein könnte. »Herein.« Verwirrt taste ich nach dem Lichtschalter am Nachttisch.

Joe kommt herein, mit Frühstück bewaffnet. »Zimmerservice«, verkündet er mit französischem Akzent. »*Le café et les croissants*. Und ich dachte, dir könnte diese ziemlich lecker aussehende«, er hebt das Glas hoch und liest das Etikett, »Bonne-Maman-Aprikosenmarmelade schmecken, die mein Vater so gern mag.« Ich setze mich auf. »Hier«, sagt er, nimmt ein Kissen und stopft es mir in den Rücken. Seine Fürsorge bringt mich auf den Gedanken, dass er ein toller Arzt geworden wäre. »Hast du gut geschlafen?« Er stellt das Tablett auf die leere Seite des Bettes und sagt lachend, dass er es inzwischen auch beinahe auf meinem Bauch abstellen könnte.

Zu meiner Überraschung habe ich gut geschlafen.

»Brauchst du sonst noch was?«

»Dass Sie, Monsieur, sich hier hinsetzen.« Ich klopfe auf das Bett und nehme mir ein warmes Croissant. »Iss eins mit mir.«

Er nimmt zwei. »Hast du nicht gesagt, du müsstest für zwei essen?«

»Was hast du heute vor?«, fragt Joe mich während des Frühstücks und legt sich auf die andere Seite des Bettes.

»Vielleicht sehe ich mal, ob Mum Zeit hat, mit mir shoppen zu gehen.« Pippas altes Schlafzimmer sieht inzwischen aus wie die Babyabteilung eines Kaufhauses, aber ich muss immer noch einen Kinderwagen kaufen. »Oh mein Gott«, sage ich mitten im Kauen. »Sie macht sich bestimmt tausend Sorgen! Sie denkt wahrscheinlich, dass ich in den Graben gefahren bin oder …«

»Beruhige dich, ich habe mit ihr gesprochen. Gestern Abend, als du eingeschlafen warst, hat sie auf deinem Handy angerufen. Ich habe ihr gesagt, dass du hier bist.«

Erleichtert danke ich ihm.

»Becca?«

»Was?«

»Du hast da …« Er zeigt auf meinen Mundwinkel, sieht aus, als wolle er mein Gesicht berühren, doch bevor er es kann, wische ich schnell den kleinen Klecks Aprikosenmarmelade ab.

»Musst du heute nicht zur Arbeit?«, frage ich.

Er schüttelt den Kopf. »Ich kümmere mich um meinen Vater. Während du in London warst, ist er schlimm gestürzt.«

»Oh nein, was ist denn passiert?«

»Er ist aus dem Bett gefallen. Mavis hat ihn gefunden. Jetzt ist er schon wieder aus dem Krankenhaus, aber sie hat heute etwas zu erledigen.«

»Warum hast du denn nichts gesagt? Du hättest mich doch anrufen können.«

»Du warst weg, Becca. Na ja, und es ist ja noch mal gut gegangen. Nur ein paar blaue Flecken.«

»Ich wünschte, du hättest mich angerufen.«

»Ich wollte ja, ich habe auch, aber …« Er fährt sich mit der Hand durchs Haar. »Edoardo hat gesagt, du hättest dich besorgt angehört. Dir von den Dramen zu erzählen, die sich hier unten abgespielt haben, war das Letzte, was ich gewollt hätte.«

»Wir sind Freunde«, erkläre ich ihm. »Nächstes Mal rufst du mich an, versprochen?«

Er nickt.

Ich stelle meinen Kaffeebecher auf den Nachttisch. »Richtig. Ich sollte jetzt lieber gehen. Vielen, vielen Dank für gestern Abend, für …«

»Warte mal.«

»Was?«

»Warum verbringst du nicht den Tag mit mir? Lernst meinen Vater kennen?«

»Ihn kennenlernen?«, wiederhole ich dümmlich.

»Warum nicht? Er ist ein bisschen eigen, aber wenn du Lust auf eine Herausforderung hast …«

# 34

Als Joe mich seinem Vater vorstellt, versuche ich, mein Erschrecken zu verbergen. Es ist nicht der Anblick der tiefen Wunde auf der Stirn oder sein blasses Gesicht, das mich verwundert. Es ist sein Gewicht. Sein Pullover hängt lose an ihm herunter, seine Hosen beulen sich an den Knien.

Francis sitzt in einem Stuhl mit hoher Lehne.

»Den ganzen Morgen schon will er zum Lobster Pot, wo immer das ist«, sagt Mavis gerade. »Also, Joe, im Kühlschrank ist Lasagne, und ich habe das Bett frisch bezogen, alles bestens.« Adams Mutter ist eine vollbusige, breit gebaute Frau in den Sechzigern, und ich merke gleich, dass sie ein zupackender Mensch ist. Ich mag sie vom ersten Augenblick an, und ich verstehe, warum Joe den Boden küsst, auf dem sie wandelt. »Mavis, das ist Rebecca.«

»*Die* Rebecca?«, fragt sie strahlend. Sie berührt meinen Arm mit einer pummeligen Hand voller Sommersprossen. »Adam hat mir alles über Sie erzählt. Er findet Sie so hübsch wie eine Prinzessin, was Sie ja auch sind.«

»Er findet, ihr Haar sieht aus wie das von Julia Roberts«, ergänzt Joe.

Ich spüre, wie ich rot werde. »Ich werde noch übermütig, wenn ihr so weitermacht. Macht weiter«, lache ich.

»Das Weinseminar war ihm unheimlich wichtig, Joe«, erzählt Mavis.

»Adam ist der Beste von allen«, sage ich.

»Er hat Talent und lernt sehr schnell«, fährt Joe fort.

»Er ist auch ein sehr guter Koch.« In ihrer Stimme schwingt Stolz mit. »War er schon immer, der Junge.«

»Entschuldigt mich, aber ich bin auch noch hier«, erinnert uns Joes Vater.

Sie und Joe stellen sich jeder auf eine Seite des alten Mannes und fordern ihn auf, auf seinem Stuhl nach vorn zu rutschen, bevor sie ihm aufhelfen und ihn zu seinem Rollstuhl führen. Die beiden sind ein eingespieltes Team. Auch wenn Joes Vater schlank und gebrechlich aussieht, sehe ich, wie schwer er zu bewegen ist. »Gut gemacht, Mr Lawson!« Mavis applaudiert. Auf dem Weg hierher hat Joe mir erzählt, dass Mavis sich weigert, seinen Vater beim Vornamen zu nennen. »Sie ist etwas altmodisch«, hat er gesagt.

»Es ist nicht sonderlich warm heute, aber immerhin regnet es nicht«, kommentiert Mavis fröhlich, während sie und Joe dem alten Mann in den Mantel helfen. Dann legt sie eine Decke über seine Knie. »Mr Lawson, bitte halten Sie still.«

Sie sieht mich an, fragt, wann das Baby kommt.

»Kurz nach Weihnachten. Noch zehn Wochen.« Ich erzähle ihr, dass bald der Geburtsvorbereitungskurs beginnt, in ungefähr zehn Tagen.

»Gehen wir jetzt zum Lobster Pot?«, fragt Francis und mustert mich.

»Dad, der Lobster Pot ist in London. Früher ist er oft mit Mum und mir dorthin gegangen«, erklärt er. »Ein hübsches französisches Bistro.«

»Warum können wir jetzt nicht hingehen?«, fragt er und müht sich, um aus seinem Rollstuhl zu kommen. »Wer hat meinen Schal genommen!«

Mavis legt eine starke Hand auf seinen Arm, drückt ihn zurück in den Rollstuhl und sagt ihm, er solle ganz ruhig sein, sein Schal sei direkt vor seiner Nase. Niemand habe ihn genommen.

»Oh.« Er starrt mich an. »Wer ist das, Joe? Ist das deine Frau?«

»Nein, Dad.«

»Ich bin eine Freundin«, sage ich und fühle mich unwohl dabei.

»Dad, das ist Rebecca, eine Freundin von der Uni«, sagt er.

Die wässrigen grauen Augen des alten Mannes verweilen eine Weile auf meinen.

»Gut. Sind wir so weit?« Mavis löst die Bremsen. »Also Joe, vergiss das Quiz dieses Wochenende nicht, ja?« Sie erklärt Mr Lawson, dass im Black Dog ein Wohltätigkeitsabend stattfinde, bei dem Spenden für Parkinsonkranke gesammelt werden, »und Ihr Sohn war so freundlich, ein Team anzumelden. Ist das nicht toll!«

»Rebecca ist auch dabei«, erinnert mich Joe.

»Wunderbar. Adam wird sich freuen wie ein Schneekönig.«

Der alte Mann haut mit beiden Händen auf die Armlehnen des Rollstuhls. »Machen wir uns jetzt endlich auf den Weg zum Lobster Pot?«

Joe überlegt, ob er es noch einmal erklären soll. »Wart's einfach ab«, antwortet er, als wäre ihm gerade eine bessere Idee gekommen.

Joe schiebt seinen Vater im Rollstuhl die College Street entlang, am Wells Bookshop vorbei. Wir bleiben einen Augenblick stehen und beobachten ein Paar, das sich vor der Tür eines schmalen georgianischen Stadthauses fotografieren lässt. Es sieht jetzt aus wie ein Geisterhaus, nur Dunkelheit hinter den Fenstern. Ich lese das Schild: »In diesem Haus verlebte Jane Austen ihre letzten Tage und starb am 18. Juli 1817.«

»Einundvierzig Jahre alt«, sagt Francis und überrascht mich damit, »und in der Winchester Cathedral begraben, ohne irgendeinen Hinweis darauf, dass sie eine Schriftstellerin war«, kichert er. Wir gehen weiter, bis der alte Mann uns befiehlt, stehen zu bleiben. »Wunderschön«, sagt er, während er zu einer fein geschnitzten Statue der Jungfrau Maria emporblickt. Sie ist anmutig, heiter. Ich bin beschämt und traue mich nicht, ihm zu sagen, dass ich schon so oft an diesem Gebäude vorübergegangen bin, ohne sie auch nur ein einziges Mal bemerkt zu haben.

»Irgendwie ist sie nicht zerschlagen worden«, überlegt Joe. »War das nicht so, Dad, dass viele der mittelalterlichen Kunstwerke Winchesters von Cromwells Truppen zerschlagen wurden? Das Westfenster der Kathedrale wurde zerbrochen, all die Statuen im großen Lettner wurden zerstört.«

»Ich hoffe, Cromwell liegt irgendwo da unten«, sage ich und zeige auf den Boden, »und nicht da oben.« Ich zeige in den klaren blauen Himmel.

»Gehen wir jetzt zum Lobster Pot?«

Joe parkt den Rollstuhl vor der Portiersloge und fragt den Pedell, ob sein Vater den Chamber Court noch einmal besuchen und uns im Winchester College herumführen dürfe. »Er lebt in der Vergangenheit«, flüstert Joe dem grauhaarigen Mann zu. »Ich denke, es würde ihm Freude machen, die Stätten seiner Jugend wiederzusehen.«

»Erzähl Rebecca von deiner Zeit hier«, schlägt Joe vor, als wir über den Kopfsteinpflasterweg an den alten Gebäuden vorbeigehen, in denen die Lehrer und die Internatsleitung wohnen.

»Wer ist denn Rebecca?«

Joe sieht mich hilflos an. »Ich!«, sage ich mit einem fröhlichen Lächeln. »Ich bin Joes Freundin!« Als mir klar wird, dass ich im selben Ton spreche wie mit Oscar und Theo, befehle ich mir selbst, sofort damit aufzuhören.

Wir stehen im Chamber Court, einem großen Platz, um den herum sich die Unterkünfte der Schüler befinden. »Hier habe ich gewohnt, in Haus sechs«, sagt Francis, als Joe und ich durch ein schmales, spinnwebverhangenes Fenster in einen dunklen, muffigen Raum lugen. »Zu meiner Zeit waren hier vierhundertundsiebzig Jungen untergebracht. Zehn Häuser mit je siebenundvierzig Stipendiaten. Meine Eltern haben hundertundfünf Pfund im Jahr bezahlt, damit ich hier sein durfte.«

Jetzt wird mir klar, unter welchem Druck Joe gestanden haben muss, hier auch Stipendiat zu werden und erfolgreich zu sein.

»Und dabei kann er sich nicht erinnern, was er heute Morgen zum Frühstück hatte«, sagt Joe zu mir, aber ich merke, dass er sich darüber freut, wie gut das hier läuft.

»Im Chamber Court wurde jeder wichtige Gast empfangen«, fährt Joe fort. »Mein Vater musste zur Zeremonie Spalier stehen.«

»Einmal kam George VI.«, erinnert sich Francis.

Jetzt liegt die Kapelle des Colleges vor uns. »Die Außenseite ist gestrichen worden, oder, Dad?«

»Gefällt mir nicht.«

»Die Farbe passt nicht«, stimme ich zu. »Sieht aus wie ein Wensleydale-Käse.«

»Becca ist Künstlerin«, teilt Joe seinem Vater mit.

Francis schwingt seinen Rollstuhl herum und starrt mich aus seinen wachen grauen Augen an. »Wer sind *Sie* denn?«

Joe und ich müssen lachen. Wir können nicht anders.

Nach dem Lunch im Wykeham Arms schlendern wir noch durch die Water Meadows, die berühmten Flussauen. Das ist etwas Besonderes an Winchester, das ich nicht zu schätzen wusste, als ich hier aufwuchs. Die Water Meadows gehören zum nationalen Kulturerbe. Man kann hier angeln, rudern, Vögel beobachten (wenn man's mag). Und auf der anderen Seite hat man die Kathedrale, die Cafés, Weinbars, Kunstgalerien, Boutiquen und die allgemeine Geschäftigkeit des Stadtzentrums.

Schwierig wird es, als wir an ein kleines weißes Törchen in der Nähe der St. Cross Church kommen. Oscars und Theos Schwinggatter. Wie sollen wir da durchkommen? Es ist zu schmal für den Rollstuhl.

Joe ergreift die Initiative, hebt seinen gebrechlichen Vater auf die Arme, als dankenswerterweise ein paar Spaziergänger Erbarmen mit uns haben, den Rollstuhl nehmen und für uns über das Törchen heben.

Als wir zum Haus zurückkehren, sehe ich zu, wie Joe es seinem Vater wieder im Wohnzimmer bequem macht. Dies ist wahrscheinlich das am denkbar schlechtesten geeignete Haus für ihn, denn es hat einfach zu viele Stockwerke. Es gibt Treppenstufen, die nach unten in die Küche führen, noch mehr Stufen hinauf ins Wohnzimmer. Glücklicherweise gibt es einen Treppenlift ins Schlafzimmer.

Francis' Wangen haben jetzt Farbe bekommen, seine Augen glänzen, und er redet immer noch über seine alte Schule.

»Winchester College hat Wissenschaftler, Anwälte, Ärzte und Politiker hervorgebracht – meistens Labour«, erklärt er nachdenklich. »Der wahrscheinlich berühmteste Soldat war Wavell.«

Joe kniet sich vor seinen Vater hin. »Na, Dad, hättest du jetzt Lust auf eine Tasse Tee? Oder vielleicht was Stärkeres? Einen Brandy? Sherry?« Ich sehe, wie Joe seinen Vater anlächelt, und eine Welle der Zuneigung für ihn überkommt mich.

»Wer war noch gleich der Berühmteste? Anthony Trollope, der Schriftsteller, der ging auch aufs Winchester. Allerdings gibt's nicht viele Geschäftsleute.«

»Warten Sie mal«, mische ich mich ein. »Vergessen Sie nicht, dass auch ein großartiger Weinkenner daraus hervorging.«

Joe steht auf und sagt, dass er Wasser aufsetze.

»Joe!«, ruft Francis seinem Sohn hinterher.

»Und ich glaube, Mavis hat einen Kuchen gebacken.«

»Du bist ein guter Mann. Ich bin stolz auf dich.«

»Oh Dad«, sagt Joe und bleibt in der Tür stehen wie ein verlegener Schuljunge.

»Ich bin stolz auf ihn, Rebecca.«

Als Francis vor dem Fernseher einschläft, gehen Joe und ich aus dem Zimmer und setzen uns in die Küche.

Ich sage ihm, was für eine gute Idee es war, ihn in seiner alten Schule herumzuführen. Ich habe die Geschichten seines Vaters genossen – wie den Schülern damals Snoek, eine Art Hechtmakrele, und Omelette aus Eipulver zum Essen vorgesetzt wurden oder wie sie bei einem Fußballspiel fürchterlich untergingen. Francis hatte sich vor Lachen ausgeschüttet, als er sich daran erinnerte, wie er einmal in einem Spiel gegen Southampton innerhalb von zwanzig Minuten acht Tore kassiert hatte.

Joe lächelt traurig. »Morgen wird er den Ausflug vergessen haben.«

»Ja, aber heute hat er ihm Freude gemacht.«

»Bald werde ich über ein Pflegeheim nachdenken müssen«, gesteht Joe. »Ich hasse den Gedanken, aber ich weiß nicht, wie lange wir noch allein zurechtkommen können, hier in diesem Haus.« Er räumt die Teller und Tassen ab.

»Ich finde es beeindruckend, wie du dich um ihn kümmerst.«

»Er ist mein Vater«, sagt er schlicht. »Was sollte ich sonst tun? Ihn in einem Heim verrotten lassen?«

Ich denke an das, was Peta gesagt hat. »Nein, natürlich nicht. So meinte ich das nicht.«

»Ohne meinen Vater hätte ich Maison Joe nicht.«

»Ich finde trotzdem, es ist …«

Er fällt mir ins Wort. »Ich hab ja Unterstützung. Eine Menge Unterstützung.«

Ich stelle meinen Becher ab. »Warum kannst du eigentlich kein Kompliment annehmen?«

»Es wird toll sein, bei diesem Quiz Jamie wiederzusehen. Peta kommt auch runter. Hab ich dir erzählt, dass die Dreharbeiten zu der Serie, für die sie gearbeitet hat, unterbrochen worden sind, weil der Hauptdarsteller Mandelentzündung hat …«

»Halt den Mund, Joe! Manchmal wünschte ich, du würdest …«

»Was?«

»Mich mal einen Satz beenden lassen.«

Endlich sieht er mir in die Augen und lächelt. »Der große Weinkenner.«

»Na ja, bist du doch.«

»Danke, dass du das gesagt hast.«

»Er ist stolz auf dich. Das weißt du doch, oder?«

»Das war das erste Mal, dass er mir das gesagt hat.« Er holt tief Luft. »Mein Vater und ich, wir sind uns da ziemlich ähnlich, es fällt uns schwer, unsere Gefühle zu zeigen.« Er sieht mich an, und für einen kurzen Augenblick denke ich an uns beide vor all den Jahren in Bristol. Ich habe vor Augen, wie er mir die Hand auf den Mund legt und sagt: »Du weißt, dass ich etwas für dich empfinde, du weißt, dass du mir nicht egal bist, Rebecca.« Ich sehe uns zwei in meinem Schlafzimmer und erinnere mich an seine Berührung auf meiner Haut.

# 35

Im Black Dog findet heute Abend das Quiz zugunsten der Parkinsonhilfe statt. Mavis' Bruder leidet darunter. Es ist ein gemütlicher Pub mit einem offenen Kaminfeuer und farbenfrohen Kelims. Kitty, Annie, Peta und ich schnappen uns einen der Ecktische, während Joe und Jamie am Tresen stehen und Getränke bestellen. Peta fragt mich in mitfühlendem Ton, wie es mir geht. Seit der Party in Joes Wohnung habe ich sie nicht mehr gesehen. »Ich weiß, du warst traurig wegen Ollys Geburtstag«, fährt sie fort.

»Wer ist denn das?«, fragt Kitty, als sie jemanden bemerkt, der mir zuwinkt. »Noch einer von deinen flotten Senioren-Freunden?« Wir hatten vorhin Janet zum Tee besucht.

Ich lächele. »Das ist Mavis. Sie pflegt Joes Vater.«

»Und dieser Mensch da?«, fragt Peta, als Adam mir seinen hochgereckten Daumen hinstreckt. Er trägt ein Käppie und eine braune Lederjacke.

»Adam, Mavis' Sohn.«

»Was für ein komischer Typ.«

Ich möchte etwas sagen, doch Mavis kommt zu uns herüber, in Wollrock und Rüschenbluse. Sie legt ihre Hand auf meine. »Mr Lawson mochte Sie, Rebecca. Ich habe gemerkt, dass er eine wunderschöne Zeit mit Ihnen und Joe verbracht hat.«

»Du hast seinen Vater getroffen?«, fragt Peta, kaum dass Mavis zu ihrem Tisch zurückgeeilt ist, um sich zu ihrem Team zu gesellen.

»Ja neulich, es war ziemlich spontan.«

»Was dachtest du? Ich konnte seinen Zustand kaum fassen. Als wir ihn nach dem Mittagessen rausgerollt haben«, sagt Peta, als sei Francis ein Sack Kartoffeln, »ist er sofort eingeschlafen.«

»Er ist alt, Peta, und nicht gesund«, sage ich leise, damit Joe auf keinen Fall mithören kann.

»Ich komme mit Krankheit nicht zurecht. In guten wie in schlechten Tagen, in Gesundheit wie in Krankheit? Von wegen, da pack ich lieber schnell die Koffer!« Sie lacht, und ich finde, dass man ihr zumindest ihre Ehrlichkeit hoch anrechnen muss, wenn auch sonst nichts.

Joe und Jamie kommen mit den Getränken zu unserem Tisch.

»Becca hat gerade erzählt, dass sie deinen Vater getroffen hat«, sagt Peta, als Joe ihr ein Glas Wein reicht. »Wie geht es ihm, Liebling?«, fragt sie.

»Nicht besonders gut im Moment.«

»Ich mache mir Sorgen, Becca, so ein liebenswerter Mann. Aber ehrlich, Joe, du solltest über ein Pflegeheim nachdenken«, sagt sie und streichelt ihm über den Rücken. Ich bin völlig baff, wie sehr sie sich wandeln kann. Wer weiß, was sie hinter meinem Rücken über mich sagt.

»Lasst uns jetzt nicht darüber reden«, antwortet Joe, als das Essen aufgetragen wird. »Das ist mein freier Abend.«

Nach Lasagne und einem Riesenstück Käsekuchen, den Peta nicht einmal angerührt hat, wird die Stimmung angeheizt durch Jackie, Ende fünfzig, die jedem Team die Zettel mit den Fragen aushändigt.

Über Mikrofon dankt sie uns dafür, dass wir heute Abend gekommen sind, und berichtet uns, dass der Black Dog bis jetzt schon über dreihundert Pfund für den guten Zweck eingenommen habe. Alle applaudieren, ganz besonders Adam, der mir wieder quer durch den Raum enthusiastisch zuwinkt. »Sie haben jetzt dreißig Minuten Zeit, und bitte achten Sie darauf, den Namen Ihres Teams oben zu notieren.«

Joe hat die Aufgabe, unsere Antworten aufzuschreiben.

In der ersten Kategorie geht es um Allgemeinwissen. Hier bräuchte ich meinen Vater.

Spanischer Ministerpräsident von 2004 bis 2011?

»Genau«, sage ich, als Jamie »José Luis Rodríguez Zapatero« flüstert.

»Schreib das bloß richtig!«, quietscht Kitty. »Wir kriegen Strafpunkte, wenn das falsch ist!«

»Mein Gott, sie hat sich echt überhaupt nicht verändert, oder?«, meint Annie und verdreht die Augen.

Als es zum Thema Soap-Operas und Skandale kommt, habe ich einen Lauf. Joe sagt, ich solle mich was schämen. »Ich habe monatelang zu Hause rumgesessen«, erinnere ich ihn. »Ist doch toll zu wissen, dass die Zeit nicht ganz vergeudet war!«

Joe ist in der Alkoholika-Kategorie in seinem Element.

»Federer hat vier Mal Wimbledon gewonnen«, sage ich, sicher, dass Dad mir von Federers Rekord erzählt hat, als wir letzten Sommer Tennis geguckt haben. »Oder war es fünf Mal?«

»Ist das deine endgültige Antwort?«, fragt Joe.

»Oder möchtest du einen Freund anrufen?«

»Schreib vier«, sage ich und bringe damit Peta dazu, auf ihrem Stuhl hin und her zu rutschen.

»Federer? Das war sechs Mal«, übertrumpft sie mich. »Keith ist ein absolutes Tennis-Ass. Sie irrt sich.«

»Wer ist Keith?«, fragt Annie.

»Mein Vater.«

»Meine Schwester ist auch ein Tennis-Ass«, sage ich, wobei ich eigentlich nicht so schnippisch klingen wollte.

»Warum nehmen wir nicht den Kompromiss?«, schlägt Jamie vor. »Alles auf die Fünf.«

Peta widerspricht heftig. Sie würde ihn in der Luft zerreißen, wenn sie miteinander gingen.

Wenn nur Pippa hier wäre …

»Das ist geschummelt!«, versucht Joe mich daran zu hindern, ihr heimlich unter dem Tisch eine SMS zu schicken.

Ich umklammere mein Telefon. »Hör auf damit, lass los«, sagt er bissig, seine Hand immer noch auf meiner.

»Es war sechs Mal.« Peta schaut uns finster an.

»Schreib halt sechs hin«, drängen alle, einschließlich mir.

»Es ist doch nur ein Spiel«, versucht Jamie die Atmosphäre wieder etwas aufzulockern.

Joe ist entweder tollkühn oder dumm, als er sagt, dass er bei vier bleibt.

Es klingelt. Die Zeit ist um. Alle müssen ihre Antwortzettel mit einem Nachbartisch tauschen. Wir bekommen »Die Schwachköpfe« zur Korrektur. Der grauhaarige Anführer der Schwachköpfe lächelt mir zu. Ich bemerke, dass ihm ein Schneidezahn fehlt.

»Das haben wir.« Kitty nickt, als verkündet wird, dass der spanische Ministerpräsident Zapatero heißt.

*»Come Dine with Me!«*

*»Salad Days.«* Annie weist darauf hin, dass sie das gewusst hatte.

»Botticelli.«

»Beaujolais.«

»Cheryl Cole.«

»Cherie Blair.«

Als Jackie uns sagen will, wie oft Roger Federer Wimbledon gewonnen hat, schlägt mein Herz mir bis zum Hals. Peta sitzt wie versteinert auf ihrem Stuhl. Kitty, Annie, Joe und Jamie warten mit angehaltenem Atem.

»Sechs Mal.«

Scheiße.

»Es tut mir so leid, Peta«, gestehe ich ein.

»Ich wusste, dass ich recht hatte.« Sie fächelt sich mit einem der Fragezettel Luft zu.

Jackie, die Organisatorin, liest die Ergebnisse vor. Unser Team »Willi will's wissen« ist Zweiter geworden. »Mit nur einem Punkt Abstand«, sagt sie.

Annie und ich klatschen uns ab. Peta dreht sich zu Joe um. »Wenn du auf *mich* gehört hättest, hätten wir gewonnen.«

Joe scheint angespannt zu sein. »Na gut. Es tut mir leid, aber es ist doch nur ein Spiel, Peta, auf einer *Wohltätigkeitsveranstaltung*.« Als er zu Jackie geht, um ihr für den Abend zu danken, kommt Adam zu unserem Tisch gehüpft und stellt sich allen einzeln vor. »Wir sind Dritte geworden!«, verkündet er stolz. Ich sage ihm, dass er in seiner Lederjacke aussieht wie Tom Cruise in *Top Gun*.

»Um Himmels willen«, sagt Peta leise, während sie beobachtet, wie Joe mit Jackie spricht.

Adam reckt den Daumen in die Luft. »Muss los! Mum ruft nach mir.«

»Komischer Kauz. Was stimmt denn mit dem nicht?«, fragt Peta, als er außer Hörweite ist.

»Er ist ein süßer Kerl«, sage ich.

»Ist der zurückgeblieben oder so was?«

»Er ist nicht zurückgeblieben«, verteidige ich Adam. »In Joes Weinseminar war er sogar einer der Besten.«

»*Der* war in Joes Kurs?«

»Adam ist freundlich und lustig und eine Seele von

Mensch«, sage ich und meine es aus ganzem Herzen. »Wahrscheinlich hat sich sein Leben nicht gerade so entwickelt, wie er es gehofft hat, aber deinen Spott hat er ganz bestimmt nicht verdient.«

Joe kommt zurück. »Na gut, was wollen wir …?« Er hält inne, als er die angespannte Stimmung bemerkt. »Alles okay?«

»Absolut.« Peta lächelt. »Ich habe nur gerade Adam kennengelernt. Netter Junge.«

Ich starre sie an. Sie ist eine exzellente Schauspielerin, das muss ich ihr lassen. Ein Teil von mir möchte Joe petzen, was sie eben gesagt hat, aber ich zwinge mich dazu, den Mund zu halten.

»Und es tut mir leid, dass ich wegen der Federer-Sache so giftig war, aber mir geht's nicht so gut. Mir ist ein bisschen schwindelig, ein bisschen schlecht.« Sie fächelt sich wieder Luft zu. »Vielleicht bin ich ja auch schwanger! Wär das nicht ein Witz?«

Schweigen senkt sich herab. Ich sehe, dass Joe ganz grau im Gesicht wird.

»Hast du was dagegen, wenn wir nach Hause gehen?«, fragt sie.

# 36

Ich bin auf dem Speicher. Etwas, das Joe gesagt hat, hat mich nach hier oben gezogen. Ich suche die Regale nach meinem alten, hölzernen Farbkasten ab, bis ich ihn schließlich neben einem Karton voll mit Pippas Tennispokalen und Medaillen entdecke. Er ist mit Staub überzogen.

Ich erinnere mich, wie Joe mit mir an dem Tag, an dem wir Winchester College besucht hatten, in den Keller seines Elternhauses gegangen ist. »Darf ich dir mal was zeigen?«, hatte er nach dem Tee gefragt.

»Na klar.«

Ich nahm seine Hand, als er mir die Treppe hinunterhalf. »Weißt du noch, was ich darüber gesagt habe, dass man sich selbst finden muss? Wie ich, als meine Mutter gestorben ist, das Gefühl hatte, dass ich noch mal ganz von vorn anfangen muss?«

»Ja.«

»Ich habe mich immer schon für Wein interessiert, seit ich zehn Jahre alt war. Die vielen verschiedenen, geheimnisvollen Namen auf den Flaschen haben mich magisch angezogen. Pass auf, deine Mutter würde es mir nie verzeihen, wenn du hier die Treppe runterfällst.«

Als ich meinen Farbkasten aufklappe und hineinsehe, fühlt es sich an wie ein Wiedersehen mit einem alten Freund. Ich nehme eine Tube mit roter Ölfarbe heraus. Als ich ein kleines Mädchen war, hat Dad mich immer am Wochenende in meinen Lieblingsbastelladen mitgenommen, wo ich dann mein ganzes Taschengeld für diese Tuben mit Ölfarben ausgab. Ich schraube den Deckel ab und versuche, ein bisschen Farbe auf meinen Finger zu drücken. Keine Chance! Die Farbe ist eingetrocknet, durchs Alter hart geworden.

Meine Gedanken wandern zurück zu Joe und mir im Weinkeller. Es war ein dunkler Raum mit einem Holztisch in der Mitte, an dessen Kopfende ein paar Weingläser und eine Rotweinkaraffe standen. Regale voller Weinflaschen säumten die Wände, geordnet nach Jahrgang und Region. »Ich habe meine ganze Zeit hier unten verbracht«, sagt er.

»Und hast du auch was getrunken?«

»Nein. Dafür wäre ich gehängt, gefedert, geteert und gevierteilt worden! Mein Vater hat seinen Wein gut gehütet. Er war eine Investition. Ich habe nur die Etiketten gelesen.« Joe zieht eine Flasche Roten heraus. »1982 Château Lynch-Bages, Pauillac. Grand Cru Classé.«

Beeindruckt sage ich: »Also nicht gerade der Wein, den man zu Spaghetti bolognese trinkt?«

»Nicht gerade ein Wein, den man überhaupt trinkt.«

Ich schüttele den Kopf. »Dein Vater sollte ihn jetzt mit dir teilen, solange er es noch kann.«

Ich suche nach meiner Zeichenmappe aus der Oberstufe. Sie steckt in einem der unteren Regalfächer, unter einem meiner alten Kunstbücher. Ich ziehe sie heraus und setze mich vorsichtig hin, bevor ich das Band löse, das die Mappe zusammenhält. Als ich durch meine Arbeiten blättere, komme ich zu einer meiner Kohlezeichnungen von San Miniato al Monte, der Kirche, die meine Großtante Cecily gemalt hatte. Für mich war sie zu meinem Heiligtum geworden, einem Ort, den ich besuchte, wenn ich Zeit für mich allein brauchte, weg vom Atelier. Ich habe Olly mit dorthin geführt, als er mich in Florenz besuchen kam. Und auf unserer Hochzeitsreise waren wir wieder da und haben uns versprochen, eines Tages wiederzukommen, vielleicht an unserem zehnten Hochzeitstag.

»Wo ist sie denn?«, höre ich Mum meinen Vater fragen.

Sie entdecken die Leiter.

»Alles in Ordnung, Liebes?«, ruft Dad ins Dach hinein. »Was suchst du denn da oben? Du hättest mich bitten sollen, es für dich herunterzuholen.«

Ich rappele mich auf. »Dad, du bist über siebzig!«

»Und du bist schwanger!«

»Was ist denn los?« Mum klingt verärgert. »Um Himmels willen, Rebecca, warum hast du denn nicht einfach auf uns gewartet, damit wir dir helfen?«

»Du warst immer so begeistert von deiner Kunst«, hatte Joe gesagt, »schon seit du ein kleines Mädchen warst. Geh zurück zum Anfang, Becca.«

»Ich passe auf«, verspreche ich und reiche meine Mappe nach unten zu Dad. »Ich werde wieder mit dem Malen anfangen.«

»Nein, wirst du nicht. Jetzt kommst du erst mal da runter«, sagt Mum. »Liebling, hilf ihr. Ich halte die Leiter.«

# 37

Am nächsten Vormittag fertige ich nach einem Foto eine Skizze von Woody an. Wenn die Zeichnung fertig ist, werde ich sie Janet zum fünfundachtzigsten Geburtstag schenken. Während ich zeichne, bittet sie mich, ihr aus meiner Zeit in Florenz zu erzählen.

»Ich war ein Jahr da und habe ein paar nette Leute kennengelernt.« Ich beschreibe meine extravagante amerikanische Lehrerin, Vivian Rogers. Ich erzähle ihr von meiner kurzen Romanze mit Luca.

»Und was war mit Olly?«, fragt Janet und reckt das Kinn.

Vor der Abreise nach Florenz hatte Olly mich zum Flughafen begleitet. Die Verabschiedung war sehr emotional. Damals hatte ich noch mit dem schlechten Gewissen wegen Joe zu kämpfen, aber das erzähle ich Janet nicht. Olly und ich hatten einander versprochen, *uns* eine Chance zu geben. Wir wollten sehen, ob wir eine Fernbeziehung aufrechterhalten könnten. Am Anfang schrieben wir uns Postkarten und telefonierten regelmäßig. Doch nach ein paar Monaten ließ das nach wie ein Feuer, das allmählich verlöscht. Ich fing an, neue Freunde kennenzulernen, und es schoben sich immer mehr andere Dinge dazwischen – lange Nächte und romantische Spaziergänge mit Luca, einem Koch, den ich in einem Club kennengelernt hatte. Als ich herausfand, dass er in meinem Lieblingsrestaurant arbeitete, ganz in der Nähe des Ponte Vecchio, schien es mir einfach zu schön, um wahr zu sein. Er sah gut aus, ein eher dunkler, italienischer Typ.

Ich erinnere mich noch, wie wir mit seiner flaschengrünen Vespa durch die Gegend gekurvt sind. Ich saß hinter Luca und klammerte mich jedes Mal an ihn, wenn er eine Kurve zu forsch nahm. Als ich den Mut fand, Olly davon zu erzählen, gestand er mir ebenfalls, dass er mit jemand anderem geschlafen hatte. Wir waren beide unrealistisch gewesen, beschlossen wir. Es gab Verletzungen auf beiden Seiten, aber keiner von uns wollte endgültig loslassen. Mir fehlte seine Freundschaft mehr als alles andere.

»Als er zum ersten Mal zu Besuch kam, hatte ich ihn sechs Monate lang nicht mehr gesehen, Janet.«

Wir hatten vereinbart, uns im Duomo zu treffen. Mein Herz machte einen Sprung, als ich ihn sah. Er stand mit dem Rücken zu mir da, in seiner alten Cordjacke und Jeans. Wir umarmten uns, bevor Olly vorsichtig vorschlug, einen Kaffee trinken zu gehen. Während wir zum nächsten Café gingen, redeten wir übers Wetter, um das Schweigen zu überbrücken. Nachdem wir die Getränke bestellt hatten, fragte mich Olly nach meinem Kunststudium, und ich wollte wissen, wie es bei ihm in Bristol so lief, ganz besonders jetzt, wo die Prüfungen drohten. Unser Gespräch fühlte sich unbeholfen an, zu höflich. Ich fragte mich, ob Olly hier war, um mir zu sagen, dass er jemand anderes gefunden hatte.

Endlich sagte Olly: »Ich bin nicht den ganzen Weg hergekommen, um mit dir über deine Malerei oder meine Abschlussprüfungen zu sprechen. Ich habe wirklich mit aller Kraft versucht, dich zu vergessen, Becca, aber ich möchte niemand anderen.«

»Oh Olly.« Ich nahm seine Hand, die Erleichterung war überwältigend.

»Ich kann dir hier nicht in einer Gondel ein Ständchen bringen, nicht in Florenz …«

Wir lächelten beide, die Spannung löste sich.

»Und ich bin auch kein wirklich guter Koch«, gestand er ein, »aber ich liebe dich. Ich will, dass wir zu dem zurückkommen, was wir hatten. Natürlich musst du diesen Kurs zu Ende machen, das sehe ich ein, aber ich komme wieder, nach dem Examen. Ich meine, wow, sieh dir doch nur mal diesen Platz hier an! Wer wollte nicht gern hier sein? Ich bin so stolz auf dich, Becca.«

Am selben Abend noch rief ich Luca an und machte Schluss. Kurz darauf lernte er jemand Neues kennen. Ich hatte seinen Stolz verletzt, nicht jedoch sein Herz gebrochen.

Olly blieb drei Wochen bei mir. Zu den Dingen, die ich Janet nicht erzähle, gehört, dass wir in den ersten zehn Tagen kaum das Schlafzimmer verließen.

»Olly kam noch einmal nach dem Examen zu Besuch, und dann sind wir zusammen nach Hause geflogen. Wir haben uns eine Wohnung mit Kitty und Jamie in Balham geteilt.«

»Ich erinnere mich noch an eure Hochzeit«, seufzt Janet. »Olly hat gesungen und Klavier gespielt. Getanzt wurde auch viel. Ich weiß noch, wie dein Vater einen Boogie aufs Parkett gelegt hat!«

Ich lächle angesichts ihrer Wortwahl. »Danach haben wir eine Wohnung in Ealing gemietet, und ich habe mich als Illustratorin selbstständig gemacht.«

»Oh, wie herrlich«, sagt sie, während sie Teewasser aufsetzt. »Wenn ich so darüber nachdenke, erinnere ich mich, dass deine Mutter das mal erwähnt hat.«

»Ich habe eine ganze Weile gut zu tun gehabt«, sage ich, ohne von meiner Zeichnung aufzublicken. »Ich habe Illustrationen für Zeitschriften gemacht, für Restaurants, Reisebroschüren. Bei ein paar Gartenbüchern habe ich eng mit einem Autor zusammengearbeitet.« Aber mein Einkommen war immer noch schmal, es war ein Seiltanz, und ich hatte kaum Zeit für meine eigenen Arbeiten. »Wenn ich keinen

Auftrag hatte, wurde ich nervös und konnte nachts nicht schlafen.«

»Oh Liebes, wie schrecklich. Tee?«

»Ja, gerne.«

Ich beobachte, wie Janet mit zittriger Hand nach der Tasse greift. Ich möchte ihr helfen, aber sie wird ärgerlich, wenn ich ihr zu viel abnehme.

Schließlich, den Stock in einer und den Tee in der anderen Hand, stellt sie eine Tasse auf meine Seite des Tisches. Sie blinzelt auf meine Zeichnung, sagt mir, dass ich Woodys Augen genau richtig getroffen habe, auch wenn ich denke, dass sie es nicht wirklich erkennen kann.

»Du musst die Malerei vermisst haben, während du für diesen Glitz gearbeitet hast.«

Ich lache. »Ich liebe Glitz. Ich habe es genossen, für ihn zu arbeiten, aber du hast recht, mir fehlt es. Ich möchte wieder malen«, gestehe ich. »Auch wenn es nur ein Hobby ist. Es ist das, was ich wirklich will. Was ich am liebsten tue.«

Sie nickt wissend. »Gregory war Asthmatiker, also konnten wir nie Hunde haben. Ich habe mir immer gesagt, dass ich wieder einen Hund anschaffen würde, wenn ich mal allein wäre. Außerdem habe ich angefangen, Hunde zu betreuen. Du erinnerst dich doch noch an die vielen Hunde, oder?«

»Oh ja.«

»Siehst du, damals war ich erst sechzig, also musste ich noch ein bisschen Geld verdienen. Sie waren die Kinder, die ich nie hatte. Als Gregory gestorben war, musste ich erst einmal zu mir selbst finden, und die Grundlage dafür war das Mädchen, das ich einst war. Das Mädchen, das Tiere liebte, das davon geträumt hatte, Tierärztin zu werden, hätte sie auch nur die geringste Chance dazu bekommen. Deshalb bin ich nach Winchester zurückgegangen. Ich wollte dort wohnen, wo ich als Kind zu Hause gewesen war.«

»Ich wusste gar nicht, dass deine Familie hier gelebt hat.«

»Sie lebten draußen in Richtung Stockbridge, da bei Pippa in der Nähe. Ich musste zu meinen Wurzeln zurück. Weißt du, es hilft, sich an die Dinge zu erinnern, die man nicht vermisst, wenn jemand gestorben ist, Dinge, die man auch allein tun kann. Ich fand es befreiend.«

Sie muss spüren, wie schockiert ich bin, als sie weiterspricht: »Die Leute verklären die Menschen, die sie geliebt haben, nachdem sie gestorben sind. Na ja, ich kannte natürlich deinen Olly nicht besonders gut – er war sympathisch und lustig –, aber es muss doch ein, zwei Dinge an ihm geben, die du nicht vermisst.«

Ich umklammere meinen Stift fest und denke daran, wie er immer den Kaffeesatz durch den Abfluss gedrückt hat. Wie er am Wochenende Computerspiele gespielt hat, wenn ich mich lieber mit ihm unterhalten hätte.

»Oh, eine Menge«, sage ich. »Olly hat sich schwer damit getan, seine Eltern anzurufen. Ich musste ihn immer daran erinnern. Und ich wünschte, wir hätten uns nicht selbst so von meiner Familie abgeschnitten, und ich hasse ihn dafür, dass er mir nichts von seinem Job gesagt hat, dafür, dass er Geheimnisse vor mir hatte. Aber ich bin auch wütend über mich selbst. Ich hätte dieses Motorrad nehmen, es zur nächsten Werkstatt bringen und verkaufen sollen. Er wäre sauer auf mich gewesen, klar, aber das wäre immer noch wesentlich besser gewesen, als bei einem Scheißunfall zu sterben! Oh Janet, tut mir leid.«

»Ist schon in Ordnung. Ist mir auch schon mal rausgerutscht.«

»Oh Janet, ich liebe dich.« Eine Welle der Zuneigung zu ihr überkommt mich.

»Ich liebe dich auch, mein Mädchen, als wärst du meine Tochter.«

Später an dem Vormittag erzähle ich Janet von meinem Ausflug mit Joes Vater neulich. Sie amüsiert sich über die Lobster-Pot-Geschichte.

»Er ist verletzlich, dieser Junge.«

»Wer? Joe?«

Sie spielt mit ihrem Ehering, dreht ihn um ihren dürren Finger. »Irgendetwas liegt da im Argen. Ich mag ja nicht mehr richtig sehen können, aber ich höre es an seiner Stimme. Michel hat das auch gesagt. Ich spüre, dass Joe einiges belastet. Vielleicht irre ich mich ja …«

»Nein, du irrst dich nicht. Du siehst mehr als jeder andere, Janet.«

»Er mag dich, Rebecca, sehr sogar, das weiß ich ganz sicher. Du scheinst es geschafft zu haben, die Vergangenheit hinter dir zu lassen.«

Auf einem unserer Spaziergänge hatte ich Janet erzählt, dass Joe und ich den Kontakt zueinander verloren hatten. Er hatte Olly verletzt, und ich war auch daran schuld. Ich war nicht ins Detail gegangen, doch sie hatte gespürt, dass sie mich lieber nicht drängte. Ich hatte nur gesagt, dass ich ihn zehn Jahre lang nicht gesehen hatte. Während ich mit ihr sprach, wurde mir klar, wie viel zwischen uns wieder geheilt war. »Ich mag ihn auch«, sage ich nun zu Janet. »Er ist wieder ein wirklich guter Freund geworden.«

Da klingelt es an der Tür. »Oh! Das wird Michel sein«, sagt sie. Ich weiß noch, wie lange Janet gebraucht hatte, um an die Tür zu kommen, als ich damals zum ersten Mal anklopfte, um einen Cottage Pie vorbeizubringen. Jetzt springt sie förmlich auf. Michel schlendert herein, in einem schicken Mantel, das Haar zurückgekämmt, Schuhe poliert, einen Strauß Blumen in der Hand. Ich kann würziges Aftershave riechen.

Sie schnuppert an den Blumen und stößt einen tiefen Seufzer aus, als wolle sie sie am liebsten verspeisen. »Wie köstlich, vielen Dank.«

»Hallo, Rebecca.« Michel schüttelt mir dir Hand. Ich sage Janet, dass ich die Blumen in eine Vase stelle.

»Wo geht ihr denn hin?«, frage ich von der Küche aus.

»Ich führe sie in eine französische Brasserie aus. Dachte, wir könnten ihre neuen Weinkenntnisse mal in die Praxis umsetzen.«

»Der Kurs fehlt mir«, sagt Janet wehmütig. »Ich weiß jetzt gar nicht, was ich dienstagabends machen soll, aber zum Glück habe ich ja noch dich, Michel!«

Als ich gehe, erblicke ich zufällig auf dem Fahrersitz von Michels Auto ein schwarzes Schmuckkästchen. Vielleicht hatte Joe ja doch recht? Hatten die beiden sich vielleicht ineinander verliebt?

# 38

Es ist Anfang November, und es ist kalt. Mum hat mir gesagt, wir hätten heute Nacht den ersten Frost gehabt. Ich bin auf dem Weg zum Maison Joe, um mich mit Annie zum Lunch zu treffen, als Kitty mich auf dem Handy anruft. Ich spüre gleich, dass etwas nicht stimmt, weil sie mich sonst nie um diese Zeit anruft; wir halten uns an unseren morgendlichen Anruf vor der Arbeit. Eigentlich sollte sie heute Abend runterkommen, um das Wochenende hier zu verbringen. Ich bin in der zweiunddreißigsten Woche schwanger, und morgen ist meine erste Stunde des Geburtsvorbereitungskurses. Ich will nicht ohne meinen Geburtspartner da auftauchen.

»Ich hätte den Mistkerl umbringen können«, sagt sie, nachdem sie erklärt hat, dass sie, nachdem die automatischen Türen sich geöffnet hatten, von hinten aus dem Bus gestoßen und auf die Straße katapultiert worden war. »Ich lag mit dem Gesicht nach unten auf der Straße, voll hingeklatscht, Becca.«

»Oh Gott, wie schrecklich. Das muss wehgetan haben.«

»Es tut mir wirklich leid«, fährt sie fort, und ich fürchte schon, was als Nächstes kommt. »Aber ich werde es dieses Wochenende nicht schaffen. Ich hab mir den Knöchel verstaucht, ich kann nicht Auto fahren. Es ist schrecklich, dass ich dich versetzen muss, aber …«

»Ich versteh das schon«, sage ich und versuche, meine Enttäuschung zu verbergen. »Es tut mir so leid, Kitty.«

Kitty erzählt mir, dass zu ihrer großen Schande die meisten Fahrgäste, die in Green Park ausstiegen, auch noch über sie rübergestiegen seien, als wäre sie nichts anderes als eine kleine Unannehmlichkeit auf dem Weg ins Büro. »Abgesehen von diesem einen Typen, Steven.«

Ich mache einer Frau Platz, die Zwillinge in einem Buggy in der Größe eines Raumschiffes vor sich herschiebt. Wir nicken einander verständnisvoll zu, da wir ja beide in dieser Babygeschichte drinstecken.

»Er hat mich gefragt, ob ich mit ihm essen gehen will«, fährt Kitty fort. »Er ist Arzt. Anästhesist.«

»Wow, wie aufregend«, rufe ich, auch wenn ich in Gedanken noch bei der Überlegung bin, wie ungern ich allein zu meiner ersten Geburtsvorbereitungsstunde gehen möchte. Woche eins ist extra für Paare. Kitty muss meine Besorgnis gehört haben, weil sie sagt: »Ich wünschte wirklich, ich könnte kommen. Ich fühle mich schrecklich deswegen, aber …«

»Ist schon okay. Du kannst ja nichts dafür«, versichere ich ihr. Ich wünschte, ich wäre oben auf dem St. Catherine's Hill. Jetzt würde ich gerne meinen Frust herausschreien.

Während des Lunchs erkläre ich Annie kurz das Dilemma, wobei mir wohl bewusst ist, dass Peta vom Tresen her lauscht. Seit unserem kleinen Zwist über Adam und die Tennisfrage wollte ich nichts mehr mit ihr zu tun haben, ja, ich hoffte sogar, Joe würde Schluss mit ihr machen. Sie hatte ihn nicht verdient.

»Ich bin dieses Wochenende nicht da«, seufzt Annie, »wir sind bei meinen Schwiegereltern. Oh Becca, ich wünschte, ich könnte dir helfen.«

Ich puste über meine knallheiße Kürbissuppe.

»Hör mal, du bist doch eine starke Frau«, fährt Annie fort. »Du wirst auch allein prima zurechtkommen. Die Frau, die den Kurs gibt, weiß doch von dir und Olly, oder?«

Ich nicke.

»Ich komme mit«, sagt Peta zu meiner großen Verblüffung. Sie zieht sich einen Stuhl heran und setzt sich zu uns. »Du kannst nicht allein da hingehen, Becca, nicht, wenn es für Paare ist. Das lasse ich nicht zu.«

»Oh, mach dir keine Sorgen«, rufe ich mit gespielter Fröhlichkeit aus. »Das ist wirklich nett, aber ich komm schon zurecht. Ich bin ja schon ein großes Mädchen, im wahrsten Sinne des Wortes!«

Joe lacht hinter dem Tresen.

»Kein Problem, Joe arbeitet sowieso das ganze Wochenende.«

»Nicht das ganze«, sagt er.

Sie verdreht die Augen. »So gut wie das ganze Wochenende, und ich hab rein gar nichts zu tun.« Sie fragt mich, wo der Kurs stattfindet und um welche Uhrzeit. »Gut, jetzt muss ich los, aber hol mich morgen ab, ja?«

Ich sehe Annie über den Tisch hinweg an und kann dabei nicht verbergen, wie unwohl ich mich fühle. »Danke«, rufe ich ihr nach, während sie schon im Gehen begriffen ist. »Auch wenn's wirklich nicht nötig wäre«, ertappe ich mich und fange Joes Blick auf.

Peta pustet mir und Annie einen Kuss zu. »Wozu hat man schließlich Freunde?«

# 39

Der Geburtsvorbereitungskurs von Little Angels findet in einem Privathaus in Chandlers Ford statt, unweit von Winchester. Peta und ich kommen in einen überfüllten Raum, in dem überall leuchtend orange und pinkfarbene Gymnastikbälle herumliegen. Unter all den schwangeren Frauen sticht Peta in den schwarzen kniehohen Lederstiefeln und dem hellgrauen Wollkleid, das ihre schlanke Figur betont, sofort heraus. Wir finden einen Platz neben einem Paar, und ich stelle mich vor. Sie heißen Keisha und Paul und bekommen ebenfalls ihr erstes Baby. Ich entdecke, dass Keisha aus Jamaika stammt. Sie hat wunderschöne dunkle Haut und tiefbraune Augen. Paul hingegen ist blond mit Sommersprossen. Ich ertappe ihn dabei, wie er auf die Uhr sieht, und erinnere mich dann vage daran, dass mein Vater etwas von einem Rugbymatch erwähnt hat.

Rechts und links von mir höre ich, wie über Milchpumpen, Müdigkeit und angeschwollene Knöchel geredet wird.

Keisha arbeitet seit fünf Jahren als Stewardess bei British Airways. Sie hat Paul auf einem Flug nach New York kennengelernt. Nach der Geburt des Babys möchte sie ein Jahr zu Hause bleiben. Sie wirft einen Blick auf Peta und fragt, ob ich einen Geburtspartner habe, eine Frage, für die ich mich schon gewappnet habe, die mir aber trotzdem schwerfällt. »War er schlau genug, sich hier rauszureden?«, fragt Paul und zwinkert seiner Frau zu. »Hat Kopfschmerzen vorgetäuscht, damit er sich das Spiel ansehen kann?«

»Er ist gestorben«, sage ich, die durchschlagendste Art, ein Gespräch im Keim zu ersticken. Ich hatte eigentlich vorgehabt, es freundlicher auszudrücken und zu erklären, dass es ein Motorradunfall war.

Keisha starrt mich an und bringt kein Wort heraus, aber ich sehe ihr an, dass ich ihr leidtue. Wenn Paul schon vorhin nicht hatte hier sein wollen, so will er es jetzt noch weniger.

»Herzlich willkommen!«, begrüßt uns unsere Kursleiterin und tritt in die Mitte des Stuhlkreises. Sie heißt Augusta Reid, ist Anfang vierzig, stark geschminkt und trägt ein tief ausgeschnittenes Schlauchkleid, das ihr Dekolleté zeigt.

»So, jetzt sind wohl alle da!« Augusta klatscht in die Hände. »Alle warten darauf, dass das ›Baby‹ endlich kommt. Keine Schwangerschaft ist wie die andere, sonst wüssten wir ja genau, was uns erwartet, deshalb wird es in den nächsten sechs Wochen meine Aufgabe sein, mit Ihnen über all die verschiedenen Möglichkeiten zu sprechen, die es gibt, an eine Geburt heranzugehen. Ich weiß ja nicht, wie es Ihnen geht, aber ich finde die Auswahl einfach überwältigend.«

Alle murmeln zustimmend.

»In einem Café können Sie nicht einfach nur einen normalen Kaffee bestellen, stimmt's? Sie haben die Wahl. Nun, mit Geburten ist es ganz genauso.« Sie dreht sich zu einer weißen Tafel um, beugt sich vor, um einen ihrer dicken bunten Faserschreiber zu finden.

»Will man eine Hausgeburt, oder geht man lieber ins Krankenhaus? Für welche Schmerzbehandlung entscheidet man sich?« Sie schreibt die verschiedenen Möglichkeiten an die Tafel. »Will man den natürlichen Weg, oder entscheidet man sich für medizinische Erleichterung? Aber fangen wir von vorne an …«

Augusta lässt jede von uns erzählen, was wir beruflich machen, damit wir uns besser kennenlernen.

Wir haben einen Architekten, einen Lehrer, einen klinischen Psychologen, eine junge Frau, die bereits zum dritten Mal verheiratet ist, aber erst ihr erstes Kind bekommt, ein Singlemädchen Chloe, die mit ihrem besten Freund gekommen ist. Ich lächle sie an, möchte sie wissen lassen, dass sie nicht die Einzige ist, bei der der Kindsvater fehlt. Keisha wird ein Mädchen bekommen.

»Und ich bin hier, um Rebecca zu unterstützen«, wendet sich Peta, die als Letzte dran ist, an die Gruppe, und es ist unübersehbar, dass die Männer sich von ihr angezogen fühlen. »Sie hat ihren Mann bei einem tragischen Unfall verloren …«

Ach du meine Güte! Ich hätte lieber Mum mitbringen sollen. Sie hatte angedeutet, dass sie Zeit hätte. Ja, ich glaube, sie wäre sogar ziemlich gerührt gewesen. Und wo ich jetzt darüber nachdenke, warum habe ich eigentlich Pippa nicht gefragt? In letzter Zeit läuft es immer besser zwischen uns. Todd ist dieses Wochenende zu Hause … ach, Mist.

»… und in Zeiten wie diesen braucht man einfach Freunde.« Sie streichelt meinen Arm. »Oh, und übrigens, ich bin Schauspielerin. Vielleicht erkennt mich ja der eine oder andere?« Sie hört auf, meinen Arm zu reiben. »Ich bin in dem Jane-Austen-Dokumentarfilm zu sehen, Sonntagabend, 21 Uhr.«

Für unsere erste Übung sollen wir drei Dinge aufschreiben, die uns Sorgen machen, wenn wir daran denken, ein Baby zu bekommen. »Versuchen Sie, sich nicht mit Ihrem Partner zu beraten. Hier geht darum, was *Ihnen* Sorgen macht …«

»Na, was schreibst du?«, fragt Peta und beugt sich zu mir herüber. »Oh ja, Schmerz. Manche Leute ploppen sie einfach so heraus, plopp, und andere mühen sich vierundzwanzig

Stunden lang mit Wehen ab, nur um am Ende dann doch einen blutigen Kaiserschnitt zu bekommen.«

Ich stimme zu. Annie hatte nach dreißig Stunden Wehen einen Notkaiserschnitt gebraucht.

»Ich würde mich einfach gleich für einen Kaiserschnitt anmelden«, fährt Peta fort.

Meine zweite Sorge ist, ob ich stillen kann. Mum konnte es nicht. Aus den Augenwinkeln sehe ich, wie Peta den Bauch einzieht.

»Ich würde mir auch über meine Figur Gedanken machen«, fährt sie fort. »Ich finde es schrecklich, wenn man die Kontrolle über seinen Körper verliert.«

Ich kann mich nicht konzentrieren.

»Es gehört zu meinem Job, gut auszusehen. Ich wäre erledigt.« Sie macht eine Geste, als würde ihr der Kopf abgeschnitten. »Aber du hast ja Glück, du musst dir darüber keine Gedanken machen.«

Ich kann mich einfach gehen lassen, denke ich. Meine Brüste bis zum Boden hängen lassen und jede Menge Gewicht zulegen und wie Pudding durch die Straßen schwabbeln. Niemand wird sich dafür interessieren oder es auch nur bemerken. Ich lächle über dieses neue Selbstbild.

Sie beugt sich wieder zu mir herüber, um zu sehen, was ich schreibe. »Frühgeburt?«

»Pippas Zwillinge waren Frühchen.«

»Darüber würde ich nicht mal nachdenken, Becca«, überrollt sie mich. »Das Krankenhaus ist es doch gewohnt, mit allen möglichen Komplikationen zurechtzukommen. Ich sag dir was, ich würde mir Sorgen um den Sex machen.«

»Darüber muss ich mir ja wohl kaum Sorgen machen«, antworte ich scharf, doch sie scheint überhaupt nicht zu merken, was ich damit sagen will.

»Wie läuft's?«, fragt Augusta.

»Sollte ich auch was aufschreiben?«, fragt Peta.

Warum bin ich nicht einfach allein gekommen? Was ist denn so furchtbar daran? Ich muss endlich damit aufhören, mich so unsicher aufzuführen, wie jemand, der sich nicht traut, selbst die Tür zum Restaurant aufzuziehen und lieber hinter dem Anführer herschlurft. Ich muss mich trauen, dem Kellner in die Augen zu blicken und selbstsicher zu sagen: »Einen Tisch für eine Person, bitte.« Und dann voller Selbstvertrauen den Wein kosten. Ich werfe einen Blick zu Peta, die schon wieder ihren Bauch betrachtet, als stelle sie sich ein Baby darin vor. Es ist klar, dass es ihr überhaupt nicht darum geht, mich zu unterstützen, aber ich komme einfach nicht darauf, warum sie einen Samstagnachmittag opfert, um mit mir hierherzukommen.

Nach dem Kurs biete ich Peta an, sie vor Joes Weingeschäft abzusetzen, und im Auto lachen wir über einige der Sorgen der Männer: Was, wenn man nicht genug Geld für die Parkuhr dabeihat? Wo kriegt man am besten was vom Chinesen her? Wie geht das mit dem Windelnwechseln? Fühlt man sich als Mann irgendwie ausgeschlossen? Darf man Wein oder Champagner ins Krankenhaus bringen, um auf die Geburt anzustoßen?

»Ich möchte vor meinem fünfunddreißigsten Geburtstag schwanger werden«, überlegt Peta. »Ich will am Schultor keine alte Mutter sein.«

»Heutzutage bekommen viele Frauen erst später Kinder. Ich meine, guck dir nur mal die Schwangeren heute an. Ich gelte da mit einunddreißig noch als jung. Wie alt bist du?«

»Dreiunddreißigeinhalb, also sollte Joe sich lieber ranhalten!« Ihr Lachen bricht so abrupt ab, als hätte jemand den Stecker herausgezogen, als sie fragt: »Er hat doch nichts zu dir gesagt, oder?«

»Worüber?«

»Mich? Was er für mich empfindet?«

»Nein, nichts.«

»Wirklich nicht? Du warst in letzter Zeit viel mit ihm zusammen, oder?«

»So viel nun auch wieder nicht«, antworte ich und versuche, mich nicht von ihrem anklagenden Ton einschüchtern zu lassen.

»Joe ist so *verschlossen.*« Sie schaut aus dem Fenster. »Es ist unglaublich schwer herauszufinden, was er denkt. Ich hätte gedacht, dass er, wenn überhaupt, mit dir gesprochen hätte.« Sie dreht sich zu mir hin. »Ihr scheint euch sehr nahezustehen.«

»Wir sind alte Freunde, aber über solche Sachen spricht er nicht mit mir.«

»Es ist so frustrierend. Joe ist hier unten, und ich oben in London. Wie sollen wir jemals eine ernsthafte Beziehung führen, wenn ich ihn nur hin und wieder mal am Wochenende sehe? Nie will er sich mal freinehmen, und wenn, dann verbringt er seine freie Zeit mit seinem Vater. Ich hab nicht das Gefühl, als stünde ich auch nur annähernd oben auf seiner Prioritätenliste. Oh, ich wünschte, sein Vater würde einfach mal den Löffel abgeben …«

»Peta!«

»Na ja, er kann sich kaum an seinen eigenen Namen erinnern, Becca. Das ist sehr schwer für Joe.«

Schockiert parke ich vor dem Maison Joe, lasse den Motor aber laufen. »Peta, das ist schrecklich, so etwas zu sagen. Es ist schwer für Joe, ja, aber er liebt seinen Vater immer noch.«

Sie zuckt die Achseln. »Ich fände es schrecklich, meiner Familie zur Last zu fallen. Ich würde das nicht zulassen.«

»Ich muss los«, sage ich, als ich einen Polizisten auf uns zukommen sehe. »Danke, dass du heute mitgekommen bist.«

Peta macht keine Anstalten, sich abzuschnallen. »Seid ihr zwei früher mal zusammen gewesen?«

»Zusammen gewesen?«

»Ja. Hattet ihr mal einen Flirt, eine Beziehung oder wie auch immer du das nennen willst.«

Der Polizist kommt näher.

Peta macht weiter. »Du musst ihn doch attraktiv gefunden haben. *Findest* du ihn vielleicht immer noch attraktiv?«

Der Polizist ist jetzt gefährlich nah. »Peta, los, mach schon!« Ich zeige auf den Mann in Uniform, der jetzt den Wagen hinter uns mustert, den Honda umkreist wie ein Haifisch und dabei etwas in seinen Apparat tippt.

»Du hast meine Frage noch nicht …«

»Peta, du musst wissen, woran du bist, das verstehe ich, aber ich bin nicht die Richtige, um darüber zu reden. Wenn Joe sich nicht festlegen will …«

Sie dreht sich mit Feuer in den Augen zu mir um. »Er *hat* was zu dir gesagt, oder?«

»Nein! Er hat kein Wort gesagt, nicht eins. Jetzt STEIG SCHON AUS.«

Ich fühle nichts als Erleichterung, als sie endlich aus meinem Auto draußen ist und ich gerade noch rechtzeitig dem drohenden Knöllchen entkomme.

Jetzt weiß ich genau, warum sie ihren Samstag geopfert hat, um mit mir zusammen zu sein. Sie wollte mich aushorchen.

Warum durchschaut Joe sie nicht?

# 40

Ich mache meinen Kleiderschrank auf und überlege, was ich heute Abend anziehen soll. Die Möglichkeiten sind beschränkt, wenn man im achteinhalbten Monat schwanger ist. Mir ist eigentlich nur nach meiner ausgebeulten Jogginghose und den plüschigen Hausschuhen. Aber ich gehe heute Abend mit Annie und Pippa zum Essen ins Maison Joe.

Pippa sieht überwältigend aus in ihrem hautengen schwarzen Rollkragenkleid. Ihr blondes Haar hat sie zu einem schlichten Pferdeschwanz zusammengenommen. Annies Wuschelkopf wird von einer Spange gebändigt, und sie trägt hochhackige rosafarbene Wildlederschuhe aus einem Wohltätigkeitsladen, die sie gern zur Schau stellt. Lachend sage ich ihnen, dass mein dunkelblaues Kleid ja eher einem Zelt ähnelt, und blicke auf meine unförmigen Schuhe. Sie sind flach und bequem, die Art von Schuhen, die man tragen würde, hätte man einen chronisch entzündeten Fußballen. Annie lacht und meint, dass ich übertreibe, doch als sie dann einen zweiten Blick daraufwirft, sagt sie: »Na ja, vielleicht doch.«

Joe führt uns zu unserem Tisch, sagt, er hoffe, dass er sich später noch zu uns setzen könne, wenn weniger los ist.

Pippa starrt ihn an. »Du hast mir gar nicht gesagt, wie gut er aussieht.«

»Er ist der begehrteste Junggeselle der Stadt«, informiert Annie sie. »Peta, also seine Freundin, ist die Glückliche.«

Nachdem Luis unsere Bestellungen entgegengenommen

hat, äußert Pippa sich ungläubig darüber, dass sie noch nie im Maison Joe war. »Ich bin schon oft hier vorbeigegangen, aber es liegt natürlich daran, dass ich unter der Woche kaum ausgehe. Ich lebe ziemlich einsiedlerisch dieser Tage.«

»Ich auch«, pflichtet Annie ihr bei. »Das ist echt was Besonderes heute. Ich hab einfach nur gedacht, wir sollten noch mal schön mit Becca essen gehen, bevor das Baby kommt.«

Jetzt fragen mich beide, wie es mir geht. Ich erinnere mich an meine schlaflosen Nächte. »Immer, wenn ich gerade kurz vor dem Einschlafen bin, alle Kissen richtig liegen, kriege ich …«

»Wadenkrämpfe?«, schlägt Pippa vor. »Und du musst dich wieder aus dem Bett hieven …«

»Und die Kissen fliegen überallhin?«, schließt Annie.

»Genau.« Mir wird klar, dass ich mit einer Expertengruppe spreche.

»Ist ja jetzt nicht mehr lang«, sagt Annie.

»Die Zwillinge sind schon ganz aufgeregt«, erzählt Pippa ihr. »Im Ernst, die reden von nichts anderem mehr.«

»Was ist mit dir, Becca? Wie fühlst du dich?«, fragt Annie.

»Willst du eine ehrliche Antwort?«

»Schieß los.« Annie lehnt sich im Stuhl zurück, als sei sie bereit für den Einschlag.

»Wie ein Anfänger auf Skiern ganz oben auf der schwarzen Piste.«

»Du bist doch nicht allein.« Pippa berührt meine Hand. »Du wirst ein paar Mal hinfallen, klar, aber du schaffst das.«

Während des Essens erzähle ich ihnen von dem Geburtsvorbereitungskurs. Er war ganz nützlich, alles in allem. Woche zwei und drei waren nur für die Frauen, und ich habe mich mit Keisha angefreundet. »Ich weiß jetzt alles über die weiblichen und männlichen Geschlechtsorgane«, prahle ich vor meiner Schwester und Annie. »Testet mich, ich kann euch alles darüber sagen und darüber hinaus noch einiges mehr.«

Annie verzieht das Gesicht. »Nein danke. Ich bin bei meinem zweiten nicht mehr hingegangen, also hab ich inzwischen alles wieder vergessen. Willst du eigentlich noch mehr Kinder haben, Pippa?«

»Nein«, kommt die Antwort in Lichtgeschwindigkeit.

»Alle, die dir erzählen, eine Geburt sei nicht schmerzhaft, erzählen einen Quatsch«, fährt Annie fort. »Tut mir leid, Becca, aber da gibt's nichts zu beschönigen.«

Ich antworte, dass ich mir da keine falschen Vorstellungen mache. Wir haben ein Geburtsvideo gesehen (Hölle). Ich erzähle ihnen, dass Keisha die Erste in der Gruppe war, die ihr Kind bekommen hat. Die kleine Freya kam mit gesunden sieben Pfund und fünfzig Gramm auf die Welt. »Als Keisha zur Abschlussstunde kam, um uns von der Geburt zu erzählen, wollten wir natürlich alles haarklein wissen, und vor allem, wie stark die Schmerzen waren, auf einer Skala von eins bis zehn. Sie hat ZEHN gesagt!« Ich breche in nervöses Gelächter aus.

»Spiel nicht die Tapfere. Nimm die Betäubung – nimm, was immer sie dir geben«, rät mir Pippa und erklärt, dass sie es eigentlich ohne alles hatte machen wollen, aber scheiß drauf. Ich erinnere mich noch, dass wir in den Ferien waren, als die Zwillinge zur Welt kamen. Ich hatte zu Hause angerufen, um nachzuhorchen. Mum hatte gesagt, dass die Geburt der Zwillinge schwierig gewesen sei, aber ich konnte damals wenig damit anfangen, und Olly ging es genauso. Mir wird jetzt klar, wie viel wir beide von unseren Familien nicht mitbekommen haben. Olly hat seine Eltern nicht mal ansatzweise oft genug besucht, auch seinen Bruder und seine Neffen nicht.

»Weißt du schon, was du machst, wenn das Baby auf der

Welt ist?«, fragt Annie. »Hast du darüber nachgedacht hierzubleiben?«

Als ich ihr sage, dass ich nach London zurückkehren möchte, macht sie ein trauriges Gesicht. Ich werde nach einer Mietwohnung suchen. »Mum ist nicht wohl dabei. Sie möchte dich nicht gern allein lassen«, gesteht Pippa, als ich ihr sage, dass ich schon Kontakt zu einigen Maklern aufgenommen habe.

Tief im Inneren fürchte ich, dass es mir umso schwerer fallen wird zu gehen, je länger ich bleibe. Sie werden mir alle fehlen. Mum, Dad, Pippa, Oscar und Theo, Annie, Janet … »Oh, und Joe wird mir auch fehlen«, sage ich, als er zu uns kommt.

»Was soll das heißen?«, fragt er, obwohl ich weiß, dass er es laut und deutlich gehört hat.

Er zieht sich einen Stuhl heran, und ich stelle ihn Pippa vor.

»Joe, hilf mir, Becca davon zu überzeugen, in Winchester zu bleiben«, drängt Annie.

»Bleib hier. London ist dreckig, und es gibt keine anständigen Weinbars da.«

Ich lache, bevor ich das Thema wechsle und Joe von Michel erzähle. Er hatte Janet keinen Antrag gemacht. Sie hatte die Idee witzig gefunden. »Ich bin schon in der Abflug-Lounge, Rebecca!« Michel hatte ihr ein silbernes Armband geschenkt, in das auf einer Seite ihre Initialen eingraviert waren.

»Wie geht's denn Peta?«, fragt Annie.

Sein Lächeln verschwindet.

»Was?«, drängt sie. »Läuft's nicht gut?«

Ich falte meine Serviette einmal zusammen.

»Joe!«, ruft Edoardo.

»Entschuldigt mich. Ich werde am Tresen verlangt«, sagt er.

# 41

Am Nachmittag des nächsten Tages schickt mich Mum in die Stadt, um ein paar Besorgungen zu machen. Winchesters High Street ist mit weihnachtlichen Dekorationen geschmückt. Mums Einkaufszettel zufolge soll ich eine Dose Hundefutter, einen Becher Crème Double, feine Erbsen, ein bisschen weihnachtliches Geschenkpapier und eine Packung Hackfleisch kaufen. Ich sehe ein paar Bekannte meiner Eltern, aber dieses Mal verstecke ich mich nicht hinter den Kühlregalen. »Es muss doch jetzt jeden Moment so weit sein«, meint Mums Tennisfreundin Marjorie, bevor sie mir alles Gute wünscht: »*Bonne chance,* meine Liebe! Und pass auf dich auf!«

»Nur noch zehn Tage, bevor ich dich kennenlerne«, sage ich zu meinem Sohn, als wir Sainsbury's verlassen, »vorausgesetzt, du bist brav und hältst dich an den Plan.« Ich lächle, als ich daran denke, was Olly wohl gesagt hätte. *Olly?* Tief drinnen weiß ich, dass er fort ist. *Mir fehlt es, dass du mit mir redest. Ich denke die ganze Zeit daran.*

Ich gehe weiter. »Aber wir werden schon zurechtkommen, nicht wahr?«, sage ich leise zu meinem Jungen. »Es mag vielleicht nicht perfekt sein, aber es wird ein Abenteuer werden, und wir haben immer noch uns.«

Auf dem Heimweg komme ich am Buttercross vorüber. Meine Freunde Jim und Noodle sind weg. Ich erwarte nicht, sie jemals wiederzusehen. Ich frage mich, wo sie jetzt wohl sein mögen und ob Jim gerade jemand anderem eine Botschaft übermittelt.

Ich spaziere über den mit Lichterketten geschmückten Square und entscheide mich, über die Cathedral Close nach Hause zu gehen, um mir noch die Eisläufer ansehen zu können.

Als ich zum Maison Joe komme, bleibe ich stehen, spähe durchs Fenster hinein und sehe Joe allein an der Bar sitzen.

»Joe«, sage ich, als ich hineinkomme.

Lautlos sagt er: »Nicht jetzt.«

»Was?«

»Geh«, drängt er.

Ich höre jemanden heraufkommen. Da verstehe ich endlich und ziehe mich zur Tür zurück.

»Oh, sieh mal an, wer da ist!«, sagt Peta scharf und spöttisch.

Als sie auf mich zukommt, weiche ich ein paar Schritte zurück.

»Also hast du schon das Neueste gehört?«, fragt sie.

»Das Neueste? Was denn?«

»Du wolltest Joe doch gerade fragen, wie es gelaufen ist, oder?«

»Wie bitte?«

»Joe in seinem Unglück trösten?«, fährt Peta fort.

»Ich weiß überhaupt nicht, wovon du redest.«

»Peta, es reicht. Ich denke, du solltest jetzt gehen«, sagt Joe in diesem ruhigen, aber entschiedenen Ton.

»Warum denn? Jetzt wird's doch erst interessant. Du machst mit mir Schluss, und, *voilà*, da kommt auch schon Becca zur Tür herein. Sie ist immer hier, Joe, kommt mir ständig in die Quere.«

»Peta, es tut mir leid. Ich bin zufällig vorbeigekommen … Ich hab Besorgungen gemacht.« Ich zeige auf meine Einkaufstaschen. »Ich hatte ja keine Ahnung.«

Sie dreht sich zu ihm um. »Hast du sie gebeten herzukommen?«

»Hör auf.« Joe reicht Peta ihren Mantel. »Du bist aufgebracht. Ich denke, du solltest jetzt gehen.«

»Was läuft zwischen euch beiden?«

»Nichts!«, rufe ich aus. »Überhaupt nichts.«

»Dass wir Schluss gemacht haben, hat mit Becca nichts zu tun«, bekräftigt Joe, was ich gesagt habe. »Das ist nur zwischen dir und mir.«

»Und ich hatte auch noch Mitleid mit dir, weil du Wie-hieß-er-noch-gleich verloren hast«, sagt sie. »Aber jetzt …«

Joe packt sie am Arm und führt sie zur Tür. »Wie kannst du es nur wagen, so mit Becca zu reden. Geh jetzt. Mir reicht's!«

Sie entringt sich seinem Griff. »Mach dir keine Sorgen!«, ruft sie schrill. »Ich gehe schon.« Aber vorher dreht sie sich noch zu mir um und sagt: »Bis heute hat mich noch nie jemand abserviert. So bin ich noch nie behandelt worden, und das ist alles deine Schuld!«

# 42

Als ich wieder zu Hause bin, gelingt es mir kaum, mich auf meine Malerei zu konzentrieren, und ausnahmsweise ist mir auch nicht nach essen. Mum ist weg. Dad finde ich in seinem Gartenhaus, wo er am Tisch sitzt und schreibt. Ich lasse mich auf das Sofa neben seinem Porzellanregal fallen.

Seine Mundwinkel zucken. »Ich hab die Nase voll von unserem Breitbandanschluss, deshalb schreibe ich einen von meinen altmodischen Briefen.«

Ich sitze grollend in der Ecke. Es gibt so viele Sachen, die ich Peta hätte sagen sollen. Wie konnte sie es nur wagen, mich zu beschuldigen, eine Affäre mit Joe zu haben! Und dann hätte sie sich wenigstens an Ollys Namen erinnern können.

Er klebt den Umschlag zu und dreht sich zu mir um. »Was ist los?«

»Nichts.«

»Nichts heißt immer irgendetwas. Rebecca? Was stimmt denn nicht?«

Ich beschließe, ihm die ganze Geschichte zu erzählen.

Er sieht traurig aus.

»Wer ist denn diese Furie? Der werde ich mal was erzählen.«

Der entschlossene Gesichtsausdruck meines Vaters bringt mich zum Lächeln. »Es war eine Szene wie aus aus einer Seifenoper«, gestehe ich.

Nach Petas Ausbruch war ich sofort gegangen. Ich musste

einfach nach Hause. *Wie-hieß-er-noch-gleich?* Ich musste allein sein.

»Wenn Joe sich nicht schon sicher war, dass es richtig war, diese Beziehung zu beenden, dann ist er es jetzt mit Sicherheit«, meint Dad.

Am frühen Abend hinterlasse ich Kitty eine Nachricht, sage, dass es dringend ist, setze aber hinzu: »Mach dir keine Sorgen, ich habe noch keine Wehen.«

Anschließend liege ich in der Badewanne und denke wieder und wieder an den Wortwechsel mit Peta zurück. Ich weiß, dass ich nichts mit der Trennung zu tun habe, also warum fühle ich mich trotzdem schuldig?

In ein Handtuch gewickelt sehe ich auf die Uhr. Es ist sieben. »Immer kommt sie mir in die Quere«, äffe ich sie nach. »Pah! Oh Olly, du hättest sie sehen sollen.« Ich hole meine weiche, dehnbare Schlafanzughose unter dem Kissen hervor und schlüpfe mit meinen dicken Füßen in die flauschigen Hausschuhe, wobei ich vor Erleichterung seufze. »Die Tage, in denen ich tanzen gegangen bin, sind definitiv zu Ende«, sage ich ihm. »Von jetzt an nur noch Schlafanzughosen und Schlappen bis zur Geburtswanne.«

Als ich nach unten gehe, frage ich mich, ob es wohl irgendetwas Gescheites im Fernsehen gibt. Mum und Dad sind aus, um etwas zu essen und Bridge zu spielen. Mum hatte vorgeschlagen, ich solle schon mal den Weihnachtsbaum schmücken, den Dad heute im Gartencenter gekauft hat. Ich hoffe, sie hat die Kugeln und das Lametta schon rausgeholt. Als ich den Weg nach unten schon zur Hälfte geschafft habe, klingelt mein Handy. Ich watschle zurück in mein Zimmer.

»Ich bin's«, sagt Kitty. »Bitte entschuldige, dass ich deinen zehntausendsten Anruf nicht erwischt habe. Was ist los?«

Atemlos erzähle ich es ihr.

»Mach langsam.«

Ich atme erst mal durch.

»Vielleicht habt ihr euch doch ein bisschen zu oft getroffen, du und Joe?«, wagt sich Kitty vor, bevor sie versichert, dass sie Peta in keiner Weise verteidigen will.

»Aber wie kommt sie denn darauf, dass ich der Grund dafür bin, dass es nicht funktioniert hat? Wir sind doch bloß Freunde.«

»Du weißt das, ich weiß das, aber sie ist verunsichert. Sie brauchte jemanden, dem sie die Schuld geben konnte, und da hat sie dich gefunden.«

»Ich hoffe, Joe geht's gut. Ob ich ihn mal anrufen sollte?«

»Nein. Du musst dich jetzt in erster Linie entspannen, hör auf, dir Stress zu machen.«

Ich hole tief Luft. »Mein Gott, dieses Baby muss jetzt aber mal bald rauskommen.«

»Leg eine DVD ein und iss irgendwas Heißes und Scharfes. Vergiss Peta und versuch, heute Nacht gut zu schlafen. Ich melde mich morgen wieder bei dir.«

Ich fange halbherzig mit dem Baum an, dann schlafe ich über *Frühstück bei Tiffanys* ein, nur um von einem Klopfen an der Hintertür geweckt zu werden.

Draußen ist es stockdunkel, und es schüttet. Ich gehe zur Tür. Joe hat nicht mal einen Mantel an, sein Haar ist tropfnass. Ich fordere ihn hastig auf hereinzukommen. »Wolltest du gerade schlafen gehen?«, fragt er, als er mich in Schlafanzughose und den Plüschhausschuhen mit Zebrastreifen sieht, die Olly mir letzte Weihnachten geschenkt hat.

»Ich wollte nur hören, wie's dir geht«, sagt Joe, als er sich an den Küchentisch setzt. »Es tut mir so leid. Ich hatte keine Ahnung, dass sie es dermaßen schlecht aufnehmen würde.«

»Mir geht's gut.«

»Sie ist es gewohnt, dass alle immer nach ihrer Pfeife tanzen – darum ging's. Sie war gekränkt, aber das entschuldigt ihr Verhalten nicht.«

Joe greift nach der Zuckerdose, die in der Mitte des Tisches steht, schaufelt Zucker auf den Löffel und schüttet ihn wieder in die Dose zurück, wieder und wieder.

»Wenn irgendjemand Schuld daran hat, dann ich«, gesteht er. »Es war klasse, die ersten paar Monate. Vor allem der Sex«, gibt er zu. »Ich war einfach hin und weg davon, wie toll sie aussah. Ich bin so oberflächlich, da hast du es.« Er hält die Hände hoch, als wäre er schuldig im Sinne der Anklage.

»Du bist ein Mann. Wenn ich an deiner Stelle gewesen wäre, hätte ich sie auch toll gefunden.«

»Trotzdem wusste ich, dass ich die Geschichte beenden musste. Als sie mich neulich gefragt hat, ob ich ihre Eltern kennenlernen möchte, wollte ich das nicht. Mir wurde klar, dass meine Gefühle für sie nicht sehr tief reichten und auch nie tiefer reichen würden. Heute habe ich versucht, freundlich Schluss zu machen. Ich wollte es nicht übers Telefon tun.«

Ich greife nach seiner Hand, um ihn davon abzubringen, weiter mit dem Zucker herumzuspielen. »Es tut mir so leid, dass sie Ollys Namen vergessen hat«, sagt er, »und natürlich wie sie mit dir gesprochen hat.«

»Keine Sorge. Ich bin schon ein großes Mädchen. Ganz besonders derzeit.« Ich lege die Hände auf beide Seiten meines Bauches.

Joe lächelt nicht. »Sie hätte es an mir auslassen sollen. Nach allem, was du durchgemacht hast, warst du die Letzte, die sie hätte so verletzen dürfen.«

Ich habe Joe davon überzeugt, hierzubleiben und mir zu helfen, den Weihnachtsbaum zu schmücken. Er findet einen einzelnen Zweig und hängt einen lächelnden Weihnachtsmann daran. »Kein Wort mehr von Peta«, sagt er. »Wie geht es dir denn?«

Ich erzähle ihm, dass ich ein Bläschen im Mund habe, weil ich zu viel Ananas gegessen habe.

»Warum isst du denn so viel Ananas?«

Ich hänge ein leuchtend rotes Glasherz an den Zweig über dem Weihnachtsmann, und unsere Arme berühren sich. Ich erzähle ihm, dass Ananas Wehen auslösen soll.

Joe lacht, als er sich vorbeugt, um eine glitzernde goldene Kugel an einen unteren Ast zu hängen. Sein Blick fällt auf einen Umschlag, der mit einem Band darum unter dem Baum liegt. »Für meine Eltern«, sage ich. »Ich habe ihnen Tickets nach Siena nächstes Frühjahr gekauft.« Ich erzähle Joe, dass es ein Dankeschön für alles ist, was sie für mich getan haben.

»Ich hab auch was für dich.« Ich hebe ein flaches Päckchen auf, das in braunes Packpapier gehüllt und mit einem roten Samtband zugebunden ist.

»Für mich? Wow.«

»Mach es auf.«

»Ich hab überhaupt nichts für dich.«

»Gut. Musst du auch nicht. Mach es auf«, verlange ich noch einmal.

Es ist ein Ölgemälde von einem Zitronenbaum, ganz wie das, das ihm in Bristol immer so gefallen hat.

Er blickt mich mit Wärme in den Augen an.

»Danke, Joe. Du warst derjenige, der mich ermutigt hat, wieder mit dem Malen anzufangen.«

»Ich liebe es.«

»Es würde bei Sotheby's nicht gerade für ein paar Millionen weggehen, aber …«

»Für mich ist es sowieso unbezahlbar.«

Wir schmücken weiter den Baum, ich packe noch ein zweites Schokoladenrentier aus und lache, als ich zwischen zwei Bissen sage, dass es nur für das Baby sei, das zufälligerweise ein ziemliches Leckermäulchen ist.

»Wie passend. Wie viele Tage sind es noch?«

»Zehn.«

»Scheiße.«

»Danke.« Ich nehme den Silberengel und stecke ihn oben auf den Baum. »Jetzt geht's mir doch gleich *so* viel besser.«

Bei Eiern und Toast fragt mich Joe nach meinen Plänen für die Zeit nach der Geburt.

»Ich gehe zurück nach London, sobald ich kann.«

»Wird dir deine Familie nicht fehlen?«

»London ist nur eine Stunde von hier entfernt, und die Hälfte davon auf dem M3.«

»Willst du wirklich zurück?« Ich bemerke, dass er sein Essen kaum angerührt hat.

»Ja und nein.«

»Hast du nie daran gedacht, hier zu leben?«, fragt er und setzt vorsichtig hinzu: »Für immer? Das könnte doch ein Neuanfang sein.«

»Joe, du wirst mir auch fehlen.«

»Ich meine, mal ganz praktisch gedacht ...« Er verstummt, kontrolliert sich selbst. »Du wirst mir auch fehlen, Becca.«

Ich lächele. »Dieses letzte halbe Jahr war wirklich hart, aber was mir vor allem da hindurchgeholfen hat, das war die Unterstützung meiner Familie, dass ich Annie wiedergefunden habe, dieses Baby ...« Ich sehe auf meinen gewaltigen Bauch. »Den Verstand zu verlieren, ist ein Luxus, den man sich einfach nicht erlauben kann, wenn man ein Kind bekommt. Und das andere, was mir hindurchgeholfen hat, war die Arbeit im Maison Joe. Na ja, nicht nur die Arbeit, du auch.«

»Ich?«

»Ich bin froh, dass du wieder in mein Leben zurückgekommen bist, und ich bin so froh, dass wir die Vergangenheit hinter uns gelassen haben. Trotz allem hätte Olly es so gewollt. Ich werde die Zeit, die wir hier zusammen hatten, nie vergessen.«

»Ich auch nicht. Aber wir bleiben doch in Verbindung, oder? Du redest ja gerade so, als würden wir uns jetzt wieder zehn Jahre lang nicht sehen!«

Wir fangen an, uns noch einmal von dem Weinseminar zu erzählen, wie stolz Adam war, als er am Ende seine Maison-Joe-Urkunde bekam, die er sich einrahmen würde, wie er mir später gestand. Wir denken an Janets raues Lachen und wie angeheitert sie war, und an Monica, die erst Henry mit dem wilden Haarschopf aus dem Weg gegangen ist, um sich dann in den hübschen Scott zu verlieben. Ich erinnere Joe daran, wie er mir durch Ollys Geburtstag geholfen hat und an den Ausflug mit seinem Vater. »Können wir jetzt zum Lobster Pot?«, frage ich Joe, bevor wir beide lachen müssen.

»Wenn wir nicht gelacht hätten, hätten wir weinen müssen«, setzt Joe hinzu.

Wir sitzen da und lauschen dem Regen draußen. »Du hast mir auch geholfen, Becca«, sagt er, als er schließlich das Schweigen bricht. »Es gab da immer diese Lücke, diese Leere, nachdem ich den Kontakt zu dir und Olly verloren hatte.«

»Warte mal.«

»Becca? Was hast du vor?«

»Wirst du schon sehen. Ich hab noch was für dich.«

Ich gehe hoch in mein Zimmer und ziehe die Schachtel mit Ollys Sachen unter dem Bett hervor. Dann komme ich mit einem Umschlag in der Hand zurück, den ich Joe gebe.

Er macht ihn auf. Darin sind die Passfotos, die Olly in seiner unteren Schreibtischschublade aufgehoben hatte. Tränen treten Joe in die Augen, als er sagt: »An den Tag erinnere ich mich noch. Uns war ziemlich langweilig, also sind wir in die Stadt gegangen. Du warst in Florenz.«

»Na ja, war ja klar, dass es ohne mich langweilig war«, witzele ich.

Er nimmt das andere Foto in die Hand. »Das war bei Kittys Silvesterparty, stimmt's? Ein tolles Foto. Sieh nur, wie *jung* wir da waren! Darf ich die wirklich behalten?«

Ich nicke, ganz gerührt darüber, wie viel ihm die Bilder bedeuten.

Wir erinnern uns weiter, an den Tag, an dem wir den Catherine's Hill hinaufgewandert sind, wie Joe die Ballons hat steigen lassen, um sich von Olly zu verabschieden. Ich sehe uns noch vor mir, wie wir im Labyrinth Mr Froggy gespielt und die Schulkinder ihn in seinen roten Boxershorts ausgelacht haben.

»Nach dem Tag, den wir heute hatten, könnte ich einen schönen Frustschrei gebrauchen. Sollen wir jetzt gehen?«, fragt er.

»Ich glaube nicht, dass ich auch nur einen Schritt den Berg hochkäme.«

»Ich könnte dich tragen.«

»Und dir das Kreuz brechen?«

»Noch zehn Tage«, sagt er und denkt laut, »dann wird sich alles ändern.«

»Ich weiß. Ich hab Glück gehabt, dass ich es hier so kuschelig hatte. Es ist immer ein Wagnis, sich auf etwas Neues einzulassen, aber vielleicht habe ich ja schon eine Wohnung gefunden und …«

»Ich will nicht, dass du weggehst.«

»Du kannst uns doch besuchen kommen, und außerdem

werde ich sowieso ständig hier sein. Du wirst es kaum merken, dass ich weggezogen bin.«

»Ich will nicht, dass du gehst.«

»Joe?«

Er holt tief Luft. »Peta wusste, warum sie eifersüchtig war.«

»Was?«

»Oh Gott, ich fass es nicht, dass ich das jetzt ausspreche.« Er steht auf und tigert auf und ab. »Die Sache ist die, Becca, sie hatte nicht unrecht. Zum Teil haben wir uns getrennt, weil, na ja, ich sie nicht wirklich liebe. Ich glaube nicht, dass ich überhaupt jemals geliebt habe, nicht richtig jedenfalls.«

Ich stehe ebenfalls auf und stelle meinen Becher in die Spüle.

»Becca, sieh mich an.«

Er steht jetzt neben mir. Er nimmt meinen Arm und dreht mich zu sich um. »Ich habe mich damals in Bristol in dich verliebt, das weißt du. Wir hatten diese eine Nacht zusammen, aber ich konnte dich niemals ganz haben. Du warst mit meinem besten Freund zusammen. *Weißt* du, wie sich das anfühlt? Du warst alles für mich, bist du immer noch, und die Vorstellung, dich nicht mehr wiederzusehen, dich nicht mehr in der Nähe zu haben, bricht mir das Herz, und …«

Ich winde mich von ihm los. »Joe! Hör auf damit. Sag's nicht.«

»Ich kann nichts dafür, wie ich empfinde.«

»Joe, bitte …«

»Ich liebe dich.«

»Nein! Das ist falsch, das ist alles ganz falsch!«

»Becca …«

»Du kannst Olly nicht ersetzen! Niemand kann das!«

»Stimmt. Stimmt, das verstehe ich.«

Er geht hinaus.

Ich höre, wie die Hintertür ins Schloss fällt.

Ich kneife die Augen zusammen, weil ich den Schmerz ausschließen möchte.

Ich höre Schritte auf dem Kies der Auffahrt. Was soll ich nur tun? Was habe ich da gerade getan? »Joe! Es tut mir leid!«, rufe ich und renne zur Hintertür. Ich reiße sie auf und taumele nach draußen in den prasselnden Regen. Ich renne zurück in die Küche und schnappe mein Telefon, beschließe, ihn anzurufen und ihm zu sagen, dass er zurückkommen soll, aber dann spüre ich einen dumpfen Schmerz direkt durch meinen prallen Bauch schießen. Dann platzt die Fruchtblase. Ich klemme mir ein paar Küchenhandtücher zwischen die Beine, umklammere meinen Bauch und gehe zur Hintertür, aber er ist schon zu weit weg. »Joe!«, schreie ich. Er hört mich nicht. »Joe!«

Er ist weg.

Ich wähle seine Nummer. »Dies ist der Anschluss von Joe Lawson …«

Ich lege auf und versuche es noch einmal, hacke auf die Tasten ein.

Der Schmerz kehrt zurück, stärker dieses Mal.

# 43

*West London, achtzehn Monate später*

Schluss jetzt!« Ich nehme meinem Sohn die Packung Ingwerplätzchen weg. Sein Gesicht verknittert wie eine Trockenpflaume. Um Tränen zu vermeiden, nehme ich seine Hand und ziehe ihn zu seiner roten Lieblingsschaukel. »Gleich wirst du dir vorkommen wie Superman«, sage ich, nachdem ich versprochen habe, ihn ganz hoch schaukeln zu lassen, »und Superman weint doch nicht, oder? Er ist ein Superheld!« Ich hebe ihn auf den Sitz, als es gerade anfängt zu tröpfeln. »Warum leben wir eigentlich in London? Hier regnet's einfach immer, *tropf, tropf*, sogar im Sommer.«

»Topf, topf«, wiederholt er und rutscht auf dem Sitz herum.

»Los geht's, mein Schatz. Bist du bereit zu fliegen?«

Er kichert und schlägt voller Vorfreude gegen die Seile der Schaukel, die Kekse sind längst vergessen.

Ich schiebe ihn mit einem »Huuuuiiii!« an.

Er lacht wieder.

Ich liebe es, wenn er lacht, weil er mich dann an Olly erinnert. Ich sehe dann dieses Licht in seinen großen braunen Augen aufleuchten.

Alfie kam auf ziemlich traumatische Weise in mein Leben: Wehen, die über zwanzig Stunden andauerten, und ich erinnere mich noch gut daran, wie Kitty in Ohnmacht fiel, als sie das Becken mit blutrotem Wasser sah. Eine Geburt ist magisch, aber sie besteht auch aus Blut, Exkrementen und Qual. Nachdem meine Fruchtblase geplatzt war, kamen Mum und Dad von ihrem Bridgeabend nach Hause geeilt. Ich rief auch Kitty an, und sie sagte, sie würde sich sofort ins Auto werfen.

Mein Vater murmelte wie ein alter Mann vor sich hin und hinkte dramatisch. »Warum läufst du auf einmal so komisch«, fuhr Mum ihn an, während sie die Schweinerei aufwischte, die ich auf dem Küchenfußboden hinterlassen hatte. Es war nicht nur ein Tröpfeln gewesen; eher so etwas wie ein Wasserrohrbruch. »Lauf und hol die Tasche!«

»Die Tasche?« Dad war vollkommen durcheinander. Audrey bellte und jagte ihren Schwanz.

»Die wir schon fürs Krankenhaus gepackt haben! Sie steht in Beccas Zimmer. Na, los jetzt.«

Dad hinkte aus der Küche.

»Warum läuft er denn so?«, wiederholte Mum, während sie energisch den Fußboden schrubbte. Sie war wie ein Wind in Sturmstärke, der sich wieder legen musste.

»Mum, ich hatte erst ein paar Kontraktionen, also bitte, *bitte* entspann dich.«

»Ich bin ja so aufgeregt«, sagte sie, während sie meine Hände umklammerte.

Meine Gedanken kehrten zu Joe zurück. Ich fühlte mich schrecklich; schuldig – er hatte mich so nett unterstützt, war so ein guter Freund gewesen –, aber mit dem, was er gesagt hatte, konnte ich nicht umgehen.

Kurz vor ein Uhr machten wir vier uns auf den Weg ins Krankenhaus. Dad fuhr wegen der Dunkelheit vorsichtig, Mum war genervt, dass wir nicht schneller vorankamen. »Es ist niemand unterwegs, Harvey!«

Armer Dad. »Ich habe wertvolle Fracht an Bord«, wandte er ein. »Hör auf, mich zu drangsalieren.«

Um die Anspannung zu lösen, beschwerte er sich darüber, dass ich ausgerechnet angerufen hatte, als er ein tolles Blatt auf der Hand hatte. »Ich war kurz davor, einen Grand Slam hinzulegen.«

Kitty drückte mir die Hand beinahe ab und forderte mich dazu auf, Augustas Atemübungen zu machen. Später, als die Wehen heftiger wurden, habe ich Ollys Namen geschrien.

»Mehr, Mum«, verlangt Alfie. Ich merke, dass ich in Gedanken ganz woanders war. »Los geht's, hoch in den Himmel hinauf!«, sage ich mit neuer Energie.

Meine Hebamme hieß Willy. »Nur du konntest eine Hebamme bekommen, die Willy heißt«, hatte Kitty geflüstert und mich trotz allem zum Lachen gebracht.

Ich erinnere mich an die ersten paar Minuten, in denen ich mein Baby endlich in den Armen halten durfte und seinen warmen, kleinen Körper an meine Brust gekuschelt spürte. Ich liebte es, wie er nach meinen Fingern griff. Ich strich über sein Haar, sog seinen Duft ein und fühlte mich durch ihn Olly ganz nah.

Alle meine Freunde schickten Karten, Schokolade und Babysachen und verwandelten damit mein Zimmer in einen Geschenkeladen. Als Pippa, Todd und die Zwillinge die Station betraten, sahen sie aus, als hätten sie die ganze Spielwarenabteilung von Hamleys mitgebracht.

Kitty setzte sich zu mir auf mein Bett. »Möglicherweise hast du mich für mein ganzes Leben davon kuriert, jemals ein Kind kriegen zu wollen«, sagte sie, »aber gut gemacht – du hast es geschafft.«

Ich nahm ihre Hand. »Wir haben es geschafft. Willst du sein Vormund werden, falls mir irgendwas zustößt?«

»Dir wird nichts passieren.« Kitty versuchte, mich zu beruhigen, indem sie mir sagte, dass ich müde sei.

»Ich bin nicht todkrank. Ich muss es einfach nur wissen.«

»Und dann wirst du aufhören, dir Sorgen zu machen?«

Ich nickte. »Meine Eltern sind alt, die Verantwortung wäre zu viel für sie. Pippa hat schon die Zwillinge und wird immer seine Tante sein, aber du bist meine beste Freundin.«

Kitty lächelte gerührt. »Ich verspreche, mich um ihn zu kümmern.« Wir umarmten uns. »Irgendwelche Namensvorschläge?«

Ich sah auf meinen Jungen herunter.

»Alfred Oliver Sullivan. Kurzform Alfie.«

Aber vor allem werde ich nie vergessen, wie meine Mutter sagte, dass sie stolz auf mich sei. Das hat mich an Olly und Joe denken lassen, und wie sehr wir drei uns immer danach gesehnt haben, Anerkennung von unseren Eltern zu bekommen. »Ich liebe dich, und ich bin so stolz auf dich«, hatte sie gesagt und Alfie in ihren Armen gewiegt.

Als wir vom Park nach Hause gehen, denke ich an Mum und Dad und wie sehr ich sie vermisse.

Nachdem Alfie zur Welt gekommen war, hatte ich über Weihnachten und Neujahr noch einen Monat zu Hause verbracht. Meine Mutter und ich arbeiteten gut zusammen, während mein Vater oft mit Aufträgen zum Supermarkt oder zum Kiosk geschickt wurde. Mum brachte mir alles bei, was ich über Babys wissen musste, und zeigte mir, wie ich meinen kleinen Sohn in den alten, gestrickten Shetlandschal wickeln konnte, den sie für mich schon benutzt und so sorgsam für ihre Enkelkinder aufbewahrt hatte.

Seit ich von zu Hause ausgezogen war, haben Alfie und ich uns ein neues Leben aufgebaut. Ich bin nicht zum Arbeiten zurück zu Glitz gegangen. Alfie ist das Einzige, was mir von Olly geblieben ist, und vielleicht ist das eine ungesunde Anhänglichkeit, aber die Vorstellung, ihn jemand Fremdem zu überlassen, ist im Moment noch undenkbar. Ich habe das auch mit Victor und Carolyn besprochen. »Wir würden dich gern unterstützen«, hatte Carolyn mich bestärkt, »damit du auf jeden Fall zu Hause bleiben kannst und dir nicht allzu viele Sorgen ums Geld machen musst.«

Ich fühlte mich schuldig, als Carolyn mir erzählte, dass sie ein paar Gemälde verkauft hatten, um Geld flüssig zu machen. »Bitte sag Ja«, hatte sie insistiert und mir einen Scheck ausgehändigt. »Wir möchten helfen.«

»Ich hätte Oliver viel mehr Unterstützung geben sollen, als er noch am Leben war«, hatte Victor hinzugesetzt. »Lass mich das jetzt für dich und für Alfie tun. Er braucht seine Mutter. Aber vor allem, lass mich das für meinen Sohn tun.«

Ein weiterer Grund, warum ich nicht zu Glitz zurückgegangen bin, ist, dass ich wieder male, und es fühlt sich wunderbar an, als kehre ein kleiner Teil von mir zurück. Ich male nicht so viel, dass ich davon leben könnte, dafür habe ich gar nicht genug Zeit, aber ich habe Kontakt zu einer örtlichen Kunsthändlerin aufgenommen, die im Londoner Zentrum private Ausstellungen veranstaltet. Ihr gefielen meine italienischen Landschaften, und sie hat gesagt, dass sie mich in Zukunft vertreten möchte. Wenn Alfie in den Kindergarten geht und dann zur Schule, werde ich hart arbeiten. Wer weiß, vielleicht kann ich ja ganz von meiner Kunst leben. Eins habe ich nämlich auf jeden Fall gelernt seit Ollys Tod: dass es nichts bringt, sich ständig Sorgen zu machen, sondern dass man jeden Tag so nehmen muss, wie er kommt. Im Augenblick will ich es genießen, für Alfie da zu sein. Als alleinerziehende Mutter hat man es nicht leicht, und erst jetzt wird mir klar, wie Pippa sich aufgerieben haben muss mit den Zwillingen und einem Ehemann, der die Hälfte der Zeit nicht zu Hause war. Ich wünschte, wir hätten uns nähergestanden, als die beiden Jungs noch klein waren. Ich hätte sie unterstützt. Ich verstehe jetzt auch, warum sie Mum so oft eingespannt hat.

Alfie liebt es, seine Großeltern zu besuchen. Wenn ich mit ihm nach Winchester fahre, treffen wir uns auch mit Keisha aus dem Geburtsvorbereitungskurs oder besuchen Annie in ihrem Laden, der immer noch in den Wirren der Finanzkrise aushält. Oscar und Theo lieben ihren kleinen Cousin, auch wenn ich immer mal dafür sorgen muss, dass sie ihn nicht kneifen oder mit der Gabel nach ihm pieken, nur um zu sehen, ob er davon aufwacht. In London besucht uns oft Patentante Kitty, und manchmal bringt sie Steven mit. Steven ist klein, pausbäckig, mit intelligenten blauen Augen und viel Humor. Außerdem passt er mehr als gut zu Kitty; er lässt sich von ihr überhaupt nicht herumkommandieren. Sie und Steven erzählen Alfie zu gern, wie sie von einem großen Monster aus einem Doppeldeckerbus gestoßen wurde und Superman Steven ihr zu Hilfe angeflogen kam. Sie spielen es immer mit großen Gesten vor und bringen Alfie zum Lachen. Manchmal bemerkt auch Kitty dieses Zwinkern in seinen Augen, wenn er lacht. »Da, jetzt sieht er aus wie Olly«, sagt sie dann und hält den Atem an.

Jamie kommt oft mit Sylvie vorbei, die sich zwar überhaupt nicht für Babys oder Gespräche über Babys interessiert, aber immerhin gibt sie sich Mühe, es sich nicht anmerken zu lassen.

Victor und Carolyn schauen auch regelmäßig vorbei, sie übernachten in einer Frühstückspension in der Nähe meiner Wohnung. Ich habe ihnen von Ollys Manuskript erzählt. Am Ende habe ich es doch gelesen und wünschte nur, ich hätte es schon eher getan. Ich mag ja befangen sein, aber ich konnte Ollys Roman nicht weglegen, nachdem ich einmal damit angefangen hatte. »Es ist eine lustige Geschichte«, sagte ich ihnen. »Manchmal habe ich laut aufgelacht, aber sie ist auch berührend. Da sind diese zwei Figuren, die eigentlich zusammen sein sollten, aber …«

»Erzähl's mir nicht«, hatte Carolyn gesagt. »Ich würde es gern auch lesen.«

Ihren Sohn zu verlieren, hat beide altern lassen, doch ich merke, wie viel Alfie dazu beiträgt, die Lücke zu füllen. Victor verspricht Alfie, dass er, wenn er älter ist, nach Northumberland kommen und eine Weile dort bleiben muss. Sie haben einen wunderschönen Garten mit einem Gemüsebeet. Er freut sich schon darauf, ihm zu zeigen, wie aus Raupen Schmetterlinge werden.

Ziemlich oft treffen Alfie und ich uns mit Glitz auf einen Becher heiße Schokolade in unserem Lieblingscafé in der Nähe der New Bond Street. Aber es sind Janets Besuche, die meinem Jungen am meisten Spaß machen. Er liebt es, sie zu sehen und mit Woody zu spielen. Wenn er es draußen hupen hört, läuft er schon ganz aufgeregt zum Fenster. Michel fährt sie einmal im Monat nach London, damit sie uns besuchen kann, bevor er sich diskret zurückzieht, um sich einen Film oder eine Ausstellung anzusehen. Über die Monate habe ich bemerkt, wie schwer sich Janet inzwischen auf Michels Arm lehnt und wie viel langsamer sie zu Fuß ist. »Meine alte Pumpe ist nicht mehr so stark heutzutage«, scherzt sie, aber ich weiß, dass es ernster ist, als sie es sich anmerken lässt.

Als sie zum letzten Mal hier war, habe ich endlich den Mut gefunden, mit ihr über Joe zu sprechen. Wenn irgendjemand irgendetwas Wichtiges über ihn wissen könnte, dann Janet, weil Michel die Familie in- und auswendig kennt. »Wie geht es Joes Vater?«, lautete die Einleitungsfrage.

»Im Cherry-Tree-Altersheim. Oh mein Gott, ich hoffe, dass ich nie da ende. Aber Joe hielt es für das Beste. Es wurde ihm einfach zu viel.«

»Stimmt wohl. Und Joe?« Ich bot ihr ein Teilchen zu ihrer Tasse Tee an. »Wie geht es ihm?«

»Michel sagt, der Laden boomt! Ist schon ein helles Köpfchen, der Junge.« Sie betastete das Gebäckstück.

»Vanilleteilchen, die du am liebsten magst.«

»Oh, wie köstlich.« Sie biss herzhaft ab, und die andere Hälfte fiel auf den Teppich. Es war Woodys Glückstag. »Ich bin sicher, Joe würde sehr gern von dir hören«, sagte Janet vorsichtig. Sie wusste, warum wir keinen Kontakt mehr zueinander gehabt hatten, seit Alfie auf die Welt gekommen ist; dass er mir gesagt hatte, dass er mich liebt. »Ich vermisse ihn sehr«, hatte ich vor Monaten schon gebeichtet, »aber es würde mit uns niemals funktionieren, Janet.«

Ich erinnerte sie daran, wie sehr ich ihn verletzt hatte.

»Hat er denn versucht, Olly zu ersetzen?«, fragte sie.

»Nein«, murmelte ich und wollte gar nicht darüber nachdenken, was ich gesagt hatte. »Ich habe ihm geschrieben, so ungefähr sechs Monate nach Alfies Geburt. Ich habe ihn zu uns eingeladen und Fotos geschickt. Er hat jedoch nicht geantwortet.« Ich schwieg kurz. »Ich denke oft an ihn. Aber wie dem auch sei …«

»Liebst du ihn?«

»Janet!«

»Das ist eine einfache Frage.«

»Mag ich Schokolade? Das ist eine einfache Frage.«

»Gut, aber wenn du's einer alten Schachtel wie mir nicht sagen kannst, wem kannst du's dann sagen?«

Ich entspannte meine Schultern. »Seit mit Alfie alles läuft und ich etwas mehr Zeit habe, nun ja, vermisse ich ihn. Aber heißt das schon, dass ich ihn liebe?«

»Glaubst du denn, dass du ihn lieben könntest?«, fragte sie, etwas sanfter dieses Mal.

»Ich fühle mich schuldig.«

»Schuldig?«

»Er war Ollys bester Freund.« Da beschloss ich, Janet dieses Mal die ganze Geschichte zu erzählen. Sie hörte zu, fasziniert, aß nicht einmal weiter. Ich zensierte ein paar Teile, aber das Wesentliche verstand Janet ziemlich gut. »Wahrscheinlich hat er sowieso schon jemand anderes kennengelernt.« Ich stopfte mir einen Vanillekeks in den Mund. »Oh Janet, ich hab einfach Angst davor, mich wieder in irgendjemanden zu verlieben. Es ist viel einfacher, allein zu sein. Und ich bin ja nicht mal alleine. Ich bin mit Alfie zusammen. Er ist mein Mann.«

»Als ich klein war, Becca, wollte ich immer keinen eigenen Hund haben.« Mir fiel auf, dass ihre Hände zitterten, sodass ihre Tasse gegen die Untertasse klapperte. »Warum einen Hund haben, wenn er doch sterben wird? Also habe ich meine Mum gefragt, ob wir nicht stattdessen Hunde ausbilden könnten. So würden sie uns verlassen, wenn sie noch jung waren. Ich hatte wahnsinnige Angst vor dem Tod, weißt du, ich weiß nicht, woher diese Angst kam, aber sie war da.«

Ich nickte, gespannt darauf, worauf sie hinauswollte.

»Also machten wir das. Wir trainierten Billy den Labrador ein Jahr lang, bevor wir ihn zurückgaben, dann kam Maisy, der Golden Retriever, und immer so weiter … bis Mum mich schließlich davon überzeugte, dass wir doch einen eigenen Hund bekommen sollten. Pepper war unser erster, ein grauweißer Zwergschnauzer. Er starb zehn Jahre später, als ich zweiundzwanzig war. Ich habe tagelang geweint. Tage, Rebecca! Es war meine erste echte Erfahrung von Trauer, aber sie hat mich etwas gelehrt. Zu lieben bedeutet auch, jemanden zu verlieren. Die Trauer ist der Preis der Liebe.«

Mir traten Tränen in die Augen.

»Das Leben ist wunderbar, Rebecca, aber du weißt genauso gut wie ich, dass es einen auch ziemlich hart treffen kann, wenn man am wenigsten damit rechnet. So viele Leute schimpfen darüber, wie ungerecht, wie unfair das Leben ist; sie kommen aus dem Loch nicht mehr heraus. Wir haben jedoch überhaupt kein Recht auf irgendwas. Wir haben nicht im Mindesten so viel Kontrolle, wie wir gern hätten, aber wir haben die Wahl, wir können uns entscheiden. Ich will nur sagen, triff die besten Entscheidungen, die du kannst, und bereue dann nichts. Das ist reine Verschwendung. Du kannst nicht beeinflussen, in wen du dich verliebst, und Olly hätte sicher nicht gewollt, dass du unglücklich bist.«

Als ich um die Straßenecke biege, sehe ich Kitty vor meiner Tür warten. Sie wird heute Nacht den Babysitter spielen, zusammen mit Steven. Sie hilft mir, Alfie und all unsere Sachen hineinzubringen, bevor sie mich in die Mangel nimmt und mich fragt, was ich für mein Date anziehen werde. »Erzähl mir nicht, du hättest es vergessen!« Kitty hat mich dazu überredet, mal wieder »auszugehen«.

»Du könntest dich doch mal mit jemandem verabreden«, hatte sie vorgeschlagen, »nichts Ernstes, nur mal so gucken, wie es läuft.«

Alle meine Freunde haben mich dazu gedrängt. Sogar meine Mutter hat mich gefragt, ob ich auch mal neue Leute kennenlerne, und ich konnte aus ihrer Stimme heraushören, dass sie keine anderen Mütter aus der Krabbelgruppe meinte.

»Ich hab's nicht vergessen«, versichere ich ihr. »Komm Alfie, lass uns dir Abendessen machen.«

»Alles in Ordnung?«

»Ein bisschen nervös. Ich weiß gar nicht mehr, wie man mit Männern spricht, ganz zu schweigen davon, mit ihnen zu flirten.«

»Du wirst dich schon durchschlagen.« Sie folgt mir in die Küche.

»Du hattest immer desaströse Dates«, erinnere ich sie. »Erinnerst du dich noch an den Mann mit dem Erdnusskopf und *Sister Act?*«

Sie lacht. »Ja, aber wenigstens ist dein Kerl von Steven wärmstens empfohlen worden. Sie waren zusammen Assistenzärzte, und ich verspreche dir, dass sein Lieblingsfilm nicht *Sister Act* oder *Mrs Doubtfire* ist.«

»Ich liebe *Mrs Doubtfire*«, sage ich.

»Ich hab ein gutes Gefühl wegen heute Abend.«

»Wir können doch schlecht beide mit einem Anästhesisten zusammen sein.«

»Warum nicht? Das wäre lustig, das versprech ich dir.«

»Na, sehen wir mal.«

# 44

Ich bin spät dran für meine Verabredung, aber es sieht aus, als sei er es auch. Ich schnappe mir den letzten freien Tisch in der Ecke der Bar. Ich setze mich, wühle ein bisschen in meiner Handtasche herum, um sicherzugehen, dass ich mein Handy dabeihabe, falls Kitty mich anrufen muss. Am Nebentisch erfreut sich eine Gruppe an ihren Cocktails. Ich sehe zum Fenster hinaus auf den beeindruckenden Ausblick auf London und sage mir, dass ich diesen Abend genießen werde.

Fünf Minuten später tue ich so, als sei ich ganz in die Getränkekarte versunken, bevor ich wieder zum Tresen hinüberschiele. Entspann dich, sage ich zu mir selbst. Es ist ein Date, keine Prüfung.

Mein Telefon vibriert und benachrichtigt mich davon, dass ich eine SMS bekommen habe. Eine Sekunde lang hoffe ich, dass mein Date abgesagt wurde, sodass ich die hochhackigen Schuhe abstreifen und zurück in meinen gemütlichen Pulli und die Jeans schlüpfen kann. Es ist Kitty.

»Alfie schläft jetzt. Denk dran, du siehst *heiß* aus. Viel Glück, x.«

Früher am Abend hatte ich den Kleiderschrank aufgemacht. Alfie spielte mit Bauklötzen, auch wenn ihn ein Schuhlöffel, den er unten im Schrank gefunden hatte, wesentlich mehr interessierte.

Kitty holte eins meiner roten Kleider hervor – schlicht, aber sexy, beschrieb sie es. »Ich erinnere mich noch, wie du das zu dieser Filmpremiere anhattest.«

»Das war vor Jahren. Das kann ich heute Abend nicht anziehen, es wäre ein bisschen übertrieben, oder?«

»Nein!« Sie entrang mir meine Jeans und das sichere schwarze Oberteil und stopfte mir das Kleid in die Hände. »Da passe ich gar nicht mehr rein«, protestierte ich und zeigte auf meinen schlabberigen Bauch, bevor ich über einen von Alfies Bauklötzen stolperte und fluchte. Ich versuche schon seit Längerem Ersatz für das Wort zu finden, das mit Sch anfängt, aber es funktioniert nicht so richtig.

Ich sehe auf die Uhr. Es ist Viertel nach sieben. Wir hatten sieben gesagt, oder?

Warum bin ich so nervös?

Wahrscheinlich, weil die letzte Verabredung, die ich hatte, mit Luca war, in Florenz, vor, na ja, über zehn Jahren. Seit Ollys Tod wollte ich mit niemand anderem zusammen sein. Erst vor Kurzem habe ich damit angefangen, mein Leben noch mal zu überdenken, besonders nach dem, was Janet zu mir gesagt hatte. Als ich sah, wie Kitty und Steven sich auf meinem Sofa küssten (sie wussten nicht, dass sie Zuschauer hatten, aber ich war gerade auf dem Weg nach unten, nachdem ich Alfie ins Bett gebracht hatte), spürte ich zum ersten Mal so etwas wie Sehnsucht aufflackern, den Wunsch, das zu bekommen, was sie auch hatten.

»Andrew Matthews«, sagt ein Mann, der an meinem Tisch steht und gerade seine Jacke auszieht. »Du musst Rebecca sein. Es tut mir wirklich leid, dass ich zu spät komme.«

»Oh, keine Sorge, ich bin auch gerade erst gekommen«, lüge ich schamlos.

Steven hat mir gesagt, Andrew sei seit einem Jahr geschieden. Ich schätze, dass er Ende vierzig sein muss. Sein Händedruck ist fest, was immer ein gutes Zeichen ist, aber mein Blick wird von seinen stachelig hochgegelten Haaren angezogen, die aussehen wie Haifischzähne.

»Also«, fangen wir beide an.

»Möchtest du was trinken?«, fragt er mich im selben Augenblick, als ich sage: »Du bist also Anästhesist wie Steven?«

»Ja«, antworten wir dann beide, bevor wir lachen müssen. Ich kann sehen, dass er auch nervös ist.

Über den ersten Drinks erzählt mir Andrew von seiner Arbeit.

Während er spricht, wandern meine Gedanken zu Olly. Ich erinnere mich daran, wie wir dieses rote Kleid vor Jahren zusammen gekauft haben. Olly hat es mein »Banker-Bonus-Kleid« genannt. »Wie viel kostet es?«, hatte er gefragt.

»Nicht gucken!« Ich verbarg das Preisschild vor ihm. »Es ist übel.«

»Wie übel? Kleinere Schädigung der Kreditkarte oder …«

»Herzstillstand. Gut möglich, dass die Karte sich nie wieder davon erholt.«

»Oh, na, dann los, probier es an«, sagte er und schob mich in Richtung der Umkleidekabinen.

In dem kleinen Abteil streifte ich meinen Pulli ab.

»Neuer BH?« Sein Finger glitt unter einen der Träger.

»Nicht hier«, lachte ich, bevor ich den Kopf hinausstreckte und dann den Vorhang gut zuzog.

»Mach dein Haar auf«, sagte er, als ich das Kleid endlich anhatte.

Ich löste mein Haar.

»Du bist wunderschön, Becca.«

»Ach, Olly, du alter Romantiker.«

»Beinahe so umwerfend wie der neue iPod«, sagte er mit diesem schelmischen Lächeln, das Alfie von ihm geerbt hat.

Ich sehne mich danach, sein Gesicht vor mir zu sehen. Was würde ich darum geben, ihn noch einmal küssen zu dürfen, seine Berührung zu spüren, seine Arme um mich geschlungen. Trotz all unserer Höhen und Tiefen war das, was wir hatten, echt. Wie gern würde ich mit Alfie zum Park gehen, während Olly und ich ihn an je einer Seite führen und seine Händchen halten. Ich vermisse sogar unsere Streitgespräche über all die albernen Themen. Ich habe schreckliche Angst davor, dass ich vergesse, wie seine Stimme geklungen hat. Nie hätte ich mir vorstellen können, wieder jemand anderen zu suchen, ich hatte immer geglaubt, wir würden zusammen alt werden. Wir hatten darüber gesprochen, dass wir dann in einer Seniorenresidenz am Meer leben wollten. Wir wollten Karten spielen und Spaziergänge am Strand machen, den Wellen nachsehen.

Während Andrew weiterspricht, versuche ich, ihm zuzuhören, aber stattdessen denke ich darüber nach, wohin ich Ollys Manuskript schicken könnte. Dieses Buch *ist* gut. Selbst, wenn es nicht angenommen werden sollte. Ich sehe ihn vor mir, wie er in unserer Wohnung daran schreibt, wie er eine seiner Platten dazu aufgelegt hat, die im Hintergrund spielt. Ich schleiche mich an ihn an und werfe einen Blick auf den Bildschirm. Er schlägt den Laptop zu. »Ach, Ol, kann ich nicht wenigstens mal ein winziges kleines Stückchen lesen?«

»Wenn es fertig ist.«

»Bis dahin bin ich eine alte Frau.«

Er zieht mich auf seinen Schoß. »Genau, mein Fräulein, dafür verdienen Sie einen Schmatzer.«

Im nächsten Augenblick küssen wir uns, lachen, seine Hand kriecht unter mein T-Shirt, und ich bin dabei, sein Hemd aufzuknöpfen, streife meine Schuhe ab …

Plötzlich bin ich sauer. Warum kann ich diesen Abend nicht genießen? Werde ich denn ewig der Vergangenheit nachtrauern? Ist das nicht ungefähr so nutzlos wie an einem alten Paar Schuhe festzuhalten, die nicht mehr passen?

Der Kellner bringt eine Flasche Wein an unseren Tisch. Ich habe nicht einmal bemerkt, wie Andrew sie bestellt hat. Er präsentiert uns die Flasche und schenkt mit geübten Bewegungen einen kleinen Schluck in Andrews Glas ein.

»Darf ich?«, höre ich mich selbst sagen.

Andrew reicht mir das Glas. Ich schnuppere an dem Wein und lasse ihn im Glas kreisen. Der Wein-Helikopter.

Dann trinke ich einen Schluck. Der Wein hat Pep, wie Joe sagen würde. Er ist spritzig, riecht nach Zitrone oder vielleicht auch Stachelbeere. Ich denke, es ist ein Sauvignon. »Wunderbar, vielen Dank«, sage ich, bevor der Kellner auch mein Glas füllt.

Während Andrew und ich über unser Alltagsleben sprechen, habe ich Joe vor Augen, wie er selbstbewusst vor den Teilnehmern seiner Weinseminare steht. Ich sehe seine Verletzlichkeit, wenn er über seinen Vater spricht. Als wir Francis durchs Winchester College begleitet haben, habe ich jedoch auch seine Zärtlichkeit gesehen.

»Hat er denn versucht, Olly zu ersetzen?«, hatte Janet gefragt.

»Entschuldigung, aber hat dich mein Gerede eingeschläfert?«, fragt Andrew. »Rebecca?«

»Oh, tut mir leid.« Ich hole schnell Luft, als ich merke, dass ich gar nicht weiß, was er als Letztes gesagt hat.

»Ich langweile dich. Ist schon eine ganze Zeit her, dass ich mal ein Date hatte«, sagt er. »Aber wem will ich hier was vormachen? Ich war noch nie besonders gut in so was, nicht mal zu meinen besten Zeiten«, gibt er spöttisch zu.

»Es liegt nicht an dir, Andrew«, beteuere ich. »Ich habe einen kleinen Sohn, Alfie, und seit Wochen nicht mehr richtig durchgeschlafen. Ja, ich würde es toll finden, wenn du mich zum Einschlafen bringen könntest.«

Er lacht mit mir.

»Ich war auch schon seit Monaten auf keinem Date mehr, eher schon seit Jahren nicht mehr«, gestehe ich.

»Steven hat mir gesagt, dass dein Mann gestorben ist. Mein aufrichtiges Beileid.«

»Danke«, sage ich ganz gerührt. Also was soll das Theater wegen der Stachelhaare? Gib dir mal ein bisschen Mühe.

Wir reden über meine Kunst, wieder seine Arbeit, seine erste Ehe (kurz), meinen Sohn (fast genauso kurz).

Er hat keine Kinder. Während wir reden, platzt Joe weiter in mein Date. »Ich hab mich schon damals in Bristol in dich verliebt, das weißt du. Wir hatten diese eine Nacht zusammen, aber ich konnte dich niemals haben.« Erst gestern Nacht bin ich aus einem tiefen Traum aufgeschreckt, in dem ich ihn mit einer anderen Frau gesehen habe. Er war in eine andere Frau verliebt. Ich bekam keine Luft mehr. Wieder wurde ich von dem Gefühl überwältigt, dass ich ihn verloren hatte, dass ich ihn hatte fortgehen lassen. »Du hast alles für mich bedeutet. Tust du immer noch.« Ich werde ihn anrufen, beschließe ich, als mir klar wird, wie sehr ich ihn wiedersehen möchte. Ich muss ihn wiedersehen. Ich will nicht voller Reue zurückschauen.

Mein Handy klingelt und jagt mir einen Schauer über den Rücken. Warum denke ich nach all der Zeit immer noch, es könnte Joe sein?

»Bitte, geh nur dran«, sagt Andrew, der weiß, dass er heute Abend von meiner Müdigkeit geschlagen wurde, dass meine Gedanken ganz woanders sind.

»Entschuldigung«, sage ich.

Ich sehe aufs Display und bin einfach nur enttäuscht. Mum weiß, dass ich eine Verabredung habe. Sofort denke ich an Dad. Ist etwas Schreckliches passiert?

Draußen vor der Bar auf der St. James' Street ruft Andrew ein Taxi für mich. Er murmelt dem Taxifahrer etwas zu, bevor er mir die Beifahrertür öffnet. Ich setze mich ins Taxi.

Andrew winkt mir zum Abschied, und ich drehe mich um, um ihn davongehen zu sehen, die geschäftige Straße entlang, eine einsame Figur mit einer Aktentasche in der Hand. Mit Sicherheit kehrt er in eine leere Wohnung zurück. Es gibt zu viel Einsamkeit in dieser Welt.

Während das Taxi anfährt, starre ich aus dem Fenster und wiederhole in Gedanken das Gespräch mit meiner Mutter, Tränen stehen mir in den Augen.

# 45

*St. Cross Church, Winchester*

Na, da brat mir doch einer 'nen Storch«, beginnt der Pfarrer.

Ein paar Leute in der Gemeinde lachen. »Janet wäre überrascht darüber, wie viele Leute heute hierhergekommen sind.« Ich bin's allerdings nicht. Ich drehe mich um und sehe viele Leute hinten stehen, darunter auch Henry, im Anzug mit seiner antiken Uhrkette. Er winkt mir vorsichtig zu, und ich winke zurück. Von Joe ist immer noch keine Spur zu sehen. Ich habe ihn angerufen, um es ihm mitzuteilen, und mich dagegen gewappnet, zu emotional zu werden, wenn ich seine Stimme höre. Als er nicht dranging, war ich enttäuscht und erleichtert zugleich. Ich weiß, dass er das von Janet wahrscheinlich schon von Michel gehört hat, aber ich habe trotzdem eine Nachricht auf seiner Mailbox hinterlassen und ihm Datum und Uhrzeit der Beerdigung gesagt. Am Schluss sagte ich, ich hoffte, dass es ihm gut ging. Ich wollte noch sagen, wie sehr er mir fehlte, dass ich ihn zu gern wiedersehen würde, und dass Janets Tod so vieles in die richtige Perspektive gerückt hat, aber woran liegt das nur, dass wir nie sagen können, was wir empfinden? »Ich hoffe, es geht dir gut«, ist abgedroschen und lahm. Was bedeutet das schon in Wirklichkeit, wenn man es am Ende einer Nachricht anhängt?

»Wir sind heute hier zusammengekommen, um uns vor Gott an Janet Grace Morris zu erinnern und für ihr langes und wechselvolles Leben zu danken«, beginnt der Pfarrer. »Wir sind gekommen, um eine bemerkenswerte Frau zu ehren, jemanden mit großem Mut, der sich auch im Unglück nie beklagte. Bis zu ihren letzten Tagen nahm sie regen Anteil am Leben und an ihren Mitmenschen …«

Ich denke daran, dass ich Janet erst vorgestern Abend gesehen habe, wie sie mir so geduldig zugehört hat, als ich ihr von Joe erzählte, obwohl sie sich zweifellos schwach fühlte und es ihr nicht gut ging, auch wenn sie, um fair zu sein, es dennoch geschafft hatte, drei Vanilleteilchen zu verdrücken.

Ich blicke auf die Trauerkarte und das Foto von Janet als jüngere Frau, mit Gregory und einem Fluss im Hintergrund. Unter dem Foto steht ein Text, den ich wiedererkenne. Ich weiß noch, wie sie das in den Stockbridge Downs zu mir gesagt hatte:

*Er, den ich liebte und verloren habe,*
*ist nicht mehr, wo er war,*
*er ist für immer, wo ich bin.*

Janets Tod kam plötzlich. Michel war bei ihr, was tröstlich zu wissen ist. Sie hatte ihm gesagt, dass sie sich nicht wohlfühlte, ein riesiges Eingeständnis für Janet, die es immer gehasst hatte, zu klagen oder über ihre Gesundheit zu sprechen. Sie wollte nicht auswärts essen, und ihr war auch nicht nach einem Spaziergang. Michel war nur kurz aus dem Wohnzimmer gegangen, um ihr einen Sherry einzuschenken und ihnen beiden ein Käse-Sandwich mit Pickles zu machen, und als er zurückkam, war sie eingeschlafen. Dann wurde ihm klar, dass sie nicht schlief.

Ich sehe zu ihm hinüber, sein Gesicht ist zerfurcht vor Schmerz. Es spielt keine Rolle, ob man sagt, jemand sei alt und habe ein erfülltes Leben gelebt, sie war unsere beste Freundin, und sie wird uns fehlen.

»Wir erinnern uns mit tiefer Zuneigung an die hingebungsvolle Liebe zwischen Gregory und Janet«, sagt der Pfarrer, und ich muss noch mehr Tränen zurückdrängen.

Ich spüre, wie Janet mir sagt, ich solle aufhören, so ein trauriges Gesicht zu machen. »Was für eine wundervolle Art zu gehen, Rebecca! Ich musste nicht erst noch jahrelang im Cherry-Trees-Pflegeheim dahinvegetieren.« Ich höre ihr raues Lachen. »Du wirst mir fehlen, aber jetzt kann ich mit ihm zusammen sein.«

»Viele von Ihnen werden nicht alles über Janet wissen«, sagt der Pfarrer nach der Hälfte seiner Ansprache. »Während des Zweiten Weltkrieges war sie weibliches Mitglied der britischen Marine und arbeitete an hochgeheimen Operationen zum Aufspüren von feindlichen Konvois und U-Booten.«

Das hatte ich nicht gewusst. Ich wünschte, ich hätte ihr mehr Fragen über ihr Leben gestellt.

»Wahrscheinlich war ihr gesagt worden, dass sie niemals über ihre Arbeit sprechen durfte, und ich denke, jeder, der heute hier sitzt, weiß, dass Janet eine Frau war, die ihr Wort hielt. Sie hat in ihrem Leben auch einiges durchgemacht. Während des Krieges verlor sie ihren Verlobten, einen Marineoffizier. Sie war noch sehr jung damals, aber viele Jahre später lernte sie ihren geliebten Gregory kennen, der ebenfalls im Zweiten Weltkrieg gekämpft hatte, bei den Coldstream Guards. Als sie sich kennenlernten, konnte sie zu ihrem großen Bedauern schon keine Kinder mehr bekommen.«

Ich strecke meine Hand zu Mum hinüber und drücke ihre. Pippa sitzt auf meiner anderen Seite, aber sie hat Oscar und Theo nicht mitgebracht. Sie gehen heute Nachmittag nach der Schule noch zu einem Freund. Alfie wird von Mums Tennisfreundin Marjorie gehütet. Sie wird ihn heute Nachmittag wieder bei meinen Eltern vorbeibringen.

»Während der letzten paar Jahre«, fährt der Pfarrer fort, »hat sie viel Trost und Freude in ihrer Freundschaft zu Michel gefunden.« Ich höre Schritte auf dem Steinfußboden, jemand kommt hinten in die Kirche. Ich drehe mich um, und als ich sein Gesicht sehe, drehe ich mich schnell zurück, stoße an meine Handtasche und reiße sie vom Haken, sodass sie auf den Steinfußboden fällt.

Mum und Dad bieten nach der Beerdigung zu Hause Tee und Kuchen an.

Als wir aus der Kirche gehen, nimmt Joe meine Hand und zieht mich von den anderen weg. Ohne nachzudenken, fallen wir einander in die Arme, zwingen die Leute, einen Bogen um uns zu machen. Er bedankt sich dafür, dass ich Bescheid gesagt habe, gräbt in seiner Tasche nach einem Taschentuch und gibt mir eins. Ich weine wegen Janet, wegen Olly und jetzt auch wegen Joe.

»Wie geht's dir?«, sagen wir dann beide gleichzeitig, bevor wir beide antworten: »Gut«, und dann lächeln.

Wo fängt man an, wenn es einfach zu viel zu sagen gibt?

»Rebecca?«, höre ich meine Mutter rufen, die nach mir sucht.

»Kommst du noch mit zum Tee?«, frage ich ihn.

»Alfie, komm mal her, das ist mein Freund«, sage ich draußen auf dem Rasen. Mum und Dad haben Woody geerbt, der mit Alfie spielt, in der Hoffnung auf ein paar Kekse. Es ist ein warmer Sommertag, der Himmel ist blassblau. Alfie kommt zu mir gerast, und ich fange ihn in meine Arme. Joe wuschelt ihm durchs Haar und sagt: »Na, wie geht's, Alfie?«

Joe bewundert das T-Shirt meines Sohnes, auf dem ein

Krokodil prangt. Alfie rennt wieder weg, um Oma und den Teller mit dem Shortbread zu suchen.

»Er hat deine Haare«, sagt Joe.

Ich sehe zu meinem Sohn hinüber und beobachte, wie er sich mit seinen pummeligen Händchen einen Keks holt. Alfies Haare sind kastanienbraun, mit einem leichten Rotstich, und sie sind dick mit engelhaften Locken.

»Und Ollys Augen«, sagt er ruhig.

»Wie geht's dir, Joe?«

Er lockert seine Krawatte. »Gut. Es ist schön, dich zu sehen.«

Ich nehme seine Hand und halte sie einen Augenblick zu lange, bevor ich den Mut verliere und loslasse, aber er greift erneut danach und hält meine Hand.

»Es hat mir so leidgetan, das von Janet zu hören.« Sein Griff wird fester. »Ich weiß, dass ihr euch nahestandet. Hin und wieder ist sie auch zusammen mit Michel in die Bar gekommen. Ich konnte sie von unten lachen hören. Sie war schon ein besonderer Mensch. Eine weise alte Eule.«

Lächelnd stimme ich ihm zu, genau das war sie.

»Alfie hat sie auch sehr geliebt. Wie soll ich ihm nur sagen, dass er sie nie wieder sehen wird?«

Wir bleiben beide einen Moment lang still, tun so, als seien wir ganz darin versunken, Alfie mit Woody spielen zu sehen. »Wie geht's deinem Vater?«, frage ich im selben Augenblick, in dem er sagt: »Gefällt es dir, wieder zurück in London zu sein?«

»Nicht gerade toll, aber er fühlt sich ganz wohl da. Es ist anstrengend – inzwischen weiß er nicht mal mehr, wer ich bin.«

»Oh Joe, das tut mir so leid.«

Es ist, als stünde eine gläserne Wand zwischen uns, wir trauen uns beide nicht anzusprechen, was das letzte Mal geschehen ist, als wir uns gesehen haben. »Wie geht's Mavis? Und Adam?«

»Becca, es tut mir leid …«

»Nein, *mir* tut's leid.« Aus den Augenwinkeln sehe ich Alfie zum Gartentor laufen. »Warte mal kurz, Joe. Rühr dich nicht vom Fleck.«

Als ich zurückkomme, ist er nicht mehr im Garten. Ich suche im Haus. Vielleicht ist er auf die Toilette gegangen. Ist er im Wohnzimmer. Nein, da nicht. Ich laufe in die Küche, wo Michel sich mit Janets Schwester unterhält. Da ist er auch nicht. »Rebecca?«, sagt Michel, der meine Panik spürt.

»Hast du Joe gesehen?«

»Ich glaube, er ist gegangen. Ist alles in Ordnung?«

Ohne eine Antwort stürze ich hinaus und in Mums Wintergarten, um ihn vom Handy aus anzurufen, aber zum Glück muss ich das gar nicht. Er steht neben der Kiefernholzkommode. Als er sich zu mir umdreht, bin ich überwältigt vor Erleichterung, als hätte ich es geschafft, etwas Wertvolles zu erjagen, das mir beinahe durch die Finger geschlüpft wäre. Jetzt fällt mir auf, wie schick er aussieht, mit Hemd und schwarzer Krawatte, und dass sein dickes, dunkles Haar aus dem Gesicht geschoben ist, was diese grauen Augen zur Geltung bringt. Da ist nicht die Spur von Überheblichkeit übrig geblieben, ich sehe nur den Freund, den ich vermisst habe.

»Vielleicht ist Joe dir einfach zu früh nach Olly über den Weg gelaufen«, hatte Kitty zu mir gesagt, als ich mich getraut hatte, mit ihr über meine Gefühle zu sprechen. »Die Wahrheit ist, ich glaube, du hast dir schon eine ganze Zeit etwas vorgemacht, was Joe betrifft«, sagte sie. »Du hattest Angst, es dir selbst einzugestehen, hast befürchtet, Olly noch einmal zu betrügen.«

»Ich dachte, du wärst weg«, sage ich.

»Ich musste einen Anruf annehmen. Alles in Ordnung mit Alfie?«

»Oh ja, prima. Pippa passt auf. Wo waren wir?«

Sag's noch mal, Rebecca. Sag, wie sehr es dir leidtut und dass du willst, dass ihr Freunde seid. Vielleicht auch mehr als Freunde. Sag *irgendwas.*

»Mum!«

Pippa hält seine Hand, sein Knie blutet. »Er ist von der Schaukel gefallen, nichts Schlimmes«, erklärt sie. »Ich muss los, die Jungs abholen.« Sie spürt etwas. »Tut mir leid, ich ruf dich an.«

»Mum!«, jammert er wieder.

»Das sieht übel aus, Alfie«, sagt Joe, »aber ich bin sicher, dass du deiner Mum zuliebe tapfer bist.«

»Mummy, tut weh.«

»Ich weiß, mein Liebling.«

»Ich muss auch los«, sagt Joe und gibt mir einen flüchtigen Abschiedskuss auf die Wange.

Ich nehme Alfie auf den Arm. »Warte!«, rufe ich ihm nach. Joe dreht sich um. »Du hast mir gefehlt, Joe.«

»Du mir auch.«

Michel erwischt mich dabei, wie ich ihm nachsehe. »Er ist schon was Besonderes, dieser Joe. Arbeitet viel zu viel, das ist sein Problem. Es wird ihm guttun, mal einen langen Urlaub zu machen.«

»Einen langen Urlaub?«

»Hat er Ihnen das nicht gesagt? Er geht weg«, sagt Michel und lässt es so endgültig klingen, als würde er demnächst von der Erdoberfläche verschwinden.

Ich sehe Joe heute vor mir stehen, wie er mich im Arm hält und sagt, wie leid es ihm um Janet tut. Er hat mir nicht nur gefehlt. Ich liebe ihn. Ich bin so eine Idiotin.

»Geht weg? Wohin, Michel? Wohin?«

# 46

Am frühen Abend: Alfie und ich spielen Haifisch und Krokodil im Bad. »Da kommt es und kriegt dich! Es wird dich mit Haut und Haar auffressen!«, sage ich und halte das Krokodil über seinen Kopf, bevor ich es ins Wasser fallen lasse.

Michel hat mir erzählt, dass Joe vor gut einem Jahr umgezogen ist. Er hat mir seine neue Adresse gegeben, aber dort ist er nicht mehr lange erreichbar. Er will seinen Onkel Tom in Australien besuchen, der inzwischen über achtzig ist. »Abgesehen davon weiß ich nichts, Rebecca.«

Ich fürchte, dass, wenn ich Joe nicht heute Abend sage, dass ich ihn liebe, ich es ihm nie sagen werde. Ich muss es riskieren. Ich weiß, was ich zu tun habe.

Ich schwenke Alfie aus der Wanne und ziehe ihm seinen Lieblingspyjama mit den aufgedruckten Haifischen an. Olly würde begeistert sein, wenn er wüsste, dass sein Sohn bisher noch keinerlei Anzeichen von Interesse an Marienkäfern oder anderen Insekten gezeigt hat. Dafür liebt er Haie, Krokodile und Schlangen.

Mum und Dad sind in der Küche. Es ist Punkt halb sieben. Mein Vater schenkt gerade Getränke aus.

»Kannst du Alfie heute Abend vorlesen?« Ich schnappe mir die Autoschlüssel. »Ich muss noch mal weg.«

»Weg?«, fragt Mum, den Wodka in der Hand, als hätte ich gesagt, ich wolle mal eben den Mount Everest besteigen. »Wohin denn? Stimmt etwas nicht?«

»Ich hab jetzt keine Zeit, das zu erklären«, sage ich, schon halb zur Tür hinaus. »Aber es ist nichts Schlimmes. Ja, ich glaube, ich war mir in meinem ganzen Leben noch nie so sicher über etwas.«

»Wovon redet sie da?«, höre ich Dad sagen.

»Warum steckst du denn dein Hörgerät nicht an, Harvey?«

Ich trete das Gaspedal durch, aber mein klappriger Ford Focus (aus dritter, womöglich sogar aus vierter Hand) ächzt protestierend.

Was, wenn er mich gar nicht mehr liebt? Was, wenn ich zu spät losgefahren bin? Was, wenn er mit jemand anderem auf diese Australienreise geht? Vielleicht hat er eine neue Freundin. Ich habe ihn eineinhalb Jahre lang nicht gesehen, es könnte alles Mögliche passiert sein … Aber darauf kommt es jetzt nicht an. Ich muss das jetzt machen.

Ich hänge hinter einem Bus fest. Die Fahrgäste steigen so langsam ein und aus, als hätte die Welt es nicht eilig.

Joes neue Wohnung liegt in Oram's Arbour, in der Nähe des Bahnhofs.

Wohnung 5B.

Ich hole tief Luft und drücke auf die Klingel.

Keine Reaktion.

Ich versuche es noch mal. Könnte er unter der Dusche stehen?

Keine Reaktion.

Vielleicht ist er im Maison Joe.

Warum bin ich da nicht draufgekommen?

Edoardo begrüßt mich überschwänglich und will alles von mir hören. »Tut mir leid, jetzt nicht«, sage ich ihm, »ich muss Joe finden.« Dann erscheint Adam oben an der Treppe, in schicken Hosen und mit einem gepunkteten Schlips. Er umarmt mich wie ein Bär. »Ich arbeite hier, Rebecca«, sagt er stolz. »Helfe Joe bei den Weinseminaren.« Er reckt den Daumen hoch.

»Oh, das ist wunderbar, Adam«, sage ich und verfluche mich selbst dafür, dass ich so gehetzt bin, aber … »Wisst ihr, wo Joe ist?«, frage ich beide zusammen. »Es tut mir leid, aber das ist eine Art Notfall.«

Edoardo zuckt die Achseln. »Wahrscheinlich packt er«, schlägt er vor. »Er will morgen ganz früh nach Australien abreisen. Warum rufst du ihn nicht einfach an?«

Draußen wähle ich seine Nummer, mein Herz rast.

»Denk noch mal nach, Edoardo. Weißt du wirklich nicht, wo er sein könnte?«, frage ich, als ich in die Bar zurückkomme. »Er geht nicht dran.«

Luis tritt zu uns, ein paar leere Gläser auf dem Tablett, einen Stift hinters Ohr geklemmt. »Joe? Ich glaube, der wollte noch was essen gehen. Hat gesagt, ihm wäre nicht nach kochen.«

»Wo?«

Ich rase die High Street entlang, biege rechts Richtung Bibliothek ab und reiße die Türen zu jeder einzelnen Bar und jedem einzelnen Restaurant auf. Ich suche die Tische ab. Joe ist nirgendwo zu sehen.

Es ist jetzt beinahe zehn. Ich sitze auf den Treppenstufen vor seinem Haus.

Passanten kommen nach Hause, gewärmt von der Gesellschaft ihrer Freunde und dem Essen und dem Wein. Eine Gruppe Studenten singt betrunken, während sie im Zickzack über die Straße taumeln. Ich verliere allmählich die Nerven. Ich kann das nicht. Geschlagen kehre ich zu meinem Auto zurück, lasse den Motor an. Ich will gerade nach

Hause fahren, als mir irgendetwas sagt, ich solle das Radio einschalten.

Bob Dylan singt »Make You Feel My Love«.

Es mag Leute geben, die das für einen Zufall halten.

Ich nehme es als Zeichen und mache den Motor wieder aus.

# 47

Becca?« Jemand rüttelt an meiner Schulter. Ich öffne die Augen und sehe Joe vor mir stehen, neben einer großen dunkelhaarigen Frau. Ich stehe auf, noch ganz verwirrt. Ich hatte mich nur mal kurz auf die Treppe vor Joes Haus gesetzt und muss wohl für ein paar Minuten eingenickt sein.

»Becca«, wiederholt er, »was machst du denn hier?«

»Ähm, ich bin gerade vorbeigekommen, und da dachte ich …«

»Es ist fast elf.«

»Du musst doch durchgefroren sein«, sagt die Frau mitfühlend.

»Wie lange hast du denn hier gewartet?«, fragt Joe.

»Nicht lange!«

Er stellt mich Helen vor.

Helen sagt, wie viel sie schon von mir gehört hat und wie schön sie es findet, mich endlich mal kennenzulernen. Sie ist überhaupt nicht wie Peta. Ich merke, dass es dieses Mal passt zwischen Joe und ihr. Helen gibt Joe einen Kuss auf die Wange und sagt, dass sie uns jetzt allein lässt. »Ich rufe dich nachher noch an«, verspricht er ihr.

Joe schließt die Tür zu seiner Wohnung auf. »Komm rein. Du musst dich erst mal wieder aufwärmen«, sagt er, während er ins Wohnzimmer geht. Was mir als Erstes in Joes neuer Wohnung auffällt, ist das gerahmte Foto von Helen auf dem Kaminsims. Aber an der Wand darüber hängt mein

Bild von dem Zitronenbaum. Er besteht darauf, mir eine Tasse Tee zu kochen. Ich frage ihn, ob ich mal ins Bad dürfe. Ich sehe ihr Schminktäschchen neben dem Waschbecken, zusammen mit einem geblümten Morgenmantel, der an der Tür hängt.

Als Joe mir einen Becher Tee gibt, setzen wir uns nebeneinander aufs Sofa. »Warum bist du hier, Rebecca?«

»Es tut mir leid«, fange ich an. »So leid wegen dem, was ich damals zu dir gesagt habe.«

»Das ist nicht nötig. Ich hätte niemals …«

»Warte. Lass mich das jetzt sagen, okay. Als ich gesagt habe, du könntest Olly nicht ersetzen, na ja, das war einfach unverzeihlich, aber die Sache ist die, es war einfach zu früh und …«

»Ich weiß, dass es zu früh war, und ich habe mich selbst seitdem dafür gehasst. Was hab ich mir nur dabei gedacht? Ich hätte es besser wissen müssen.« Joe geht jetzt im Zimmer auf und ab. »Es war lieblos und dumm und unüberlegt.«

»Joe, setz dich wieder hin. Bitte.«

Er nimmt wieder neben mir auf dem Sofa Platz. Ich drehe mich zu ihm um, die Hände widerwillig auf den Knien, weil ich am liebsten nur die Arme ausstrecken und ihn halten möchte. »Du hast mir gefehlt. Ich wollte schon längst mit dir Kontakt aufnehmen …«

»Ich auch.«

»Warum hast du nicht?«, fragen wir beide gleichzeitig.

»Ich habe dir geschrieben«, sage ich. »Ich hab dir Fotos geschickt.«

»Die hab ich nicht bekommen, Becca! Ich hab nie einen Brief bekommen, sonst hätte ich doch natürlich geantwortet. Du musst an meine alte Adresse geschrieben haben, und die haben den Brief nicht weitergeleitet. Ich hab gedacht …«

»Wir reden schon wieder gleichzeitig.

»Du zuerst«, sagt er. »Wo du schon die ganze Nacht vor meiner Tür gewartet hast.«

Ich sehe ihn an, weiß, dass es keinen Sinn hat, weiter so zu tun, als wäre nichts. »Nachdem ich dir diese Abfuhr erteilt hatte, hab ich hunderttausend Entschuldigungen gefunden, um dich nicht anrufen zu müssen, aber als ich dich heute wiedergesehen habe … Während des letzten Jahres habe ich angefangen, mich zu trauen, über ein Leben ohne Olly nachzudenken. Ich will nicht noch mehr Zeit verlieren. Du und ich, wir waren schon so lange voneinander getrennt. Aber ich komme wohl zu spät, oder …?« Die Worte bleiben mir im Halse stecken. Ich wage es nicht, ihm ins Gesicht zu sehen. Ich weiß, er wird mir jetzt sagen, dass er jemand Neues kennengelernt hat.

»Becca, sieh mich an.«

Ich rede weiter, voller Angst davor, die Wahrheit zu hören. »Als ich zu dir gesagt habe, du könntest Olly nicht ersetzen, war das wirklich dumm, weil ich gar nicht will, dass du das tust. Niemand kann Olly ersetzen. Ich will einfach nur dich, Joe Lawson. Du bist ein ganz besonderer Mensch, du allein. Aber ich sehe ja, du hast schon wen anders gefunden.« Ich lächle. »Ich musste es einfach sagen, sonst hätte ich mir nie verziehen, dass ich so feige war, dass ich solche Angst davor hatte, mich neu zu verlieben. Weil ich dich nämlich liebe, Joe.« Ich strecke die Hand aus und streiche ihm über die Wange. »Da … jetzt hab ich's gesagt. Dann geh ich jetzt mal.« Ich versuche aufzustehen, aber Joe packt mich am Arm und zieht mich zurück aufs Sofa.

»Becca. Ich hab niemand anderes kennengelernt. Helen ist meine Halbschwester.«

»Deine Halbschwester?«

»Meine Familie hat sich in den letzten eineinhalb Jahren verdoppelt. Sie stammt aus einer der Affären meines Vaters, aber ich erzähl dir später alles darüber. Es ist eine lange Geschichte.«

»Sie ist deine Halbschwester«, wiederhole ich und kann meine Erleichterung nicht verbergen.

Er nickt. »Sie wohnt hier, während ich weg bin, hütet die Wohnung und arbeitet in der Bar. Du wirst sie mögen, Becca, und der Grund, warum sie schon so viel über dich weiß, ist, weil …« Er fährt sich mit der Hand durchs Haar. »Weil ich nur noch über dich rede. Ich bin heute Abend mit ihr essen gegangen und hab wieder nur über dich geredet, die Ärmste, und hab sie um Rat gefragt, weil ich nach heute nicht wusste, was ich machen sollte.« Er rutscht näher an mich heran und streicht mir eine Strähne aus der Stirn.

»Als ich dich heute wiedergesehen habe, in der Kirche, sind all meine Gefühle für dich wieder zurückgekommen. Ich glaube nicht, dass sie jemals weg waren, aber dieses Mal wusste ich nicht, wie ich damit umgehen soll.«

Unsere Gesichter sind nur noch wenige Zentimeter voneinander entfernt. »Und welchen Rat hat sie dir gegeben?«

»Dir zum zweiten Mal zu sagen, was ich für dich empfinde, weil ich ein Idiot wäre, der einfach so aufgegeben hat, wenn ich das nicht täte. Ich hab niemand anderen kennengelernt. Du kennst mich. Ich bin total verkorkst, kann mich auf niemanden richtig einlassen.« Er nimmt mein Gesicht zwischen seine Hände. »Wie auch, wenn ich doch immer noch nur dich liebe?«

# 48

*San Miniato al Monte, Florenz: ein Jahr darauf*

Alfie rennt die Treppen hinauf, Joe ist ihm dicht auf den Fersen. Ich gehe zwischen Künstlern mit breitkrempigen Hüten, Sonnenanbetern und Fotografen hindurch, die den spektakulären Blick über die Stadt fotografieren.

Ich habe mit Kitty darüber gesprochen, nach Florenz zurückzukehren. War es seltsam, wieder hierherkommen zu wollen? Irgendetwas hatte mir geraten, noch einmal unseren ganz besonderen Ort zu besuchen; es war an der Zeit, sich wirklich von Olly zu verabschieden.

Während wir immer weiter nach oben kommen, sehe ich Olly und mich vor all den Jahren. Wir waren junge und sorglose Zweiundzwanzigjährige.

»Das ist der Ort, von dem ich dir erzählt habe«, rief ich ihm über die Schulter hinweg zu, während ich die Treppen hinauflief. »Wo meine Großtante Cecily gemalt hat. Ist es nicht wunderschön hier oben?«

»Warte mal!«, rief Olly atemlos hinter mir her.

»Komm schon, alter Mann!«

Olly und ich hatten uns in die Kirche gesetzt und der friedvollen Musik gelauscht. »Ich liebe es hier. Hier kann ich zum Nachdenken kommen«, flüsterte ich und nahm seine Hand.

»Becca, ich werde dich heiraten.«

»Ich weiß.«

»Und wir werden so glücklich sein.«

»Kinder haben und ein schönes, großes Haus.«

»Wir werden wilde Partys mit unseren Künstlerfreunden feiern …«

»Grillpartys mit Spanferkel.«

»Schnecke!«, brüllt Alfie, der mir weit voraus ist, und reißt mich zurück in die Gegenwart.

Ausgetrocknet durch die Hitze hole ich meine Wasserflasche heraus. Es ist ein glühend heißer Tag. Ich sehe Joe mit meinem Sohn spielen. Dieses letzte Jahr ist wie im Flug vergangen, sodass ich manchmal am liebsten eine Pausetaste gedrückt hätte, weil ich so glücklich war.

Joe und ich leben nicht zusammen. Ich verbringe den größten Teil der Woche in London, male für meinen neuen Agenten, der Ausstellungen veranstaltet. Alfie geht jetzt vormittags in eine Kinderkrippe um die Ecke, die sich »Kleine Marienkäfer« nennt. Jedes Wochenende verbringen wir bei Joe in Winchester. Mit der Zeit habe ich Nummer 5B ein wenig geprägt, sodass es sich jetzt auch für mich wie ein Zuhause anfühlt und nicht nur wie ein Ort, an dem man einfach nur übernachtet. »Solange wir nicht zu viel Pink haben«, hatte Joe gelacht, »soll's mir egal sein, was du machst.«

Joe nimmt Alfie die letzten Stufen huckepack. Ich höre sie zusammen lachen.

Joe ist auch glücklich. »Du bist der Grund dafür«, sagt er immer wieder zu mir. Dass er seine Halbschwester kennengelernt hat, ließ ihn ein neues Kapitel in seinem Leben aufschlagen. Aus heiterem Himmel hatte Helens Mutter ihr eines Tages gesagt, dass ihr Dad nicht ihr leiblicher Vater war. Bei einer Konferenz in Nizza hatte sie jemanden kennengelernt, einen Mann namens Francis Lawson. Er war ein berühmter Brustkrebsoperateur. Helen kam zu spät, um ihren Vater noch kennenzulernen; seine Krankheit war zu weit fortgeschritten, als dass er es noch hätte verstehen können. Am Ende erkannte er Joe kaum noch. Doch Helen und Joe sind sich nähergekommen, ganz besonders, als sie sich nach Francis' Beerdigung vor einem Jahr gegenseitig unterstützten.

Ich sehe auf meine Hand hinunter. Heute trage ich Janets Aquamarinring, den sie mir in ihrem Testament vermacht hat. »Olly hätte nicht gewollt, dass du auf ewig trauerst«, hatte sie zu mir gesagt, als ich sie das letzte Mal sah. »Ich habe meinen Verlobten geliebt, aber er ist im Krieg gefallen, Becca. Nach Gregory habe ich mich, wenn auch auf andere Weise, in Michel verliebt. Es gab einfach eine Zeit, als ich Gregory nicht nachgetrauert habe, sondern nur noch froh war, ihn gekannt zu haben.«

Ich frage mich, was Olly wohl über Joe und mich denken würde. Ich habe ihn so oft gefragt, aber jetzt ist es schon vier Jahre her, seit ich seine Stimme gehört habe. Ich kann nur hoffen, dass ich seinen Segen habe.

»Ich wünsche mir jemanden, der mit Alfie Ball spielen kann. Deine Auge-Hand-Koordination war noch nie besonders gut.«

Ich bleibe wie angewurzelt stehen. »Olly?«

»Joe gibt einen tollen Dad ab, Becca.«

»Olly«, wiederhole ich tränenerstickt.

»Alfie ist der Beste. Zwing ihn nicht dazu, Klavier zu spielen. Zwing ihn überhaupt zu nichts außer dazu, er selbst zu sein.«

»Das werde ich nicht.« Stolz blicke ich auf meinen Sohn. »Er ist ein eigenständiger kleiner Mensch.«

»Ich bin stolz auf dich. Ich wusste, dass du zurechtkommen würdest.«

»Ich werde dich immer lieben, Olly. Du weißt das doch, oder?«

»Auch wenn ich dir das mit dem Job nicht erzählt habe und …«

»Es spielt keine Rolle, Olly. Mach dir keine Gedanken. Wir haben beide Dinge getan, die wir bereuen.«

»Ich möchte nicht, dass du denkst, ich hätte dich hintergangen.«

»Niemals. Ich liebe dich. Nichts von alldem bedeutet …«

»Ich weiß. Ich liebe dich auch. Und jetzt sag Joe, er soll sich lieber um dich kümmern, und bitte sag Alfie, dass ich ihn liebe.« Ich stehe ganz still. Ich kann mich nicht bewegen. Da ist etwas an der Art, wie er das sagt. Dieses Mal verabschiedet er sich endgültig von mir. »Hol sie ein, Becca. Das Leben spielt hier und jetzt.«

Joe ist schon ganz oben. Er zeigt Alfie den Blick über Florenz, den Dom, der immer und überall hervorsticht.

»Wartet! Ich komme!«, rufe ich und renne, so schnell ich kann, die Sonne im Gesicht. Beinahe stolpere ich über die letzte Stufe, bevor ich meine Arme um die beiden schlinge.

»Wieso hat Mami es so eilig?«

»Ich hab was, was ich euch beiden sagen muss.« Ich warte, bis mein Atem sich etwas normalisiert hat, bevor ich mich vor den beiden hinstelle und ihre Hände ergreife. »Alfie, dies ist der Ort, an dem dein Vater und ich unser Abenteuer zusammen begonnen haben, lange bevor du zur Welt kamst. Wir sind auf unserer Hochzeitsreise hierhergekommen.«

»Mami, ich hab Durst«, sagt Alfie, und Joe und ich lächeln uns an.

»Du bist noch zu klein, um es zu verstehen, aber eines Tages werden wir wieder hierher zurückkommen …«, ich beuge mich zu ihm hinunter, »und ich werde dir alles über deinen wunderbaren Papi erzählen, das verspreche ich dir«, sage ich, bevor ich ihm das Trinkpäckchen mit dem Strohhalm gebe.

Ich richte mich auf und klopfe den Staub von meinen Knien. »Warte mal, Joe, ich muss dich was fragen.«

Joe nimmt die Sonnenbrille ab und sieht mich neugierig an. Ich grabe in meiner Tasche, um die kleine Schachtel mit dem goldenen Ehering darin zu finden. »Willst du mit mir in ein neues Abenteuer starten?«

# 49

*Sechs Monate später*

Ist Rebecca Lawson da?«, fragt eine schroffe Stimme.

»Am Apparat«, sage ich. Ich bin im Maison Joe und feiere heute meinen Geburtstag mit einem großen Mittagessen. Meine Eltern, Ollys Eltern, Alfie (jetzt drei), Joe, Kitty, Annie und Pippa – alle sind sie da. Heute Abend gehen wir in einer großen Truppe aus zum Essen und hinterher tanzen, sogar Todd wird dabei sein. Carolyn und Victor bleiben übers Wochenende bei meinen Eltern. Ich habe Joe gesagt, dass es etwas ganz Besonderes ist, fünfunddreißig zu werden, und dass wir einfach tanzen gehen *müssen*.

»Hier spricht Nathalie Jackson.«

Nathalie Jackson, denke ich. Nathalie Jackson?

»Sie haben mir ein Manuskript geschickt. Ich bin Literaturagentin«, erinnert sie mich, als offensichtlich ist, dass ich mich an ihren Namen nicht erinnern kann.

»Oh ja, natürlich. Entschuldigen Sie«, sage ich, stehe vom Tisch auf und gehe zur Bar. Die Wahrheit ist, dass ich die Hoffnung aufgegeben habe, dass Ollys Roman je verlegt wird. Ich habe ihn an verschiedene Verlage geschickt und im Lauf des Jahres zehn Absagen bekommen. Jedes Mal war nur eine vorgedruckte Antwortkarte dabei, also habe ich beschlossen, es über einen Agenten zu probieren, hatte da aber ebenfalls nicht viel Glück.

»Nun, es ist ja schon eine Weile her.« Ich kann hören, wie

Papier umhergeschoben wird. »Ja, Sie haben Olivers Manuskript vor vier Wochen hergeschickt, aber da es unverlangt eingesendet wurde, ist es erst einmal ganz unten in meinem Stapel gelandet. Ich wollte es schon wegwerfen, aber ich muss sagen, Ihr Anschreiben hat mich gerührt.«

Mein Herz rast. Gefällt es ihr? Warum ruft sie an? Wird sie uns vertreten? Ich versuche, Ruhe zu bewahren.

»Wie auch immer, ich denke, Olivers Manuskript hat tatsächlich Potential. Es ist lustig und bezaubernd. Tja, ich konnte es gar nicht mehr weglegen, um ehrlich zu sein.«

Ich kann mich nicht länger zurückhalten. »Ich auch nicht! Oh mein Gott!«

Freunde und Familie unterbrechen ihre Gespräche. Ich sehe, dass Joe zu mir rüberschaut.

»Ich konnte es zufällig der Cheflektorin bei Oak Tree zeigen, und sie hat es großartig gefunden, hielt es für eine außerordentlich originelle Idee.«

»Oh mein Gott!«, wiederhole ich und würde am liebsten auf den Tisch springen und tanzen.

»Ich verspreche Ihnen jetzt noch nichts, aber könnten wir uns vielleicht treffen?«

Nachdem ich aufgelegt habe, kommt Joe zu mir. »Was war denn das?«, fragt er. Als ich es ihm erzähle, verzieht sich sein Gesicht zu einem breiten Grinsen. »Das ist ja großartig«, sagt er, zieht mich in seine Arme und küsst mich. »Olly wäre wirklich stolz auf dich, Becca, dafür, dass du niemals aufgegeben hast. Und ich bin auch sehr stolz auf dich.«

Ich nehme seine Hand, und wir gehen zurück zur Geburtstagsgesellschaft, um ihnen die Neuigkeit mitzuteilen.

Keiner sagt ein Wort, alle warten ... außer Alfie, der auf mich zuläuft und die Arme um mich wirft, als hätten wir uns ewig nicht gesehen.

»Kommt schon, ihr beiden«, drängt Kitty. »Worum ging es da?«

»Ollys Manuskript.« Ich erzähle ihnen, wie ich seinen letzten Roman zu Hause unterm Bett aufbewahrt hatte, mich lange nicht dazu durchringen konnte, ihn zu lesen, aber als ich dann anfing …

»Ein Verlag interessiert sich dafür. Nächste Woche treffe ich mich mit der Agentin!«

»Ist das nicht unglaublich?«, sagt Joe, bevor er sich zu mir umdreht. »Ja, das ist wohl die beste Nachricht überhaupt, die wir an deinem Geburtstag bekommen konnten, mein Liebling.«

Ich umarme Carolyn und Victor. Carolyn bricht in Tränen aus. »Mir hat es auch so gut gefallen, aber ich dachte, ich wäre einfach nur voreingenommen.«

»Alfie«, sage ich, »dein Papi ist so schlau! Und Olly, falls du mich hörst, dein Traum wird vielleicht doch noch wahr.«

Meine Freunde beglückwünschen mich noch einmal. Mum, Dad, Victor und Carolyn klatschen. Alfie läuft zum Tresen und versucht, auf einen der Barhocker zu klettern. Adam bringt einen Schokoladenkuchen mit fünfunddreißig angezündeten Kerzen zu unserem Tisch und bringt Alfie dazu, ihm zu helfen. »Komm schon, du Klettermax«, sagt er. »Es ist Zeit, den Kuchen anzuschneiden.« Luis und Edoardo schenken Champagner ein. Alle singen »Happy Birthday«. Als ich die Kerzen ausblase, rufen sie im Chor, dass ich mir etwas wünschen soll.

Später, als wir tanzen, fragt mich Joe: »Hast du dir was gewünscht?«

Ich schüttele den Kopf.

»Wieso nicht?«

»Ich musste mir nichts wünschen. Es ist schon alles in Erfüllung gegangen.«

# Danksagungen

Zuallererst sei gesagt, dass ich Naik und Gillie von der Selbsthilfegruppe für Trauernde in Winchester unglaublich dankbar bin. Sie haben mich darin bestärkt, über Trauer zu schreiben, ein ebenso heikles wie schwieriges Thema. Ebenso möchte ich Judy Simmons danken, dass sie ihre Verlusterfahrungen mit mir geteilt hat.

Vielen Dank an die Leiterin von Berrys' Wine School, Rebecca Lamont bei Berry Bros. & Rudd. Ich habe an einem ihrer Weinseminare teilgenommen, was mich dazu inspiriert hat, darüber zu schreiben. Der Kurs hat unheimlich viel Spaß gemacht, und Rebecca war eine wundervolle Lehrerin.

Es gibt Freunde, die mir auf jede erdenkliche Weise bei diesem Roman geholfen haben. Angefangen mit Berichten darüber, was in einem Geburtsvorbereitungskurs passiert, bis hin zu Schilderungen, wie es ist, wenn man als Erwachsener wieder zu seinen Eltern zieht. Mein Dank geht an Caroline Tyree, Sarah-Jane Petherick (SJ), Vanessa und Nick Morris, Sophie Gilbart-Denham, Clare Camacho (Griz), Juliet Howland und Juliet Geddes.

Meinen Eltern danke ich dafür, dass sie mich wie immer nach Kräften unterstützt haben.

Diane Beaumont. Danke dafür, dass du in einer späteren Phase das ganze Manuskript gelesen und viele neue Ideen eingebracht hast – und für deine unerschütterliche Freundschaft und Beratung.

An Charlotte Robertson, die beste aller Literaturagenten.

Und schließlich wäre *Es ist nie zu spät für die Liebe* nicht das Buch, das es ist, ohne Jane Wood bei Quercus. Janes professionelles Lektorat war von unschätzbarem Wert. Ihr gilt mein Dank ebenso wie dem ganzen Team bei Quercus für all die harte Arbeit.